새미비평신서 16

오태호 평론집

환상통을 앓다

신자유주의 시대와 문학

새미

머리말

'환상통幻想痛, Phantom Pain'이란 실제로는 존재하지 않지만 심리적으로는 존재하는 통증을 말한다. 의학 용어로는 사고에 의해 신체가 절단된 이후 사라진 환부의 자리에서 통증이 감각된다는 점에서 '가상의 통증'을 말한다. 하지만 이 용어가 문학의 영토에 들어오면, 애초에 원래 있었거나 있어야 했거나 있어야 좋았을 '실재성'을 찾아가는 사후적 글쓰기를 견인하는 표현이 아닌가 싶다. 즉 문학 텍스트는 이러한 결핍된 통증의 흔적을 집요하게 파고드는 인파이터적 부재 증명의 글쓰기라고 판단된다. 이번 평론집 제목은 이런 맥락에서 도출되었다. 세 번째 평론집을 준비하면서 '환상통'이라는 말에 매료되었다. 몇 년 전 김신용의 시집 제목이 없었다면 그냥 '환상통'으로 제목을 가져갔을지도 모른다. 하지만 통증을 앓는 주체는 시인, 작가이고 그들의 통증에 공명하는 작업이 비평가의 몫에 해당한다고 파악하였다. 그래서 만든 제목이 '환상통을 앓다'이다.

문학은 자전적 체험을 이야기하더라도 가공의 영토에서 '환상통'으로 재구축된다. 그것은 생산 주체로시의 지지의 한상통과 텍스트 내부 인물들의 환상통, 독자의 환상통이 모여 새로이 '갱신된 환상통'을 생성한다. '환상통을 앓다'는 '환상통' 자체에 초점을 맞추기보다는 그 통증의 기원과 과정, 결과, 사후적 감각 등을 맥락화하는 '앓이'에 초점이 맞춰진다. 작가들이 가공해낸 환상통의 영역은 실재성과 자폐성으로 이분화될 수 있다. 둘 다 심리적인 영역에 해당하지만 내적 개연성을 공감할 수 있느냐의 여부로 판단이 가능하다. 이런 표현이 가능할지 모르겠지만 '더 좋은 통증'을 '실재성의 환상통'으로 파악하였다. 문학은 지극히 1인칭적일 수 있지만 그 1인칭이 1인칭의 영토 내부만을 가시화하는 것에만 그치는 것이 아니라 더 많은 1인칭과 만나 2인칭, 3인칭의 집합적 공감을 확장하는 것이 유효한 환상통의 전략이자 기술이라고 판단했기 때문이다.

첫 평론집인 『오래된 서사』 이후 썼던 소설평들을 모았다. 1년 가까이 원고를 정리하고 평론집의 틀을 만들고 내용을 들여다보면서 깊은 자괴감에 빠져들었다. 명확한 분석이나 정치한 해석은 물론이거니와 텍스트에 대한 일차적인 감상이나 평가마저도 기대에 미치지 못한 형편없는 경우가 많았기 때문이다. 내가 그 귀한 지면을 빌려 쓸모없는 이야기를 덧붙여 놓았구나 하는 심각한 자기반성이 들었다. 진지하게 나와 내 원고를 들여다보는 비판적 성찰이 이어지면서 이대로 원고를 출간할 수는 없다는 생각에 거의 새로 쓰다시피 작업한 원고가 많다. 그러다 보니 원 지면에 게재되었던 원고와는 전혀 다른 질감으로 다가오는 원고들이 적지 않다. 흔히 원고는 고치면 고칠수록 좋아진다고 말하는데, 새로이 개선한 개고에 필자의 비평적 자의식이 살아났기를 기대해본다.

1부는 2000년대 중후반 문학 잡지에 게재되었던 특집 원고를 모았다. '한국문학의 환상성'을 검토한 글, 신자유주의 시대의 소설적 대응 양상, 1980년대 문학담론의 현재성, 2000년대의 분단문학, 북한문학 개관 등은 서로 다른 이질적인 원고들이지만, 각각의 주제는 2000년대 중반 이후 필자의 관심사를 그대로 반영한 원고들이다.

2부는 작가론을 모았다. 90년대 중반 이후 신세대적 감수성의 총아로 꼽히는 김영하, 무규칙이종소설가로 평가받는 2000년대 기린아 박민규, 실증적 글쓰기를 개척해온 김종성, 서사적 상상력의 확장을 진행하는 황석영, 후기문학을 재점검한 황순원 등의 작가론은 필자의 관심이 서사성의 영토 확장에 닿아 있음을 보여준다.

3부는 작품해설과 서평을 모았다. 2007년 옛이야기를 호출하여 대중들의 사랑을 받았던 황석영, 김훈, 신경숙의 장편소설평, 소외된 타자들의 존재를 위무하는 권정현의 첫 작품집『굿바이, 명왕성』해설, 도농 복합도시의 비판적 보고서를 다룬 김종성의 다섯 번째 단편집『마을』평, 21세기적 비인탄생의 신화를 작성한 손홍규의 첫 작품집인『사람의 신화』평, 대중화된 글쓰기로 자전적 성장소설의 전범을 보여준 황석영의 장편소설『개밥바라기별』평 등은 2000년대 서사의 현장을 함께 들여다보게 한다.

4부는 2005년 소설 현장을 탐색한 계간평을 모았다.『문학과 경계』에 1년간 계간평 원고를 집필하면서 혹독한 텍스트 읽기 훈련을 거친 결과물이다. 매 계절마다 따끈따끈한 원고를 속독으로라도 정독하면서 현장 소설과의 낯선 면대면을 통해 문학적 자양분을 새로이 구축하는 한 해였다. 물론 텍스트를 취사선택하는 것은 선택과 배제의 차원에서 지극히 극심한 고통을 제공했다. 하지만 나름의 기준으로 질서를 부여하는 과정은 새로 관점을 정리하면서 비평가적 인식을 새롭게 다지는 계기가 되었다.

‘2012년을 점령하라’는 말을 남기고 김근태 씨가 세상을 떠났다. 소식을 접한 날 밤에 노무현 대통령 서서 빼반금이나 울었다. 그기 살아낸 시대에 공감과 아픔을 함께하며 흘린 눈물은 내 메마른 심성에 각성의 계기를 제공할 것이다. 나에게 2012년은 축제의 공간이 되었으면 싶다. 그것이 점령으로 표현되든 새로운 2013년 체제 준비기로 표현되든 말이다. 2012년 들어 얼마 안 되어 학과 3년 선배인 최길환 형이 세상을 떠났고, 그 며칠 뒤 가까운 지인 중 한 사람인 기자 출신 우리말 지킴이 장승욱 선생이 영면하였다. 그리고 근자에는 필자가 20년 이상 몸담은 대학의 설립자도 별세하였다. 홀로 조용히 문상을 가서 고인들의 영정 사진을 보며 그 의미와 내용이 다른 눈물들이 불쑥 솟아올랐다. 그 눈물 글썽거림은 20년 이상의 세월을 내포한 '시간의 농축 엑기스'였다. 그 눈물이 내 오늘의 삶을 값지게 살아야 함을 당부한 것이라 믿고 싶다. 두 번째 평론집과 세 번째 평론집 사이에 새로운 생명 세영이 세상 밖으로 나왔고 지금 우리 가족의 네 살 배기 보물로 존재한다. 누군가는 그렇게 한 줌의 영혼이 되어 먼 길을 떠났고 그렇게 또 새로운 누군가가 빈 자리를 채우는 것이 인간사인지도 모르겠다. 바람 부는 날, 파란 하늘 아래에서 열심히 살아야겠다.

늘 아름다운 문장 하나 새기고 싶은 욕심을 부려보지만 변죽만 울리는 꼴이 아닌가 싶어 안타까울 때가 많다. 이제 내가 나 스스로에게 느끼는 부끄러움이 더 이상 창피한 부끄러움이 되지 않도록 조금 더 치열하고 성실하게 텍스트를 읽고 세계와의 대화를 쓰고자 한다. 그러한 노력이 나에게 물심양면 많은 관심과 질정을 아끼지 않는 선생님, 선배, 동료, 후학들에게 면피하는 것이라는 생각에서다. 출판 사정이 여의치 않음에도 불구하고 흔쾌히 출판에 응해준 국학자료원 정구형 이사에게 깊은 감사의 뜻을 전한다.

―2012년 2월
아직 한파의 기운이 가시지 않은 북한산 자락에서

Contents

I 부

문학은 시대적 모순을 향해 성찰적 발언을 지속한다. 그리하
여 문학은 독자적 심미안을 통해 시대를 거스르거나 시대를
앞서고자 한다. 신자유주의적 질서가 온 세계를 뒤덮고 있는
현 시점에서 그 문제적 패러다임이 가진 모순에 대해 착목하
고 균열적 틈새에 파열구를 내기 위해 다양한 시도가 진행되
고 있다. 적어도 문학 안에서는 풍자성이라는 저항의 방식을
통해 그러한 작업이 지속된다. 세계화된 자본이 화두인 시
대, 문학은 질문한다. 초국적 자본은 인간의 영혼을 살찌우
는 것이 아니라 소외된 다수를 양산하고 있음을. 그리고 우
리가 문학적 자유를 위해 '신자유주의적 담론'의 허상을 직
시할 수 있어야 한다는 사실을.

한국문학의 환상성 탐색

'환상'의 매혹

'환상^{幻想}'은 그 이름만으로도 충분히 매혹적이다. 언어로 명명 내리기 어려운 흐릿한 실체를 의미화하기 위해 부단한 노력 끝에 부여잡게 된 '그것', 그러나 곧이어 사라지고 말 '그것', 그리하여 애타게 발을 동동 구르며 다시 한 번의 조우를 기대하게 될 '그것'이기에 더욱 그러하다. 그러므로 환상은 몽환적이면서도 실재적이다. 1960년대 '무진의 안개'(김승옥, 「무진기행」)처럼 무관심한 공무원들에게는 그 실재성이 감지되지 않지만, 경험적 구체성과 함께 '밀폐된 골방'의 기억이 상존하는 윤희중에게는 내면 깊이 각인된 심리적 실체로 인식되는 것이 '환상'의 실재성을 입증한다. 또한 1970년대 '사물들이 장악한 아파트 방'(최인호, 「타인의 방」)에서, 환한 불빛 아래에서는 잠잠하던 물건들이 불을 끄면 격렬하게 자신들의 소리와 움직임을 토해내는 모습을 지켜보는 화자에게

'방'은 이물들이 활보하는 세계로 각인된다는 점에서 '환상'의 실재성을 보여준다.

'우리 시대의 리얼[Real]과 판타지[fantasy]'에 대해 해명하기 위해서는 '리얼' 과 '판타지'의 의미 범주를 한정하는 작업이 필요하다. 우선 '리얼'이란 무엇인가? 그것은 '리얼리티, 사실(성), 실재(성), 실재계, 현실(성), 진실(성), 재현가능성' 등의 다양한 의미를 내포한다. 이것은 '리얼'이 감각과 사유로서 대상의 실재성을 명료화할 수 있음을 의미한다. 이때 '판타지'를 '리얼'의 반대축에 놓고 그 내포적 의미를 '반리얼, 비리얼, 초리얼, 탈리얼'로 규명하고자 한다면 그것은 지극히 상식적인 수준에서 환상의 표면을 검토하는 작업이 될 것이다. 문학 텍스트에서의 '리얼'이란 언어로 재현된 객관 세계가 수용자(인물과 독자)에게 일상적 실재감을 환기할 때 발생한다. 하지만 '환상'은 비가시적 실재감으로 현상한다. 따라서 '리얼'이 대상 세계를 언어로 가공하여 재현 가능한 실재성의 세계를 사실적으로 보여준다면, '판타지'는 재현될 수 없는 비현실적 세계의 실재성을 가공하여 심리적 실제로 보여주는 기능을 한다

'대문자 리얼'은 정신분석학적 관점에서 바라보면 '실재계[the Real]'를 이름한다. 라캉의 삼계(상상계, 상징계, 실재계)에서 '실재계'란 거울단계의 상상적 동일시(상상계)를 거쳐 언어와 상징적 기호가 지배하는 상징계에 예속된 기표로서의 주체가 그 두 영역의 배면에서 '충동[drive]'과 '대타자[the Other]'를 확인하는 영역이면서 동시에 언어적 담론 체계 바깥에 머물러 있는 일종의 잔여(=텅 빈 중심) 영역으로서 억압된 것이 귀환하면서 진실을 드러내는 세계이다.[1]

---

1 한국문학평론가협회, 『문학비평용어사전(하)』: 권택영, 「실재계(實在界, Real)」, 국학자

반면에 '판타지'란 허구적인 구성물로서 현실적으로 불가능한 소망들이 성취되는 장소이자 양식을 의미한다. 프로이트에 의하면 '판타지'란 진리를 가능하게 하는 구조적 조건이며, 상징적 억압 이전에 처음부터 '배제foreclosure'되어 의미를 부여받을 수 없던 것들이 다시 돌아오는 장소가 된다. 따라서 역사적 진실을 보여주지만 온전한 형태를 갖추지 못한 파편으로서의 '판타지'는 상징화될 수 없는 실재계의 파편들로 그 모습을 드러낸다. 라캉에게 판타지는 실재계적 진리가 드러나는 동시에 거부되는 장소로 기능하며, 상징화될 수 없는 진실의 파편들이 상징의 옷을 입고 나타나는 영역이며, 욕망의 근원에 이르는 길인 동시에 그것에의 접근을 방어하는 상징적 베일이다. 진리는 (판타지라는) 베일의 형태로만 드러날 수 있기 때문이다.[2]

이 두 개념 규정을 통해 정신분석학적 기표로서의 '리얼(실재계)'과 '판타지(환상)'가 서로 상보적 관계임을 확인할 수 있다. '진실의 순간적 현현'으로서의 에피파니적 환상이 은폐와 계시를 반복하는 영역이 바로 실재계가 되기 때문이다. 그러나 이렇게 규정했을 경우 '리얼'과 '판타지'는 개별 주체의 심리적 판단으로 그 실재성 여부를 가늠하게 될 가능성이 크다. 따라서 본고에서의 '리얼'은 별도의 첨언이나 수식이 없는 한 라캉의 용어 '실재(계)'를 지칭하면서도 주체와 세계에 대한 객관적 인식과 현실 반영이라는 문학사회학적 관점을 포개어 '실재성'의 의미로 활용할 것이다. '판타지' 역시 심리적 실재로서의 진리의 가능태로서뿐만 아니라 비가시적 존재와 비현실적 세계의 실체적 의미를 환기하는 전복과 위

료원, 2006, 368쪽.

2 민승기, 「판타지(Fantasy)」, 위의 책, 1038~1039쪽.

반의 ‘환상성’이라는 의미로 활용하고자 한다. 결국 ‘환상’이 상징계 안에서 억압된 무의식의 개방을 통해 상상계적 타자와의 접경 속에 실재계적 진리를 현현하는 기능을 담당함과 동시에, 현실의 재현 가능성과 인식 가능성의 한계를 극복하려는 해방적 기능을 수행한다는 의미로 활용하고자 한다. ‘환상’은 리얼한 현실에서 파생된 비실재적 균열을 응시하면서 발생된 ‘위반의 충동’이자 ‘실재적 환상’으로 존재하기 때문이다.

우리 시대의 ‘환상’을 탐색하는 것은 문자언어로 재현된 텍스트를 얼마나 효과적으로 리얼하게 형상화하고 있느냐를 질문하는 방식이 된다. 그것은 당연히 창작자의 역량, 텍스트의 내적 완성도, 수용자의 능동적 개입 등의 양질 여하에 따라 다양한 평가가 진행될 수밖에 없다. 본고는 환상의 개념과 범주에 대한 개괄적 고찰에 뒤이어 ‘환상문학’이라는 장르가 아니라 문학 작품의 내적 리얼리티를 완성하는 ‘환상(성)’을 주목해야 함을 강조하고자 한다. 그것은 결국 얼마만큼 독자에게 리얼한 환상을 제공하느냐가 문학적 성패를 가르는 것임을 증명하는 방식이 될 것이다.

장르적 기법과
서사적 장치로서의 ‘환상’

환상에 대한 정의와 설명은 ‘현실성의 결여 형태’인 환상의 본성이 지닌 긍정성(억압적 현실의 비판과 상상적 전복의 희열)과 부정성(자폐적 현실 도피와 가상세계로의 망상적 탈주)의 이중적 측면을 그대로 반영한다. 문학의 본래적 속성의 하나로 설명될 때의 '환상'은 '미메시스'와 함께 문학 자체와 등가적 의미망을 형성할 정도로 확대 해석되며, 상징계적 현실로부터 강요된 내면의 부재와 결핍을 극복할 창조적 욕망이라는 광의의 의미로 인식된다. 하지만 객관 세계의 사실적 재현과 소외된 개인의 발견, 전형성과 총체성의 개념을 내포한 리얼리즘의 영역에서 바라본 환상은 '현실이나 재현, 리얼리티'에 대한 반대 개념으로서 '비현실, 초현실, 반현실, 탈현실, 초자연, 몽상, 공상, 망상, 환영, 가상성' 등의 비실재적 특이성을 강조하는 부정적 영역으로 설명되어 왔다.

그러나 1990년대 이후 '남성/여성, 정상/비정상, 인간/비인간, 서양/동양, 코스모스/카오스, 주체/객체, 자아/타자, 현실/환상, 실재/가상, 지배/예속' 등의 이항대립을 해체하는 포스트모던의 문제제기가 전면화되면서 인터넷 매체의 발달이 가져온 세계화와 정보화의 가속화 속에 기존의 거대담론 체계에서 소외되었던 미시 담론의 약진과 함께 다원주의적 가치가 보편적 승인을 받고 있다. 그리하여 '환상'은 리얼한 현실에서 살고 있는 주체들에게 거부나 배제의 대상으로 부인되는 것이 아니라 비실재적 진실을 호출하기 위해 현실 세계의 문제성을 의미화하는 문학의 핵심적 장치로 작동한다. '환상'은 개체적 차원에서만 발생되는 것이 아니다. 집단무의식(융)이나 정치사회적 무의식(제임슨)을 내포한 환상은 재현 가능성의 여부를 떠나 현실 세계로부터 기입된 것이기 때문이다. 따라서 '환상'은 개인에게는 자율적 판단에 따른 심리적 실재로 기능하지만, 개인들(타자들)에게는 상호주관적 실재성을 불러일으키는 것이어야 한다.

문학에서의 환상은 인식론과 존재론의 측면에서 비가시적이고 비실재적인 현상이나 존재를 실제로 확인할 때 발생된다. 즉 보이지 않는 것을 보이는 것으로 만들거나, 말해질 수 없는 것을 표현하면서 '환상'은 호출된다. '비가시성, 비실재성, 불가해성' 등의 개념을 내포한 '문학의 환상성'에 대한 근대적 논의는 토도로프로부터 시작된다. 토도로프[3]는 환상을 자연의 법칙밖에 모르는 사람이 "초자연적 양상을 가진 사건에 직면해서 체험하는 망설임"이라고 정의하면서 '환상'이 현실적인 것과 상상적인 것이라는 두 개념 사이에서 작동한다고 주장한다. 그는 환상의 세 가지 충족 요건으로 첫째 독자의 망설임(작중 인물들의 세계를 실제 살아 있는 사람들의 세계로 여기도록 하고, 기술된 사건에 대해 자연스런 설명과 초자연적인 설명 사이에서 망설이게 하기), 둘째 작중 인물의 망설임(독자의 작중 인물과의 동일화), 셋째 독자가 텍스트에 대해 특정한 태도를 취하는 것(시적이고 알레고리적인 해석 태도의 거부) 등을 말한다. 첫째와 셋째가 필수 조건이라는 토도로프의 견해에 따르자면 소설 장르에서 텍스트 수용자의 상상적 개입(망설임)이 환상의 실재성에 필수직임을 확인할 수 있다. 또한 그에 의하면 현재에만 관계하는 '환상the fantasy'은 과거로 환원되는 '괴기the uncanny'와 미지의 현상에 대응하는 '경이the marvelous'의 경계선상에 위치한 장르이며, 환상의 세 가지 기능은 첫째 독자에게 공포나 전율, 단순한 호기심 같은 특수 효과를 일으키는 것, 둘째 환상적 요소 자체가 서사의 치밀한 조직화를 가능하게 하는 것, 셋째 환상에 의해 환상적 우주의 기술이 가능하게 되는 것에 있다.

　이렇듯 '텍스트 수용자의 망설임'을 환상의 핵심 요건으로 파악한 토

---

3 츠베탕 토도로프, 이기우 옮김, 『덧없는 행복―루소론/환상문학서설』, 한국문화사, 1996.

도로프와는 다르게 로즈메리 잭슨[4]은 환상이 "문화적 속박으로부터 야기된 결핍을 보상하려는 특징"을 지니고 있으며, "환상은 욕망에 관한 문학으로서 부재와 상실로 경험되는 것들을 추구하는 것"이라고 규정한다. 또한 "환상은 이 세계의 요소들을 전도시키는 것, 낯설고 친숙하지 않으며 그리고 명백하게 '새롭고' 절대적으로 '다른' 어떤 것을 산출하기 위해 그 구성 자질들을 새로운 관계로 재결합하는 것과 관련"된 것으로 파악된다. 토도로프에게는 '기괴와 경이 사이'에서 유동하던 '환상'이, 잭슨에 따르면 '경이적인 것'과 '모방적인 것'을 혼합한 서사양식으로 규정된다. 그리고 '환상'은 실재적인 것과 상상 사이에 자리잡은 배후 세계에 존재하며, 그 불확정성을 통해 실재적인 것과 상상적인 것 사이의 관계를 변화시킨다. 그리하여 환상적인 것은 실재적인 것과의 대화에 들어가고 그 대화를 자신의 필수구조의 일부로 통합하게 된다. 또한 환상적인 것은 모순과 양가성을 토대로 구조화되면서 말해질 수 없는 것, 명료하지 않은 것, 혹은 '진실하지 않고' '실재적이지 않은' 것으로 재현된 것들 속에 그 흔적을 남긴다. 경험적으로 '실재적인' 세계를 문제적으로 재현함으로써 환상성은 실재와 비실재의 본질에 문제를 제기하고 그들 사이의 관계를 중심적인 관심사로 전경화하는 것이다. 따라서 의미화의 결핍이야말로 환상성을 규정하는 주요 자질에 해당하며, 환상적인 것의 대상 세계는 '기호론적 과잉'과 '의미론적 공허'의 세계로 표상된다.

정신분석학적 실재성이 지닌 '전복'을 환상의 핵심 요소로 강조한 잭슨과는 다르게 캐서린 흄[5]은 환상을 미메시스와 함께 문학의 두 가지 주

---

4 로즈메리 잭슨, 서강여성문학연구회 옮김, 『환상성―전복의 문학』, 문학동네, 2001.
5 캐서린 흄, 한창엽 옮김, 『환상과 미메시스』, 푸른나무, 2000.

요 속성으로 간주한다. 그리하여 '환상'을 일반적으로 인정하고 있는 '합의된(=등치적, consensus) 리얼리티'로부터 벗어나고자 하는 충동으로 규정하고, 환상문학의 종류를 1) 환영문학(현실 도피로의 초대), 2) 성찰문학(새로운 리얼리티의 소개), 3) 교정문학(리얼리티의 개선), 4) 탈환영문학(리얼리티의 거부) 등의 네 가지로 구별한다. 그러나 흄은 개별 장르로서의 환상문학을 보편 장르인 문학 자체와 거의 유사한 등가의 위치에 놓음으로써 문학과 환상의 기능과 역할을 뒤섞어 환상을 창조적 충동이라는 문학의 본원적 기능에 환원시키는 한계를 노정한다. 물론 흄은 환상을 "사실적이고 정상적인 것들이 갖는 제약에 대한 의도적인 일탈"이라고 규정함으로써, 환상에서 토도로프는 망설임을, 톨킨은 즐거움을, 그리고 어윈은 게임을, 잭슨은 전복을 강조하는 것과 달리 자신의 논리를 차별화한다. 결국 흄에게 미메시스와 환상 충동의 산물인 문학에서 '환상'은 권태로부터의 탈출, 놀이, 환영, 결핍된 것에 대한 갈망, 독자의 언어 습관을 깨뜨리는 은유적 심상 등을 통해 주어진 것을 변화시키고 리얼리티를 비꾸려는 욕구에 해당한다.

이들의 논의를 종합해보면, '환상'이 작가의 창조적 충동과 수용자의 망설임, 전복과 일탈에의 갈망을 드러내는 주제 의식이자 장르적 기법, 서사적 장치에 해당함을 확인할 수 있다. 비가시적이고 불가해하고 불가능한, 그리하여 '낯선 두려움'을 유발하는 존재를 감각적으로 인식 가능한 존재로 전환시켜 충족감을 제공하는 것이 '환상'인 것이다. 따라서 '환상'은 그럴 수 없음에도 불구하고 독자에게 심리적 실재로 기능하면서 내적 리얼리티를 적절하게 확보했느냐의 여부에 따라 그 성패가 가늠되는 문학적 장치에 해당된다.

한국소설에서의 환상성
―실재적 환상

　　우리 소설에서의 '환상'은 '공인된 현실'이 아니라 '주관화된 실재'로 파악된다. 그리하여 '꿈, 백일몽, 환각' 등의 몽상이나, '귀신이나 유령' 등의 비물질적 존재로 기능하는 '환상'은 '비현실, 초현실, 반현실, 탈현실' 등의 불가해한 비정상성을 유발하는 것들을 통칭하는 이름으로 존재해왔다. 그러나 '환상성'에 대한 논의가 여러 문예지의 특집에서 다루어진 것에서 알 수 있듯,[6] 1990년대 중반 이후 '환상성'에 대한 인식의 제고는 포스트모더니즘 논의와 더불어 전통적 리얼리즘이 표방하는 진리의 재현가능성에 대한 비판과 함께 더욱 활발해지고 있다. 특히 '환상의 실재성'이 강조되는 중남미 문학의 '환상적(마술적) 사실주의'의 소개 속에 '환상'의 순기능에 대한 고찰이 진행되면서, 타매의 대상이자 통속문학의 대명사로 도외시되던 '판타지문학'에 대한 관심이 증폭되고, 나아가 문학의 중요한 기능의 하나로 '환상'을 새로이 주목하기 시작한 것이다.

　　'장르로서의 환상문학'을 탐색하는 황병하[7]는 토도로프, 톨킨, 캐스린 흄의 환상문학 논의를 정리하면서 환상문학의 의미와 범주를 열네 가지

6　환상성과 관련된 특집으로는 '『상상』 1996년 가을 / 『오늘의 문예비평』 1996년 겨울 / 『세계의 문학』 1997년 여름 / 『외국문학』 1997년 가을 / 『문학사상』 1998년 11월, 2004년 5월 / 『실천문학』 2000년 겨울 / 『문학수첩』 2003년 봄, 2003년 겨울 / 『시작』 2006년 겨울' 등이 있다.

7　황병하, 「환상문학과 한국문학」, 『세계의 문학』, 1997년 여름, 129~160쪽(『메타비평을 위하여』, 민음사, 1997, 363~397쪽).

로 요약[8]하고, 이승우의 「선고」와 「악몽, G30117의 어떤 하루」, 최수철의 「영혼의 피」, 송경아의 「엘리베이터」 등이 엄격한 의미의 환상문학에 속하지만, 양귀자의 『천년의 사랑』은 내적 리얼리티의 결여 등으로 인해 환상문학에 해당하지 않는다고 분석한다. 결국 '환상의 내적 정합성(유철상)[9]의 유무가 '환상문학'이냐 아니냐를 결정하는 바로미터가 되는 것이다. 하지만 이렇게 되었을 경우 '환상문학'에 해당하는 것은 극도로 소수의 작품에 불과할 것이기 때문에 장르적 관점에서 바라보기보다는 미학적 장치로서 문학의 '환상성'을 바라볼 필요가 생긴다.

장르적 관점이 아니라 '환상'을 상상력의 개진으로 파악하는 황국명[10]은 '90년대 소설의 환상성'을 "현실 관념에 대한 근본적인 회의라는 시대적 배경 속에서 문학의 고갈, 상상력의 위기를 돌파하려는 노력의 산물"로 이해하면서 '환상'을 "지금 여기의 현실에서 불가능, 비현실, 초자연, 비정상, 비가시, 불가해하며 부재하는 것"으로 파악하여 "타자의 복귀이며, 양립할 수 없는 것들 간의 대화"로 정의하면서 소설의 환상성이

---

8 '(1) 환상이 작품의 중심 구도로 자리잡은 문학이 환상문학 (2) 환상은 우리가 일반적으로 인정하는 합의된 리얼리티로부터 벗어날 때 생성 (3) 새로이 창조된 2차 세계의 내적 리얼리티 확보 (4) 화자―작중인물―독자의 망설임을 표명하는 경우가 환상 (5) 현실/비현실, 자연/초자연, 정상/비정상의 대립 체계도 망설임을 유발해야 환상 (6) 시나 희곡에도 환상 존재 (7) 알레고리로도 환상 가능 (8) 돌발적인 것, 잘못 예상한 것, 예상에 반하는 것, 무관한 것은 순수 환상과 차이 (9) 스릴러 로망스 등 탈출구 문학(도피 문학)은 환상문학에 불포함 (10) 초자연, 비현실적, 비정상적인 것에 대한 진술이 묘사적, 직관적이어야 환상이 쉽게 발생 (11) 2차 세계가 고정 관념을 깨뜨려 인식 지평을 뒤흔들 때 환상 발생 (12) 환상의 반동적 힘으로 실제적인 사회적 변화 가능 (13) 강도 높은 환상이 작품의 전복과 해체의 효과 증대 (14) 환상은 인식 지평의 확대를 의미' 등이 그것이다(황병하, 위의 글, 386~388쪽).

9 유철상, 「최근 소설의 환상적 경향과 그 의미」, 『현대소설연구』 12호, 2000.6, 111~127쪽.

10 황국명, 「90년대 소설의 환상성, 그 상상력의 모험」, 『외국문학』, 1997년 가을, 34~57쪽.

'현실의 풍요화'에 해당하며, 구체적으로 송경아(엔트로피적 상상력), 장
정일(성적 상상력), 양귀자(신비적 상상력), 김탁환(신화적 상상력), 박
상우(몽환적 상상력), 윤대녕(시원적 상상력), 송대방(연금술적 상상력),
김경욱(모상적 상상력) 등을 검토한다. 이 논의는 환상성의 순기능을 지
나치게 확대하여 상상력과 동일시함으로써 환상이 개재되지 않은 문학
이 없다는 포괄적 명제를 가능하게 한다는 점에서 한계를 지닌다.

한국 소설에서의 환상성의 전개 양상을 계보학적으로 검토하는 김경
수[11]는 '환상성'을 "잠정적으로 소설작품에서 독자들의 실세계 감각에 저
항하는 제반 요소들, 예를 들면 환각이나 백일몽, 혹은 환영 등을 총칭하
는 것"으로 정의하면서 '인물화 기법으로서의 환상'의 소설적 발견(염상
섭, 최서해), 주제적 국면에서의 '상징적 환영의 창조'(이제하), 현실의
재현가능성에 도전하는 '동시서술의 환상성'(이인성, 하성란) 등을 읽어
냄으로써 환상성의 특징적 전개 양상을 고찰한다. 이 논의는 '환상'의 미
학적 특질을 계보학적으로 읽어냄으로써 '문학적 환상'이 개별 텍스트에
국한되는 것이 아니라 공통된 특성을 여러 텍스트에서 확인할 수 있다는
점을 구체적으로 계열화한 점에 의의가 있다.

김미현[12]의 경우 '괴물, 영혼, 유령'의 키워드로 1980~1990년대 소설
의 여성성과 환상성의 동일성과 차이를 주목한다. 즉 '기괴함과 이상현
실異常現實'과 '공포의 여성성'을 테마로 '반현실의 환상성'을 읽어낸 오정
희의 「전갈」(괴물의 환상성), '백일몽과 이상현실以上現實'과 '승화의 여성
성'을 테마로 '초현실의 환상성'을 읽어낸 김채원의 「겨울의 환」(영혼의

<hr>

11 김경수, 「현대소설의 전개와 환상성」, 『국어국문학』 137집, 2004.9, 213~228쪽.
12 김미현, 「여성소설에 나타난 환상성 연구」, 『국어국문학』 138집, 2004.12, 339~362쪽.

환상성), '대중적 숭고와 이상현실理想現實'과 '탈주의 여성성'을 테마로 '탈현실의 환상성'을 읽어낸 양귀자의 『천년의 사랑』(유령의 환상성)을 통해 여성적 환상성이 '이상異常/以上/理想 현실'을 이반하려는 충동과 밀접한 연관이 있음을 고찰한다. 이 논의는 '환상성'과 '억압된 여성성'의 관계에 대한 미시적 고찰을 통해 '환상'과 '현실'의 구체적 조응 양상을 탐구하고 있다는 점에서 의의를 가진다.

포스트모던의 미적 장치로 '환상'을 주목한 문흥술[13]은 환상이 "초역사적이고 초시대적인 개념이거나, 단순한 수사학적 내지 기법적 장치가 아니"라, "정보사회의 모순을 비판하고 탈중심의 세계를 지향하는, 20세기 후반에 등장한 특수한 예술운동인 포스트모더니즘의 중요한 미적 장치에 해당한다"라고 파악한다. 그리하여 이승우의 「선고」, 최수철의 「고래뱃속에서」, 송경아의 「엘리베이터」 등의 작품이 현실비판으로서의 환상성을 그려내고 있다고 긍정적으로 평가한다. 반면에 멀티미디어 세계의 환상성을 그려낸 서준환의 「수족관」이나 강영숙의 「청색모래」 등은 사상현실을 무비판적으로 치용한 '헛된 망상 내지 공상'에 불과할 뿐이라면서 부정적으로 평가한다. 이 논의는 '현실 비판적 환상성'의 긍정과 텍스트 내부의 내적 리얼리티를 상실한 '망상이나 공상'을 '부정적 환상성'으로 평가함으로써 '환상'의 위계화를 시도하고 있다는 점에서 주목을 요한다.

2000년대 문학에서 작가들이 활용하는 '환상'의 의미를 수복한 손성수[14]는 판타지 이미지의 차용(편혜영, 이신조, 한유주), 사회적 의식과 환

---

13 문흥술, 「환상문학의 발생론적 토대와 그 유형에 관한 연구」, 『어문론총』 제42호, 2005.6, 187~211쪽.
14 좌담(이광호, 손정수, 최성실, 홍용희), 「이제, 2000년대 문학을 말할 수 있다」, 『문학과사

상(비현실)의 계기와의 결합(손홍규), 현실과 환상의 선명한 구분(박성원), 환상에서 시작하여 환상으로 끝나는 텍스트(편혜영, 김애란, 김유진), 현실과 환상의 봉합선이 거의 보이지 않는 텍스트(박민규, 김영하) 등을 구분한다. 또한 유령의 등장을 주목한 허병식[15]은 유령을 상연하여 무시무시한 실재와의 대면을 요구하는 작가(편혜영, 한유주, 서준환, 박형서, 김숨 등)들 중 '섬뜩함과 적대의 삶'(편혜영), '유령의 윤리학'(한유주), '초자아의 응시'(김숨) 등을 통해 죽음의 소설들이 환상을 호출하고 있음을 분석한다. 결국 2000년대 소설이 '환상 가로지르기' 혹은 '환상과 현실 넘나들기'를 통해 환상성을 주요한 형상화의 장치로 활용하고 있는 것이다. 이러한 논의는 '무중력 공간'(이광호),[16] '편집증적 서사화'(김형중),[17] '탈내면의 상상력'(김영찬),[18] '허공의 상상력'(심진경)[19] 등의 경우에도 명명은 다르지만 유사한 문제제기로 계속된다.

이렇게 볼 때 소설의 '환상'이란 '재현된 현실'과의 긴장관계 속에서 끊임없이 그 현실의 문제를 의식하고 가시화하기 위해 '비실재적 존재(사물)'를 통해 텍스트의 내적 리얼리티를 확보하는 장치라고 할 수 있다. 이것은 '도로 리얼리즘의 신화'에 사로잡히기 위함이 아니라 허구적 리얼리티의 실재성을 강조하기 위한 방편이다. 환상을 소재적으로 활용

회』, 2005년 겨울, 266~294쪽.

15 허병식, 「2000년대의 한국소설과 환상의 몫」, 『시작』, 2006년 겨울, 76~90쪽.

16 이광호, 「혼종적 글쓰기, 혹은 무중력 공간의 탄생―2000년대 문학의 다른 이름들」, 『문학과사회』, 2005년 여름, 154~172쪽.

17 김형중, 「부재하는 원인, 갱신된 리얼리즘―이것은 리얼리즘이 아니다 ③」, 『문학과사회』, 2007년 봄.

18 김영찬, 「2000년대, 한국문학을 위한 비판적 단상」, 『비평극장의 유령들』, 창비, 2006.

19 심진경, 「새로운 거짓말과 진부한 거짓말」, 『실천문학』, 2006년 겨울, 146~160쪽.

(꿈, 백일몽, 망상)하는 '방법적 환상'이 아니라 환상을 주제적 차원에서 활용하면서 최근 한국소설이 도달한 비실재적 환상성의 수준을 보여주는 예로는 김언수의 『캐비닛』(2006)을 들 수 있다. 필자에게는 시신과 유령으로 가득한 편혜영과 한유주의 소설들이 '괴기'쪽에 가깝고, 만화적 상상력의 약진을 보여주는 박민규의 소설이 '경이'에 가깝다면, 능청스러운 화자의 입담을 통해 '13호 캐비닛'에 담겨 있는 기이한 심토머들의 이야기에서 우리 시대의 '리얼한 환상'이 읽혀지기 때문이다.

'최후의 인간이거나 최초의 인간'일 '징후를 가진 사람=심토머^{symptomer}'들을 추적하는 『캐비닛』에서 백칠십팔일 동안 매일 엄청난 양의 캔맥주를 마실 정도로, 평범하면서도 평범하지 않은 화자가 이 도시의 '상처받은 변종'들에 대한 이야기를 들려준다. 심토머들은 처음에는 정상적 인간과는 전혀 다른 별종으로 다가오다가 존재의 실감에 대한 개연성을 독자가 수용하게 되면 심리적 실재로서의 '환상성'을 불러 일으킨다. '새끼손가락에서 은행나무가 자라는 남자, 시간을 잃어버리는 타임스키퍼, 도플갱어를 가진 사람, 도마뱀이 입속의 혀가 된 여성 키메라, 긴 잠을 자는 토포러, 기억을 짜깁기하는 메모리모자이커, 이쑤시개를 닮아가는 사람, 고양이가 되고 싶은 남자, 완벽한 남녀의 성기를 한몸에 가진 네오헤르마프로디토스, 외계인의 후손들인 외계인 무선통신 회원들, 서로의 육체를 교환하는 다중소속자들, 일곱 번의 죽음을 경험한 샴쌍둥이' 등의 기이하고 특이한 존재들은 '화자의 망설임'과 '독자의 머뭇거림' 속에서 인간이라는 별종에 대한 존재론적 질문을 던진다. 그리하여 우리 모두가 변종을 양산하는 세계에 살고 있는 심토머일 수도 있다는 '실재적 환상'을 제기한다. "무엇을 상상하든 그 이하를 보게 될 것"이라는 서술자의 진짜 같은 거짓말, 거짓 같은 진실, 위악과 위선을 오가는 재담 속에서 '리얼한 환상'은 배태된다.

"이것이 환상인지 실제인지 어떻게 구분할 수 있나요? / 냄새를 맡아보세요. 환상의 세계는 냄새가 나지 않는답니다"(270쪽)라는 대답은 환상과 실재를 구분하는 작가의 감각적 발랄함을 보여준다. 작가는 농담처럼 가벼이, 그러나 감각적 진지성을 가지고 실재와 환상의 차이를 명쾌하게 구분한다. 작가에게 '환상'은 비감각적·비실재적 세계에 대한 가공된 묘사이기에 사유에 의해 발명되는 것이지 감각에 의해 발견되는 것은 아니다. 그러니 환상의 세계는 결코 후각을 자극하지 않는다. 시각적 혼돈 속에 심리적 실재감을 제공할 뿐이다. 현실 세계에는 '음료수 대용으로 휘발유를 마시는 사람, 유리를 주식으로 먹는 사람, 간식으로 강철을 먹는 사람, 신문지를 주식으로 먹는 사람, 흙을 먹는 사람, 전기를 먹는 사람, 기와를 주식으로 먹는 사람, 톱밥으로 샌드위치를 만들어 먹는 사람, 고문서를 먹는 사람' 등의 특이한 생존방식으로 살아가는 사람들이 실제로 혹은 허구 속에서 존재한다. 『캐비닛』의 실재적 환상성은 이렇듯 '인간과 비인간(혹은 색다른 인간)' 사이의 경계 짓기가 지닌 허위성을 폭로함으로써 인간의 비인간적 속성에 대해 그리고 변종을 양산하는 현실 세계의 다양한 모순의 배면에 깔려 있는 실재적 진실을 드러낸다. 그것은 '환상성'의 전복적 특성을 보여주면서 '지금—여기'의 리얼리티를 문제삼고 있는 것이다.

한국시에서의 환상성
―자폐적 환상

소설에서의 '환상성' 논의가 텍스트 내부의 내적 리얼리티의 문제와 관련된 질문을 진행한다면, 시에서의 '환상성' 논의는 세계의 자아화를 이끄는 서정시의 주체를 타자화하고 복수화하는 기획에 초점이 맞추어져 있다. 그리하여 2000년대 한국시에서의 환상 혹은 환상시 논의는 젊은 시인들의 난해한 시들에 대한 탐색이 주류를 이루면서 최소한의 리얼리티마저도 배제하는 양상을 보여주고 있다. 특히 2000년대 우리 시에서의 환상성 논의는 좋든 싫든 권혁웅의 비실체적 명명에 의해 담론화된 '미래파'에 의해 촉발되어 2005년부터 현재까지 다수의 논자들에 의해 다양한 공간에서 다채로운 방식으로 진행되고 있다. 즉 '서정의 본성, 환상의 미학성, 감각과 사유의 특이성' 등을 중심으로 논쟁이 지속되고 있다.

'미래파' 논쟁 이전에 환상시의 이론적 전제를 탐색하고 있는 이창민[20]은 '환상의 구축'을 "정조 표출의 주된 기제로 삼은 작품, 환상적 서술을 의미 전달의 중심 구도로 삼은 작품, 정서나 심리의 형상화로 규정하기 어려운 비유 심상을 전면에 배치한 작품" 등으로 나누어 환상시론의 성립 가능성과 문제점을 검토한다. 그리하여 환상의 역할을 '욕망의 표출과 불안의 표현'으로, 환상의 의도를 '전복의 기획과 위반의 기도'로, 환상의 의미화를 '의미의 소실과 언어의 유희'로 나누어 '환상'의 이론적

---

20 이창민, 「환상시론의 이론적 전제」, 『돈암어문학』 제16집, 2003.12, 39~62쪽.

전제를 검토한다. 이 논의는 시에서의 환상성이 '욕망과 불안, 전복과 위반, 언어의 비의미화'를 통해 구축될 수 있다는 점을 이론적으로 연구한 작업이라는 점에서 의의를 갖는다.

'환상시' 논의는 '다른 서정', '미래파', '신서정', '난해시', '환상성' 등의 명명을 통해 여전히 현재진행형인 논쟁의 중심에 서 있다. 그 논쟁의 실마리를 제기한 '비평가 권혁웅'[21]은 최근의 젊은 시인들의 시가 "중언부언을 중요한 발화의 방식"으로 공유하고 있으며 "무엇보다도 먼저, 재미있다"라고 평가한다. 그 재미를 '혁명, 그대와 내가 벌인 사랑의 육박전'(장석원), '검은 바지의 밤'(황병승), '내가 날 잘라 굽고 있는 밤 풍경'(김민정), '모니터킨트의 슬픔'(유형진) 등으로 요약하고, "이들의 작품이 가까운 미래에 우리 시의 분명한 대안이라는 것을 인정할 날이 올 것"이라고 확언한다. '중언부언', '재미', '분명한 대안'이라는 표현에서 알 수 있듯 권혁웅은 언어도단으로서의 젊은 시인들의 시적 도정을 '미래파'라는 비실체적 명명 속에서 의미화하고자 했던 것이다. 그러나 권혁웅의 '미래파'는 혹은 '미래파'라는 명명과 '미래파'에 대한 시선은 '해독解讀/害毒/解毒의 문제'와 함께 시단에서 집중포화를 맞으면서 '피 묻은 깃발'이 된다. 그럼에도 불구하고 다시 미래파의 깃발을 움켜쥔 그[22]는 「미래파2」에서 사실상 이 문제는 '소통'이 아니라 '난해성'의 문제이며, 최근 시의 환상이 "'환상성'보다는 '환상적 외양'을 지닌 '사실성'의 차원에서 더 잘 논의될 수 있다"면서 '환상성'을 "사실성이 세계의 진정한 본질을 포착하게 도와주는 구체적인 형상들의 속성"이라고 규정한다.

---

21 권혁웅, 「미래파―2005년, 젊은 시인들」, 『문예중앙』, 2005년 봄, 66~84쪽.
22 권혁웅, 「미래파2―2007년, 젊은 시인들을 위한 변론」, 『문예중앙』, 2007년 봄, 10~31쪽.

권혁웅과 함께 '미래파'에 옹호적인 '시인 이장욱'[23]은 '기계와 섹스하
는 외계 소녀, 혹은 시적 윤리학'(이기인), '뽀뼤를 사랑한 밍따오 외계인
들, 혹은 성찰과 성장의 거부'(황병승), '환상수족을 지닌 외계 여성들,
혹은 모성의 거부'(이민하) 등을 주목하면서 "기존의 언어 체계로는 번
역 불가능한 무엇"을 시도하고 있는 시인들을 외계인으로 명명한다. 외
계의 언어로 감각하고 사유하고 표현하는 존재들이 '환상시'로서 자신들
의 존재감을 피력하고 있다고 파악한 것이다. 이장욱과 더불어 '환상시'
의 세부를 맥락화하고 있는 신형철[24]은 '편집과 도착'이라는 소제목 하
에 '엽기적'인 김민정, 황병승, 이민하 시의 공통점을 '첫째 인식론적 불
가해함, 둘째 미학적 당혹스러움, 셋째 정체 모를 상실감' 등으로 꼽는다.
그는 다른 글[25]에서 분열적 주체의 폐허적 인식 속에서 탄생한 것이 '변
태(퍼버트)의 미학'(황병승)과 '괴물(스키조)의 미학'(강정)이며, 자아의
망집에서 벗어난 실상의 세계(이민하)와 '원한 없는 분노 혹은 유쾌한 복
수의 기운'(김민정)이 전복적 상상력으로 탈재현의 세계를 그려내고 있
고, 탈—고백 화법(김행수), 반—계몽 화법(이장욱), 무—질서 화법(장석
원)이 지닌 전복성을 주목하면서 '전복을 전복하는 전복'이 '뉴웨이브의
시학'임을 강변하며, 또 다른 글[26]에서는 '감각으로 사유하는 종을 위한
단상'이라는 부제 속에 김경주의 시를 분석한다.

　　권혁웅, 이장욱, 신형철이 '미래파'로 불리는 젊은 시인들의 난삽하면
서도 파격적인 시세계를 '새로운 종의 탄생'이라는 입장에서 옹호 대변

23　이장욱, 「외계인 인터뷰」, 『문예중앙』, 2005년 가을호, 16~31쪽.
24　신형철, 「앓는 세대의 난경(難境)과 난무(亂舞)」, 『문예중앙』, 2006년 봄, 92~115쪽.
25　신형철, 「전복을 전복하는 전복」, 『실천문학』, 2006년 겨울, 110~127쪽.
26　신형철, 「감각이여, 다시 한번」, 『문예중앙』, 2007년 봄, 54~71쪽.

하고 있다면, 박형준, 김진수, 홍용희, 오형엽, 김수이 등은 그 시인들의 텍스트를 면밀히 검토하면서 그들의 출현이 가진 의미를 정치하게 분석하는 데에 집중한다.

젊은 시인들의 '환상'이 기획임을 주목한 박형준[27]은 시에서의 '환상'이 "현실을 발견하는 대신 이미지를 '발명'하는 데 주력"하는 것이며, 최근 젊은 시인들의 시에서의 '환상의 기획'이 서정적 절대주체의 퇴출 속에서 '가공된 상처'이자 '상상'으로 작동하고 있다고 평가한다. '탈주체'라는 키워드로 '서정성'과 '환상성'을 대비시켜 환상시의 진정성을 주목하는 김진수[28]는 2005년 현재 시의 지형에 대해 감각의 두 차원인 정신적－인식적 측면(서정성)과 육체적－본능적 측면(환상성) 중 어느 쪽에 더 많은 비중을 두느냐에 따라 감각의 사용 방식이 달라질 수 있다면서, 위반과 전복의 상상력을 표방하며 자기분열성을 드러내고 있는 젊은 시인들로 '김근, 김민정, 김언, 김행숙, 박진성, 이민하, 황병승' 등을 주목한다. 2000년대 시의 특질을 논하는 좌담에서 홍용희[29]는 비선형적인 혼종과 이질성의 시학(황병승), 상상과 소외된 사물들의 몽환적 형상화(이민하), 신화적 무한의 상상력과 우주적 본성의 환기(윤의섭) 등으로 이질적 상상력의 각개 약진을 정리한다.

또한 "실재와 충동, 소외와 분리, 억압과 향유 등의 관점"으로 '환상성'을 탐색하는 오형엽[30]은 무의식적 악몽의 드라마(김민정)와 훼손된 신

<hr>

27 박형준, 「환상과 실재」, 『창작과비평』, 2005년 가을, 315~327쪽.

28 김진수, 「환상 속으로 탈주하는 주체들―우리 시의 21세기적 초상」, 『문예중앙』, 2005년 가을, 73~88쪽.

29 좌담(이광호, 손정수, 최성실, 홍용희), 「이제, 2000년대 문학을 말할 수 있다」, 『문학과사회』, 2005년 겨울, 266~294쪽.

30 오형엽, 「환상과 향유―김민정과 이민하의 시」, 『작가세계』, 2007년 봄, 302~320쪽.

체의 그로테스크한 이미지화(이민하)로 '환상성'의 구체를 요약한다. 즉
이들 시의 환상이 "대타자의 억압이나 결여 앞에서 자신을 방어하는 동
시에 주체의 무의식적 욕망을 드러내기 위한 상상적 시나리오"에 해당
하며 '탈주와 향유, 접속과 통합'의 충돌 속에 자리한다고 평가한다. 환
상적 텍스트의 결을 세목화하는 김수이[31]는 황병승이 "성적 소수자와 소
년, 사회적 일탈자 등의 복수적 주체들을 통해 하위문화의 세계를 (지배
문화의 일부인) 시의 텍스트로 재생산"하며, 이승원이 "자의식으로 무장
한 래퍼로서 비판적 견자의 역할을 수행하면서 하위문화의 눈으로 본 지
배문화의 모순을 경제적 불평등을 중심으로 그려내고자 한다"면서 '기
호학적 게릴라전'(황병승)과 '래퍼―시인의 카운터펀치'(이승원)를 주목
한다.

위의 논자들과 유사한 논지와 분석을 전개하면서도 구체적 텍스트들
이 노정하고 있는 한계를 분명히 비판적으로 성찰해야 함을 강조하는 입
장에 유성호, 고봉준, 하상일, 이형권, 이경수, 이승원 등의 논자들이 있
다. 이들은 대체로 자기폐쇄적 사유와 난해한 자의식이 표출하는 이질
적/몽환적/혼종적/퇴폐적/도발적/공격적/충동적 언사에 대해 그 시적 맥
락의 유의미성을 공감하면서도, 그것이 '소수의 자위 행위'에 불과한 것
일지도 모른다는 사실을 비판한다.

'환상시'를 '반미학'의 일환으로 파악하는 유성호[32]는 비주류 하위문
화에 대한 풍부한 경험과 언어로 '감각의 제국' 건설(황병승), 엽기적이
고 그로테스크한 하위문화적 상상력으로 펼치는 '말의 난장亂場'(김민정),

---

31 김수이, 「스타일과 카운터펀치―황병승, 이승원의 시에 나타난 하위문화적 상상력」, 『문
학동네』, 2007년 봄, 388~403쪽.
32 유성호, 「우리 시대의 '시적인 것'과 윤리성」, 『오늘의 문예비평』, 2006년 봄, 20~33쪽.

자본주의와 섹슈얼리티의 이질적 공존과 결합으로 동시대의 타락한 징후 포착(이기인) 등을 주목한다. 소통의 자폐성을 문제삼는 고봉준[33]은 독자의 접근을 방해하는 내면 지향적 문법의 심각성(황병승), 수다스러움의 전략 자체의 표백적 한계(김민정), 기하학적 (비)대칭성 하에 상처의 흔적으로 작동하는 '환상'의 결여(이민하)를 비판적으로 검토한다. 하상일[34] 역시 "하위문화, 퀴어 미학, 그로테스크 등을 종횡무진 가로지르며 새로운 시적 흐름의 대표단수"로 자리 잡은 황병승을 인정하지만 폐쇄와 고립을 자초하는 소통 방식을 문제삼는다.

이형권[35]은 "지시적 의미의 환상은 현실에 없는 것을 있는 것처럼 느끼는 상념이고, 시학적 의미의 환상은 모방적 상상의 전통을 위반하는 전복적 상념의 한 방식"이라면서 환상의 이미지에 의해 '발명되는 감각들'의 실상을 '신비/신화의 환상(김행숙, 문혜진, 김근)', '몽상/가상의 환상(김민정, 유형진, 권혁웅)', '일상/문명의 환상(장석원, 이민하, 황병승)' 등의 시를 통해 설명하면서 과도한 섹트주의나 배타적 선민의식을 경계해야 함을 강조한다. 이숭원[36]과 이경수[37] 역시 '새로움'이라는 미명 하에 여타의 비평이 보여준 과잉된 상찬이 오히려 독자로부터의 시적 고립을 자초하고 있음을 지적한다.

---

33 고봉준, 「서정시를 위한 변명 2」, 『오늘의 문예비평』, 2006년 봄, 34~48쪽.

34 하상일, 「황병승 현상과 미래파의 미래」, 『오늘의 문예비평』, 2007년 봄, 81~97쪽.

35 이형권, 「발명되는 감각들」, 『시작』, 2006년 겨울, 45~60쪽.

36 이숭원은 저간의 '미래파'를 둘러싼 비평적 쟁점을 정리하면서 관념 너머의 진실을 찾을 수 있어야 함을 주장한다(이숭원, 「환상 혹은 관념, 그 너머의 진실」, 『시작』, 2006년 겨울, 26~44쪽).

37 이경수는 여러 지면을 통해 젊은 시인들의 시적 태도가 문학적 진정성을 외면하고 있음을 우회적으로 비판한다(이경수, 「피터팬과 앨리스들의 지옥 천국—최근 시에 나타난 사춘기적 상상력」, 『작가와 비평』, 2006년 상반기).

　　최근 환상시 논의의 연장선상에 있다고 판단되는 이준규의『흑백』
(2006)은 "완전한 망각을 권유하는 향기"(「향기」)를 맡으며 언어놀이를
감행한 흔적의 모음집이다. '완전한 망각'이란 '완벽한 기억'을 재구할
때에나 가능할 수 있다. 그러나 불완전하고 불가지적인 존재로서의 화
자에게 그 두 가지는 사실상 불가능하다. 시인의 독특한 향기는 불가능
하고 불투명한 것들을 향한 진혼곡으로 울려퍼진다. "내일은 비가 왔다"
(「향기」)라는 식으로 미래시제와 과거시제가 하나의 문장에서 모순 형
용으로 결합되어도 그것을 전혀 이상한 향기의 문장으로 인식해서는 안
된다. 시의 화자가 스스로 말하고 있듯 그는 시의 "실패의 구축에 실패"
(「향기」)하고 있기 때문이다. 시의 실패(정상적인 시로서의 실패)를 구
축할 수 없음을 알면서도 실타래를 풀듯 '실패(=시어)'를 돌리는(=그야
말로 상상의 실을 줄줄 뽑아내는) 행위는 그의 시가 무의미하고 자족적
인 하나의 넌센스이자 퍼포먼스에 해당함을 보여준다.

　　그것이 왔다 / 내일은 비가 왔다 / 비린 후회의 추억처럼 / 오늘은 마른 눈
이 온다 / 벗은 살의 먼 기억처럼 / 거리를 지탱하고 사라지지 않는다 / 차를
한 잔 마시고 / 잊을 수 없는 것을 잊고 / 정교한 헛짓으로 번지는 벽 / 입을 다
문 슬픔의 모습 / 그림자의 순간을 견디는 / 그림 없는 그리움 / 실패의 구축
에 실패하다 / 완전한 망각을 권유하는 향기 / 그것이 왔다

—「향기」 전문

　　"실패의 구축에 실패"한 시인에게 다가온 "완전한 망각을 권유하는
향기"는 무엇인가? 그것은 그가 시를 사랑하기에 무언가에 대해 "횡설수
설"(「정박」)하면서 인과성 없는 단어들과 조각난 망상의 사유를 짜깁기

하여 직조해낸 무작위적 언어놀이의 현장을 보여준다. 그리고 이런 그의 언어놀이는 무의미한 시 세계에 정박하려는 무의지적 의지가 되어 "세상의 모든 시를 시작하리라"(「이글거리는」)는 과대망상적 다짐으로 이어진다. 그것은 시로써 실패를 구축하려는 데에 실패한 자의 자폐적 자의식의 진상을 보여준다. 결국 그는 세계와의 싸움에 실패하기 위해 '모든 시'와의 투쟁을 시작하고 있는 것이다.

이준규의 시집에서 드러나는 방법적 환상들, 즉 횡설수설이나 무의미한 언어들, 망상적 사유, 인과성의 결여, 자폐적 자의식, 환유적 치환 등은 최근에 환상성을 시에 기입해온 일군의 젊은 시인들의 시에서도 정도와 깊이의 차이는 있을지언정 유사한 형식으로 반복되고 있음을 확인할 수 있다. 그러나 그것은 '상호 주관적 환상'이 내포한 독자와의 교감을 전연 배제하고 있다는 점에서, 아니 소수와의 공감만을 확신하고 있다는 점에서 자폐적 환상에 불과하다. 묵중하게 가슴을 짓눌러오는 현실 세계의 중압감이 이들의 내면에 '자폐 미학'을 아로새기고 있는 것이다.

심리적 실재로서의 환상

실재와 환상은 재현의 두 가지 양상을 보여준다. 높이가 다른 10cm 컵과 10m 컵이 있다고 가정하자. 경험적 세계에서 컵을 사용해본 사람이라면 10m 컵은 말도 안 되는 거짓말이거나 환영에 불과하다고 인식할 것이다. 하지만 과거에 컵으로 얻어맞은 상처로 인해 컵에 대해 심각한 심리적 외상을 가진 화자가 있다면 그에게 10cm 컵은 100m 컵만큼의 공포와 두려움을 제공하는 감각적 실재로 감지될 수도 있다. 이렇듯 환상은 심리적 실재 속에 텍스트 내부의 내적 리얼리티를 확보할 때 가능해진다.

소설에서의 환상과 시에서의 환상은 2000년대 한국문학에서 서로 다른 방향으로 흘러가고 있는 듯하다. 그것은 장르적 차이에 의해 불가항력적으로 벌어지는 일일지도 모른다. 최근에 논의된 내용들을 검토해보면 소설의 환상은 '환상적 실재'로서 재현적 실재의 여부와는 상관없이 텍스트 내부에서 개연성 있는 내적 리얼리티로 독자에게 수용되어야 한다는 쪽에 서 있다. 반면에 시의 환상은 '자폐적 환상'으로서 텍스트 내부에서 실재성과 개연성을 거부하면서 환유적 치환을 계속하고 있는 것으로 드러난다. 자아의 실존감을 확보하기 어려운 현실 세계가 우리를 둘러싸고 있는 것은 사실이지만, 물리적 세계와 감각적 사유와 심리적 실재가 얼그러진 시의 언술들과 소설적 수사를 들여다보고 있자면 망상의 기술에 휘둘리는 것은 아닌지 회의가 든다

새로움은 창조자의 고통을 매개로 탄생한다. 물론 존재와 무 사이만큼이나 멀어져버린 텍스트와 독자(혹은 창작자와 독자) 사이를 좁혀야 함을 젊은 창작자에게 강요하는 것은 어불성설이다. 그들은 그들 나름의 진지한 방식과 수사적 진정성으로 '자아와 타자, 주체와 세계, 일상과 환상, 현실과 가상, 의식과 무의식' 들을 가로지를 자유 의지를 소유하고 있기 때문이다. 문학의 '환상(성)'은 내면에서 환기된 '두려운 낯설음[unheimlich]' (프로이트)을 제공하지만, 익숙한 세계를 낯설게 함으로써 인식론적 전환과 존재론적 변이 속에 새로운 기대 지평을 생산할 수 있다. 우리가 심

리적 실재로서 환상을 현실에 기입하는 이유는 세계를 다시 잘 꼼꼼히 들여다보아야 할 필요가 있기 때문이다. 우리는 지금도 눈에 보이는 세계 안에서 보이지 않는 실재들을 응시하면서 환상을 현실로 불러들이고 있다. 왜 우리는 지금 여기의 이러한 현실에서 이토록 답답한 존재론적 갈증을 가지고 살아갈 수밖에 없는가? 환상은 바로 그러한 질문이 환기하는 여백 속에 자폐적으로 혹은 실재적으로 자리하고 있을 것이다.

—『너머』, 2007년 가을호

신자유주의적 세계화의 풍자적 성찰

박민규,
김경욱의 소설을 중심으로

신자유주의 시대, 문학적 대응 양상

문학은 허구적 상상이라는 필터를 통해 인간과 세계를 탐색하는 가운데 현실의 다양한 모순을 성찰하는 기능을 담당한다. 1990년대 이후 신자유주의의 세계화 물결이 한국 사회의 현실을 압도하고 있는 풍경에 대해서도 문학은 끊임없이 그 의미와 문제점에 대해 성찰적 질문을 지속해 왔다. 주류 담론이 비대해지면 비대해질수록 그것에 함몰된 개인의 내면과 일상은 초라한 형상으로 빚어지기 마련이다. 그리하여 왜소해진 존재에 대한 문학적 천착은 더욱 십요해신나. '시장 만능과 세게화'를 모도로 강자와 약자를 양분하며 빈부의 양극화를 극대화하는 신자유주의 시대에 모든 것을 '자본과 상품'의 초국적 가치로 환원하고 있는 현실이 주변인의 소외를 더욱 강화하고 있기 때문이다.

'신자유주의와 문학'과의 관계를 논구하기 위해서는 우선 18세기의 경제학자인 아담 스미스에 의해 확립된 '고전적 자유주의'를 검토해보아야 한다. 그의 핵심 논리는 '보이지 않는 손'을 통해 '시장이 모든 것을 해결한다'는 '시장 만능'의 명제이다. 그리하여 '개인적 자유'의 최대치를 지향하는 '자유주의'는 그것의 실현을 위한 필요 전제조건으로서 '사적 소유제'와 '자유 시장경제 체제'를 옹호한다.[1] 결국 '자유주의'는 기본적으로 물질적 재부를 소유한 '여유 있는 자들'의 이데올로기에 해당한다. '자유주의'라는 이데올로기 자체가 부르주아 계급이 자신의 재산권을 법적·정치적으로 보장받기 위해 등장시킨 근대적 개념이기 때문이다. 실상 가장 자유주의적인 자유는 '개인주의적 자유'이다. 그때의 자유란 '강한 개인의 자유'를 의미한다.[2] 따라서 자유주의적 자유는 강자와 약자를 이분하면서 약자에 대한 강자의 지배를 정당화한다. 즉 자유주의는 무한경쟁의 논리와 적자생존의 원리 등을 통해 제국주의와 친화력을 갖는 것이다. 그러므로 '자유주의'와 '인간, 개인, 자유, 보수' 등의 내용을 공유하는 '신자유주의' 역시 식민주의를 강제하는 제국주의적 사고와 상통한다.

이렇듯 기본적으로 보수적 이데올로기인 '신자유주의'는 1970년대 이후 경제 위기의 극복 과정에서 보수 우익 세력들이 채택한 일련의 정치적이고 이데올로기적인 조류를 통칭하는 개념이다. 이때 신자유주의 시대에 이르러 자본 축적이 금융 지배적 성격을 띠게 되면서 금융자본에 의해 자본의 세계화가 주도된다.[3] 이러한 상황에서 1980년대부터 본

---

1 강성구, 『신자유주의의 역사와 진실』, 문화과학사, 2000, 91~92쪽.
2 이나미, 『한국 자유주의의 기원』, 책세상, 2001, 23~38, 76~77, 82쪽.
3 박승호, 「신자유주의와 자본의 '금융적 축적' 전략―'금융 지배적인 세계적 축적체제'론 비

격적으로 진행된 자본의 구조조정은 '위로부터의 계급투쟁'으로서의 '재구조화 공세'를 강제하게 된다. 그것은 '유연화와 세계화 공세' 복지국가 해체 공세로 요약된다. 그러므로 자본의 구조조정의 내용은 '유연화, 탈규제, 사유화, 개방화'를 그 특징으로 내포하게 된다.

특히 신자유주의적 경제구조는 1982년 외채위기 이후에 나타난 자본주의의 불안정성 경향에 대응하기 위해 안정화 정책의 일환으로 제기된 '워싱턴 컨센서스'에서 그 단초를 확인할 수 있다. 1980년대 초반에 등장한 '워싱턴 컨센서스'는 '금융시장 개방(금융 자율화), 자유무역, 노동시장 규제완화, 공기업 개혁(민영화), 재정건전화' 등 '상품, 자본, 노동'이라는 각 생산요소의 전 부문에 걸쳐 시장의 지배를 확대하고 국가를 축소하는 내용을 담고 있다. 즉 '재정긴축, 민영화, 자유화, 외국인투자 촉진' 등의 네 가지 내용으로 압축할 수 있다.[4] 이러한 지향과 내용을 담보하는 '워싱턴 컨센서스'는 '시장 지배 확대'와 '국가 축소'를 강제함으로써 결과적으로 미국 정부가 고안한 시장 경제 원칙을 답습하면서, 결국 깅자의 이익 국대회를 교묘히 포장하는 담론적 공간에 해당하는 것이다.[5]

이렇듯 '신자유주의' 이론의 핵심은 '시장 이데올로기'를 신봉한다. 하지만 '현실의 시장'에서는 첫째 자원의 합리적 배분이 불가능하며, 둘째 시장행위자들이 정보에 대한 합리적 기대를 예측할 수 없고, 셋째 모든

판」, 『신자유주의와 세계화』, 서울사회경제연구소 엮음, 한울아카데미, 2005, 107, 112쪽.

4 안현효, 「워싱턴 컨센서스에서 포스트 워싱턴 컨센서스로의 진화: 주류 발전경제학에 대한 방법론적 비판」, 『신자유주의와 세계화』, 서울사회경제연구소 엮음, 한울아카데미, 2005, 75쪽.

5 노암 촘스키, 강주헌 옮김, 『그들에게 국민은 없다』, 모색, 1999, 26~27, 60쪽.

사회적 관계가 시장 안으로 들어와 자본의 논리에 따라 움직이게 되며, 넷째 사회적 소외 계층을 양산한다.[6] 결국 신자유주의가 채택한 '노동시장 유연화, 민영화, 감세, 경영혁신' 등의 정책들은 자본의 초국적화를 촉진시켰을 뿐, 시장 경제의 불안과 위기를 극복하는 방법은 아닌 것이다. 오히려 신자유주의는 대부분의 경우 '극단적인 양극화, 포드주의적 모순의 확대 재생산, 불황의 심화' 등의 문제를 초래할 뿐이다.

한국의 경우 신자유주의의 세계적 흐름에 따라 1990년대 초반 김영삼 정부 들어 '국가경쟁력 강화', '세계화' 등의 구호를 외치지만, 외환위기가 닥치면서 IMF의 구제금융을 받은 이후 김대중 정부 들어 '금융산업, 기업, 노동시장, 공공부문' 등의 구조조정이 진행된다. 그리하여 금융시장이 개방되고 정리해고제 등을 통해 노동시장이 유연화되며 공기업이 민영화되기 시작한다. 그러나 이러한 구조조정은 재벌들을 살리는 데에는 묘약이 되지만, 중소기업과 노동자들에게는 '실업증가, 소득감소, 빈부격차 심화' 등의 현상을 가져온다. 즉 구조조정의 결과로 재벌의 독점이 더욱 심화되었으며, 국내 경제의 대외 종속 역시 강화되고 있는 실정이다. 1997년 한국의 금융위기 이후 한국 내에는 시장주의적 재벌개혁론과 글로벌 자본주의가 결합한 한국판 신자유주의 동맹이 금융위기를 극복하는 주류 대안으로 떠오른다. 하지만 재벌의 경제 집중도는 1997년 이전에 비해 더욱 증가하였고, 은행, 주식, 부동산 등 모든 영역에서 외국자본의 비중이 높아지고 있다. 그리하여 한국 사회의 전부문에 걸쳐 성공 신화의 미명하에 사회적 불평등과 빈부의 양극화 현상이 갈수록 심화되고 있다.

---

6 강성구, 앞의 책, 213~224쪽.

이렇게 보았을 때 '신자유주의'란 '시장에서의 자유'를 표방하지만 '강자의 지배' 속에 사회적 불평등을 야기하며, 세계화의 파고 속에 상품과 자본, 노동 시장이 녹아들어가면서 초국적 자본의 힘이 강력해지는 자유 시장경제의 논리를 내면화한 담론이라고 할 수 있다. 본고는 박민규의 『지구영웅전설』과 「아, 하세요 펠리컨」, 김경욱의 「맥도널드 사수 대작전」을 통해 신자유주의적 세계화에 대응하는 문학적 양상을 살펴보고자 한다. '신자유주의'라는 거대 담론은 단자적 개인에게 열패감과 절망감의 강화 속에 주변적 존재로서 살아갈 것을 강제한다. 따라서 비루한 존재감 속에 존재론적 회의를 진행하는 무기력한 등장인물들은 이데올로기적 저항의 모습보다는 소극적 저항의 방식으로 현실 풍자의 상상력을 보여준다. 풍자란 신자유주의 시대의 세계화 전략을 우회적으로 비판하는 문학적 방법론이 될 수 있기 때문이다.

미국 중심의 세계 체제 재편 풍자
―박민규의『지구영웅전설』(문학동네, 2003)

'무규칙이종소설가'인 박민규의『지구영웅전설』은 대한민국의 황인종 지진아인 '바나나맨'의 '슈퍼특공대' 일원되기라는 맹목적 추종을 통해 세계 유일의 초강대국으로 존재하는 미국의 제국주의적 강자의 논리를 풍자한다. DC 코믹스가 창조해낸 만화주인공들은 '무력, 자본력, 무역 협상력, 성욕' 등을 통해 '정의의 이름'으로 미국의 패권주의적 시선과 세계 경찰의 기획을 집행한다. 작가는 만화주인공들을 호명하여 미국의 초국적 파워가 지닌 '슈퍼성'을 그 뿌리에서부터 뒤흔들기 위해 그것이 지닌 허구적이고 위선적인 토대를 전복하는 상상력을 보여준다. 특히 '9·11 테러'라고 불리는 2001년 세계무역센터 폭파 사건 당시 충돌 여객기의 형상과 슈퍼맨과의 유사성을 읽어내는 '바나나맨'의 시선은 이 작품이 '만화'를 경유하면서도 강자의 논리가 표상하는 힘이 또 다른 테러리즘일 수 있다는 진실을 포착하고 있음을 보여준다.

1. '바나나맨'의 탄생

'바나나맨(화자)'은 미 제국주의의 패권 논리를 비판하는 주체이자 우리 안의 식민성(약자의 맹목적 강자 추종)을 희화화한 주체라는 점에서 비판의 주체이자 희극적 풍자의 대상으로 형상화된다. '바나나맨'은 12세(1979년)까지 한국에서 살면서 세계가 '미국과 소련, 남과 북, 청군과 백군, 좋은 놈과 나쁜 놈' 등으로 선명하게 대립된 공간이었음을 기억한다. 그해는 '슈퍼특공대' 텔레비전 시리즈가 최고의 인기를 구가하던 해였고, 영웅들이 자신의 출생과는 전혀 다른 '슈퍼한 존재'들이었기에 화자는 영웅들의 이야기를 좋아한다. '폐지 수집하는 아버지와 빌딩 청소일을 나가는 계모' 밑에서 늘 외롭게 혼자 생활하던 화자에게 삶의 유일한 즐거움은 영웅들의 '권선징악' 이야기였기 때문이다. 그러다 '슈퍼맨의 흉내'를 내면서 자살하기 위해 '빨간 보자기'를 목에 묶고, 러닝 가슴팍에 커다란 'S'자를 그려넣고 옥상에서 뛰어내린다. 그때 만화 같은 일이 벌어진다. '슈퍼맨'이 화자를 구해 '정의의 본부'가 있는 미국으로 데려간다.

　지지리 궁상 같은 '화자'를 슈퍼맨이 '정의의 본부'로 데리고 간 이유는 무엇인가? 처음 1979년 '정의의 본부'에 온 화자는 '영웅들의 친구'가 되어 평범한 인간도 영웅이 될 수 있다는 기대를 가져본다. 하지만 슈퍼맨은 '지구의 영웅'이 되기 위한 두 가지 전제조건으로 '미국인'이거나 '백인'이어야 한다는 국적과 피부색을 강조하며 화자에게 꿈의 포기를 종용한다. 이때 배트맨이 '베트남, 라오스, 캄보디아'를 예로 들며 '화자 같은 놈도 필요한 시대가 올 것'이라며 화자의 영웅화에 찬성한다. 결국 "겉은 노랗지만 속은 희다"는 이유로 화자는 각종 '포즈'만을 열심히 취하는 '바나나맨'으로 설정된다. 그리하여 화자는 1990년 외양은 유색인종이지만, '백인의 영혼'을 지닌 '희극적 영웅'인 '바나나맨'으로 탄생된다.

2. 바나나맨의 냉전 읽기

　'바나나맨'에게 1983년의 지구는 선악이 이분화된 세계로 인식된다. 그나마 슈퍼맨의 존재가 정의의 축을 담당하는 중추적 역할을 수행하고 있었다고 회상한다. '자유세계의 구세주'인 슈퍼맨은 1938년 이후 지구의 수호를 위해 "빛보다 빠르게, 소리 소문 없이" 비가시적 공간에서 '악의 무리'를 제거함으로써 자신의 존재 이유를 증명한다. 특히 히로시마와 나가사키를 전소시킨 1945년의 원폭이 성층권에서 휘두른 슈퍼맨의 '원투 스트레이트'였다는 사실과, 그때 죽은 것이 원숭이들이었다는 역사적 사실의 왜곡은 바나나맨에게 지구의 운명이 슈퍼맨의 마음 먹기나 존재 여부에 달려있다는 왜곡된 인식을 강제한다.

이후 냉전시대에 '새로운 악의 축'인 '빨갱이'들이 자신의 영토를 확대하려 하자 미국의 담론을 무력으로 실천하는 슈퍼맨은 그들을 제거할 파워를 소유하고 있음에도 불구하고, 군수산업과 기간산업을 포함한 미국의 경제와 자유세계의 경제를 위해 그들을 완전히 제거하지 않는다. 슈퍼맨은 바나나맨을 향해 신설국가가 성립되면 그 나라를 '정의의 편'으로 귀속시켜야 하며, 소련이 가장 나쁜 점은 자신과 맞먹는 힘을 가지려 드는 것이라고 주장한다. 이렇듯 '슈퍼맨=세계의 정의'라는 논리는 타자를 배척하고 억압하는 제국주의의 지배 담론을 여실히 보여준다. 이쯤 되면 『지구영웅전설』이 만화 캐릭터를 통해 세계 유일의 초국적 강대국으로 자리매김한 미국 중심의 세계 질서를 풍자하려는 작품임이 드러난다.

3. 바나나맨의 '배트맨, 원더우먼, 아쿠아맨' 읽기

1991년 소련이 해체되자 힘의 대립이 끝났다며 '워싱턴 콘센서스'를 통해 새로운 리더로 '자본과 첨단 장비'의 상징인 배트맨이 나시게 된다. '슈퍼맨'이 냉전 시대 무력의 논리를 대변한다면 '배트맨'은 세계화 시대 자본의 위력을 표상한다. 1990년대의 '새로운 리더'인 배트맨은 '유색 인종과 패배, 다른 종교'를 죽음보다 싫어하는 것으로 그려진다. 즉 '인종 차별적 인식, 성공 제일주의, 이종적 세계관에 대한 거부'가 미국 사회의 병폐임을 지적하는 것이다. 배트맨의 특기는 '마운틴'인데, 그것은 동물들의 섹스 행위를 닮은 '후배위(後背位)'로서 옷을 입고 행하는 '일종의 통치 행위'이다. 즉 배트맨은 '성욕과 자본'으로 세계를 지배하려는 할리우드식 제국의 욕망을 표상한다. 1994년 '국제무역기구^{WTO}' 창설을 위한 막

후회담장에서 배트맨이 로빈에게 통치행위로서의 '마운틴'을 행하자 의제가 만장일치로 통과되는 모습은 섹스라는 만화경으로 풍자한 강자의 지배 논리를 보여준다. 국제통화기금도 국제무역기구도 웨인(배트맨)이 만들어낸 시나리오이며, 그가 원하는 것은 이 세계 전체를 '마운틴(통치)'하는 것으로 그려진다. 배트맨은 '관계'만 정립되어 있으면 언제든지 '마운틴(통치)'을 할 수 있으며, 실제로 자유세계 대부분과 그 관계가 정립되어 있는 것으로 풍자된다. 즉 'IMF'와 'WTO'라는 두 기구를 활용하여 배트맨은 1990년대 이래 이 세계를 사유화하고 있는 것이다.

바나나맨의 첫사랑이었던 '원더우먼'은 자유세계를 위한 '부드러운 힘$^{Soft\ Power}$'의 소유자로 그려지며, 힘의 증폭을 위해 투명 비행기를 활용한다. 즉 슈퍼맨이 '자유세계의 영역'을 넓히면 배트맨이 '마운틴의 체계'를 세우고 그 다음에 원더우먼이 '정의의 정착'을 확립하는 것으로 미국의 신자유주의적 세계 지배 전략을 풍자하고 있는 것이다. 그녀의 임무는 비키니 차림으로 전쟁에너지를 낮추고 섹스에너지를 높이는 데에 있다. 즉 그녀는 투명 비행기를 타고 '황홀한 바기나(성기)'를 아래 세계에 내보이며 선진국, 개발도상국, 후진국의 상공을 비행하는 것으로 그려지면서 국민들의 관음증적 욕망을 증폭시키는 것이다. 그 아래에선 거대하게 증폭된 '바기나의 자기장'이 형성되면서, '새로운 파라다이스'의 제국이 생성된다. 성적 판타지의 무의지적 수용이 진행되는 것이다. 그렇게 텔레비전을 통해 투명 비행기에서 쏟아져 나오는 '붉고, 달고, 선뱅한 당근' 같은 미국의 '음악, 영화, 스포츠'의 폭탄은 지상의 존재들에게 '발기와 은총'을 느끼게 하는 것이다.

통조림형 복제인간 '아쿠아맨'은 자유경제의 무역과 협상을 통제하는 바다의 왕자로, 거대한 네트워크형 존재이다. 배트맨이 결정권을 장악하고 있기는 하지만, WTO 체계를 정비하고 윤곽을 잡아나가는 중책은 아쿠아맨의 담당이기 때문이다. 우루과이라운드협상을 위해 아쿠아맨은 (DC 코믹스(공화당 후원)와 함께) 만화의 쌍벽을 이루는 만화산업체인 마블(민주당 후원)의 영웅 중 브루크 배너 박사(헐크)를 대동하고 협상장으로 향한다. "제발 부탁이에요. 절 화나게 하지 마세요"라는 식의 엄포성 회유 속에 '신사적이고 정중하고 겸손하고 간절한' 배너의 호소는 우루과이라운드 협상을 성공리에 마무리하게 한다. 이렇듯 '슈퍼맨, 배트맨, 원더우먼, 아쿠아맨' 등은 자신만의 독특한 캐릭터로 미국 중심의 신자유주의 질서를 강요하는 세계화의 첨병 역할을 수행하는 것으로 풍자된다. 결국 슈퍼특공대의 작업이 '미국 중심의 자유무역정책'을 세계화하려는 제국주의적 침략의 일환이며, '정의의 이름'으로 진행되는 '자본과 금융'의 세계화 작업이 얼마나 허구적이며 위선적 행동이고 강자의 이익 논리에 해당하는가가 드러난다.

4. 9 · 11 테러 이후의 바나나맨

2001년 9월 12일 현재 평범한 영어강사로 살아가는 '바나나맨'은 한국이 '세계화를 향한 거대한 열기와 에너지'에 포획되어 있는 현상에 잔뜩 고무되어 있다. 그러므로 어제 발생한 9 · 11 테러는 유감스러운 사건으로 인식된다. 하지만 바나나맨이 충돌 여객기의 모습에서 슈퍼맨의 형상을 연상하는 것은 '나쁜 무리'와 슈퍼맨의 유사성 속에 폭력적 내성의 측면에서 '정의와 폭력'이 지닌 구조적 동일성을 명징하게 보여주는 사례에 해당한다. 이 폭파 사건은 악의 구축을 통해 세계 정의를 구현하는 경찰국가임을 자처하는 미국의 패권주의적 전략의 맹점과 한계를 보여준다. 이제 바나나맨은 슈퍼맨의 초강력 파워 때문에 평범한 인간인 '나쁜 무리들'에게 테러 같은 터무니없는 생각이 심어진 것이라고 판단한다. 강자의 강력함이 약자의 극단적 저항을 호출한다는 논리인 것이다. 그리하여 지구는 '약자인 우리'와 초강력 슈퍼맨이 공생하기엔 '너무 작은 별'일지도 모른다는 탄식이 이어지며 지구인의 한 사람으로 외계인 슈퍼맨에게 '죄송하다'는 조롱 섞인 미안함을 토로한다. '지구 영웅'이 '정의'라는 이름으로 수행한 '악의 축' 구축과 초국적 자본으로 무장한 세계화 지배 전략이 결과적으로 악의 무리를 양산하는 일방적인 세계 재편에 불과했음을 비판적으로 보여주는 것이다.

2001년 어느 날 슈퍼맨은 바나나맨에게 그저 '그러려니' 하며 온순하게 살아가라고 은근히 협박한다. 그런 슈퍼맨 앞에서 바나나맨은 DC의 크리에이터들이 지정해준 자신의 '토킹, 고민, 친구, 차밍, 분노, 환희' 등의 포즈를 보여주며 여전히 '포즈는 자신이 삶 자체'라고 이야기한다. 바나나맨의 포즈와 슈퍼맨의 엄포는 대한민국의 현실과 미국의 논리를 상징화한다. 영원한 혈맹이자 우방인 미국의 슈퍼한 파워는 슈퍼맨을 동경하며 우상적 인간의 삶을 모방하려는 '대한민국의 바나나맨'들을 향해 포즈적 존재로 살아갈 것을 요구하는 것이다. 슈퍼맨은 이 어정쩡하고 어리석은 '바나나맨'에게 '제3세계 민족주의'라는 새로운 적의 출현을 알려주며 포즈의 중요성과 응원의 필요성을 당부하면서 작품은 종결된다. 슈퍼맨은 끊임없이 제2, 제3의 악의 무리를 구축하면서 지구정의 실현을 위해 불철주야, 고군분투하고 있는 것이다.

5. 불편한 진실

'바나나맨'이라는 캐릭터의 탄생 자체가 이미 불편한 대한민국의 현실을 풍자한다. DC 영웅들이 너무 강하므로 '복잡한 내면을 가진 불완전한 영웅'으로 선택된 것이 황인종이었으며, 그리하여 '아주 친근한 영웅'이자 '슬프고 코믹하며 복잡한 존재'로 부활시키려던 존재가 '바나나맨'이었기 때문이다. 영웅들의 친구도 아니고 그렇다고 영웅도 아닌 그저 영웅의 추종자에 불과한 바나나맨은 황인종의 '슬프고 웃기는 덜 떨어진 모습'으로 백인 팬들의 우월감을 충족시킬 수 있는 'DC 최초의 블랙 코미디 히어로'로 선택되었던 것이다.

박민규의 『지구영웅전설』은 '슈퍼맨의 무력, 배트맨의 세계적 자본력, 아쿠아맨의 무역 협상력, 원더우먼의 성욕, 배너의 분노' 등을 통해 '슈퍼특공대'가 미국의 제국주의적 이데올로기를 전 세계에 전파하는 역할을 실현하고 있는 존재임을 보여준다. 특히 자살하려던 한국 소년을 데려다가 풍자와 비판의 이중적 주체인 '바나나맨'으로 분장시켜 희극적 영웅의 자세(실은 블랙 코미디 히어로)만을 취하는 포즈적 존재로 형상화한 것은 미국의 백인우월주의적 태도를 여실히 보여준다. 슈퍼한 존재들은 슈퍼하지 않은 존재들을 소외시키거나 악의 무리로 배제하면서, 그리고 포즈적 존재로 호명하면서 그들만이 슈퍼해야 함을 강조한다. 이것이 신자유주의가 표상하는 세계화의 단면인 것이다. 그리고 그 표면과 심층을 풍자로 가로지르며 종횡무진 이야기를 재구성하는 것이 박민규식 세계 읽기에 해당한다.

디아스포라적 난민의 풍경

『지구영웅전설』이 제국의 영웅들이 만들어낸 '신자유주의적 표상'의 허구성에 대해 만화적 상상력을 통해 풍자적으로 접근하고 있다면, 박민규의 「아, 하세요 펠리컨」은 '오리배'에 탑승하여 전 세계를 유랑하는 21세기적 '난민'의 풍경을 조망한다. 그리하여 신자유주의 질서가 야기하는 구조적 모순들이 개별 국가 내부에 국한되는 문제가 아님을 주목한다. 물론 작가는 특유의 방관자적 말투로 비루한 현실의 표면을 스케치한다. 즉 소외된 노동 현실의 고통과 문제점에 대해 결코 진중하고 비판적인 태도로 대안을 모색하지 않는다. 그러나 그러한 방관자적 말투와 제스처가 오히려 초국적 현실이 된 이주노동자들의 참담한 고통을 더욱 실감나게 표출한다. 그리하여 제3세계 소외된 민중들의 노동 현실을 '오리배'라는 매개적 장치를 활용히어 형상화함으로써 씁쓸하면서도 발랄하고 우스우면서도 허망한 제3세계 노동자들의 잉여적 존재감을 우리에게 제공한다.

「아, 하세요 펠리컨」은 자살하기 딱 좋은 한적한 유원지를 배경으로 '오리배'를 타며 세계를 유랑하는 제3세계 실직자/구직자들의 삶을 풍자한 소설이다. 비행기나 배에 탑승할 만한 재력이 없는 경제적 약자들의 이동 도구가 '오리배'이고, 자본의 흐름을 따라 해외에서 일자리를 전전하는 사람들의 결합체가 '오리배 세계시민연합'이라는 식의 표층적 이야기가 엉뚱하고 황당무계한 듯 텍스트 내부를 관통한다. 하지만 그 표층적 이야기 밑바탕에는 전 세계적으로 실직자들을 양산하는 현실 사회의 신자유주의적 분위기에 대한 비판적 성찰이 깔려 있다.

작중 화자는 한 마디로 대한민국의 잉여적 존재다. 전문대를 졸업하고 73곳에 이력서를 넣었지만 아무런 연락도 받지 못하는 나라에서 소외감과 열패감만을 확인하기 때문이다. 그러므로 화자는 이 나라가 '고장난 세계'가 아닌가라는 회의적 질문을 갖게 된다. 결국 노동과 휴식의 동시적 필요성을 절감하던 화자는 9급 공무원시험을 준비하며 연천유원지에서 '무료한 생활'을 시작한다. '보트'가 아닌 '오리배'와 함께 '유원지'라기보다는 '저수지'인 곳에서, '13척의 오리배와 경품 크레인, 고장난 두더지잡기'와 함께 근무를 시작한 화자는 21세기에도 끊임없이 발로 페달을 돌려야 하는 '오리배 탑승객들'이 존재한다는 사실에 놀라움을 표시한다. 그리고 그 사람들은 화자에게 "저렴한 인생들 사이에 흐르는 심야전기" 같은 동류적 연민을 느끼게 한다. 그러한 연민은 화자가 '대도시 서울'로부터 32km 떨어진 '연천'에 있다는 사실과 늘 어딘가에서 32킬로미터 떨어진 듯한 느낌을 전해주는 '전문대' 출신이라는 소외감이 '저렴한 인생'에 투사되기 때문에 가능하다. 즉 대도시의 중심부로부터 이탈된 주변부적 존재감이 '저렴한 인생'과의 공감대를 형성 가능케 하는 것이다. '저렴한 존재감'은 사회적 약자들의 박탈감을 강조하지만 그들만의 마이너리그에 대한 끈끈한 측은지심을 확인하게 한다. 즉 '세상의 외곽'에서 '오리배를 타는 사람들'은 누군지 알 수 없는 익명적 존재들에 불과하지만, 그들이 시대의 '보트 피플(난민)'에 해당하기 때문에 동질감을 느끼는 것이다. 박민규 소설의 요체는 이렇듯 신자유주의 시대의 사각지대에 놓인 소외된 사회적 약자들에 대한 공감과 연민이 비약적 상상력 속에서 새로운 탈주를 시도한다는 점에 있다.

  그러던 어느 날 중소기업을 운영하다 부도가 난 중년 남성이 오리배 <라―47호>에서 약을 복용하고 자살하는 일이 발생한다. 이 시대는 이렇듯 성공과 실패의 명확한 구분 속에 패배자들에게 극단적 선택을 강요한다. 실패는 낙오의 다른 이름이기 때문에 더 이상 쓸모없어진 존재로 자기 생을 결단하게 만드는 것이다. LA에 부인과 딸을 보낸 유원지 사장은 남의 일 같지 않다며 자신의 일처럼 망연자실한 표정을 짓는다. 자신 역시 초라한 유원지를 통해 '겨우 먹고사는' 기러기 아빠이기 때문이다. 그러다 세 차례의 태풍이 몰아치면서 저수지에 오리배들이 가득 차게 되는데, '오리배 세계시민연합'의 일원들(후안과 호세)이 아르헨티나에서 중국으로 향하다가 태풍으로 방향을 상실하여 사장과 화자에게 선처를 부탁한다. 비행기나 배의 탑승 비용이 없어 '오리배'에 탑승한 그들은 <그린 빅 풋>이라는 세계적인 회사의 노동자였지만 미국의 본사가 중국에 새 공장을 건설하면서 하루아침에 실업자가 되었다는 것이다. '미국→아르헨티나→베트남→일본→중국' 등을 저전하는 그들의 모습은 21세기 전 세계적 이주 노동 현실의 열악한 풍경을 보여준다. 페루 친구에게 '오리배 사용법'을 배운 그들은 '오리배의 숨은 기능'을 이용하여 기러기떼 같은 편대를 형성하며 중국을 향해 날아간다. 결국 '오리배 사용법'이란 신자유주의적 세계화의 흐름에서 낙오된 제3세계 난민들의 극한적이고 유목적인 생존법을 상상적으로 풍자한 것이다. '오리배의 비상'은 그야말로 신자유주의 시대에 노동 시장의 유연화가 낳은 고용불안에 의해 실업자로 전락한 존재들의 참담한 표정을 상징적으로 보여준다.

  이후 '오리배 세계시민연합'의 공공연한 경유지가 된 연천저수지에서 세계를 왕래하는 베트남인, 이라크인, 페루인, 동티모르인들에게 화자는 식료품 등을 판매한다. 유원지를 떠난 사장은 <라―47호> 오리배에 탑승하여 미국으로 건너간 뒤, LA의 가족이 동승한 채로, 캐나다, 브라질, 미국, 상해 등으로 이주하며 생활하고 있다는 소식을 전해온다. 사장 역시 비용 절감을 위해 '오리배'를 선택한 것이다. 작품 말미에 화자는 '한 마리의 펠리컨' 같은 형상의 <라―47호> '오리배'를 만난다. 화자는 '물가와 환율의 차이'에 민감해하는 사장에게, 부탁했던 다섯 개의 쇼핑봉투를 들고 가서 전해주며 '언제나 삶은 만만치 않음'을 느끼는 것으로 작품은 마무리된다. 유원지의 사장도 '비행기나 배'에 탑승할 비용 대신 오리배를 활용하여 전 세계를 이동하고 있다는 작품 속 형상은 이 시대가 신자유주의적 난민을 양산하는 소외된 노동 공간으로 재편되고 있음을 보여준다.

「아, 하세요 펠리컨」은 구직자와 실직자를 양상하는 신자유주의 시대의 유목적 삶이 이곳저곳 살 길을 모색하며 떠도는 이주 노동자들에게 '저렴한 인생'을 강요하고 있음을 풍자적 상상력으로 형상화한다. 더구나 그리한 사회직 구조가 어느 한 민족이나 국가에만 해당하는 문제가 아니라 '오리배'를 애용할 수밖에 없는 제3세계의 '세계시민'적 '난민'들을 생성하고 있다는 사실은 이 세계가 빈곤의 문제를 해결하기 힘든 지경에 이른 양극화 체제임을 보여준다. 결국 '신자유주의적 세계화'는 '자본, 상품, 노동'을 소유한 강자들만의 시장 지배력을 표상하면서 소외된 노동자들을 끊임없이 양산하는 약육강식의 담론을 강제하고 있는 것이다.

‘맥도널드화’로 표상되는 제국의 전략
―김경욱의「맥도널드 사수 대작전」(『창작과비평』, 2005년 여름)

박민규의「아, 하세요 펠리컨」이 신자유주의적 질서 하에서 생존과 생계를 위해 새로운 노동 시장을 찾아 유목적 이주민이 될 수밖에 없는 제3세계 노동자들의 표상을 보여준다면, 김경욱의「맥도널드 사수 대작전」은 미국식 제국주의 문화의 첨병 역할을 담당하는 기업인 ‘맥도널드’를 중심으로 제국의 수사학이 제3세계에 통용되는 방식을 풍자한다. 특히 ‘표준화, 효율화, 자동화’ 등으로 대표되는 ‘맥도널드화’ 전략이 지닌 실재성의 병폐를 ‘제3세계 해방전선’이라는 소설적 장치를 활용하여 섬세하게 포착한다. 다국적기업이 보여주는 제국적 논리의 허구성에 대해 비판적으로 접근하고 있는 것이다.

「맥도널드 사수 대작전」은 ‘평양과 개성의 맥도널드 매장 화재 사건’을 신문 기사처럼 앞뒤에 배치하고, 서울에 살고 있는 스무 살 여성 화자의 가족 이야기와 맥도널드 매장 이야기를 중첩하면서 ‘맥도널드화’된 한국 사회의 현실을 풍자한다. 불투명한 미래를 고민하던 화자에게 스무살 봄은 세상이 무언가를 수호하기 위해 분주했던 시기로 회상된다. 그 수호의 대상은 ‘투기성 외국자본으로부터 경영권, 만연한 학원폭력으로부터 자식, 신자유주의의 칼바람으로부터 생존권, 폭설로부터 도시의 간선도로, 일본으로부터 독도’ 등으로 다양하게 편재한다. 이러한 현실 속에서 화자는 ‘남자친구로부터의 순결 사수’와 ‘파탄에 직면한 가정 수호’를 위해 ‘실체가 불분명한 위협’에 노출되었던 맥도널드 매장에서의 근무를 회고한다. 그때 화자가 진정으로 독기를 품고 수호하려 했던 것은 '가치'였다고 회상된다. '순결이나 가정, 다국적 패스트푸드점'이 아니라 안락한 미래와 교환될 수 있는 '자신의 가치(=몸값)'였던 것이다. 고용 불안정이 사회에 만연했던 시기, 미래에 대한 확신이 불투명했던 화자는 자기동일적 정체성에 대한 불안과 함께 인간적 가치에 대해 진지하게 고민하고 있었던 것이다.

1. 다국적 기업의 표준화

화자는 실직한 아버지, 정수기 외판원 엄마, 군입대한 남동생 등을 대신해 가정의 생계와 생존을 위해 학업을 중단한 채, 맥도널드 매장의 비정규직 아르바이트에서 정규직 노동자로 고된 노동을 수행하게 된다. 하루에 전 세계에서 4천3백만 명이 드나드는 맥도널드의 영업준비는 '인종과 언어, 종교와 이데올로기'를 초월해서 단일한 과정으로 '표준화'되어 있을 정도로 초국적 자본의 표상이다. 그러므로 매장 준비 과정은 전 세계 어디에서나 동일할 것으로 짐작된다. 더구나 '성별, 나이, 계급, 신분'에 상관없이 모든 고객들은 균일한 맛의 햄버거를 먹으며 음식물의 뒤처리를 위해 자신의 노동력을 제공할 정도로 '표준화'되어 있다.

이렇듯 '맥도널드'로 대표되는 다국적 패스트푸드점은 거시적 차원에서의 사회문화적 차이로부터 개인의 미시적 차이에 이르기까지 모든 차이를 무화시켜 매장 내의 존재들을 '형제자매'처럼 표준화한다. 이러한 차이의 무화에 따른 표준화는 "맥도널드가 세계평화에도 크게 기여한다"라는 식의 터무니없는 주장을 강변하는 매니저의 궤변으로 비약된다. 세계 평화 이데올로기로 '표준화'를 강제하는 노동 현실이 신자유주의 시대 다국적 기업의 생존 전략임을 풍자하고 있는 것이다. 더구나 자본의 힘은 막강하여 매니저는 직원들에게 '맥도널드 가족'임을 강조하며 '머리털부터 발끝까지' '맥도널드화된 외양'을 주문한다. 통일된 외양과 함께 가족 이데올로기를 전면에 내세움으로써 자본의 논리를 은폐하려는 대기업의 전형성을 보여주는 것이다.

2. 맥도널드화에 대한 위협과 제국의 대응 논리

그러던 어느 날 화자가 매장의 '메인'으로 일한 지 한 달이 지났을 때 '훼손된 괴전단과 원형 그대로의 전단'이 발견되면서 '맥도널드 사수 대작전'이 시작된다.

우리의 요구
1. 제3세계 미성년자를 착취하지 마라.
2. 환경파괴를 즉각 중단하라.
3. 아동들의 건강을 해치지 마라.
이상의 요구를 묵살할 시에는 응분의 댓가를 감수해야 할 것이다.
 ―제3세계 해방전선

'제3세계 해방전선' 명의의 전단은 '제3세계 미성년자 착취 중지, 환경파괴 중단, 아동들의 건강 위해 금지' 등의 세 가지 요구 조건을 내건다. 이 전단이 내포하고 있는 기의의 타당성에 대한 객관적이거나 합리적인 고민이나 판단을 중지한 채 매니저는 '사이비 테러단체, 불법테러단체'와의 협상은 불가함을 천명한다. 나아가 '동요와 굴복' 없이 '가족의 논리'를 내세우며 비상경계 태세에 돌입하는 것으로 형상화된다. 이러한 태도는 '거동수상자를 색출해서 조기에 격리 조치하라'고 지시하는 '전형적인 미국식 강자의 논리'를 보여준다.

이 전단에 대한 매니저의 반응 이후 "확정되지 않은 위협은 확정되지 않았다는 이유로 더욱 위협적"이 되어 아르바이트생 세 명이 매장을 떠나고, 세 명의 건장한 남자들이 신입으로 들어온다. 불확실성이 내포한 공포는 매장 전체에 만연한 불안감을 조성하는 것이다. 그리하여 매니저는 특별 위험수당을 약속하지만, 오히려 직원들은 그 추가액수만큼의 위험만을 구체적인 '테러의 위협'으로 체감하게 된다. 결국 '데땅뜨의 시대'는 가고 '투쟁의 시대'가 도래한 것이다. 화자는 자신의 안전과 매장의 안위가 우선함을 인정하게 됨으로써 현실 세계의 존망보다 개인과 회사의 안전이 최우선 과제로 인식된다. 그리하여 불확실한 위협을 내면화한 채 모든 고객을 삼재적 테러리스트로 간주하게 된다. 맥도널드 직원들인 '우리'는 경계 태세를 완비하고 초조와 긴장 속에 맡은 바 임무를 군말없이 감당하며, '맥도널드화되지 않은 테러의 위협' 앞에서 현저히 '맥도널드화'되는 것이다. 전단 한 장은 마치 에드가 앨런 포의 「도둑 맞은 편지」에서의 '편지' 기표처럼 '맥도널드화'의 빛과 그늘을 조명하는 실재계적 장치가 되는 것이다. 그리하여 '전 세계에 편재한 맥도널드화'의 내포적 의미가 초국적 자본의 위력과 함께 제3세계 시장을 착취하는 신자유주의 시대의 노동 현실을 강제하고 있는 것임을 풍자한다.

3. 효율화와 자동화의 논리

'맥도널드화'는 매장 안에서만 진행되는 자본의 현실이 아니라 화자의 가정을 새로운 형태로 재편한다. 그리하여 "밥은?", "됐다" 식으로 최소한의 의사소통 속에 모든 가사노동이 개인화되면서 '효율화'가 급속히 확산된다. 자본의 효율화라는 논리에 포획된 가정은 더 이상 인간적 유대와 살가운 배려가 넘쳐나는 공간이 될 수 없는 것이다. 회사의 가족 논리가 실제적 가족 관계를 압도함으로써 효율성의 신화가 가족 내부에서도 작동하는 것이다. 이러한 효율화의 논리는 가족 내부에만 국한되지 않는다.

화자의 남자친구 역시 '예측 가능한 대답'과 '계산 가능한 데이트 비용' 속에 '효율적인 만남'을 요구한다. 그리고 비디오방이나 노래방에 들어가서는 성욕의 해소를 위해 화자의 육체를 더듬어대는 '자동화'된 행동을 보인다. 그리하여 화자는 '가정 내부의 의사소통, 가사노동, 남자친구와의 연애, 남자친구의 성욕'마저 '맥도널드화' 되었다고 진단한다. 하지만 그렇게 효율적이고 자동화된 맥도널드화의 논리가 구체적으로 '강요된 결과'가 아니라는 점에 문제의 심각성이 자리한다. 자본의 무한 증식 시대에 효율화와 자동화는 최소 비용으로 최대 이윤을 획득하는 방법이므로 '보이지 않는 손'을 탓할 뿐 그 누구도 탓할 수는 없는 것이다. 실제를 파악하기 어려운 '맥도널드화'에 의해 화자는 '연애, 가정, 노동'으로부터 소외되고 있는 것이다. 그리고 그것이 신자유주의 시대, 초국적 자본이 대한민국의 일상을 장악한 일상 현실인 것이다.

4. 맥도널드화의 위력

매장에서 아무런 공격도 없는 채로 한 달이 경과하자, 특별수당 지급이 중단되고 경계와 긴장은 사라진다. 그리하여 화자는 자본주의 시대에 '화폐로 교환되지 않는 위험'이란 '허깨비'에 불과함을 실감한다. 그러나 새로이 발견된 전단에는 '전소, 방화, 폭파, 습격' 등 '제3세계 해방전선'이 수행한 '맥도널드 매장 습격의 연대기'가 기재되어 있어, 위험은 재현실화된다. 그리고 위험에 비례한 특별수당이 증액되고 불안과 긴장이 고조되면서 '우리'는 신속하게 '가족'이 되어 고객에 대한 경계의 눈초리 속에 손놀림이 빨라진다. 그리하여 무한 반복되는 일상 속에서 위험이 '예측가능해지고 계산가능해지며' 경계가 '효율적이고 자동화'된다. 이제 위험의 학습효과로 인해 "위험마저도 맥도널드화"됨으로써 초국적 자본의 위력을 실감하게 된다. 마치 블랙홀처럼 발생 가능한 어떠한 위험마저도 자본의 시스템 내부로 흡수되는 것이다.

이후 일본 지진의 여파로 발생된 진동을 테러의 소행으로 오인하여 '륙쌕을 멘 아시아계 외국인(인도인)'에게 가스총을 분사하는 일이 발생한다. 이런 소동은 사건의 실체적 진실과는 상관 없이 매니저에게 '제3세계 해방전선'에 대한 적의를 더욱 깊이 내면화하게 되는 계기가 된다. 결국 '제3세계 해방전선'은 "어떤 행동도 취하지 않음으로써 오히려 자신들의 존재를 각인시킨 셈"인 것이다. 화자는 테러의 대상이 왜 '서울의 이곳 매장'일까에 대한 의구심을 품는 것으로 그려진다. 왜냐하면 매장 주변은 '다국적기업의 특구' 같으면서도 서울 도심에서 익숙한 풍경의 공간이기 때문이다. 이러한 회의와 반문은 결국 테러의 위협은 다국적 기업의 행태가 변화하지 않는 이상 편재적으로 상존할 수밖에 없는 현재적 문제임을 대변하고 있는 것이다.

5. 비실체적 위협의 상존

작품 말미에 '평양과 개성의 맥도널드 매장 화재 사건 기사' 뒤에 작가는 소방당국의 공식 입장과는 다르게 '제3세계 해방전선'이 "일련의 화재가 자신들의 소행"임을 주장했다는 이야기를 덧붙인다. 이것은 작가가 '맥도널드화'가 표상하는 다국적 기업의 움직임이 제국의 시선으로 제3세계를 영토화하려고 할 때 그에 저항하는 탈영토화가 진행될 수밖에 없음을 하나의 우화로 포착하고 있음을 보여준다. 전단만이 존재할 뿐 실체가 없는 '유령 단체'인 '제3세계 해방전선'의 등장은 역설적이게도 '위기와 불안, 긴장과 경계'를 제3세계 직원들에게 내면화함으로써 '맥도널드화'를 강제하는 '제국의 가족주의적 질서'가 지닌 모순을 주목하게 한다. 그러나 다국적 기업에서 급여를 제공받으며 생존과 생계를 지속하는 '우리'들은 빈부가 양극화되는 등 자본의 모순이 극대화될 때 언제든 유령 같은 '제3세계 해방전선의 주체'로 변신할 수 있다. 즉 모순의 극점에서 '다국적 기업과 제3세계 해방전선'의 대치는 심리적으로든 물리적으로든 초국적 강자와 연대적 저항 주체의 대립으로 지속될 수밖에 없는 제3세계적 노동 현실인 것이다.

결국 「맥도널드 사수 대작전」은 서울의 맥도널드 매장에 등장한 '제3세계 해방전선'의 전단과, 그 내용이 표상하는 위험 대비를 통해 '맥도널드화'된 한국 사회의 표정을 읽어낸다. '맥도널드화'란 '표준화, 효율화, 자동화'를 통해 전 세계 시장을 장악하고 있는 '맥도널드'의 정신을 제3세계 주체들에게로 내면화하는 것이다. 전단 내용대로라면 '맥도널 드화'는 필연적으로 제3세계에서 '미성년자의 착취, 환경파괴, 아동들의 건강 위해'를 초래하지만, 다국적 기업에 대한 '제3세계 해방전선'의 시정 요구는 테러 수준에서 인식될 뿐이다. 이것이 제국적 자본의 논리인 것이다.

문학적 자유의 이름으로
신자유주의 성찰하기

시장 만능과 빈부의 양극화를 강제하는 신자유주의 시대에도 문학은 자신의 반성적 역할을 지속하고자 한다. 모든 '주의'가 필연적으로 이데올로기화될 수밖에 없는 담론이라면 문학은 끊임없이 그 주의로부터 파생된 다양한 모순에 착목하여 문학적 저항의 몸짓을 보일 수밖에 없다. 그러므로 '신자유주의적 질서'가 강요하는 '노동, 상품, 자본의 세계화' 속에서 지속적으로 양산되는 '소외된 존재'에 대해 문학은 '문학적 자유'의 몸짓으로 끊임없이 발언한다.

박민규의 『지구영웅전설』은 DC 코믹스의 만화주인공들을 통해 초강대국 미국을 떠받치는 '슈퍼특공대'의 제국주의화된 몸짓을 그리면서 '지구의 영웅'이 '정의'를 빙자하여 미국의 백인 이데올로기와 질서를 다른 세계에 강제적으로 전파·정착·확산시키려고 하는 현실을 풍자적으로 성찰한다. '정의와 불의, 동지와 적, 미국 백인과 비미국 유색 인종, 선과 악' 등의 이분법은 '힘(무력, 자본력, 성욕)'으로 세계를 통치하려는 '미국의 신자유주의적 논리'의 허상을 예리하게 통찰하고 있는 것이다.

박민규의 「아, 하세요 펠리컨」은 신자유주의적 세계화 시대에 '오리배'를 타고 세계를 부유할 수밖에 없는 제3세계 난민들의 이야기를 통해 경제력의 중심부에서 멀어진 사회적 약자들의 '세계시민─되기'의 어려움을 추적한다. 뿐만 아니라 유원지에서 공무원시험을 준비하는 화자나 유원지 사장 역시 신자유주의가 표상하는 세계화의 주류 현실에서 소외된 존재들이다. 그러므로 이 작품은 세계화의 질서에서 낙오된 무력한 존재들을 통해 제3세계 민중들에게 강제된 신자유주의적 노동 현실을 보여주고 있는 것이다.

김경욱의 「맥도널드 사수 대작전」은 코카콜라와 함께 전 세계 매장에 미국식 자본의 힘과 위세를 보여주는 '맥도널드' 매장을 중심으로 표준화, 효율화, 자동화를 강제하는 신자유주의 시대의 노동 현실을 형상화힌디. 특히 다국저 기업이 담론이 강제하는 '맥도널드화'된 한국 사회의 모습과 그에 반발하는 비가시적 저항 단체인 '제3세계 해방전선'과의 대비를 통해, 제국화된 제3세계의 모습을 극명하게 보여준다. 특히 앞뒤에 배치된 평양과 개성의 맥도널드 화재 사건은 멀지 않은 미래에 금단의 지역인 평양과 개성에도 맥도널드의 매장이 배치될 것임을 암시하면서 신자유주의적 세계화가 체제와 이데올로기를 넘어서는 강력한 흐름임을 시사한다.

문학은 시대적 모순을 향해 성찰적 발언을 지속한다. 그리하여 문학은 독자적 심미안을 통해 시대를 거스르거나 시대를 앞서고자 한다. 신자유주의적 질서가 온 세계를 뒤덮고 있는 현 시점에서 그 문제적 패러다임이 가진 모순에 대해 착목하고 균열적 틈새에 파열구를 내기 위해 다양한 시도가 진행되고 있다. 적어도 문학 안에서는 풍자성이라는 저항의 방식을 통해 그러한 작업이 지속된다. 세계화된 자본이 화두인 시대, 문학은 질문한다. 초국적 자본은 인간의 영혼을 살찌우는 것이 아니라 소외된 다수를 양산하고 있음을. 그리고 우리가 문학적 자유를 위해 '신자유주의적 담론'의 허상을 직시할 수 있어야 한다는 사실을. 그러므로 문학은 '또 다른 자유'를 찾아 비상할 수밖에 없다.

—『리토피아』, 2006년 여름호

2000년대에 응시하는 '1980년대 문학'

'1980년대 문학'의 자리

솔직하게 말해서, 매우 안타깝게도 2000년대에 '1980년대 문학을 위한 현재적 자리'는 없다. 그 자리는 소수의 연구자에 의해 미몽처럼 흐릿한 기억 속에서나 회자될 뿐이다. 다양한 원인이 있겠지만 시대가 80년대를 외면하게끔 변화한 것이 인정 여부와는 상관없는 불편한 현실이기 때문이다. 1990년대 이후 상대적 민주주의의 성숙과 더불어 영상 문화가 2000년대 문학이 서 있는 자리를 잠식한 지 오래이다. '1980년대 문학'이 '조국과 민족, 노동과 민중' 문제에 당당히기 위해, 부당한 정치권력의 폭압에 저항하기 위해 진지하고 투철하게 온몸으로 내던졌던 '자유와 해방, 혁명'의 문제제기들은 이제 과거의 일화가 되어버렸다. 그리하여 담론적 진지성 구축을 위한 '1980년대 문학의 자리'는 지금 없다. 그

리고 그 시대를 불안과 초조, 두려움과 떨림 속에 함께 혹은 외따로 지나
온 당사자들은 그 자리에 대한 지적 호기심이나 유희적 관심을 멀리 하
고 있는 상태이다.

　이 글은 이렇듯 흔적으로만 남아버린 '1980년대 문학'에 대해, 1990
년대 이후의 문학에 의해 '괄호치기의 대상'이 되어버린 '1980년대 문
학'에 대해 그 유의미성을 짚어보고 2000년대 문학과의 피드백이 필요
한 부분이 있다면 그 공과를 기록해야 한다는 의미에서 시작된다. 그러
나 2000년대의 상아탑에서 대학생들은 말한다. '1980년대 문학'은 재미
가 없고, 그래서 관심도 적은데, 왜 읽어야 하냐고. 정말 꼭 읽혀야 하나?
안 읽히면 안 되나? 이미 그 시대는 과거의 역사 속으로 흘러들어가 소멸
내지는 소진되어 버리지 않았나? 이렇듯 '1980년대 문학'이 2000년대의
문학적 위기를 극복하기 위한 하나의 서사적 희생 공간으로 자리매김 되
어야 하는 것인지에 대한 회의와 반문 속에 이 글은 끊임없는 질문과 흐
릿한 대답으로 일관하게 될 것이다.

　'1980년대 문학'이라고 할 때, '1980년대'처럼 10년 단위로 끊어 역사
의 불연속적 단절을 과장하는 명명법은 그것이 지닌 인식론적 추상성과
도식성에도 불구하고 한국 사회에서는 그럴싸한 시대적 명분을 내장하
고 있다.[1] '1980년대'는 전두환을 위시한 일단의 군부세력이 광주에서의

1　1950년대는 전쟁과 분단의 기원으로 작동하면서 3년 남짓 진행된 '6 · 25 한국전쟁
　(1950~1953)'이 있으며, 1960년대는 '1960년 4 · 19혁명'과 '1961년 5 · 16 군사쿠데타'
　가 시대적 대립항으로 자리매김하고 있고, 1970년대는 '1970년 노동자 전태일 분신사건'
　과 '1979년 YH무역 여성노동자 김경숙 사망사건'이 오롯이 새겨져 있으며, 1980년대에
　는 '1980년 5 · 18 광주민중항쟁', '1987년 6월 민주항쟁', '1987년 7~9월 노동자 대투쟁'
　등이 자리하고 있고, 1990년대에는 1980년대 후반부터 이어진 현실사회주의권의 몰락,
　'1992년 문민정부의 등장과 세계화 구호', '1997년 IMF 체제' 등이 당대를 장악하고 있는

참혹한 학살을 저지르고 정권을 찬탈함으로써, 부당한 정치권력에 대한 저항의식과 '광주에 대한 부채의식'이 '민중'들에게 내면화되던 시대로 표상된다. 따라서 '1980년대 문학'은 민중의식의 성장에 따른 '현장노동자의 노동문학'과 함께 '광주를 형상화한 문학'에 대해 1980년대적 새로움이라는 표사를 하게 된다. 민중의 실체이자 변혁의 주력부대로서의 노동계급에 대한 새로운 인식론적 발견, 시민들의 연대의식 속에 공동체적 유토피아의 가능성을 보여준 1980년 5월의 광주항쟁, 1987년 6월의 시민항쟁과 7~9월의 노동자 대투쟁 등은 1980년대가 대규모 군중투쟁의 공간이었음을 증언한다. 그리하여 지극히 자연스럽고 당연하게도 '1980년대 문학' 역시 시대적 사명을 외면하지 않고 저항의 무기이자 실천 운동으로서 문학을 창작하고 소비함으로써 전체 민족민주운동 역량의 일부가 되어 사회역사적 책무를 다하고자 노력하게 된다.

그러나 이러한 당대적 유효성에도 불구하고 1980년대는 1990년대 이후의 현재적 좌표를 설정하는 데 있어서 이념 과잉의 지대로 평가 절하되기 십상이다. 1990년대에 이르러 1960년대 이래로 30여 년 동안 우리를 옥죄던 군사독재정권의 폭압이 가시적으로는 사라지면서 상대적으로 새롭게 발견된 '개인의 내면'이 소중하게 여겨지기 때문이다. 명징한 세계 인식의 불가능성과 진보적 전망의 불투명성이 내재된 1990년대는 개인의 내면에 자리잡고 있던 '문화적 욕망'을 호출하던 시대였다. 그리하여 1990년대의 전사前史로서의 1980년대는 현실 변혁의 논리 속에 독새

키워드이며, 2000년대에는 '2000년 6·15 남북정상회담', '2002년 한일 월드컵', '2002년 미군 장갑차 여중생 살해사건', '2004년 대통령 탄핵정국', '2007년 한미 FTA 협정 타결' 등이 의미부여를 기다리고 있다(이 원고는 이명박 정부가 들어서기 전인 2007년 봄에 쓰여진 글이라는 점을 상기할 필요가 있다).

체제에 저항하는 '민중'들에게 '저항 주체'로서의 '집단적 정체성'을 부여했던 이데올로기적 공간으로 자리매김하게 된다. 이렇듯 '1980년대'에 대한 의미 부여는 1980년대를 1970년대와 비교하느냐, 1990년대 혹은 2000년대와 비교하느냐에 따라 그 내용과 형식, 역할과 정체성, 좌표와 방향성 등이 상이해질 수밖에 없다. 그러나 어느 시대와 비교하더라도 과학적 세계관으로 무장한 일군의 지식인들에 의해 확산된 사회구성체(혹은 사회성격) 논쟁이 가져온 한국 사회의 변혁 논리는 1980년대 내내, 특히 1980년대 후반에 집중되어 체제 변혁운동의 당위성을 설파하는 주요한 역할을 감당한다. 그 속에서 문학평론 역시 텍스트와의 길항 관계 속에 생산적 대안을 주창하기보다는 박노해나 백무산, 정화진이나 방현석 등 몇몇 노동문학 작가의 출현에 과다한 의미를 부여함으로써 '민중 주체의 민족문학론'이라는 과도한 지도비평적 담론을 제공하게 된다.

2007년 4월, 우리의 문학은 여전히 위기론(혹은 호기론)의 지평 위에서 있다. 주지하다시피 디지털 영상 문화가 문화적 헤게모니를 장악한 시대에 '한국문화예술위원회'의 진단에 의하면 문학은 기껏 '회생'되어야 할 대상으로 호명될 뿐이다. '문학'이 시대 변화의 초석을 놓을 수 있다고 믿던, 소위 잘 나가던 한 시절을 뒤로 한 채 지금 '문학'이 다시 살아날 수 있을까? 과연 다시 살아나야 할 필요가 있을까? 오히려 이제 문학을 죽여야 하지 않을까? 문학을 만나면 문학을 죽이고, 민족을 만나면 민족을 죽이고, 민중을 만나면 민중을 죽여야 비로소 우리의 문학이 새로운 활로를 모색할 수 있지 않을까? 명명이라는 형식에 얽매여 내용이 초라해진다면 오히려 명명을 제거해 버리는 것이 낫지 않을까? 그야말로 '탈문학적 상상력'이 필요한 것은 아닐까?

이러한 고민의 모색은 '민족문학작가회의' 내부의 '명칭 변경 관련 찬반 논의'를 살펴보면 더욱 뜨거운 논쟁의 지점에 이르러 있는 것 같다. 세부 내용은 다르지만 '명칭 변경 찬성 입장'에는 '민족문학작가회의 분과장 및 위원장단, 정도상(소설가), 홍기돈(평론가), 방민호(평론가)' 등이 있고, '명칭 변경 반대 입장'에는 '정현기(평론가), 임동확(시인), 김준태(시인), 김창규(시인)' 등이 자리하고 있다.[2] 지면이 각기 다르고 주장의 배경이 조금씩 차이나긴 하지만, '작가회의'를 수식하는 '민족문학'이라는 수식어에 대해 혹은 '민족문학작가회의'의 정체성에 대해, 시대 변화의 흐름을 따라 간판을 바꿔달아야 한다고 믿는 부류와 그 정체성과 역사성의 면면을 회고할 때 간판 바꾸기는 시기상조라는 부류가 존재한다.[3] 이 논의를 보면서 누구의 손을 들어주기보다는, 1980년대적 이론과 실천이 담보했던 집단주의적 전체성이 2000년대에는 다원주의적 개별성으로 백가쟁명화하고 있음이 확인된다. 이데올로기적 실천보다는 유희적 문화행위에 대한 관심이 높은 디지털 시대, 후기자본주의의 맹폭이 진행되는 시대에 '사회성, 시대성, 역사성'을 담보하고자 했던 '1980년대 문학'의 의미를 돌아보는 행위는 '상상력'이 집중적인 화두가 되고 있는 2000년대 문학의 현재적 좌표를 점검하는 데에도 일조를 하게 될 것이다.

1980년대는 하늘에서 뚝 떨어진 시공간이 아니다. 그 공간은 문학이

---

2 민족문학작가회의명칭변경소위원회 편, 「민족문학작가회의 명칭 변경 관련 찬반 문건」, 2007년 4월 현재.

3 결과적으로 '한국작가회의'로 명칭이 변경되면서 명명에 대한 논쟁은 일단락되었다. 2011년 현재 '한국작가회의'는 이명박 정부의 퇴행성에 대한 저항 담론을 실천하면서 국가(지역)적 특수성 속에 세계적 보편성을 담보하려는 행위를 지속하고 있다.

변혁운동의 무기이자 수단이 될 수 있었다고 상정되던 시기이다. 지금에 와서 어떻게 그때는 문학이 그럴 수 있었는지라고 묻는 것은 의미가 없을지도 모른다. 그 시대 자체가 부당한 공권력의 상징을 향해 화염병을 던지거나 돌을 던지면서 반독재 투쟁을 위한 자기방어로서의 폭력을 강제했기 때문이다. '1980년대 문학'은 언어로 빚은 화염병과 돌이 되어, 눈앞에 보이는 군사독재권력을 향해 불로 뛰어드는 나방처럼 날아가고자 했다. 그만큼 '1980년대 문학'은 시대적 양심을 한 손에 들고 분노의 적개심을 또 한 손에 들어 실천적 운동성을 표현하는 시대 저항의 무기로 작동하고자 했던 것이다.

2000년대에 추억하는 '1980년대 문학'

2000년대에 바라보는 '1980넌내와 1990넌내'는 쌍생아적 공간으로 묶어서 처리되는 경향이 강하다. 즉 김영찬은 2000년대 문학을 논하면서, 80년대와 90년대가 '내면성의 문학'이라는 큰 틀에서 크게 다르지 않다고 언급한다. "2000년대 소설의 면면들은 크게는 부정적 현실에 상처받고 좌절한 내면을 의미와 가치의 거점으로 삼아 의식적으로 현실에 대립각을 세우는 문학이 이제는 끝났다는 걸 보여주는 징표"라고 평가[4]하는 것이다. 2000년대의 담론적 문제제기를 선명하게 드러내기 위

---

4 김영희 · 김영찬 · 박형준 · 이장욱, (좌담)「우리문학의 현장에서 진로를 묻다」, 『창작과

해 과거를 단순명료화하는 것은 어찌 보면 당연해 보인다. 그러나 2000
년대 소설에 대해 '무중력 공간'(이광호)[5]으로 명명하거나 '편집증적 서
사화'(김형중)[6] 혹은 '탈내면의 상상력'(김영찬)[7]의 개진으로 설명하면
서 '1980년대 문학과 1990년대 문학'을 함께 도매급으로 처리하는 것은
무리가 있다. 그렇게 간단히 두루치기가 될 정도로 두 공간의 의미가 유
사성을 내포한다기보다는 차별성이 더욱 두드러지기 때문이다. 오히려
1980년대 문학을 한 축으로 하고 1990년대 문학 이후를 한 축으로 하여
상대 평가 속에 의미망을 구성하고 문학적 계열화를 진행하는 것이 더
효과적일지도 모른다.

실상 2000년대를 가로지르는 화두는 '상상력'이다. 좀 더 분명하게 말
하자면 '무매개적 상상력'이다. 이때의 '상상력'은 단순화를 무릅쓰고 이
야기하자면 현실을 매개하지 않고서도 대상 세계를 그려낼 수 있다고
믿는 '자유연상에 가까운 환상성'을 그 주요 내용으로 내포하기 때문이
다. 그리하여 '2000년대의 상상력'에는 그 이전 시대에 강제되던 어떠한
금기적 경계도 없이 보인다. 진정석[8]은 2000년대 젊은 소설가들에게서
"1980년대 문학이 스스로 부과했던 역사적 책무와 계몽적 포즈는 물론,
1990년대 문학에 지배적인 자아의 이상화나 개인주의에 대한 주장도 별

비평』, 2006년 겨울호, 169쪽.

5 이광호, 「혼종적 글쓰기, 혹은 무중력 공간의 탄생」, 『이토록 사소한 정치성』, 문학과지성
사, 2006.

6 김형중, 「부재하는 원인, 갱신된 리얼리즘-이것은 리얼리즘이 아니다③」, 『문학과사회』,
2007년 봄호.

7 김영찬, 「2000년대, 한국문학을 위한 비판적 단상」, 『비평극장의 유령들』, 창비, 2006.

8 진정석, 「사회적 상상력과 상상력의 사회학―2000년대 젊은 소설을 보는 한 시각」, 『창작
과비평』, 2006년 겨울호.

로 없"는 것으로 감지된다. 그리하여 "'현실 반영'이나 '전형의 창조'라는 리얼리즘적 요청"이나 "'미적 자율성'과 '전위주의'를 바탕으로 하는 모더니즘적 실험"에 전념할 필요성을 느끼지 않는다고 평가한다. 특히 2000년대 문학의 뚜렷한 특징을 "사회적 상상력의 퇴조 현상"으로 설명하면서 "상상력의 사회학을 본격적으로 논해야 할지도 모른다"고 지적한다. 문제는 개인과 시대가 처한 현실적 상황에서부터 출발하는 '리얼리즘'이 아니라, 사유와 표현의 경계를 의식하지 않고 거침없이 자유롭게 금기의 지대를 횡단하려는 '상상력'인 것이다.

진정석이 2000년대 문학의 화두로 '상상력의 사회학'을 거론한다면 김수이는 '자본주의의 역습'을 문제 삼는다. 김수이[9]는 "그 많던 민중들은 어디로 갔을까?"를 질문하며 "80년대에 민중은 개별자의 총합 이상의 거대한 실체였고, 역사의 진정한 추동력이었으며, 간단히 기표화될 수 없는 살아있는 실재"였다고 회감한다. 하지만 이제 그 자리를 "시민, 대중, 다중, 소비자, 네티즌, 겨우 존재하는 파편화된 개인들"이 채우고 있으며, "역사의 종언, (근대)문학의 종언, 근대적 주체의 파산, 동일성의 서정석 주체의 퇴조 등 일련의 '최후의 담론'이 인문학의 영토에서 번성"하고 있다고 분석한다. 이러한 현상은 "80년대가 그토록 타파하고자 한 계급적·구조적 모순의 모체인 자본주의가 행한 역습"이라고 진단하고 있는 것이다. 1980년대와 2000년대의 불연속적 연속성을 맥락화하는 명쾌한 분석에 해당한다. 1980년대에 자본주의가 "비판과 저항의 대상"이었던 반면에, 2000년대에는 "내부와 외부가 따로 없는 동일자이자 절대자로 개인의 무의식에 각인되어" "자발적 투신과 내면화의 대상"으

---

9 김수이, 「얼굴 없는 노동, 자본주의의 역습」, 『창작과비평』, 2006년 겨울호.

로, 블랙홀처럼 모든 것을 빨아들이는 매트릭스가 된 것이다. 그러므로 '1980년대 리얼리즘→1990년대 모더니즘→2000년대 포스트모더니즘'이라는 식의 선형적 구도가 '시대적 비판과 저항(집단 주체)→일상성과 내면성의 추구(소외된 개인)→탈현실적·탈역사적·탈사회적 자아(무기력한 주체)' 등의 의미 내용을 내포한다고 도식화하는 것은 '자본의 매트릭스' 앞에서 사유의 순진성을 폭로하는 것밖에 안 된다.

2000년대에 들어와 '1980년대 문학', 특히 '1980년대의 노동문학'은 과도한 선진성과 계급의식의 과잉에 대해 지적 받으면서 주요한 비판의 대상이 된다. 강진호[10]는 "노동자계급에 대한 일방적 믿음과 자본가 집단에 대한 단호한 부정"이 1980년대 노동소설이 지닌 문제적 시각임을 비판한다. 1980년대 노동해방문학의 대표적 주창자였던 조정환[11] 역시 "노동문학이 옛 아우라를 걷어버리고 '삶으로서의 문학'으로 재구성"되어야 함을 강조한다. 오창은[12]은 노동소설을 "노동자의 정체성을 문제삼아(주체) 노동현장의 이야기(제재)를 인간의 운동성과 연관해(이데올로기) 전개해 나가는 미적 서사양식"으로 규정한다. 그리하여 1980년대 노동소설이 '지식인노동소설→이념지향의 노동소설→실천지향의 노동소설'로 나아갔으며, 정화진·유순하·방현석의 작품이 "어둠 속에서 '희망 찾기'와 연결되는 것"이었다고 평가한다. 나아가 앞으로의 노동소설은 "인간의 일상적 행위와 노동이 어떤 식으로 연결되었는가를 성찰하

---

10 강진호, 「주체의 낙관적 의지와 배타적 신념—1980년대 노동소설의 경우」, 『작가연구 : 1980년대 문학』, 깊은샘, 2003년 상반기.

11 조정환, 「사회주의 리얼리즘의 종말 이후의 노동문학」, 『카이로스의 문학』, 갈무리, 2006.

12 오창은, 「1980년대 노동소설에 대한 일고찰—정화진·유순하·방현석 소설을 중심으로」, 『어문연구』, 어문연구학회, 2006.

는 것이 될 것"으로 판단한다. 고영직[13]은 '1980년대 민중·노동문학'이 '과도한 노동자계급 대리자의식'에 젖어 문학의 성찰적 반성이라는 임무에 불철저했음을 비판하면서 '노동소설의 일정한 도식주의'를 비판한다. 이러한 최근의 논의에서 알 수 있듯, '1980년대의 노동문학'이 당대의 시대적 소명에는 충실했을지 몰라도 '자본가=악, 노동자=선'이라는 식의 이분법적 접근 속에 계급에 대한 몰이해와 일상적 노동현실의 배제, 과도한 이념적 편향, 미래적 전망에의 선험적·추상적 선취 등을 문제적으로 내장하고 있었음은 주지의 사실이다.

'1980년대 노동문학'에 대한 비판적 관점의 연구자들과는 다르게 1980년대 문학운동의 당대적 유효성을 주목하는 작가 김남일[14]은 '민족문학작가회의' 홈페이지에 실린 장문의 글을 통해 '1980년대 문학'이 '문학'만의 내용과 형식으로 독자적 미학과 실천을 수행하기 어려운 시대의 문학이었음을 증언한다. '80년대 문학운동사'라는 제목에서도 알 수 있듯 '1980년대 문학'은 '문학과 운동의 결합'을 꾀할 수밖에 없었던 시대적 굴레를 짊어지고 있었던 것이다. '문학이 <벽시>로 읽혀져야 하는 시대, 광주에 대한 부채의식, 『창비』와 『문지』의 폐간, 동인지의 게릴라전, 민주화투쟁의 문학, 노동문학운동, 감옥 문인, 채광석, 김남주, 문익환, 고정희, 통일운동과 문학' 등의 소제목에서 확인할 수 있듯 문학이 곧 체제 변혁을 위한 실천적 운동이었고 운동이 곧 문학적 실천으로 인정되던 시기가 바로 '저 1980년대'였던 것이다.

---

13 고영직, 「이론신앙을 넘어, 사실의 재인식으로─1980년대 민중·노동문학론에 관한 단상」, 『실천문학』, 2005년 겨울호.

14 김남일, 「80년대 문학운동사」, '민족문학작가회의' 홈페이지 게재글, 2004년 9월부터 현재까지.

2000년대인 지금은 '문학의 위기 혹은 죽음'과 '민족문학 개념의 존폐'를 논의하는 시대가 되었다. 특히 '다시 민족문학을 생각한다'(민족문학작가회의·만해사상실천선양회 주최 광복 60주년 기념 학술쎄미나)의 발제자인 신승엽(「20세기 민족문학론의 패러다임에 대한 몇가지 반성」)과 이병훈(「갈림길에 선 민족문학론」), 토론자 백낙청 등은 "과거 민족문학이 구호나 진영 개념으로서 지녔던 효용은 사실상 끝났다"면서 사실상 1980년대적 의미의 '민족문학' 개념은 새로이 해체되거나 재구성되어야 함을 강조한다. 김명환은 "민족문학론은 민족문학운동의 이론이었다는 사실을 잊지 않는 것이 중요"하며 "분단체제극복에 기여하는 문학적 노력을 이끌 운동의 구심력을 어떻게 옛날식이 아닌 한층 정당하고 효과적인 방식으로 만들어낼 것이냐는 문제는 2000년대 문학의 향배를 가름할 절실한 고민"[15]이라고 이야기한다. 그러나 필자는 문학이 꼭 '민족문학론'이라는 이름 아래에 '정당하고 효과적인 방식의 구심력'으로 뭉쳐야 하는 것인지에 대한 회의가 든다. 이러한 사유 방식 자체가 '1980년대적'일 수 있기 때문이다. '1980년대 문학'이 지닌 '시대적 소명의 상실'이라는 기본적 전제에 대해 반론을 제기하는 사람은 없을 것이다. 그러나 숱하게 널부러져 사라져가는 문학적 죽음들 사이에서 '1980년대 문학'을 재검토하자는 것은 1980년대 문학이 지닌 2000년대적 유효성 혹은 2000년대를 낳은 아비 혹은 할아비의 역할을 점검함으로써 좌표를 상실한 혹은 상실했을지도 모르는 혹은 상실한 것이 당연한 한국문학호에 방향성을 부여해보고자 하는 '지적 기획'에 해당하는 것일 터이다.

---

15 김명환, 「87년 이후의 민족문학론」, 『창작과비평』, 2005년 겨울호.

'1980년대 문학'은 사실상 '1990년대 문학'과의 대비 속에 그 구체적 의미망을 선명하게 드러낼 수 있다. 최강민 등[16]은 90년대를 결산하는 2000년대의 좌담에서 80년대 문학과 90년대 문학의 연속성과 불연속성을 검토하면서 '포스트모더니즘과 탈근대, 『문학동네』의 창간(1994), 리얼리즘의 위축과 서사의 회복, 장르 해체, 장정일과 신경숙, 후일담 문학, 소설가 소설과 내성소설, 생태주의 문학, 신세대 문학과 세기말, 문학주의' 등의 소제목으로 90년대 문학의 좌표를 점검한다. 이 소제목들은 곧바로 이념의 시대로 호명되는 1980년대에 제기되기 어려웠던 혹은 애써 외면해야 했던 '문학성의 복원'이 1990년대의 시대적 화두였음을 증언한다. 이러한 인식은 1990년대 신세대 작가 중의 한 사람으로 거론되는 김영하[17]가 "80년대적 방식의 글쓰기를 마감"시킨 작가로 신경숙·윤대녕·장정일을 꼽는 것에서도 이어진다. 이 부분에서 우리는 역으로 '1980년대 문학'의 범주를 설정해볼 수 있다. 즉 '1980년대'가 사회역사적 상상력을 매개로 집단적 정체성과 이념적 경직성, 도덕적 순결성 등을 강제했던 시공간임을 확인할 수 있다. 반면에 1990년대 이후는 그러한 규범과 질서, 저항 담론으로부터 자유롭게 개인의 내면을 탐색하고 욕망을 응시하는 시대라고 할 수 있다.

그렇다면 '논쟁의 시대'로 명명되는 '1980년대 민족민중문학론'의 성과는 부재하는 것인가? 그렇지 않다. 김용락[18]은 김명인, 채광석, 백낙청,

---

16 작가와비평 편, 『비평, 90년대 문학을 묻다』: 최강민·고명철·엄경희·고인환·이경수 좌담, 「90년대 문학을 결산한다」, 여름언덕, 2005.
17 김영하, 김정란·방민호·김영하·김사인(좌담), 「90년대 문학을 결산한다」, 『창작과비평』, 1998년 가을호.
18 김용락, 「80년대 민족문학논쟁과 리얼리즘」, 『문예미학』 1호, 문예미학회, 1994.

최원식, 정과리, 성민엽, 홍정선, 조정환, 백진기 등의 논쟁을 개괄하면서, '민족문학주체논쟁'이 "실제비평을 결여한 추상성으로 인해, 또는 지나친 쟁패주의적 편향성 때문에 그 한계를 지적받기도 했지만 이론의 선진성, 과학성으로 우리 문학의 비평논의 수준을 한단계 상승시켰다"라고 평가한다. 그러나 그럼에도 불구하고 난삽한 주장이 승했던 것은 분명해 보인다. 민족문학론 진영의 논객인 최원식[19]이 90년대 중반에 "저 격렬했던 이론투쟁의 시대 80년대의 문학"을 진단하면서 '민중적 민족문학론, 민족해방문학론, 민주주의 민족문학론, 노동해방문학론' 등의 논쟁이 지닌 혁명성은 "80년대 내내 지식인들을 사로잡았던, 광주항쟁에 대한 부채의식이 오히려 혁명문학의 번성을 촉진했던 것"이어서 "이론이 현실을 돌아보지 아니하고 가속^{加速}이 붙은 채 자기운동을 계속함으로써 도달한 매우 추상적인 선취였"으며, "민중의 이익을 위해 투쟁했지만 민중과의 현실적 유대가 튼튼하지 못했다"라고 비판하는 것이 적절한 평가로 여겨지기 때문이다. 그러나 "80년대의 혁명적 문학"은 "리얼리즘의 이름 아래 혁명적 낭만주의"로 경도되었으므로 "80년대식 낭만주의를 극복"하고 "모더니즘 또는 포스트모더니즘의 도전"을 포용하는 "진정한 리얼리즘"의 요구는 민족문학의 외연 확장을 주문하는 가운데 '리얼리즘의 절대성'을 강변하면서 '진정한 리얼리즘 대 문학주의(모더니즘 또는 포스트모더니즘 등)'의 이분법을 반복하는 구태를 보여준다.

이렇듯 '1980년대 문학'은 이념적 신도성 속에 제세 변혁의 논리로 무장한 채 1970년대 시민문학론, 민족문학론 등에 이르는 지식인문학 중

---

19 최원식, 「80년대 문학운동의 비판적 점검—민족문학론의 새로운 구도(構圖)를 위하여」, 『민족문학사연구』 8권 1호, 1995.

심의 논의에서 한걸음 나아가 '광주'를 기점으로 '민중'의 개념 정립에서 부터 민족문학의 실천성과 혁명성에 이르기까지 다양한 점검을 통해 '불의 시대'를 살아가는 '문학'과 '운동'의 올바른 관계를 모색하고 싶어 했던 사유틀인 것이다.

'1980년대 문학'의 당대적 유의미성

'1980년대 문학'이 지금에서야 섣부른 과잉 이념, 구호적 편향, 거대 담론에의 경사 등으로 거론되지만 과연 당대에도 그렇게 이념적 과잉지대로 평가되고 있었을까? 당연히 그렇지 않다. 구체적이고 직접적인 군사독재정권의 압제와 폭력이 초래한 체제 저항담론이 '민중'들의 의식과 무의식 속에 공감의 폭을 확산시키고 있었기 때문이다. 물론 좌우편향에 대한 경세심이 없었던 것은 아니지만, 당시에는 민족의 구성원이 민중이며, 민중의 실체가 노동자, 농민, 도시빈민, 소자영업자, 양심적 지식인 등으로 구성되기에, 문학 역시 민중을 위한 민족문학이 되어야 하는 것에 대해 암묵적으로 혹은 공공연히 동의하고 있었다. 그것이 민중적 민족문학론이든 노동해방문학론이든 민족해방문학론이든 민주주의적 민족문학론이든 '어떤 진영이냐'에 상관없이 체제의 변혁을 위해 이론서에 갇혀 있던 '민중'을 문학적 실천으로 호출하여 구체적 실체를 부여하도록 강제했던 것이다. 거기에는 박노해와 백무산, 정화진과 방현석 등의 노동문학이 보여준 현장성에 고무된 바 크다.

박현채는 1980년대 '민중'의 개념에 대해 "근대 자본주의사회에서 민중은 노동자계급을 기본구성으로 하면서 노동자 이외의 농민, 소상공업자, 지식인 그리고 도시빈민을 주요 구성원"으로 내포한다[20]고 규정함으로써 '민중'을 실체화한다. 이렇듯 '민중'에 대한 경제학자의 개념 정의와 범주 설정은 문학계에도 수용되어 채광석[21]은 '민족문학과 민중문학'의 관계에 대해 "민족문학은 주어진 사회적 틀 속에서 비인간적인 삶을 강요당하는 민중들의 삶의 현실을 토대로 그러한 삶의 한복판에 응어리진 민중들의 고통과 요구를 형상화해내는 민중문학으로 구체화될 때 참 민족문학으로 설 수 있다"라고 강조하면서, 민족문학의 구체적 내용이 억압받는 민중들의 삶의 현실을 형상화하는 것임을 주장한다. 이러한 민중의 삶을 중심에 둔 문학관은 김명인[22]의 '민중적 민족문학론'으로 이어져, "1980년 5월의 그 군화발 소리와 남녘 민중의 처절한 항쟁의 외침은 곧 소시민적 자유주의의 세계 인식에 대한 조종弔鐘이었으며 이제까지의 지식인문학이 그 존재기반에 관련하여 심각한 위기에 다다르게 되는, 우리 문학사상의 큰 전환을 알리는 서곡"임을 강조하는 것에서 더욱 확대된다. 1970년대까지 지식인이 담당하던 문학의 주체 역할은 그 기능을 다했으며, 새로운 민중 주체의 문학이 대두되고 있음을 주목한 것이다.

민중·민중문학·민중운동을 논의하는 사람들은 80년대의 특성에

---

20 김사인·강형철 엮음,『민족민중문학론의 쟁점과 전망』: 박현채,「문학과 경제」, 푸른숲, 1989.

21 채광석,「민족문학과 민중문학」,『민족, 민중 그리고 문학』, 지양사, 1985.

22 김사인·강형철 엮음,『민족민중문학론의 쟁점과 전망』: 김명인,「지식인문학의 위기와 새로운 민족문학의 구상」, 푸른숲, 1989.

대해 "역사에서의 민중의 대두와 그것의 구체적 계기로 '80년의 광주'"
를 거명한다. 즉 "문학을 민족·민중 해방을 위한 전체운동과의 관련 속
에서 고찰함으로써 '운동으로서의 문학' 또는 '문학운동'과 같은 논의점
들을 대두"[23]시켰다는 관점은 당대 '문학운동론'의 핵심을 꿰뚫는 진술에
해당한다. 한국 사회에서 '1980년 5월 광주'는 외세와 군사독재의 실체
에 대한 각성 속에 광주 학살 이전과 이후를 질적으로 전혀 다른 세계로
인식하도록 강제하는 커다란 분수령으로 작동한다. '광주'는 무고한 시
민들이 부당한 정치권력의 폭력적 탄압에 의해 얼마나 무참히 참살당할
수 있는지를 보여준 바로미터였기 때문이다.

그리하여 '광주'를 소설로 형상화한 단편집 『일어서는 땅』(인동, 1987
: 수록 작품 윤정모의 「밤길」, 문순태의 「일어서는 땅」, 박호재의 「다시
그 거리에 서면」, 이영옥의 「남으로 가는 헬리콥터」, 김중태의 「모당」, 임
철우의 「봄날」·「관광객들」, 김남일의 「망명의 끝」, 정도상의 「십오방
이야기」 등)에 대한 관심이 클 수밖에 없었으며, 이것은 장세진[24]이 『일어
서는 땅』과 홍희담의 중편 「깃발」을 대상으로 "역사적 진실과 문학적 진
실의 거리"기 좁혀져아 함을 역설하는 논문에서도 확인할 수 있다. 이런
가운데 '1980년대 문학'은 "진보적 민족문학과 형식주의적 문학 그리고
그 양자의 지양"이 핵심 문제로 대두되면서, '진보적 민족문학'의 민중
지향적·민중 주체적 성격을 새로이 내면화한 시인들로 '김용택, 이동
순, 하종오, 정희성, 고정희, 이시영, 정호승, 김정환, 김남주, 김진경, 박

---

23 황광수, 「80년대 민중문학론의 지향」, 『창작과비평』, 1987년 여름호.

24 장세진, 「80년대 문학의 사회사적 의미─광주민중항쟁관련소설을 중심으로」, 『비평문
학』 3호, 한국비평문학회, 1989.

노해, 백무산' 등을 주목하게 된다.[25] 뿐만 아니라 여성해방문학 진영에서는 80년대의 문학적 성과로 "북한문학과 주체문예이론의 소개, 교포문학·빨치산문학의 소개, 노동문학의 급성장, (중략) 여성문제 작품의 대두"[26] 등을 거론하면서, 정도상, 방현석, 김인숙 등의 노동소설과 박노해의 『노동의 새벽』, 이경자의 『절반의 실패』와 박완서의 『그대 아직도 꿈꾸고 있는가』, 북한소설인 『민중의 바다』와 『꽃파는 처녀』의 여성의 형상화에 대해서 구체적으로 검토한다.

'1980년대 문학'을 당대적 자리에서 점검하는 문학인들의 좌담에서 신경림[27]의 '80년대의 문학'에 대한 비판적 문제제기는 2000년대인 지금 되짚어보아도 유효해 보인다. 그가 80년대에 '광주항쟁'을 계기로 민중문학이 활성화된 것을 긍정적으로 보면서도 "과연 80년대 문학이 우리 현실을 제대로 읽었는가"라면서 "이념을 통해서 현실을 보려고 하는 잘못된 시각은 없었는지", 그리고 "80년대의 우리 문학의 목소리가 과연 솔직한 목소리였다고 자신있게 말할 수 있는가"하는 반성적 질문을 제기하고 있기 때문이다. 그러나 김영현[28]처럼 반미자주화 부분(분단극복문학과 통일지향문학)의 문학적 성과로 『태백산맥』, 『고삐』, 수기 『남부군』, 이산하의 「한라산」과 오봉옥의 『붉은 산 검은 피』 등의 장시를 거명하거나, 이시영[29]처럼 "80년대 문학의 새로움"으로 "기왕의 민족문학

---

25 이선영, 「80년대 시의 반성―이념성과 형식성의 문제를 중심으로」, 『실천문학』, 1989년 서울호.

26 이명호·김희숙·김양선, 「여성해방문학론에서 본 80년대의 문학」, 『창작과비평』, 1990년 봄호.

27 김영현·신경림·이시영·정남영, 「좌담 : 새로운 년대의 문학을 위하여―최근의 문학 작품에 대한 비판적 검토」, 『창작과비평』, 1990년 가을호.

28 김영현, 위의 좌담.

29 이시영, 위의 좌담.

론이 계급적 시각을 획득한 점"을 들면서, 박노해의『노동의 새벽』, 백무산의『만국의 노동자여』, 고은, 신경림, 김지하, 김남주, 황석영의『장길산』과『무기의 그늘』, 현기영의『바람 타는 섬』, 송기숙의『녹두장군』등이 창작의 성과라고 주목하는 것은 '1980년대 문학'이 지녔던 시대적 저항성이라는 평가가 1990년대 초에도 여전히 주효했음을 보여준다.

그래도 문학은 시대와 함께 발언한다

'1980년대'를 설명하는 용어는 '해방, 혁명, 항쟁, 민주화' 등등으로 다양할 수 있다. 그러나 이 용어들의 구심점으로 작동하는 핵심어는 '광주민중항쟁'[30]이다. 한국 사회에서 1980년은 '민주화의 봄'과 군부정권

---

30 광주민중항쟁을 간략히 요약하면, 1980년 5월 17일 자징, 정부가 비상계엄을 전국으로 확대 실시한다고 발표한 뒤, 이튿날인 5월 18일 오전 10시경 전남대 정문 앞에 모여든 학생들 100여 명이 '비상계엄 해제'를 외치며 투쟁에 나섰으나 일부 정치 군인들이 동원한 공수부대는 야만적 폭력을 자행하게 된다. 평화 시위로 맞섰던 시위 양상은 폭력 항쟁으로 바뀌게 되고, 시민과 학생은 5월 19일 오전부터 금남로에 모여 군부의 정치 개입을 규탄하는 연좌시위를 벌이게 된다. 계속되는 공수부대의 유혈진압 속에 계엄군에 맞서기 위해 시위 군중은 무장을 하게 되고, 시내 곳곳에서 치열한 총격전이 벌어진다. 5월 21일 밤을 고비로 도청을 빠져나간 계엄군은 광주를 철저히 고립시키는 작전을 펼치게 된다. 계엄군의 봉쇄 조치로 다른 지역과 차단된 광주 시민은 식량과 생활필수품을 공급받을 수 없었지만, 자치 조직과 무장 조직을 만들어 스스로 질서를 잡아나갔으며, 음식을 서로 나누어 먹으며 광주 시민 모두가 개인보다는 공동체의 안녕을 빌면서 투쟁의지를 가다듬었다. 5월 26일 항쟁지도부는 제5차 궐기대회를 열고 '80만 광주 민주시민의 결의'를 채택하였고, ① 모든 책임은 과도 정부에 있다, ② 계엄령 해제, ③ 전두환 공개 처단, ④ 민주

의 재등장이라는 해방과 억압의 양가적 시공간으로 자리한다. 그 속에서 '광주'는 1980년 5월을 거치며 한반도 남단의 한 지명으로서의 도시가 아니라 파시즘적 공권력의 사용과 시민군의 대규모 항쟁을 통해 1960년 4·19혁명 이후 가장 큰 사회역사적 공간으로 인식된다.[31] '80년대의 광주'는 분단 현실 속에서 삶과 죽음의 경계에 대한 질문을 던지는 공간이며, 독재와 폭력에 저항하는 민주주의의 본질에 대한 성찰을 가져온 공

인사 석방, 구국 과도 정부 수립, ⑤ 허위 조작, 왜곡 보도 중지, ⑥ 피해 보상과 연행자 석방만이 아니라 진정한 민주주의 정부 수립, ⑦ 끝까지 투쟁할 것 등 7개항을 문제 해결을 위한 요구조건으로 내걸게 된다. 언론은 광주민중항쟁을 '폭도들의 난동'으로 규정했으며, 정부와 계엄사령부는 고정 간첩, 불순 분자, 깡패 등이 폭동을 저질렀다고 발표하면서 빨리 해산하라고 명령하였다. 27일 새벽 계엄군이 작전을 개시하여 도청은 진압된다. 결국 광주민중항쟁은 비록 좌절되었지만, 분단 이후 외세(민족모순)에 대한 문제를 새롭게 제기하며, 민족민주운동의 정통성을 확립한 변환점이 되었다.

역사학연구소, 『바로 보는 우리 역사(개정판)』, 서해문집, 2004, 465~468쪽 참조.

31 1979년 10·26 사건(박정희 살해사건) 이후 광주가 민주화 열망이 고조될 수 있었던 원인으로 첫째 동학농민전쟁에서 의병으로, 광주학생 반제투쟁운동 등으로 이어지는 민중운동의 전통과 맥락이 혈연적으로 실존하고 있다는 민족운동에 대한 뚜렷한 자각과 자부심을 들 수 있으며, 둘째 4·19 이후 민주와 통일운동의 급진적 흐름이 잠저해버린 뒤에 유신독재의 전 기간을 통하여 선배에서 후배로 맥락이 자연스럽게 이어지고, 학생운동권은 민청학련사건과 민주교육지표사건을 계기로 재삼 확충되고 다져지면서 자연스럽게 현장운동에로 확산된 점, 셋째 광주가 농촌으로 둘러싸인 농촌 소비도시로서 외곽에 광범한 기층 농민들의 생산지와 연결되어 있다는 점, 넷째 유신독재의 전 기간을 통하여 광주는 지역운동 역량이 지속적으로 성장하여 왔으며, 이미 1978년에 이르면 각계의 역량 분담이 능률적으로 수행되고 있었다는 점, 다섯째 박정희 독재체제 기간동안의 지역간 불균등 개발로 인해 농촌 소비도시의 낙후밖에 말 수 없었던 광주니 전남의 농촌지역에서 수위 '호남 푸대접'이라는 광범한 대중적 인식이 만연되었던 점, 여섯째 이상의 누적된 불만이 마치 가난한 집안에서 법관이라든가 높은 사람이 나와서 불우한 집안사정을 일변시켜주기를 바라는 무력한 아버지의 기대와 마찬가지로, 우리 집안에서도 내 고장에서도 인물이 하나 나와야 한다는 민중적 열망으로 집약되었다는 점 등을 든다.

황석영 기록, 『죽음을 넘어 시대의 어둠을 넘어』(전남사회운동협의회 편, 풀빛, 1985), 19~20쪽 참조.

간이고, 외세에 대한 각성 속에 혁명의 의미를 곱씹어보게 만든 점령당한 학살의 도시로서의 의미를 띤다.

'광주'를 기점으로 제기된 노동해방, 민족해방, 민중해방, 인간해방 등의 표현은 1980년대 독재정권에 의해 야기된 폭압적 상황을 돌파하려는 체제 전복적 표현의 의미를 띤다. 체제 전복의 주된 동력은 당연히 그동안 자신의 목소리를 표출하지 못해왔던, 소외되고 억압받은 민중들이었다. 그리하여 한국 사회의 분단이 낳은 민족모순과 빈곤의 악순환이 낳은 계급모순을 혁파하려는 기층 민중의 노력은 인간 소외의 현실을 딛고 자신의 계급적 정체성을 자각하여 조국과 민족의 앞날을 위해, 해방의 새날을 앞당기기 위해 거센 흐름을 표출했던 것이다. 따라서 문학 역시 '운동성과 예술성'을 겸비하면서 현장성과 실천성을 담보하여 시대적 전형을 발굴하는 것에 비중을 두게 된다. 문학은 문학운동으로서의 당파성과 대중성을 구비하여 공동체적 정신 속에서 사회와 역사의 진보적 변화를 선포함으로써 한국 사회의 총체적 변혁을 위해 '운동의 일환'으로 자리매김 되어야 했던 것이다. 그러므로 1980년대에는 개인의 사적 욕망보다는 '우리'라는 집난석 자원의 공론적 문제의식이 대두될 수밖에 없었다. 늘 내 옆에 함께 하던 친구가 정보과 형사에게 끌려가 며칠씩 보이지 않다가 초췌한 모습으로 돌아와 말없이 멍한 시선을 보낼 때, 무기력한 개인은 절망에 빠질 수밖에 없다. 그러한 절망감과 열패감이 1980년대의 집단적 저항의식을 고취하는 자양분이 되었으며, 착취와 억압, 폭력 등의 시대적 질곡을 딛고 해방된 조국의 미래를 열어젖힐 유토피아적 전망을 꿈꾸도록 만들었던 것이다.

그러나 '1990년대 이후(+2000년대 문학)'를 수놓는 말들은 사뭇 달라진다. 1990년대 초반에 국내에서 문민정부가 들어서고 1980년대 후반 이후 국외에서는 동유럽의 사회주의 국가들이 몰락의 길을 걸어갔기 때문이다. 1980년대에 상상했던 한국 사회의 미래는 제국주의 세력에 기생하는 독점자본의 국가가 아니라 공동체 정신이 살아 있는, 사회주의를 포함한 또 다른 국가였지만, 그것이 유토피아적 공상에 불과했음이 현실적으로 드러나게 된다. 그리하여 거대담론의 퇴조 속에 '개인주의의 시대'인 '1990년대'는 미시적 욕망을 발산하며 다양한 탈주를 진행하게 된다. 후기자본주의의 문화논리에 포섭되어 '소비 주체'라는 강박증에 걸린 대중들은 개성의 강제적 표출 속에 다원주의적 미시 담론을 구가하게 된다. 이제 시대와 역사라는 거대담론으로부터 소외되었던 개인적 차원의 상상력과 환상성의 지대를 비로소 탐구할 수 있게 된 것이다. 그리하여 만능키로서의 '탈'이라는 접두어가 모든 언어에 부착되고, 일상성과 개인의 내면이 주요 응시의 대상이 되면서 주체와 객체라는 변증법적 언어가 자아와 타자, 자율성과 정체성, 동일성과 타자성이라는 매끄러운 표현으로 비뀐다. 특히 주체라는 개념은 결국 구성적 개인을 호명하는 기표이자 허상에 불과하다는 사실이 서구의 언어학과 정신분석학, 문화이론의 집중적 수용 속에서 드러난다. 그러므로 이제 1990년대 이후는 1980년대에 상상했던 미래와는 전혀 다른 공간으로 표상된다.

1980년대까지 우리가 애써 잊고 지내왔던 '몸의 담론, 사적 욕망의 실현, 감각의 제국화, 혼종성의 문화, 키치적 상상력, 양방향적 내화싱, 세기말의 허무주의, 영상문화' 등의 세례를 받으며 디지털 시대에 이른 문학은 이제 새로운 자기 자리를 모색해야 할 시기에 이르렀다. 시대적 중압감에서 벗어나려던 욕망이 지나치게 파편화된 개인에의 탐구로 탈주하는 문학을 이끌었다면 이제 개인과 시대를 함께 도모하려는 문학적 도전이 필요한 때이다. 그리고 거기에는 '상상력의 자유로운 발현'이 위치해야 한다. 우리는 1980년대적 좌편향과 1990년대적 우편향을 경험했다는 점에서 2000년대의 새로운 일상성과 시대성의 자유로운 결합 속에서 '상상력의 초상'을 빚어낼 자격이 충분하다.

지금 여기 '2000년대 문학'의 '화려하면서도 초라한(양적으로 문학인들은 많아졌지만 대중의 관심으로부터 문학이 점점 멀어지고 있기에 이런 진단이 가능할 것이다)' 자리에서 우리는 1990년대에 이어 다시 한 번 '1980년대 문학'을 위한 희생제의를 치러야 할지도 모른다. 그러나 그런 점에서 좌표가 선명했던 '1980년대 문학'은 차라리 행복했다. 그때는 문학이 그 누구도 이의를 달기 어려운 시대적 책무를 오롯이 담당하고 있었다고 회감되기 때문이다. 지금 우리에게 그러한 성좌적 인식은 불가능하다. 개인의 일상을 옥죄어 오는 초국적 자본의 공세를 버텨내는 것조차 힘겹기 때문이다. 루카치의 표현대로 '밤하늘의 별'을 보고 길을 떠날 수 있었던 시대는 얼마나 아름다웠던가? 그러나 지도가 사라진 시대에도 우리는 길을 떠날 수밖에 없다. 이제 '밤하늘의 별'은 저 밀리 구체적으로 떠 있는 실체가 아니라 우리의 내면에서 끄집어내어 하늘에 그려 넣어야 할 '상상력의 별'이 되었다. 그러므로 역설적이게도 '1980년대 문학'의 상징적 좌표가 부재한 자리에, 이제 더욱 많은 별을 수놓을 가능성이 생긴 것이다. 따라서 미리 상정된 길을 밟아가는 것이 아니라 상상력의 현실을 따라 새로이 지도를 만들어 가면 된다. 그것이 2000년대 문학에 주어진 몫이기 때문이다.

—『내일을 여는 작가』, 2007년 여름

분단 상처의 응시를 통한 통일 시대의 모색

2000년대의
분단 문학 읽기

'분단시대의 문학'의 개념과 범주

2000년 6·15남북 정상회담 이후 남북 관계는 여러 우여곡절에도 불구하고 점차 다양한 인적 접촉과 물적 교류가 확대되면서 분단의 질곡을 넘어서려는 몸짓을 보이고 있다. 문학 쪽에서도 해방 이후 처음으로 남북의 작가들이 평양에 모여 2005년 7월 '6·15공동선언실천을 위한 민족작가대회'를 개최함으로써 남북 문학인의 교류가 진행된 바 있다. 그리하여 그동안 남과 북에서 공히 소수 연구자 중심으로 진행되었던 문학 연구 작업이 더욱 탄력을 받으면서 구체적이고 실실적인 남북 문학 교류의 필요성이 대두되고 있다.

50년이 넘는 세월 동안 사회주의와 자본주의 체제로 지배 이념을 달리해왔던 남북의 분단 현실은 문학 역시도 '분단'의 굴레에서 벗어나지 못하도록 강제해온 것이 사실이다. 그런 점에서 '분단시대의 문학'이란 넓은 의미에서 보자면, 1945년 해방과 더불어 시작된 미소 군정기와 1948년 남한과 북조선이 각각 단독정부를 수립한 이후 현재까지 진행된 모든 문학과 더불어 향후 다가올 통일시대 이전까지의 남북한 문학을 포괄하는 개념이라고 말할 수 있다. 하지만 이렇게 외연을 넓혔을 경우, 분단모순으로 야기된 남북의 다양한 민족문제를 예각화하기가 어렵다. 따라서 좁은 의미에서의 '분단시대의 문학'이란 분단으로 인해 발생된 개인 삶의 간난신고에서부터 사회적 문제와 민족적 모순까지를 응시하는 것은 물론 통일의 가능태를 모색하는 것까지 포함되어야 한다. 결국 '분단시대의 문학'이란 통일을 염두에 둔 시대 제한적 표현인 것이다.

남한에서의 분단문학의 갈래는 여러 차원에서 확인해볼 수 있다. 우선 '체제'의 문제를 바라볼 때, 남쪽 체제의 정당성을 확보하려는 작품과 남쪽 체제의 문제성을 비판적으로 성찰하려는 작품으로 나누어볼 수 있다. 둘째로 작가 개인의 한국전쟁 체험을 중심으로 살펴볼 때, 전쟁 체험세대의 문학, 유년기 전쟁 체험세대의 문학, 전쟁 미체험세대의 문학 등으로 나누어볼 수 있다(김윤식 참조). 셋째로 작품의 소재를 중심으로 살펴볼 때, 외세(미국/미군/일제)와 통일 문제, 빨치산 소재(비전향/전향 장기수 문제 포함), 이산가족의 상봉(실향/탈향) 문제 등으로 구별하여 볼 수 있다(임헌영 참조).

이렇게 보았을 때 '분단시대의 문학'이란 분단체제에 대한 비판적 성찰을 제기하면서 분단극복과 평화적 통일의 가능성을 형상화한 작품을 말한다고 볼 수 있다. 이 글에서는 남한에서의 분단문학의 흐름을 개괄하고, 2000년대에 발표된 분단문학 중 유년기 전쟁체험세대인 황석영, 김원일, 윤흥길의 작품과 전쟁 미체험세대인 김하기, 임철우의 작품을 살펴봄으로써 분단문학의 현재성을 검토해보고자 한다.

분단문학 개관

분단문학은 대체로 1945년 8·15해방 이후 1953년 7월 27일 6·25 전쟁이 휴전에 이르기까지를 주로 응시한다. 그 기간은 1945년 광복 후 3년 동안의 미소 군정기, 내부로부터의 분단인 1948년 남북의 단독정부 수립, 민족 동란인 1950년 6·25전쟁 등으로 이어지는 분단의 고착화 과정을 포함한다. 그리하여 이 시기는 남북의 분단이 어느 날 갑자기 발생한 우연적이고 돌발적인 사건이 아니라, 1945년 8·15해방과 더불어 6·25전쟁이 휴전되는 1953년까지 8년 동안 분단이 실재화되는 과정을 거치고 있었다는 점을 여실히 보여준다. 따라서 분단의 극복 방안 역시 8·15해방 이후 6·25전쟁 시기까지에 대한 성찰적 응시가 없이는 그 단초를 마련하기가 어려운 것이 현실이다.

당대성과 현장성을 내포하고 있는 1950년대 분단문학은 북쪽 체제와 이념, 사람에 대한 비판적 인식을 토대로 하여 전쟁 자체의 비극성과 전후의 폐허적 상황에 대한 휴머니즘적 인식을 주로 형상화한다. 분단문학을 개괄해볼 때 1950년대에 남북의 체제나 지배 이데올로기에 대해 논리적 정합성을 가지고 상호 비판적 거리를 확보한 작품은 찾아보기 어렵다. 1950년대 분단문학 중 전쟁을 소재로 다룬 작품들은, 염상섭의 『취우』(1953)처럼 전쟁 시기에도 지속되는 일상적 삶의 양태를 그리거나, 흥남철수 시기를 형상화한 김동리의 「흥남철수」(1955)나 전쟁 포로의 양심 문제를 다룬 박용준의 「용초도 근해」(1953)처럼 소박한 휴머니즘적 반공 이데올로기를 표명하거나, 황순원의 「학」(1953)처럼 이데올로기적 대립을 우정과 생명 존중의 정신으로 극복하려는 경향을 보인다. 이외에도 손창섭, 장용학, 이범선, 최일남, 이호철, 박경리, 서기원, 오상원, 선우휘, 송병수, 하근찬 등의 전후문학은 분단을 핵심적 모티프로 삼지 않았더라도 전쟁 이후 '폐허와 가난, 이산'이 고통스런 현실이 되어버린 1950년대 삶의 피폐한 내면과 정신적 결핍을 추적한다.

이렇듯 1950년대 분단문학이 전쟁의 참혹성과 피난살이의 버거움, 이산가족의 고통에 대해 체험적 기록의 직접성을 보여준다면, 최인훈의 『광장』은 1960년 4·19혁명이 열어놓은 자유와 평등을 향한 이념적 지향을 내포하면서 남북 분단의 실재성을 응시하며 이데올로기적 대립의식에 대해 비판적 거리를 확보한 기념비적 작품이라고 볼 수 있다. 공동체적 목소리를 확인하는 '광장'과 개인의 사적 내밀함을 보장하는 '밀실'로 상징되는 분단 체제의 양면성 혹은 불구성을 예리하게 파헤치고 있는 『광장』은 남북의 현실을 모두 경험한 주인공 이명준을 통해 남북의 체제를 동시에 회의하는 관념어법의 최고치를 보여준다. 그리하여 이분법적 선택항을 벗어나 제3의 중립국을 선택할 수밖에 없었던 이명준의 선택적 고뇌와 회의적 번민이 그대로 남북의 이데올로기적 대립과 갈등을 반성하고 새로운 체제의 모색을 개방하는 단초를 제시하게 된다.

『광장』 이후 분단문학은 조정래의 대하장편소설 『태백산맥』(1989)이 출현할 때까지 다양한 형태로 전개된다. 남북의 젊은 남녀가 판문점에서 만나 호감을 느끼는 모습을 형상화한 이호철의 「판문점」(1961), 좌익 인텔리 아버지의 죽음을 응시하며 현실의 비극성을 체감하는 소년 갑해를 형상화한 김원일의 「어둠의 혼」(1973), 빨치산 삼촌과 국군 장교 외삼촌이 표상하는 가족 내부의 이데올로기적 갈등과 구렁이를 통한 샤머니즘적 화해를 다룬 윤흥길의 「장마」(1973), 임신 중 미군의 강간으로 팔삭둥이로 태어난 백치 아베를 둘러싼 가족의 신산스런 삶을 형상화한 전상국의 「아베의 가족」(1979), 월북한 좌익 지식인 아버지를 통해 역사적 허무주의와 정치적 낭만주의를 형상화한 이문열의 『영웅시대』(1984), 지리산을 배경으로 일제 때부터 1950년대 중반까지의 빨치산 투쟁을 형상화한 이병주의 『지리산』(1985) 등은 1960년대 이후 집적되어 온 분단 모순에 대한 다양한 소설적 전개 양상을 보여준다.

한때 이적표현물이 아니냐며 법정에 세워지는 희비극적 상황이 전개되기도 했지만, 이데올로기저 준도성을 표방하면서 해방공간에서부터 전쟁시기까지 지속된 이데올로기적 쟁투의 현장을 입체적으로 형상화하고 있는 조정래의 대하소설 『태백산맥』은 '태백산맥'이라는 제목이 표상하듯 남북을 가로지르는 산맥을 통해 국토의 분단 상황을 넘어서려는 기획으로 탄생한 작품이다. 한반도의 중추 역할을 담당하는 실제의 '태백산맥'처럼 『태백산맥』은 여순사건(1948)에서부터 한국전생 휴전 직후까지 500여 명의 인물들을 동원하여 토지 분배 문제를 기저로 한 이데올로기적 대립상과 외세에 대한 자주의식을 형상화한다. 한반도의 상황을 축소한 벌교 주변을 무대로 무산계급의 혁명을 위해 솔선수범하는 염상진, 염상진에 의해 계몽되어 더욱 투철한 혁명가로 거듭나는 하대치, 중도적 민족주의자로 표상되는 김범우, 양심적 우익 세력을 대표하는 서민영, 극우 반공세력을 대표하는 염상구, 여성 빨치산이 되는 외서댁, 좌익 정하섭을 사랑하여 돕는 무당 소화 등등은 작가가 인물들을 크게 극좌파, 중도좌파, 중도파, 중도우파, 극우파 등의 스펙트럼으로 분류하면서도, 해방 이후 남한 사회에서 친일세력과 지주계층에 편승하여 토지문제의 해결을 모색한 편향된 정책이 이 땅의 농민들에게는 억압적 현실이자 모순의 기원이었음을 응시한다.

1980년대까지의 분단문학은 이산의 아픔, 전쟁의 상처, 아비 부재의 상실감 등을 주목하면서 탈향과 귀향의식을 내포하거나 부재하는 아버지의 원형을 추적하거나, 좌익 지식인이나 빨치산의 표상을 통해 공고해진 분단 체제의 모순을 응시하려는 노력을 보여 왔다. 중국과의 수교 이후 1990년대에 이르면 분단문학은 제3국에서의 이산가족 상봉과 남북 민간인의 조우를 다루게 된다. 월북했다가 탈북한 아버지와 프랑스에서의 만남을 그린 최윤의 「아버지 감시」(1990), 바르샤바의 북한 교수와 월남한 남쪽 작가와의 만남을 다룬 이호철의 「보고드리옵니다」(1993), 유복자로 태어난 주인공이 중국에서 북한에 사는 아버지를 상봉하는 이야기를 그린 홍상화의 「어머니 마음」(1993), 중국 두만강가에서 남한의 교수와 북한의 이복동생의 만남을 그린 이문열의 「아우와의 만남」(1995), 함경북도 혜산 출신의 사내가 압록강을 사이에 두고 중국 땅에서 강 건너 어머니의 집을 향해 절규하는 모습을 형상화한 이순원의 「혜산 가는 길」(1995), 연해주에서 방송취재를 하며 자본주의적 남한 사람과 북한 벌목공과의 조우를 그린 이원규의 「강물은 바람을 안고 운다」(1995) 등은 이산가족 상봉과 남북 민간인 접촉의 다양한 양태를 보여준다.

전쟁 체험세대인 선우휘의 「단독강화」(1959)에서 드러난 휴머니즘적 남북 병사의 만남이라는 소재는 전쟁 미체험세대인 박상연의 『DMZ』(1997)와 박청호의 『갱스터스 파라다이스』(2000)에 의해 다시 한 번 주목을 받게 된다. 즉 분단 상황에 얽힌 가족사와 비무장지대에서 이뤄지는 남북 병사의 우정과 비극적 결말을 형상화하여 <공동경비구역 JSA>(2000)로 영화화되기도 한 박상연의 『DMZ』와, 비무장지대 남북 병사의 이야기와 남북 젊은이의 섹스, 한국은행 털기 등의 다양한 이야기를 종횡하면서 DMZ를 '잃어버린 유토피아'로 형상화하고 있는 박청호의 『갱스터스 파라다이스』 등은 전쟁 미체험세대가 소설적 상상력으로 분단 현실을 관통하며 분단의 금기지대이자 이념적 중립지대인 비무장지대를 형상화하고 있다는 점에서 높이 평가할 만한 작품들이다. 하지만 서사적 개연성의 확보와 미학적 흡입력에 있어서 명확한 한계를 드러내고 있다는 점에서는 문제적이다.

이외에도 탈북자들의 지난한 남한 생활 적응기를 다루고 있는 박덕규의 일련의 작품인 「노루사냥」(1995) 등, 김지수의 「무거운 생」(1996), 정을병의 「남과 북」(1998), 전성태의 「강을 건너는 사람들」(2005) 등은 1990년대 이후 남한의 또 다른 소외계층으로 자리잡고 있는 탈북자들의 유입이 남한 사회에 확산되면서 발생한 현실을 주목한다. 그리하여 시장 자본주의적 논리로 무장한 남한 사람들의 허위적 시선이 북쪽 사람들을 어리숙한 사기의 대상으로 여기거나 '탈북자'를 남한 사회에 적응하지 못하는 무능력자로 인식하고 외면하거나 차별하는 현실의 문제점을 드러낸다.

본고에서는 황석영의 『손님』, 김원일의 「손풍금」, 윤흥길의 『소라단 가는 길』, 김하기의 「미귀」, 임철우의 『백년여관』 등의 소설을 통해 2000년대에 분단문학의 현재적 모습을 고찰해보고자 한다. 이 작품들은 6·15공동선언 이후 달라진 남북 관계에 대한 단상이 짧막하게 언급되기도 하는 등 새로운 2000년대(북쪽에서는 '6·15시대'로 표현)에 분단의 모순이 어떻게 해소될 수 있는지를 모색하면서 분단 문제에 대한 성찰을 진행하고 있다는 점에서 중요한 의의를 지닌다.

역사적 유령과의 대화
―황석영의 『손님』(2001)

황석영의 『손님』은 여전히 미제로 남아 있는 6·25전쟁시기 황해도 신천학살사건을 주목하면서, 다가올 미래를 위해 죽은 자의 명복을 빌고 산 자의 현재적 자리를 되묻는 진혼제의적 작품이다. 이 작품의 특징은 부정풀이에서부터 뒤풀이까지에 이르는 지노귀굿의 열두 마당 형식을 차용하여 반세기전 이념적 갈등이 낳은 질곡의 역사를 응시하고 있다는 것이다. 특히 환상적 리얼리즘 기법을 서사적 장치로 활용하여 산 자와 유령들과의 대화를 통해 찬샘골이라는 폐허의 자리를 희망의 제의적 공간으로 전환하는 작업을 시도한다.

사십오일 동안 삼만 오천 명이 넘게 죽은 황해도 신천 학살 사건의 한

가운데에서, 요한을 중심으로 한 기독교측은 그 사건을 '자유의 십자군'
과 '사탄의 군대'와의 싸움으로 규정하지만, 순남을 중심으로 한 공산당
측은 '인민을 위한 계급투쟁'의 연장선상에서 어쩔 수 없이 일어난 사건
으로 규정한다. 이러한 엄청난 인식의 간극은 반세기가 흐른 지금까지도
여전히 산 자들의 기억을 옥죄고 있으며, 죽은 자들 또한 유령으로 이승
을 떠돌게 만든다. 과거의 역사가 현재의 발목을 잡고 있는 형국 속에서,
『손님』은 '기독교와 마르크시즘'이라는 '손님 이데올로기'에 묶여 있던
유령을 불러들여 그들의 인식 차이를 전경에 내세움으로써 현재적 정화
의 계기를 마련한다.

　미국에서 목사로 생활하고 있는 요섭은 형 요한의 유령과 순남의 헛
것, 그리고 북쪽에 생존해 있는 소메 삼촌의 말을 통해서 찬샘골의 역사
와 화해를 시도한다. 요섭에게 '찬샘골'은 '처음에는 무슨 향내나는 산열
매 같은 맛으로 혀끝에 맴돌다가 발효시킨 생선의 썩은 냄새로 돌변하는
듯한 이상한 느낌'을 전해주는 기표이다. 학살의 현장에 대한 기억으로
인해, 자신의 태를 묻은 고향인 찬샘골이 요섭에게는 '산열매의 향'이라
는 설레임과 더불어 '생선의 썩은 내'라는 혐오감을 낳는 기묘한 양가적
인식의 대상으로 존재하는 것이다.

　요섭은 미국에서 화장한 요한의 뼛조각 하나를 가지고 고향을 방문
하여 황해도 신천 학살 사건 현장을 돌아보게 된다. 그곳에서 북측의 지
도원은 모든 것을 '외세의 탓'으로 놀리고자 하나. 하시만 학살의 침상을
기억하고 있는 요섭에게는, 상대편에 대해서는 가해자임과 동시에 이데
올로기 앞에서는 피해자인 '요한과 순남의 유령'이 함께 따라다니고 있
다. '요한 유령'은 "너 나를 찬샘골에다 묻어주어야 한다"면서 신천 사람

들이 자신을 미워하지만 이제 "새루 태어난 이들에겐 새 세상"(159쪽)
이라면서 과거를 묻고 미래적 전망을 획득할 것을 강조한다. '순남 유령'
역시 요한과 피해자와의 해원을 위해 "죽으문 자잘못이 다 사라지디만
짚어넌 보구 가야디"(194쪽)라면서 사건의 원인과 결과에 대한 객관적
사실 파악의 우선성을 강조한다. 이 유령들은 새로 태어난 사람들이 과
거의 증오나 원한에 묶여 살아가서는 안된다는 미래 지향적 인식을 공유
한다.

　이러한 유령들의 인식은 85세의 생존자 소메 삼촌의 정화 의지에 의
해 현실적 전망을 획득한다. 소메 삼촌은 "갈 사람덜언 가구 이제 산 사
람덜언 새루 살아야" 한다면서 "저이 태 묻언 땅얼 깨끗허게 정화해야
디 안카서?"(251쪽)라는 말을 통해 새세대의 생존을 위해 구세대의 원한
을 지워야 함을 강조한다. 그것은 '유령처럼 살아 있는' 소메 삼촌의 고
향 정화 의지이기에 더욱 실감을 획득한다. 그때는 가해자 아닌 사람들
이 없었고 '양쪽 모두 어렸다'고 인식하는 소메 삼촌의 성찰은 요섭의 제
의적 행위와 맞물린다. 즉 '요한의 뼛조각 하나'를 고향 땅에 묻은 후 새
생명인 다니엘을 받아냈던 요한의 속옷을 태우는 요섭의 제의적 행위가
과거를 정화하는 제의가 되어 학살의 고통스런 기억에서 벗어날 수 있는
초석을 마련한다. 요섭과 소메 삼촌, 그리고 이승을 하직하지 못한 채 떠
도는 모든 유령들과의 만남은 피 묻은 역사의 정화를 위한 화해의 자리
가 되는 것이다.

　황석영은 이데올로기에 의해 호명된 주체가 얼마만큼 극단적 학살기
계로 비인간화될 수 있는가 라는 문제를 명백하게 보여준 황해도 신천
학살 사건을 소설화함으로써, '과거 돌아보기'가 단순한 '과거 파헤치기'

가 아니라 미래를 향한 디딤돌로서의 제의적 행위가 되어야 함을 역설한
다. 유령의 조력을 통해 과거사를 조망하지만, 산 자의 성찰이 없다면 객
관적 실재로서의 '과거사過去史'는 단순한 일화로서의 '과거사過去事'에 그칠
뿐이라는 인식을 통해 새로운 미래를 가늠하게 하는 작품이 바로『손님』
인 것이다. 따라서 이데올로기에 의해 희생된 망자들을 향한 진혼제의는
'손님'을 향해서, 그리고 우리 내부를 향해서 계속될 수밖에 없다. 그리
고 그 앞자리에 역사적 사실과 탈리얼리즘적 상상력의 진지한 조우를 이
룬『손님』이 있다. 탈리얼리즘적 기제인 '유령'이 등장하여 리얼리즘적
한국사를 응시하고 통과함으로써 우리는 화해와 평화의 제의적 메시지
를 듣게 되는 것이다.

'악령적 존재'와 '평범한 인민' 사이
―김원일의「손풍금」(2002)

　황석영의『손님』이 신천학살의 현장에 대한 제의적 접근을 통해 북쪽
시각과는 다른 방식으로 분단극복의 화해적 전언을 보내고 있다면, 분단
문제에 대해 지속적 관심을 표명해온 김원일의 제2회 황순원문학상 수
상작인 중편「손풍금」은 80년대에 '악령적 존재'였던 남파간첩 작은할
아버지를 대학원 석사논문의 대상으로 삼아 '평범한 인민'으로 그려내는
손자의 작업을 보여준다.

　대학원 석사논문을 준비중인 손자와 79세 할아버지의 시점 교차를 통해 남파간첩이었던 작은할아버지 박광수의 삶을 재구성하는 「손풍금」은 마지막까지 '북조선'의 신념을 따르고자 했던 작은할아버지와 단란한 가족을 중시했던 할아버지의 서로 다른 인생 궤적을 보여준다. 1장과 3장의 화자인 손자(경식)는 대학원 석사논문으로 「인민 박광수 연구—분단시대 어느 사회주의자의 생애」를 완성하기 위해 할아버지로부터 작은할아버지 박광수에 대한 구체적 회고담을 듣고자 한다. 그리하여 고향에서 인민학교 교사를 거쳐 군당 선전대에서 손풍금을 타던 작은할아버지의 기억을 떠올리게 하기 위해 손자가 할아버지 앞에서 손풍금을 연주해 보기도 하지만 할아버지는 모르쇠로 일관한다.

　사진을 남기지 않은 작은할아버지는 1961년 2월 남파되었다가 그해 가을 화재사건으로 인해 체포되고 21년간의 감옥생활을 거쳐 위장암 말기 판정을 받고 전향서를 써서 석방된 뒤 할아버지댁에서 1년을 지내다가 1983년에 타계하신 분이다. 손자의 기억 속에서 화상을 입은 모습의 작은할아버지는 '유령 인간 혹은 악령'으로 환기된다. 손자는 작은할아버지 수첩에서 죽음에 의연하게 대처하려 노력했고 자신이 걸어온 길을 후회하지 않으며, 감방에서도 "남조선해방전쟁(한국전쟁) 전후 혁명 전사로서 젊었던 한 시절, 무지개 같았던 나날과 손풍금 타던 즐거움을 되새겼기에 그 긴 날들을 평상심으로 이겨낼 수 있었"고 "마르크스—레닌주의자로서 초심에서 흔들림 없었던 아버지"(21~22쪽)로 기억해달라며 북쪽 자녀들에게 남긴 메모 내용을 읽는다.

　이렇듯 손자는 역사의 행간 속에 묻혀버린 개인을 복원하여 당대적 진실을 추수하기 위해 해방공간의 자료를 수집하고 큰아버지와 아버지,

고모, 사돈어른 곽성준, 사촌형 등의 구술을 통해 작은할아버지의 표상을 재구성한다. 특히 작은할아버지가 아직까지 살았다면 전향 공작을 이겨내고 작년에 장기수 북송할 때 북으로 갔을 것이라고 말하는 큰아버지와, 김일성을 이름자만 함부로 부르면 되느냐고 꾸짖었던 작은할아버지에 대한 기억을 갖고 있는 사촌형의 이야기는 작은할아버지를 북쪽 체제에 대한 '신념의 화신'으로 체감하게 만든다.

2장과 4장의 화자인 할아버지는 손주의 손풍금 연주를 들으며, 해방되던 해 고향 전경을 떠올리다가 살아생전 고향을 방문할 수 없을 것 같은 안타까움을 느낀다. 할아버지는 동생이 붙잡혔을 때 석 달에 걸친 취조와 재판을 거쳐 '간첩 불고지죄'로 이년 반 동안 징역을 산다. 하지만 불고지죄의 죄인이라기보다는 서북청년단 출신 황가놈의 생명을 빼앗은 죄값을 치른다는 마음으로 옥살이를 했다고 회상한다. 79세 생일잔칫날 가족들이 다 같이 모인 가운데 할아버지는 "이쪽은 배 터지게 먹으니 살 뺀다고 난린데, 저쪽은 먹을 게 없어 굶어죽는다니, 같은 하늘 아래 사는데 이찌 형편이 그리도 다른지"(86쪽)라고 말하는 사돈 곽가의 이야기를 들으면서, 꿀꿀이죽조차 못 먹더라도 남은 여생을 고향에 가서 살다 죽고 싶다고 생각한다. 죽음을 목전에 둔 존재에게 고향은 정치 체제나 경제적 논리를 넘어서는 공간으로 인식되는 것이다. 광기와 폭력의 속성을 지닌 전쟁을 원수로 여겼던 할아버지는, 동생 광수의 손풍금 소리를 듣던 한국 전쟁 이전의 해방 직후 시절이 일본놈들, 친일 도배, 부르주아, 지주, 사기꾼들이 자취를 감춘 "근면하고 정직했던 무산자 인민이 주인이던 세상"(95쪽)이었다고 회상한다. 그렇듯 영롱한 무지개처럼 아름다웠던 청춘은 빛바랜 사진의 추억처럼 지금은 돌아갈 수 없는 시절로 회감될 뿐이다. 그렇게 해방과 전쟁 사이에 가족이 한 울타리 안에 살았던 시절에 청춘이 묻혀 있음을 떠올리면서 작품은 마무리된다.

김원일의 「손풍금」은 지난 80년대까지 '악령적 존재'였던 남파 간첩 작은할아버지를 2000년대에 들어와 '평범한 인민'으로 주목하려는 작품이다. 그 속에서 해방과 전쟁 사이 북쪽 체제에서 신분을 보장받고 손풍금 소리를 들으며 평화롭게 살았던 한 가족이 전쟁으로 인해 비극적 이산을 맞게 된 과정을 추적한다. 그리하여 전쟁 때 가족을 이끌고 월남한 할아버지와 남파간첩으로 내려온 작은할아버지의 대비된 인생은 분단이 낳은 불구적 형상을 보여준다. 한핏줄과 아름다운 청춘의 기억을 공통적으로 지니고 있으면서도 남쪽 할아버지의 '가족과 돈'에 대한 지향과 북쪽 작은할아버지의 신념 지향은 분단 이후 남쪽과 북쪽에서 다르게 생활해온 형제의 이질화된 믿음 체계를 보여주면서 분단시대를 살아온 상이한 방식을 드러내고 있는 것이다.

광기의 시대 재구하기
—윤흥길의 『소라단 가는 길』(2003)

윤흥길의 『소라단 가는 길』은 1박 2일로 '졸업 사십 주년 기념 재향·재경 동기동창회 합동 모교 방문행사'에 참석한 친구들이 저마다 전쟁시절에 대한 회고담을 늘어놓으면서 과거의 상처를 치유하는 이야기 구조를 지니고 있다. 그런 점에서 『천일야화』나 『데카메론』을 연상시키는 연작소설집에 해당한다. 「귀향길」과 「상경길」에서는 자칭 중국 무역업자인 하인철과 소설가 화자의 현재 이야기가 진행되고, 나머지 아홉 편의 이야기에서는 복덕방쟁이 황새 유만재, 별명이 '지게미'인 교수 김지겸, 최달식, 한약재 도매상 차명수, 무역회사 사장 하인철, 고등학교 미술교사 이진원, 이기곤, 마누라가 고급 레스토랑을 경영하는 홍성만, 인테리어 전문점을 운영하는 최건호 등이 이야기를 진행한다. 그들의 회고담에는 상이군인과 저승사자, 울새 선생과 미친년, 국군에 집착했던 빨갱이 자식 골목대장 염무환, 군대에서 미쳐 돌아온 안압방 아저씨, 궐기대회에서 단골 혈서가이자 반공 웅변가로 활약했던 창권이형, 여맹간부에서 빨치산이 된 명주누나와 부르주아의 딸이어서 일본으로 밀항한 금옥이 누나, 보육원 소년 박충서와 큰누님, 소매치기와 매춘여성, 부모의 죽음으로 당달봉사가 된 소녀 명은 등의 죽음과 고통, 삶의 애환이 담겨져 있다. 그 하나하나의 이야기에는 광기의 시대, 전쟁이라는 괴물과 맞서 일상을 유지해야 했던 유년 시절의 그늘이 새겨져 있는 것이다.

유년 시절 전쟁을 겪은 화자들에게 전쟁은 비정상적으로 일그러진 세계의 풍경을 보여준다. 우선 전쟁의 시기에는 상이군인이 넘쳐난다. 그러한 상이군인을 저승사자로 오인하여 '썩을 것(썩어 문드러질 잡 것)'으로 호명하며 생을 유지하던 유만재 할머니의 아들은 역설적이게도 할머니가 그토록 혐오하던, 다리 한 짝을 잃은 불구의 상이군인이 되어 돌아온다(「묘지 근처」). 뿐만 아니라 전쟁 시기는 젊고 아름다운 미친년이 흑인 아기 시체를 방죽에 버리게 하고, 선생으로 하여금 영세중립국인 스위스를 꿈꾸도록 만드는 '미친놈 미친년들이 지천으로 깔려 있던

시절'이다(「농림핵교 방죽」). 그리고 웃기는 이야기라며 꺼낸 여담에서
도 군에서 미쳐 돌아온 아저씨가 화두에 오른다. 군대 가기 전에는 방귀
를 잘 뀌며 우람한 몸집의 장사였던 똥장군 새신랑 안압방(상득) 아저씨
가 군대에서 돌아와서는 '잘못했으니까 용서해달라, 시키는 대로 할 테
니까 제발 때리지만 말아달라'는 영어 연설을 하며 마을을 떠돌아다니는
왜소하고 추저분한 미치광이 도둑이 되었다가 결국 역에서 총에 맞아 숨
을 거두는 비극을 보여준다(「안압방 아저씨」). 이렇듯 전쟁의 시대를 살
아낸 유년들의 기억은 신체적 불구와 정신적 병리성이 편재적으로 상존
하던 통절한 아픔을 공유한다.

뿐만 아니라 미치광이 전쟁은 아이들마저 연좌제의 희생양이 되도록
만든다. '이긴 쪽은 국군, 진 쪽은 인민군'이기에 항상 다른 마을 패거리
들과의 내기에서 이겨 국군이 되고자 했던 '뿔갱이 자석놈' 골목대장 염
무환은 공산당 활동을 했던 아버지에 의해 연좌제의 사슬에 묶여 결국
기관차에 치여 죽으며 '나는 인민군이 아니어, 국군이 맞다니깨'라는 말
을 남긴다(「큰남바우 철둑」). 죽음 앞에서도 '국군'에 대한 열망을 표출
하는 것은 선익의 이분법이 분명했던 반공수의 시대의 모습을 보여준다.
또한 전쟁은 식당에서 일하던 먼 친척뻘 창권이 형이 가짜 학생복을 입
고 '걸구대(궐기대회)'에서 단골 혈서가이자 반공 웅변가인 '애국청년'으
로 변신하여 결국 미군부대 개에게 물려 한쪽 다리를 저는 불구의 몸이
되도록 만든다(「아이젠하워에게 보내는 멧돼지」). 이렇듯 전쟁 시기는
전쟁 이전의 일상에서 느낄 수 있었던 낭만성을 탈색시킨다. 나아가 그
시대가 죽음이 팽만했던 광기적 불구의 공간이었음을 증언하고 있는 것
이다. 그리하여 이웃집 명주누나는 여맹 간부에서 빨치산이 되어 죽어갈

수밖에 없었고, 진원과 의남매를 맺으려던 천일고무공장 사장딸인 금옥이 누나는 일본으로 가는 밀항선을 타고 이 땅을 떠나 돌아오지 않고, 진원은 금옥이 누나의 초상화를 끝내 완성하지 못한다(「개비네 집」). 전쟁은 보육원 소년 박충서처럼 가족을 해체시켜 전쟁고아를 양산하면서 소라단에 억울하게 죽은 귀신들을 떠돌게 만드는 학살과 죽음의 공간(「소라단 가는 길」)인 것이다. 이렇듯 일상이 거세되고, 이산과 가족의 해체가 일상화되던 폭력적 시대였던 것이다.

그러나 전쟁 시기에도 사람들은 생존과 생활을 이어갈 수밖에 없기에 순애보적 낭만이 드러나기도 한다. '역사는 밤에 이루어진다'라는 작은 책자를 갖고 다니던 소매치기 역사(정섭)와 창녀 윤자의 철거민 창고에서의 순애보적 사랑과 밤도망은 낭만적 사랑에 대한 하나의 표상이 된다(「역사는 밤에 이루어진다」). 또한 부모를 죽창에 잃고 당달봉사가 된 소녀 명은과 명은을 위해 종탑의 종을 종탑지기 몰래 치면서 소원을 비는 건호, 그리고 그 둘을 떼어내려고 밧줄에 매달리지만 결국 함께 종을 치게 된 딸고만 아버지의 이야기는 종소리의 울려퍼짐과 함께 잔잔한 순정의 물결을 이룬다(「종탑 아래에서」). 반복적 일상의 비극성이 낭만을 호출하고 있는 것이다.

이렇듯 아이들의 눈에 비친 전쟁의 비극적 이야기가 집적된 윤흥길의 『소라단 가는 길』은 열 살 안팎 무렵 전쟁을 겪었던 소년들이 환갑이 다 된 나이에 과거의 기억을 떠올리며 전쟁이라는 괴물이 야기한 미치광이 시대를 조망한다. 그러한 조망은 자살하러 왔다가 순수한 기분으로 새출발을 다짐하는 현재의 하인철에게서 보이듯(「상경길」) 새로운 희망적 출발을 위한 치유로서의 제의적 담화의 역할을 담당한다. 과거의 비극적 장면을 외면하는 것이 아니라 그대로 응시함으로써 어두운 광기의 시대였던 비극적 과거를 딛고 소중한 생명력의 회복을 꾀할 수 있기 때문이다. 그리하여 불구자와 미치광이와 숱한 죽음과 이별을 양산했던 '전쟁 시기'는 단순히 비극적 상황으로 끝나는 것이 아니라, 과거를 망각하지 않는 자들의 대화적 소통을 통해 현실을 새로이 준비하고 시작할 다짐을 제공하게 된다.

남북의 경계인으로 생존하는 전향 장기수

—김하기의 「미귀」(『복사꽃 그 자리』, 2002)

김하기는 첫 창작집인 『완전한 만남』(1990)에서 이미 비전향 장기수들과 노동자, 대학생 등 각종 시국사범의 모습을 통해 분단모순을 응시하면서 체제의 변혁을 위해 신념을 바쳐온 좌익 계열과 진보적 인사들의 이야기를 형상화한 바 있다. 「미귀」는 작가의 그러한 문제의식을 배면에 깔면서 남북 양쪽에 의해 소외된 존재인 '전향 장기수'의 문제를 전면에 배치하여 형상화한다. 그리하여 체제의 경계인을 양상하는 부조리가 분단 체제의 현재적 모순에 해당함을 보여준다.

"분단이 시작된 이래 모든 열차는 단 한 번도 목적지에 도착한 적이 없다"(173쪽)라는 문장으로 시작하는 「미귀(未歸)」는 남북 모두로부터 무관심의 대상이자 감시자가 되어버린 '전향 장기수' 김길만의 이야기를 형상화한다. 북한에서 철도부 공안원이었던 김길만은 31년 전에 남파되었다가 감옥에서 20년을 살고 출소한 뒤 '시골농장원, 신문보급소 총무, 중고서점 점원, 아파트 경비원' 등을 거쳐 지금은 구청 취로사업에 나가며 힘겹게 생활한다. 부산에서 서울행 무궁화열차를 탄 김길만은 '내일 비전향 장기수들 판문점을 통해 평양으로 송환, 오늘 전국의 장기수들 서울에 집결 예정'이라는 기사를 읽으며, 차창에 비친 유령 같은 자신의 얼굴을 들여다보며 과거를 떠올린다. 자신은 '전향자'라서 북으로 송환될 수 없기 때문에 '유령 같은 존재감'을 느끼는 것이다. 당의 부름을 받아 수령의 무오류성無誤謬性을 믿었던 김길만은 31년 전, 남북을 네 번이나 오르내리며 철책을 농락하여 구렁이강으로 불리는 역곡천을 거쳐 남파하게 된다. 남파 도중 목덜미에 박힌 수류탄 파편은 같이 남파되었던 두 사람이 죽고 자신만이 살아남은 현실에서 김길만에게 '살아남은 자의 비겁함'으로 각인된다.

부채 의식을 '수류탄 파편'처럼 정신에 새긴 김길만은 기차에서 옆자리에 앉은 함북 성진이 고향이라는 월남 노인과 맥주를 마시며 북쪽 이야기를 나눈다. 그러다 일제시대엔 부산에서 신의주까지 단 한 번의 승차로 갈 수 있었다는 것을 회상하다가 분단 시대인 지금이 일제시대보다 과연 나은 시대인지를 자문한다. 그러면서 북조선에서 배운 지식이 남한 땅에서는 아무런 소용이 없음에 절망한다. 국토의 분단이 지식의 분단을 강제하고 있기 때문이다.

내일 평양으로 귀환하는 비전향장기수 김인수와 최해종을 보며 김길만은 전향할 수밖에 없었던 자신의 운명에 대해 한탄한다. 기실 김길만은 전향 공작과 성추행 끝에 자살하기로 결심하고는 대한민국 만세 삼창을 하고 전향서에 지장을 찍고 감방으로 돌아와 자살을 시도했지만 미수에 그쳤기 때문이다. 이인모 노인의 송환 뒤 '비전향수'들은 북조선으로의 귀향에 대한 일말의 기대감을 가지고 살아간다. 하지만, "남으로부터는 빨갱이로, 북으로부터는 전향한 배신자로 단죄"된 '버림받은 전향수'들에게는 희망을 기대하기 어려웠던 것이다. 남과 북 어디에도 포함되지 않는 전향수들은 "강제 전향이었음에도 불구하고 스스로를 정치적 생명의 사망자"(214쪽)로 인식할 수밖에 없었던 것이다.

남북 어디에도 뿌리내리지 못한 김길만이 귀향하는 최해종에게 아내에게 쓴 편지와 귀금속 상자를 전해주지만, 다음 날 형사가 찾아와 최해종에게 전달한 물품들을 다시 전해주며, 다시는 이런 짓 하지 말라고 윽박지른다. 김길만은 남북 양쪽으로부터 버림받은 자신의 삶이 싫다고 형사에게 이야기하지만, 형사는 김길만의 말이 일일이 다 녹음되고 있으니 취로사업장에서 함부로 말하지 말라고 경고한다. '빨갱이'임에도 북쪽에서 외면 당한 '경계인으로서의 김길만'은 여전히 남쪽 체제에 의해서도 감시의 대상이었던 것이다. 그리하여 경계인으로서의 김길만은 역곡천 "흘러가는 물에, 경계선을 자유분방하게 치고 빠지는 도도탕탕한 물결에, 강을 넘다 죽은 모든 사람들의 원혼 위에 둥지를 틀고 살림을 차리"고 싶은 소망을 간직한 채 살아갈 수밖에 없다. 그 소망은 이루어질 수 없기에 경계인의 분단시대 삶이 지닌 절절한 고통을 보여준다. 김길만이 아내에게 보내려던 편지에는 이산가족 면회소가 설치되거나 경의선 철도가 연결되면 아내와 자식의 얼굴을 보거나 북행열차를 탈 수 있을지 모르겠다는 이야기가 적혀 있었다. 그러나 편지는 전달되지도 못하고,

"도대체 나와 같은 이런 인간도 이 세상에 일찍이 존재했는지, 그렇다면 어디 구원의 길은 없는지 한번 묻고 싶"(220쪽)어서 종교에 의지하려 드는 김길만의 모습은 분단 시대가 낳은 이데올로기적 희생양의 한 상징을 보여준다.

김하기의 「미귀」는 북쪽으로 돌아가고 싶어도 돌아갈 수 없는 경계인으로 남쪽에서 살면서 남과 북 양쪽으로부터 소외되고 버림받는 신세가 되어버린 '전향 장기수'의 출감 이후의 삶을 추적한다. 그 속에서 분단 시대가 여전히 강력한 현재적 족쇄로 작용하고 있는 개인의 삶을 통해 분단 문제가 역사적 과거사에만 적용되는 것이 아니라 현재 진행형의 모순임을 직시한다. '장기수' 안에서도 소외된 '전향 장기수'의 남한 체류기를 압축적으로 보여주는 「미귀」는 여전히 분단 모순이 한반도를 장악하고 있는 강력한 현 실태임을 상징적으로 보여주고 있는 것이다.

월식과 굿을 통한
백년 역사의 원혼 떠나보내기

―임철우의 『백년여관』(2004)

임철우의 『백년여관』은 서해와 남해가 만나는 곳에 작은 철교로 육지와 이어진 '그림자의 섬, 영도影島'의 이야기를 통해 산 자의 기억과 현실 속에서 떠도는 죽은 자들의 원혼을 위무하고자 한다. 그 섬에는 산 자와 죽은 자가 함께 거주하면서 '아직 살아 있되 실은 벌써 오래전 죽은 자들' 혹은 '이미 오래전 죽었으나 차마 아직 섬을 떠나지 못하고 맴도는 자들'이 공존하고 있다. 생자와 사자 모두가 그 섬의 주민이며, 선형적 시간이 아니라 현재와 과거가 양립하는 환원적 시간이 지배하는 그곳에서 작가는 억울한 원혼을 자유로이 떠나보내려는 한판 굿을 진행한다.

"섬이 하나 있다. 그림자의 섬, 영도. 그것은 결코 환상도 허구의 이름도 아니다……"(9쪽, 341쪽)로 시작하고 끝나는『백년여관』은 그만큼 섬의 허구적 실재성을 강조한다. 그 실재성의 배치는 백년여관에 모여든 '산 사람' 열한 명이 벌이는 굿을 통해 그 동안 억울하게 죽어간 자들의 원혼을 모아 한국 근현대사의 질곡을 응시하려는 작가의 의도에서 비롯된다. 강복수와 허미자 부부, 허문태, 강신지, 금주, 함흥댁, 김요안(이재동), 순옥, 은희, 조천댁, 당신(소설가) 등 열한 명의 산 자를 둘러싼 역사적 사건에는 1948년 제주도 4·3항쟁, 1950년대 6·25전쟁, 1960년대 베트남 전쟁, 1980년대 광주항쟁 등이 겹쳐진다. 이들은 이러한 사건으로 인해 깊어진 트라우마를 몸에 새긴 채 비가시적 유령들을 눈으로 보거나 몸으로 감지하면서 영도로 모여든다.

소설가인 당신(이진우)은 저주받은 시간에 사로잡혀 평생을 유령처럼 살아가야만 하는 존재를 연상하다가 "시간이 없어! 시간이!"(23쪽)라는 절박한 음성의 환청을 접한다. 작가의 분신인 진우는 "임종을 앞둔 늙은이의 흐린 눈알을 닮은, 영원보다 깊고 캄캄한 구멍"(27쪽) 같은 '붉은 샘' 우물을 떠올리며 소설 첫 장면의 실마리를 삼는다. 진우는 80년 광주에서 항쟁에 참여했다가 나중에 암으로 세상을 떠난 케이에 대한 부채의식을 내면화한 소설가이다. 그리하여 그 부채감이 심한 부끄러움과 자기 혐오로 이어졌고 이후 자신의 분노와 슬픔과 증오를 응시함으로써 광주를 형상화한 장편소설을 펴낸 적이 있을 정도이다.

그러나 그의 부채의식은 거기에서 멈추지 않는다. 이제 그를 호출한 영도는 '가장골 우물'에 담긴 억울한 원혼들의 푸른 손 영상을 보여준다. 그 원혼들의 흔적은 백년여관의 열한 살짜리 자폐증 아들 신지에 의해 목격된다. 신지는 바다에서 실종되었다가 이틀 만에 푸른 손들에 의해 무사 귀환한 뒤 말문을 닫는다. 이후 이승과 저승 사이를 떠도는 원혼들을 볼 수 있는 '실재계적 존재'가 된다. 그리하여 영도의 백년여관으로 푸른 손을 지닌 원혼들의 환청과 환각, 환영을 접할 수 있는 특이체의 존재들이 하나둘 모여든다.

백년여관에 모이는 존재들은 과거 역사로부터 받은 정신적 외상을 내면 깊이 각인한 존재들이다. 백년여관 주인 42세의 허미자는 비가시적 존재를 느낄 때마다 뜻 모를 슬픔과 연민과 공포가 한 덩이로 뒤엉킨 감정에 빠진다. 그리고 베트남전쟁에서 팔 하나를 잃고 돌아와 중증 알코올 중독자가 된 허미자의 친정 오빠 허문태는 고엽제 피해를 입었으며 베트남에서 양민을 학살한 기억을 갖고 있다. 바닷속에서 한 무리의 검은 돼지들이 몰려나와 시신들을 뜯어먹는 꿈을 꾸는 백년여관 주인 강복수는 1942년 제주도 안덕면 출생으로 가족들이 학살을 당했던 제주도 4·3항쟁의 고통을 기억하면서 조부 강만득의 제삿날 혼령들의 모습을 본 이후 이승과 저승을 함께 보는 '실재계적 겹눈'을 얻게 된다. 빨간색에 집착을 보이는 미치광이 은희는 광주항쟁 때 군인에게 끔찍한 짓을 당했을 것으로 추정되고, 야학생이었던 순옥은 광주에서의 며칠을 겪고 수십 년을 살아버린 듯한 기분이 들어 예전처럼 웃어지지가 않는 트라우마를 이야기한다.

또한 목포 고아원에서 미국 목사 부부에게 40여 년 전 입양된 김요안 (이재동)은 "돌아와! 이젠 때가 되었다!"(101쪽)라는 정체불명의 목소리를 듣고, 어머니가 사내들에게 강간 당한 뒤 우물에 던져졌던 유년의 기억을 망각하고 있다가 사십년 만에 여동생을 찾으러 영도에 와서 그때의 고통스런 기억들을 떠올리게 된다. 요안은 자신을 "뿌리 없이 지상을 떠도는 식물, 그림자 없는 인간, 미지의 행성에 유기당한 외계인"(278쪽)으로 생각하며 '죽은 사람'처럼 살아온다. 43년 전 요안을 물속에서 끌어내었던 제주도 출신의 애꾸눈 무녀 조천댁은 이승의 바다 밑을 떠도는 수중고혼들이 요안의 목숨을 구해주었으며, 전쟁과 난리 속에 물 속을 부유하게 된 수백 수천 명의 원혼(손님)들이 개기월식 날 찾아와 산 자의 세상으로부터 자유를 얻어 떠나가려고 한다며 큰 굿을 준비하면서 "서둘러야 해. 시간이 없어!"(140쪽)라고 이야기한다.

이러한 '실재계적 존재'들이 모여 "억울한 죽음은 억울한 원혼을 만들지만, 또한 살아남은 자에겐 원통한 기억을 만드는 법이야. 원통한 기억은 산 자의 가슴속에 핏덩이 같은 한을 만들고, 그래서 평생을 고통과 슬픔에 짓눌려 살아가도록 만들지"(300쪽)라고 이야기하는 조천댁의 주도로 제의를 진행한다. 봄날 같은 훈풍이 부는 가운데 모래밭에서 손님맞이 굿이 벌어지고 원혼들을 떠나보내는 열한 명의 눈에는 심각한 정신적 외상으로 오랫동안 막혀 있던 눈물이 비극적 카타르시스가 되어 흘러내린다.

임철우의 『백년여관』은 역사적 학살과 비극의 기원을 1948년 제주도 4·3항쟁에 두면서 1950년 6·25전쟁, 1960년대 베트남 전쟁, 1980년 광주항쟁 등의 역사적 궤적을 실타래처럼 엮으면서 참극 속에 억울하게 죽어갔던 원혼을 망각할 수 없었던 '실재계적 존재'들의 정신적 외상의 깊이를 그려낸다. 그리하여 큰 굿을 통해 산 자들과 죽은 자들이 눈물로 교감하는 모습으로 마감된다. 그러나 그 모습을 지켜보는 사람은 단지 열한 명의 산 자들밖에 없다. 사흘 간 열리는 영도 신부두 축제에 대부분의 사람들의 관심이 온통 쏠려 있기 때문이다. 그러므로 참극의 역사를 애써 외면한 채 살아가는 다수의 현대인에게 '영도'라는 공간에 모여든 '산 자'와 '죽은 자'들의 사연은 무관심의 대상에 불과할 뿐인 것이다. 그러나 과거의 고통은 그렇게 망각의 대상이 아니라 현재적 제의의 형식으로 거듭나야 한다는 사실을 역설하는 작품이 『백년여관』인 것이다.

분단 문학의 현재성

이념과 체제의 대립과 반목 속에 작위적으로 강제된 분단시대는 남북 분단의 현실을 60년 동안이나 유지해오고 있다. 한쪽에서는 다양한 남북 교류가 진행되고 있지만 아직도 남과 북이 서로를 향해 총부리를 겨누고 있는 것이 현실이다. 이러한 현실 속에서 분단이 기형적으로 왜곡된 현실태라면 문학은 분단 극복을 향한 가능태의 모색을 다양하게 진행하기 마련이다. 그리고 그러한 모색은 다원주의 시대로 접어든 90년대 이후에도 서사적 다양성 속에서 여전히 지속되고 있다.

북쪽에 비해 다양한 이념적 스펙트럼을 내장한 남쪽의 문학은 1990

년대 이후 다양한 방식으로 남북 민간인의 접촉을 그리면서 작품 안에서는 '레드 콤플렉스'를 벗어나는 양상을 보여주고 있다. 제3국에서의 남북 이산가족 상봉이나 남북 민간인의 접촉, 탈북자들의 이야기를 통해 북한 사람들은 이념적 장벽 너머의 공간에서 생활적 공간의 장으로 진입해오고 있는 것이다. 그러나 파편적이고 일시적으로 진행되는 교류는 북쪽에 대한 선입견이나 편견을 조장할 수밖에 없는 것이 현실이다. 지난 7월에 있었던 남북 작가들의 만남은 그러한 시각 교정을 위한 하나의 계기로 작용할 수 있을 것이다.

이 글에서 살펴본 유년기 전쟁 체험세대인 황석영, 김원일, 윤흥길의 소설과 전쟁 미체험세대인 김하기, 임철우의 소설은 광기의 시대인 전쟁을 응시하면서 현재의 공간에서 과거적 사실을 재구성하거나 회고한다는 점에서는 공통점을 드러내지만 그 면면은 사뭇 다르다. 황석영의『손님』은 북쪽의 시각과 다르게 신천학살 사건을 조망하면서 산 자와 죽은 자들을 위한 제의적 행위를 진행한다는 점에서, 비극적 역사에 의해 억울한 원혼이 된 존재들을 떠나보내는 한판 굿을 진행하는 임철우의『백년여관』과 유사한 방식을 보여준다. 김원일의「손풍금」은 전향한 남파 간첩의 비극적 삶을 조망하면서 잃어버린 청춘의 아름다움을 조망하고 있다는 점에서, 비전향장기수들처럼 북송되지 못한 채 남북에서 모두 소외된 '전향 장기수'의 현실을 그리고 있는 김하기의「미귀」와 닮아 있다. 윤흥길의『소라단 가는 길』은 아홉 명이 돌아가면서 40여 년 만에 미치광이를 양산했던 전쟁 시기의 회고를 통해 자살하려던 친구의 새출발 다짐을 이끌어내고 있다는 점에서 전쟁의 상처 함께 들여다보기가 상처 치유책임과 동시에 새로운 희망적 자리를 마련할 수 있음을 보여준다.

시대적 한계를 지닌 '분단시대의 문학'이란 다른 쪽 체제에 대한 자유로운 접근이 금기시된 현실을 감안할 때 불구적 형태일 수밖에 없다. 그러나 시대적 한계 개념일지라도 분단 60년의 세월과 생활과 기억과 상처가 오롯이 새겨져 있는 '분단시대의 문학'이란 그 자체로 소중하다. '분단문학'은 시대적 한계성 속에서도 우리네 삶의 궤적을 담고 있는 문학적 자산이기 때문이다. 문학이 시대의 반영물이라는 점을 감안한다면, 남북의 다양한 인적 접촉과 물적 교류가 점차 활성화되고 있는 지금 시대에, 우리는 분단 체제의 현실적 모습을 통찰하고 통일시대를 예견하는 문학적 성과를 축적할 수 있을 것이다. 그리고 우리가 살펴본 다섯 작가의 작품들이 바로, 과거를 재구하면서 분단모순의 파행성과 그 극복을 향한 모색을 통해 통일시대를 대비하려는 현재 진행형의 '분단문학'인 것이다.

—『실천문학』, 2005년 겨울호

내면의 결핍을 강제하는 '주체'의 원리

북한 문학 개관

통합문학사 기술의 필요성

2000년 남북정상이 만나 역사적인 '6·15공동선언'을 이끌어낸 이후 5년 만에 2005년 7월 20일부터 5박 6일 동안, 평양 등지에서 200여 명의 남과 북의 시인, 소설가, 평론가, 기자 등이 모여 진행된 '6·15공동선언 실천을 위한 민족작가대회'는 분단 60년 만에 공식적으로 문학인들이 함께 자리했다는 것만으로도 의미 깊은 대회였다. 나아가 '민족작가대회 공동선언문'을 통해 '6·15 민족문학인 협회'를 구성하기로 하고 협회의 기관지로 『통일문학』을 발행하며 '6·15 통일문학상'을 제정하기로 한 것은, 그 동안 남북의 문인들이 비공식적이고 간접적인 텍스트 교류나 인적 교류를 해온 것을 감안할 때 역사적인 행보임에 틀림없다. 그리고 남북을 대표하는 작가 황석영과 홍석중이 어떠한 형태로든 공동 창작을 진행하기로 약속한 것은 남북의 문학적 통합을 이루는 고무적인 첫걸음이 될 것이다.

　국토와 체제의 분단 이후 남북의 문학은 문학적 걸음과 지향을 달리해왔다. 북한문학의 창작방법론이 고상한 사실주의에서 사회주의적 사실주의를 거쳐 주체 사실주의로 변모하면서도 사실주의라는 단일적 지향을 지속해온 반면, 남한문학의 그것은 문학적 자율성의 이름 아래에 리얼리즘과 모더니즘의 길항 관계 속에서 탈리얼리즘, 포스트모더니즘, 탈식민주의 담론에 이르기까지 다양성을 확장해왔다. 그 속에서 분단 이후 남한문학의 북한 소개나 북한문학의 남한 소개는 연구자들의 관심에 따라 취사선택되어 부분적이고 파편적으로 진행되어온 것이 사실이다.

　남한에서 북한문학에 대한 연구는 북한문학에 대해 1988년 7·19해금조치가 단행된 이후 북한문예물이 공식적으로 출판되면서 월북·납북·재북 문인에 대한 관심이 증폭되고, 1980년대 후반 이후 처음에는 소수 연구자들을 중심으로 파편적으로 연구가 진행되다가 점차 연구자들이 확산되고 있는 형편이다.[1] 2000년대에 들어 2004년 남한에서 출판

---

1 대표적인 작업으로는 아래의 책을 들 수 있다.

　권영민 책임편집,『북한의 문학』, 을유문화사, 1989.

　민족문학사연구소 편,『북한의 우리문학사 인식』, 창작과비평사, 1991.

　김재용,『북한 문학의 역사적 이해』, 문학과지성사, 1994.

　김윤식,『북한문학사론』, 새미, 1995.

　이명재 편,『북한문학사전』, 국학자료원, 1995.

　최동호 편,『남북한 현대문학사』, 나남출판, 1995.

　신형기,『북한소설의 이해』, 실천문학사, 1996.

　박태상,『북한문학의 현상』, 깊은샘, 1999.

　김종회 편,『북한문학의 이해』1~4, 청동거울, 1999.

　김재홍·홍용희 편저,『그날이 오늘이라면—통일시대의 남북한 문학』, 청동거울, 1999.

　신형기·오성호,『북한문학사』, 평민사, 2000.

된 홍석중의『황진이』(2002)는 '보기 드문 노골적 성애묘사, 북한식 에로티시즘'이라는 상업적 구호와 함께,『임꺽정』의 저자인 벽초 홍명희의 손자이자 국어학자 홍기문의 아들이라는 가계에 대한 관심이 맞물려 다시금 북한문학에 대한 관심을 증폭시키고 있다.

북한에서 남한문학의 소개가 어느 정도 이뤄지고 있는지를 정확히 확인하는 것은 현재로서는 불가능하다. 다만 황석영의『장길산』은 작가가 직접 북한에서 교정지를 보았고『무기의 그늘』도 출판되었음을 전해 들었으며 인세 형식의 원고료도 지불받았다고 한다.[2] 그러나 이 경우에도 그 책들이 문학연구자에게만 보급되었을 가능성이 크다. 이러한 특수한 경우를 제외하면 평양에서 발행되는 계간지『통일문학』에서 1989년 창간호부터 지금까지 '남조선 문학작품'란을 통해 고정희, 신경림, 백기완 등의 시, 공지영, 김인숙, 방현석, 윤정모, 박경리 등의 소설, 윤지관의 평론 등이 게재되어 오고 있다. 그 면면을 살펴보면 대체로 80년대 민족민중문학의 대표작이거나 통일 열망, 반미/항일 의식, 체제 저항, 생태 환경 등의 문제를 다룬 글들을 취사선택하여 싣고 있다는 점을 확인할 수 있다.[3]

김재용,『분단구조와 북한문학』, 소명출판, 2000.

김성수,『통일의 문학, 비평의 논리』, 책세상, 2001.

목원대학교 국어교육과 엮음,『북한문학의 이해』, 국학자료원, 2002.

박태상,『북한문학의 동향』, 깊은샘, 2002.

신형기,『민족 이야기를 넘어서』, 삼인, 2003.

이 중에서 편저를 제외하면 김재용, 김윤식, 신형기, 박태상, 김성수 등의 저자들이 북한문학 연구에 지속적인 성과를 집적하고 있음을 확인할 수 있다.

2 황석영·최원식 대담,「황석영의 삶과 문학」,『황석영 문학의 세계』(최원식·임홍배 엮음, 창비, 2003), 53쪽 참조.

3 졸고,「남북 문학 교류의 현실과 미래적 지향」,『문학사상』, 2004.6.

분단문학의 극복은 통일문학을 지향한다는 말을 흔히 접한다. 그러나 60년간 분단체제에 귀속되었던 남북한의 분단문학을 도식적으로 통합하는 것이 가능할까? 그리고 그것이 과연 통일문학이 될 수 있을까? 필자가 보기에 남북한의 분단문학은 통일문학이 아니라 통합문학사의 차원에서 접근이 되어야 한다. 지난 60년간 주체식 사회주의화와 시장 자본주의화를 통해 체제와 이념, 생활의 현실적 간극이 지나치게 넓어졌기 때문이다. 그렇다면 통합문학사 기술방법은 어떻게 정리가 가능할 것인가?

김재용은 북한문학을 연구하는 데 있어서 민족문학에 입각한 리얼리즘의 원칙과 역사주의적 시각을 동시에 가져야 한다고 주장한다.[4] 최동호는 남북의 통일적 문학사를 구상하기 위한 전제로 '포괄의 논리, 사실의 논리, 근대성 극복의 논리, 민족 문학의 논리' 등을 제시한다.[5] 김춘식은 민족문학의 개념 정립과 역사적 관점의 확립 하에 한민족의 근대문학사를 텍스트의 자족적 체계에 머무르는 것이 아니라, 식민지 시대와 분단기 문학의 연속성 속에서 파악해야 한다면서 열 가지의 기본 틀을 제시한다.[6] 이광호는 남북한 현대문학사를 '분단체제의 성립(1945~1959), 분단체제의 심화(1960~1979), 분단체제의 변화와 반성(1980~1995)' 등으로 시대 구분하여 그 전개양상을 개괄적으로 검토한다.[7] 김윤식은 북한문학사를 초역사(초근대) 혹은 탈근대의 성격을 띠는 것으로 파악하

---

4 김재용, 「유일 사상 체계의 확립과 북한 문학의 변모」, 『북한문학의 역사적 이해』, 문학과 지성사, 1994, 217쪽 참조.
5 최동호, 「남북한 현대문학사 서술을 위한 서설」, 최동호 편, 앞의 책, 17~25쪽 참조.
6 김춘식, 「근대 민족문학의 두 가지 방향과 분단기 한국문학사의 전개」, 최동호 편, 위의 책, 65~84쪽 참조.
7 이광호, 「문학사 인식과 시대구분」, 최동호 편, 위의 책, 105~119쪽 참조.

여 북한문학사의 몰근대성에서 오는 위기의식이 근대로 회귀하려는 지향성을 낳게 된다고 진단하면서 남북한 문학사를 '근대성'의 문제로 접근할 것을 제안한다.[8] 신형기·오성호는 북한문학사를 '이야기의 역사(신화화)'로 읽으면서 북한문학사의 형성 과정에 대해 실증적으로 정리 작업을 진행한다.[9] 김성수는 '통일문학사를 위한 남북한 문학 통합논리'로 '민족문학적·리얼리즘적 시각'을 제기[10]한 뒤, 다른 글에서 북한문학을 '민족문학의 이념, 리얼리즘의 미학, 역사주의 원칙'에 입각하여 수용하여야 한다고 진술[11]하면서 남북한 문학을 포용하는 통합원리로 "'미적 근대성'을 중심으로 리얼리즘과 반리얼리즘(모더니즘)의 이분법을 지양하는 새로운 문학이론의 시각이 필요하다"[12]고 판단한다.

이상의 선행 연구를 살펴볼 때, 논자마다 편차를 보이기는 하지만 통합문학사를 기술하기 위한 방법적 전제로는 '민족문학, 리얼리즘, 근대성' 등의 시각이 공통적으로 제기되고 있음을 알 수 있다. 그러나 기실 그러한 공통분모로서의 용어 자체가 가진 함의가 광범위하다는 점은 결국 연구자의 주관적 기준에 따라 취사 선택된 통합문학사가 기술될 가능성이 큰 것이다. 그럼에도 불구하고 큰 그림을 위한 전제로서 북한문학의 얼개를 들여다볼 필요성이 제기된다. 해방 이후 2000년대에 이르기까지 북한문학의 형성 과정을 개괄적으로 살펴보면 과연 그러한 매개항이 남

---

8 김윤식, 『북한의 문학사론』, 새미, 1995.

9 신형기·오성호, 『북한문학사』, 평민사, 2000.

10 김성수, 앞의 책, 31쪽.

11 김성수, 「북한문학의 실상과 통일문학의 이상」, 목원대학교 국어교육과 엮음, 앞의 책, 148~149쪽.

12 김성수, 「남북한 문학사의 비교와 통합방안」, 목원대학교 국어교육과 엮음, 앞의 책, 201쪽 참고.

북한 통합문학사를 기술할 방법론이 될 수 있는지를 확인할 수 있을 것
이다.

북한문학사 재론

　북한의 주체문학을 거론하기 위해서는 주체사상에서의 '주체'에 대한
개념과 범주에 대한 이해가 선결조건이 된다. '주체사상의 기초'는 "사람
이 모든 것의 주인이며 모든 것을 결정한다"[13]는 명제이다. "사람은 자주
성과 창조성, 의식성을 가진 사회적 존재"이며, "매개 나라의 혁명과 건
설의 주인은 그 나라 인민대중이며 그것을 추동하는 힘도 인민대중 자신
에게 있"기에 "인민대중은 자기 운명의 주인으로써 자기 운명을 개척할
힘을 가지고 있다"라는 것이다. 주체사상은 이러한 사람 중심의 철학 사
상으로 인간 중심주의를 표방하지만, 이때의 주체는 데카르트 이래로의
합리적 이성을 정초하는 근대적 주체가 아니라, '수령－당－인민대중'이
삼위일체를 이루는 집합적 주체의 개념이 강하다. 특히 수령의 교시에
따른 당의 정책이 일방향적으로 인민대중을 향해 강제되고 집행된다는
점에서 북한에서의 주체란 '주체사상 원리'에서처럼 창조적이고 의식적
인 자발성을 드러내기보다는 수직적이고 하향적이어서 수동적 특성을
내포하게 된다.

13　이명재 편, 『북한문학사전』, 국학자료원, 1995, '주체사상' 975~978쪽.

프롤레타리아 국제주의 연대와 애국주의를 강조하던 북한 사회에서 '주체'의 문제는 1953년 스탈린의 사망과 한국전쟁 이후 김일성의 권력투쟁 과정에서 발생된다. 북한에서는 주체사상에 대해 김일성이 14세에 '타도제국주의 동맹(1926)'을 결성한 것에서 맹아를 찾고, 1930년 초 '카륜회의'에서 주체사상을 지도사상으로 하는 당조직을 갖추었다고 주장하지만,[14] '주체'라는 개념이 공식적으로 사용된 것은 1955년 12월 28일 김일성이 당선전선동 일꾼들 앞에서 행한 「사상사업에서 교조주의와 형식주의를 퇴치하고 주체를 확립한 데 대하여」라는 연설에서부터이다.[15] 이후 '경제에서의 자립, 정치에서의 자주, 국방에서의 자위, 외교에서의 자주'를 내세우면서 1970년 11월 조선노동당 제5차 당 대회에서 주체사상을 당이념으로 공식화하여 노동당 규약에 명문화하게 된다. 따라서 엄밀하게 말하면 '주체문학'이란 주체사상을 유일사상 체계로 결의한 1967년 5월의 당중앙위원회 제4기 15차 전원회의[16]와 주체사상을 당의 유일한 지도이념으로 규정한 1970년 11월의 제5차 당대회 이후의 문학을 말한다.

북한에서 1991년부터 출간되어 1996년까지 총 15권으로 나온 『조선문학사』는 해방 이후 '조선문학'의 전개 양상을 '제10권 평화적민주건설시기, 제11권 조국해방전쟁시기, 제12권 전후복구건설 및 사회주의기초건설시기, 제13권 사회주의의 전면적건설시기, 제14권 사회주의완전승리를 앞당기기 위한 투쟁시기(Ⅰ), 제15권 사회주의완전승리를 앞당기

---

14 사회과학원 주체문학연구소, 『조선문학사 8』, 사회과학출판사, 1992, 5쪽.

15 서대숙, 서주석 역, 『북한의 지도자 김일성』, 청계연구소, 1989, 120~140쪽.

16 사회과학원 주체문학연구소, 『조선문학사 14』, 사회과학출판사, 1996, 29쪽 참조.

기 위한 투쟁시기(Ⅱ)' 등으로 구성한다.[17]

하지만 남한의 연구자들은 해방 이후 북한문학의 흐름을 크게 1967년 이전과 이후(혹은 1960년대까지와 1970년대 이후)로 나누어볼 수 있다고 판단한다. 권영민은 '북한문학'을 '북한문학과 사회주의 국가 건설, 전후의 북한문학, 주체 시대의 문학, 1980년대의 북한문학'으로 시기를 구분[18]하여 살피면서 1960년대 이전의 문학이 사회주의의 이념, 계급적 요소, 인민성의 요건 등을 중시하고 집단적인 것과 전형적인 것의 창조를 강조했다면, 1960년대 이후의 문학에서는 주체적인 것과 혁명적 투쟁 의식이 내세워짐으로써 이념성이 강화되었다고 설명한다. 그리하여 1970년대부터 당의 유일사상 체계를 확고히 하고 모든 사회를 주체사상화한다는 당의 방침이 '주체의 문예이론'을 통해 전면화되고 있다고 파악한다. 그리고 주체의 문예이론이 일반화된 1970년대의 문학예술의 내용은 크게 첫째는 김일성의 항일무장투쟁의 혁명적 위업을 찬양한 것, 둘째는 북한의 사회주의 국가 건설의 위대성을 선전하는 것, 셋째는 남한에 대한 혁명적 통일의 과제를 강조하는 것 등으로 대별된다고 파악한다.[19] 이러한 기술은 북한문학을 남한문학과는 별도로 독자적인 항으로 설정하여 남북의 문학을 이원화시키고 있다는 점에서 남북한 통합문학사 기술의 한계를 내포한다.

김재용은 북한문학의 형성을 1967년을 기준으로 크게 '제1부 해방부터 유일사상체계 확립까지(1945~1967)'와 '제2부 유일사상체계 화

---

17 사회과학원 주체문학연구소, 『조선문학사1』, 사회과학출판사, 1991, 「머리말」 3쪽 참조.

18 권영민, 『한국현대문학사2』, 민음사, 2002, 411~452쪽 참조.

19 권영민, 「북한의 문학을 어떻게 볼 것인가」, 『북한의 문학』, 을유문화사, 1989, 13~27쪽 참조.

립부터 현재까지(1967~1993)'로 나누어 살펴본다. 그리고 전쟁 이전의 문학을 고상한 리얼리즘이 정착되는 1947년을 기준으로 다시 나누고, 전후부터 유일사상체계가 확립되는 1967년까지의 문학을 공산주의의 임박을 선전하는 1959년을 기준으로 다시 나눈다. 그리하여 '1) 1945. 8~1947년 초(고상한 리얼리즘 확정), 2) 1947년 초~1952년 중반(프롤레타리아 국제주의에 따른 애국주의 옹호), 3) 1952년 중반~1958년 말(반종파투쟁을 통한 도식주의·무갈등론·자연주의 비판), 4) 1958년 말~1967년(부르주아 잔재와의 투쟁, 공산주의적 전망의 공식화), 5) 1967년~1979년(당의 유일사상체계 확립 후 항일 혁명문학의 유일한 혁명전통화), 6) 1980년대(숨은 영웅을 통한 사회주의 현실주제 등장), 7) 1990년대 이후(세대 간의 갈등, 과학기술문제, 조국통일 주제 등의 새로움)' 등으로 문학사적 고찰을 진행한다.[20] 이것은 북한의 문학사를 북쪽의 시각이 아니라 역사주의적 시각에서 연구자의 실증적 관점으로 재구성하고 있는 특징을 보인다.

　신형기·오성호는 북한의 문학사 기술 방식과 유사하게 '북한문학사'를 정리한다. 그리하여 '제1장 새 제도의 성립　민주건설기: 1945~1950, 제2장 시련의 경험―조국해방전쟁기: 1950~1953, 제3장 사회주의를 향하여―전후복구와 사회주의 건설기: 1953~1958, 제4장 천리마와 같이 달리자―천리마 대 고조기: 1958~1967, 제5장 한 몸의 시대, 변화의 전기轉機?―주체시대: 1967~1990년대 현재' 등으로 나누어 기술한다.[21] 이러한 방법은 형식적으로는 북한의 문학사 기술 방식을 따르되 내용적으

20　김재용,『북한 문학의 역사적 이해』, 문학과지성사, 1994.
21　신형기·오성호,『북한문학사』, 평민사, 2000.

로는 남한 연구자의 비판적 관점을 견지하고 있는 태도를 보여준다.

김성수는 '통일문학사를 위한 남북한 문학 통합원리'로 '민족문학'과 '리얼리즘'이라는 두 가지 관점을 제기하면서 '남북한 문학사의 상호상 승식 통합'을 전제한 뒤, 2·3·4장에서 1920~1930년대 프로문학, 5· 6장에서 1950~1960년대 북한 문학, 7장에서 1980년대 남한 문학, 8장에서 1990년대 북한 문학을 조명함으로써 '물리적 통합서술'로 남북한 문학사를 파악하려는 시도를 선보인다.[22] 그러나 남북한 통합문학사를 시도한 선구적 작업이라는 점에서는 긍정적이지만, '리얼리즘'의 범위를 협애화하여 각 시대별로 배제된 남북한의 텍스트가 선택된 텍스트보다 많다는 사실은 문제점이라고 할 수 있다.

이상을 통해 볼 때 북한문학은 1967년 유일사상체계를 확립한 이후, 기존의 마르크스—레닌주의에 입각한 사회주의적 사실주의에서 주체 사실주의로 방법론이 변화하였음을 확인할 수 있다. 이제 구체적으로 유 일사상체계 시기 이전과 이후, 1980년대, 1990년대, 2000년대로 나누어 살펴보고자 한다.

---

22 김성수, 『통일의 문학 비평의 논리』, 책세상, 2001.

유일사상체계 확립(1967)
이전의 북한문학

    1945년 8·15해방 이후 1967년 유일사상체계 확립 이전의 북한문학은 크게 네 시기로 구분될 수 있다. 해방과 더불어 1948년 9월 조선민주주의인민공화국의 수립으로 요약되는 첫 번째 평화적민주건설시기(1945.8~1950.6)는 친일파와 제국주의적 요소의 제거, 토지개혁과 제반 민주개혁을 통한 '혁명적 민주기지 건설'로 요약된다.[23] '건국사상총동원운동' 시기 북한문학의 성격은 1947년 3월 당 중앙상무위원회의 결정서인 「북조선에 있어서의 민주주의 민족문화 건설에 관하여」에 집약된 '고상한 사실주의'에 담겨 있다. 고상한 사실주의란 긍정적 주인공과 혁명적 낭만주의에 기초한 교조적인 사회주의적 리얼리즘을 말한다.[24] 이 시기의 문학은 크게 '토지개혁을 비롯한 민주개혁 등 사회주의 찬양(김우철의 시 「농촌위원회의 밤」(1946)/이기영의 소설 『땅』(1949) 등), 친소 연대(김상오의 시 「영광을 모스크바에」(1947)/한설야의 소설 「남매」(1948) 등), 김일성 장군 찬양(조기천의 시 『백두산』(1946)/한설야의 소설 『영웅 김일성 장군』(1947) 등), 남조선 해방(강승한의 시 「한나산」(1948)/이태준의 소설 「첫전투」(1949) 등)' 등으로 주제를 분류할 수 있다. 그리하여 이 시기에 대두된 작품들은 대체로 해방의 감격과 더불어

---

23 이종석, 『새로 쓴 현대 북한의 이해』, 역사비평사, 2000, 68쪽.
24 김재용, 『북한문학의 역사적 이해』, 문학과지성사, 1994. 21쪽 참조.

1947년을 거치면서 고상한 사실주의에 기반한 혁명적 낭만주의 작품들이 주류를 이루게 된다.

두 번째 조국해방전쟁시기(1950.6~1953.7)는 '미제와 이승만 괴뢰집단의 식민지'인 남한을 '민주기지'인 북한이 해방시키려 했던 공간으로 그려진다. 그리하여 북한문학은 "조선 인민의 이 위대한 영웅적 투쟁 현실을 진실하게 반영하고 전선과 후방에서 발휘되는 인민의 대중적 영웅주의와 애국적 헌신성을 정당히 표현하는 우수한 예술적 전형을 창조하며, 또한 야수적인 적들의 만행을 철저히 폭로 규탄함으로써 인민과 군대를 승리에로 고무 추동하며 그들을 원쑤에 대한 열화 같은 증오심과 애국주의와 영웅상으로 교양"[25]하는 무기의 역할을 담당하게 된다. 그리하여 이 시기의 문학은 '전후방의 영웅적 투쟁(안룡만의 시「나의 따발총」(1950)/황건의 소설「불타는 섬」(1952) 등), 남조선 해방과 반미 선전선동(백인준의 시「얼굴을 붉히라 아메리카여」(1951)/한설야의 소설「승냥이」(1951) 등), 김일성 찬양(차덕화의 시「수령」(1952)/한설야의 장편소설『력사』(1951) 등)' 등으로 구성된다.

세 번째 전후복구건설 및 사회주의기초건설시기(1953.7~1958)는 스탈린의 죽음(1953) 이후 1953년과 1956년에 열린 두 차례의 작가대회를 통해 반종파투쟁이 전개되면서 김일성의 유일지배체제가 강화되고, '주체'의 문체가 제기되면서 1956년 12월 '노동당 중앙위원회'에서 '천리마운동'이 결정된다. '천리마 운동'이란 사회주의 경제 건설을 이루어 주민을 공산주의적 인간형으로 개조함으로써 사회주의의 완전 승리를 이루

---

25 사회과학원 문학연구소,『조선문학통사―현대문학편』, 1959(인동, 1988), 238~239쪽 참조.

기 위한 일대 혁명운동이자 대중적 선동사업을 말한다. 이 시기의 문학에서 특히 눈여겨볼 대목은 항일혁명문예 가운데에 '불후의 고전적 명작'이 되는 「피바다」의 원형태인 「혈해」 등에 대한 언급이 김일성의 항일무장투쟁 전적지 조사단에 참여했던 송영의 보고서 『백두산은 어데서나 보인다』(1956)에 처음 나타난다는 점이다.[26] 이 시기의 문학은 '전후 복구건설과 노동 예찬(정문향의 시 「평화를 위하여」(1954)/변희근의 소설 「빛나는 전망」(1954) 등), 농업협동화를 통한 사회주의 찬양(민병균의 시 「나의 새 고향」(1955)/이근영의 소설 「첫 수확」(1956) 등), 항일무장투쟁과 김일성 찬양(전초민의 시 「평화의 집」(1955)/한설야의 장편소설 『설봉산』(1956) 등)' 등의 주제로 나누어볼 수 있다.

북한은 1958년 8월을 기해 생산관계의 사회주의적 개조가 완성됨에 따라 공산주의 사회로 진입하게 되었다고 천명하면서 공산주의 교양의 문제를 본격적으로 제기한다. 그리하여 네 번째 사회주의의 전면적 건설 시기(1958~1966)의 문학은 김일성의 「공산주의 교양에 대하여」(1958.11.20)라는 연설과 「천리마시대에 상응한 문학예술을 창조하자」(1960.11.27)라는 교시에 의해 천리마 현실의 반영과 천리마 기수의 전형 문제가 긍정적 인물을 내세움으로써 대중을 교양 개조하기 위한 방편으로 드러난다. 또한 공산주의적 인간형의 창조를 작품 속에서 형상화하게 되고, 김일성의 교시 「혁명적 대작을 더 많이 창작하자」(1963.11.5)와 「혁명적 문학예술을 창작할 데 대하여」(1964.11.7)[27]에 의해 혁명적 대작의 창작에 대한 논의와 작업이 활발하게 진행된다. 이 시기의 문학

---

26 신형기·오성호, 앞의 책, 54쪽 참조.
27 신형기·오성호, 위의 책, 249쪽 참조.

은 '천리마 현실의 반영과 천리마 기수들의 전형 창조(박호범의 시「천리마」(1964)/김병훈의 소설「해주—하성에서 온 편지」(1960) 등), 항일무장투쟁 및 김일성 수령과 그의 가계 형상화(박세영의 장편서사시『밀림의 역사』(1962)/『항일빨치산 참가자들의 회상』간행 등), 혁명적 대작(석윤기의 소설『시대의 탄생(1부)』(1966) 등), 조국해방전쟁과 반미 통일염원(백인준의 시『벌거벗은 아메리카』(1961) 등)' 등으로 나누어 살펴볼 수 있다.

특히 천세봉의『안개 흐르는 새 언덕』(1966)은 김일성이 영화 예술인들과의 담화「혁명주제 작품에서의 몇 가지 사상미학적 문제」(1967.1.10)에서 '부정적 인물인 순영이 애국적 민족주의자의 딸로 묘사된 것'과 '항일유격대원으로 성장하는 노동자 강민호를 작품의 초반부에서 깡패처럼 묘사한 것', '강민호가 혁명가로 자라나는 과정에서 1930년대 김일성에 의해서가 아니라 1920년대 공산주의자인 문경태로부터 지도를 받는 것으로 형상화한 점'[28] 등이 계급적 바탕 설정에서 잘못되었다고 비판받는다. 그리하여 거의 판매 금지 처분을 받다시피 한 작품이라는 점에서 문학의 도식주의화와 검열적 지도가 강제되고 있는 시기임을 확인하게 한다.

---

28 김재용,「유일사상체계의 확립과 북한문학의 변모—천세봉의『안개 흐르는 새 언덕』에 대한 평가를 중심으로」,『북한문학의 역사적 이해』, 문학과지성사, 1994, 215~231쪽 참조.

유일사상체계 확립(1967~1979)
이후의 북한문학

북한문학사에서 1967년 이후는 "당의 유일사상을 더욱 철저히 세우며 사회주의의 완전승리, 온 사회의 주체사상화를 앞당기기 위한 투쟁시기"[29]로 기술된다. 그리하여 사회주의완전승리를 앞당기기 위한 투쟁시기(Ⅰ)(1967~1979)의 문학은 기존의 마르크스－레닌주의 미학에서 벗어나 주체사상을 유일사상체계로 받아들이는 주체 문예이론을 창작 지침으로 삼게 된다. 1967년 5월 당중앙위원회 제4기 15차 전원회의는 당의 유일사상을 '주체사상'으로 확립하고, 이후 여러 교시 및 연설들과 더불어 1972년 12월 27일 최고인민회의 제5기 1차회의에서는 헌법을 개정하여 기존의 '인민민주주의헌법'(1948.9.28) 대신에 '사회주의헌법'을 채택하면서 항일무장투쟁의 혁명 전통을 계승한다는 규정과 주체사상을 국가의 지도이념으로 삼는 자주적인 사회주의 국가라는 규정을 새로이 첨가한다.

이 시기에 김정일은 1967년 4·15 창작단 설립을 주도하면서 수령형상문학인 '불멸의 역사' 총서 작업을 이끌고, 항일혁명전통의 계승과 더불어 불후의 고전적 명작인 『피바다』, 『한 자위단원의 운명』, 『꽃파는 처녀』 등 3대 고전의 재창작 작업을 진행하면서 '종자론'과 '속도전'의 개념을 밝혀 '문예학 발전의 전기'를 마련한 것으로 평가받는다. 그의 저

---

29 박종원·류만, 『조선문학개관Ⅱ』, 인동, 1988, 324쪽 참조.

서인『영화예술론』(1973)은 '불후의 고전적 노작' 가운데 하나로 꼽히면서 영화예술의 지침서로 지금까지도 계속해서 활용되고 있다. 이 시기의 문학 중 권정웅의『1932년』(1972)을 필두로 30권이 넘게 지금도 계속해서 창작되고 있는 '불멸의 역사' 총서는 수령의 혁명 역사와 불멸의 업적을 생생하게 제시함으로써 인민들에게 수령의 위대성과 고매한 풍모를 인식하게 하고, 수령을 따라 배우도록 만드는 목적을 수행한다는 점에서 수령형상문학의 교본이 된다. 특히 이 총서는 네 가지의 창작 지침(첫째 김일성의 위대한 풍모 형상화, 둘째 혁명 역사를 생활적으로 진실하게 형상화, 셋째 김일성과 그의 가계를 역사적 사건을 중심으로 단계별로 창작, 넷째 수령 형상을 시기적으로 통일시키는 문제를 제시하고 그 구체적인 미학적 실천 방법 규명)[30]을 통해 유일사상체계를 강화하는 데에 그 목적을 두고 있다.

이 시기의 문학은 '집체 창작'과 '속도전', '종자론'의 등장과 함께 주체사상의 확립에 영향을 받아 '불멸의 역사'를 비롯한 수령 형상화 작업을 중심으로 '김일성 가계 형상화(김일성의 아버지 김형직을 주인공으로 한 이기영의 장편소설『력사의 새벽길』(1972) 등), 김정일 찬양(시집『2월의 송가』(1974) 등), 사회주의 건설문제(최학수의『평양시간』(1976) 등), 혁명적 대작의 창작(박태원의『갑오농민전쟁(1부)』(1977) 등), 3대 고전의 재창작, 공산주의적 인간형 창조(석윤기의『무성하는 해바라기들』(1970) 등)' 등이 다루어진다.

---

30 이명재 편,『북한문학사전』, 국학자료원, 1995, 549쪽 참조.

1980년대 북한문학
―사회주의완전승리를 앞당기기 위한 투쟁시기(Ⅱ)

1980년대 이후 북한 문예정책의 실질적 담당자는 김정일이다. 김정일은 1973년 9월 당중앙위원회 전원회의에서 '조직 및 선전담당비서'로 선출된 이래로 1980년 10월 조선로동당 제6차 대회에서 후계자로 확정된다. 후계자로 확정되기 이전인 1980년 1월 제3차 조선작가동맹대회에서 김정일이 '당중앙'의 이름으로 '숨은 영웅'을 공산주의적 인간의 참된 전형으로 간주하면서 '숨은 영웅'의 문학적 형상화가 새로운 과제로 등장하게 된다. 물론 '숨은 영웅'의 형상화가 "수령과 조국에 끝없이 충실하면서도 명예와 보수를 바라지 않으며 묵묵히 일하는"[31] 숨은 영웅의 생활을 그린다는 점에서 일정한 도식성을 내포하고 있음에는 틀림없다. 하지만 '높은 당성과 심오한 철학성'으로 '개성적 특성을 통한 도식주의의 극복'이 강조되면서 사회주의 현실 속에서 평범한 일상생활을 영위하는 대중적 영웅으로서의 인민들의 모습이 형상화되기 시작한다.

1980년대에 들어와서 수령형상문학인 '불멸의 역사' 총서의 지속 발간과 더불어 '불멸의 향도'라는 김정일의 풍모를 그린 장편소설이 발간[32]되기 시작한다. 따라서 1980년대 북한문학은 수령형상문학을 큰 축으

---

31 「위대한 수령님께서 제시하신 웅대한 강령을 높이 받들고 혁명적 문학작품 창작에서 새로운 앙양을 일으키자」,『조선문학』머리글, 1980.11.

32 김정일을 주인공으로 한 첫 장편은 『아침해』(현승걸, 1988)이다. 이후 『예지』(리종렬, 1990)와 『불구름』(박현, 1991) 등이 쓰여지고, 이후 권정웅의 『푸른 하늘』(1992)을 필두로 '불멸의 향도'가 '불멸의 역사'와 함께 90년대 이후 지속적으로 생산된다.

로 하면서 ‘해방 후 혁명투쟁 형상화, 역사 주제, 조국통일 주제, 사회주의 현실 주제’ 등으로 나눌 수 있다. 그 속에서 김재용은 ‘현실 주제 북한 소설이 지닌 새로운 특징’을 첫째 ‘숨은 영웅의 형상화(최상순의 「나의 교단」(1982) 등)’, 둘째 ‘사회 내부에서 제기되는 절실하고 의의 있는 문제’인 ‘도농 격차와 갈등(김동욱의 「병사의 고향」(1982) 등), 세대 간의 갈등(백남룡의 「60년 후」(1985) 등), 여성 문제(김교섭의 「생활의 언덕」(1984) 등)’ 등의 형상화, 셋째 예술적 기량의 성숙(이희남의 중편 『여덟 시간』(1986) 등) 등으로 나누어 설명한다.[33] 이외에도 탄광에서의 보람을 다룬 글(허인수의 「검은 금」(1985) 등)들과 김일성이 장편소설의 교양적 가치를 높게 평가하고 ‘당성 단련의 교과서’라고 주목한 김보행의 『녀당원』(1982) 등은 1980년대 북한문학을 평가할 때 주목해야 할 작품들이다.

이와 더불어 1980년대 북한문학은 김홍섭이 「단편소설의 양상을 다양하게 살리자」(『조선문학』, 1981.1)라는 평론에서 “단편소설 문학이 우리시대의 다양하고 풍부한 생활을 높은 예술적 경지에서 생동하게 형상화하기 위해서는 그 생활적 정서의 다양성에 맞게 양상을 잘 살리는 데 심중한 주의를 돌려야 한다”라고 주장하는 것에서도 알 수 있듯 단편소설 양식이 강조된다. 또한 1980년대 중반을 넘어서면서 과학자와 기술자를 주인공으로 한 소설이 시의성을 띠게 되면서, 과학자들을 새로운 시대의 전형으로 그려 과학 기술에의 대중적 관심을 유도해야 한다고 주장하게 된다.[34] 그리하여 장편 실화소설 『탐구자의 한 생』(리규택, 1989)

---

33 김재용, 「1980년대 북한 소설 문학의 특징과 문제점」, 『북한문학의 역사적 이해』, 문학과 지성사, 1994, 254~277쪽 참조.

34 「작가들은 문학작품에서 과학자 기술자들의 형상을 훌륭히 창조하자」, 『조선문학』 ‘머리

은 과학 탐구로 일관한 '세계적인 유전학자 계응상'의 일생을 탐구한 역작이라는 평가를 받는다.[35] 뿐만 아니라 서해바다에서 항암성분을 갖는 벼를 개발하는 청년과학자들의 노력을 형상화하면서 본격적인 과학환상소설을 대표한다고 평가받는 중편『푸른 이삭』(황정상, 1988)도 이 시기에 발간된다.

1990년대 북한문학

북한은 1990년에 '우리식대로 살자'는 구호를 앞세우고 1986년 7월 「주체사상 교양에서 제기되는 몇 가지 문제에 대하여」에서 김정일이 제기한 '조선민족제일주의'를 전면에 내세워 '조선민족 제일주의 정신이 세상에서 가장 우월한 사회주의 제도에서 사는 긍지와 자부심'이라며 북한이 '사회주의의 모범나라'임을 강조한다.[36] 1980년대 후반부터 지속된 소련의 해체와 동구 사회주의권의 몰락에 따른 체제 위기의식에 뒤이어 1994년 김일성의 사망 이후, 북한의 구호가 '붉은기 정신(1994), 고난의 행군(1996), 강성대국건설/선군정치시대(1998)' 등으로 이어지면서 북

글', 1986.3 / 김홍섭, 「과학자의 전형적 성격 탐구」, 『조선문학』, 1987.1 / 오정애, 「현대 과학 기술의 급속한 발전과 과학환상소설」, 『조선문학』, 1989.8.

35 김성혜, 「인간학의 높은 경지를 특색 있게 개척한 빛나는 화폭」, 『조선문학』, 1990.12.

36 김정일, 조선노동당 중앙위원회 책임일꾼들 앞에서의 연설, 「조선민족 제일주의 정신을 높이 발양시키자」, 1989.12.28.

한문학은 '추모문학, 단군문학, 태양민족문학'으로 명명작업을 진행하게 된다.

따라서 1990년대 이후의 북한문학은 김정일의 『주체문학론』(1992)이 내포하고 있는 북한의 폐쇄적 민족자주성 논리의 강화와 유연한 대외적 개방·개혁의 모색이라는 지배전략의 이중성에 상응하는 특성을 보인다. 즉 『주체문학론』은 북한문학 내부의 변화와 불변 사이의 미세한 긴장을 주목하고, 당위와 욕망, 혁명과 일상, 이념과 기교, 내용과 형식 등을 변주하면서 다양한 스펙트럼을 보여주고 있다.[37] 1967년 이후 주체문예이론을 집대성한 『주체문학론』은 1992년 이후 북한문학의 창작 지침으로 작용한다. '1. 시대와 문예관, 2. 유산과 전통, 3. 세계관과 창작방법, 4. 사회정치적생명체와 문학, 5. 생활과 형상, 6. 문학형태와 창작실천, 7. 당의 령도와 문학사업' 등으로 구성된 『주체문학론』은 '주체의 인간학'을 강조하면서 '주체사실주의'를 창작방법으로 하는 등 기존의 논의를 재확인하고 있다. 다만 '유산과 전통'에서 "20세기 초엽의 우리나라 문학작품을 더 많이 찾아내고 옳게 평가하여야 한다"[38]는 등 전통과 유산에 대한 긍정적 성찰을 함께 주문함으로써 공정한 평가의 중요성을 제시하고 있는 것은 주목할 만한 내용이다.

1990년대 북한 시는 1980년대와 별반 다르지 않은 모습을 띤다. 하지만 그 중에서도 비교적 예술적 성취도가 높고 민족적 친화력과 연대의식을 환기시키는 작품은 '통일 염원, 자연 풍경에 대한 찬탄, 노동의 신성성 고취, 이성간의 애정, 육친의 정과 선생님에 대한 존경' 등이라고 할 수

---

37 고인환, 「『주체문학론』의 서술체계 고찰」, 『결핍, 글쓰기의 기원』, 청동거울, 2003, 317쪽 참조.
38 김정일, 『주체문학론』, 조선로동당출판사, 1992, 82쪽 참조.

있다.[39] 1990년대 초반의 북한소설 역시 1980년대와 유사하게 다루어지지만, '세대 간의 갈등(1, 2, 3, 4세대 간) 문제'와 '과학기술문제', 남한 사람들의 방북 이후 '조국통일 주제' 등은 새로운 방식으로 다루어진다.[40] 또한 1980년대에 이어 과학환상소설은 '환상의 사유 형식'을 지니고 있으며, 그 환상은 자주적이고 창조적인 인간의 고유한 사유 형식으로 간주된다는 점에서 중요하게 대두된다. 과학적 환상은 허황된 공상이 아니라 미래로 열린 가능성의 사색이므로 과학환상소설은 미래에 대한 동경과 사랑을 갖도록 인민들을 교양해야 하는 특성을 내포하는 것이다.[41]

김일성 사후(1994.7)에 등장한 1995년 북한의 신년사 제목 '위대한 령도자 김정일 동지는 곧 경애하는 수령이시다'와 1996년 북한의 신년사 제목 '붉은 기를 높이 들고 새해의 진군을 힘있게 다그쳐 나가자'에서 알 수 있듯, 북한은 '김일성=김정일'의 공식을 강화하면서 1990년대 중반 이후 '조선민족 제일주의 정신'을 토대로 하여 '붉은 기 정신, 사회주의 3대(사상, 경제, 군사) 진지 강화, 고난의 행군 정신' 등을 강조하게 된다.

그리하여 1990년대 초반 시·소설의 경향이 '사회주의 현실 주제'를 중시함으로써 상대적으로 다양한 내용이었던 데 비해, 유훈통치기인 1990년대 중반에 오면 '수령형상창조'가 '수령형상문학, 추모문학, 단군문학'의 형태로 반복 강화된다.[42] 그리하여 김만영의 서사시 「평양시간

---

39 홍용희, 「북한의 서정시와 민족적 친화성」, 『그날이 오늘이라면』, 청동거울, 1999, 378~393쪽 참조.

40 김재용, 「최근(1990년대) 북한 소설의 경향과 그 역사적 의미」, 『북한 문학의 역사적 이해』, 문학과지성사, 1994, 278~323쪽 참조.

41 황정상, 『과학환상문학 창작』, 문학예술종합출판사, 1993.

42 김성수, 앞의 책, 293쪽 참조.

은 영원하리라」(『조선문학』, 1996.7)와 고난의 행군 정신을 담은 백보흠의 「리별과 상봉」(『조선문학』, 1996.1), 통일 이후 남북한 사람이 함께 일하는 풍경을 그린 한인준의 「찬란한 아침」(『조선문학』, 1995.8), 조수희의 「함장의 웃음」(『조선문학』, 1996.1) 등은 수령결사옹위정신을 강조하는 1990년대 문학의 경직된 표정을 보여준다.

2000년대 북한문학

2000년대 북한문학의 지향점은 조선작가동맹 기관지인 『조선문학』을 검토하면 확인할 수 있다. 먼저 2000년 1월호는 '머리글' 「2천년대가 왔다 모두 다 태양민족문학건설에로!」에서 "사회주의 조선의 시조, 김일성 민족의 시조를 모시고 파란만장의 20세기 가시덤불길을 헤쳐 새 세기를 빛내이는 도약대를 마련한 시대의 영웅적 주인공들을 태양민족문학의 형상 세계에서 빛나는 군상으로 아로새겨지게 하자"라며 태양민족문학을 전면에 내세운다. 21세기의 태양 김정일이 제시한 '강성대국건설'을 향해 태양민족문학으로 매진하자고 독려하고 있는 것이다. 또한 『조선문학』 2003년 1월호는 '머리글' 「조국해방전쟁승리 50돐을 맞는 올해를 선군혁명문학의 성과로 빛내이자」에서 "선군령장이신 우리 당과 인민의 위대한 령도자 김정일동지에 대한 절대적인 숭배심을 간직하고 그이의 사상과 령도에 충실하는 것은 선군혁명문학을 성과적으로 건설하기 위한 근본담보이며 근본비결"이라면서 "오직 장군님의 사상과 의도대로만 창작하고 생활하는 선군시대의 작가로 튼튼히 준비되여야 한다"고 강조한다. 그리고 2005년 1월 1일 북한이 '노동신문, 조선인민군, 청년전위' 등 3개 신문 공동사설 형태로 발표한 신년사를 보면, 제목 '전당, 전군, 전민이 일심단결하여 선군의 위력을 더 높이 떨치자!'라는 구호와 함께 "인민군대의 모범을 온 사회가 본받아야 하"며, 작가들은 "격동적인 오늘의 시대정신을 깊이있게 반영하고 인민들에게 열렬한 조국애를 심어주는 혁명적인 문학예술작품들을 많이 창작하여야 한다"고 강조한다.

이러한 글에서 알 수 있듯 현재 북한문학은 수령이 부재한 공간에서 선군혁명사상을 앞세우며 '당—군—민'의 삼위일체 속에서 김정일에 대한 절대적 충성을 토대로 '태양민족문학, 선군혁명문학'의 기치를 높이 들고 있다. 실제 작품 창작에서는 1980년대 이후 반복되어온 주제들과 거의 변화가 없다. 하지만 사회주의 현실 주제를 다룬 작품, 즉 '청춘 남녀간의 애정문제(김자경의 「사랑의 샘줄기」(『청년문학』, 2002.12) 등), 도시와 농촌의 격차 문제(변영건의 「씨앗의 소원」(『청년문학』, 2002.8) 등), 여성 문제(리승섭의 「삶의 위치」(『청년문학』, 2002.11) 등), 숨은 일꾼의 형상화(윤경찬의 「동력」(『청년문학』, 2003.1) 등), 세대 간의 갈등 형상화(김흥익의 「산화석」(『조선문학』, 2003.3) 등), 과학환상주제(리철만의 「박사의 희망」(『청년문학』, 2002.8) 등' 등에서는 체제(지배담론)와 현실(욕망) 사이의 미세한 갈등과 균열들이 내포되어 있다.

그럼에도 불구하고 주체사상의 우월성을 선전하며 '조선민족 제일주의 정신'을 강조하는 양창조의 「두번째 기자회견」(『조선문학』, 2000.2), 소련의 붕괴 과정을 보여주면서 '선군혁명문학'의 특성을 보여주는 림화원의 「다섯번째 사진」(『조선문학』, 2001.2), 북한의 식량난을 반증하는 과학기술중시의 특성을 보여주는 리성식의 「아지랑이 피는 들」(『조선문학』, 2000.5) 등을 통해 알 수 있듯, 북한은 강성대국건설을 위해 선군혁명문학을 여전히 강조한다.

'선군혁명문학'[43]의 구호적 이데올로기가 압도하고 있는 2000년대 북한문학에서 남한문학과의 접점을 마련하기란 쉽지 않다. 예를 들어 6·15남북정상회담을 배경으로 한 김남호의 중편『만남』(평양출판사, 2001)에서는 6·15공동선언을 취재하러 갔던 남측 기자를 주인공으로 하고 있지만, 김정일의 대가적 풍모에 대한 찬탄, 남측에서의 '김정일 열풍'이 김정일을 지도자로 하여 한반도가 통일될 수밖에 없음을 예견하는 하나의 명백한 단초라고 기술하면서 김정일의 지도력을 극구 찬양한다. 특히 이 소설이 문제적인 것은 실제의 남녘 H기자를 모델로 하고 있다고 작가 후기에 밝힘으로써 소설의 허구성을 실재화하는 우를 범하고 있다는 점에서 드러난다.

---

43 노귀남은 '선군혁명사상'을 현 북한의 지도이념체제로 보고 2001년 들어 본격적으로 선군혁명문학론이 대두되고 있다고 판단한다. 김종회 편, 『북한문학의 이해2』: 노귀남, 「김정일 시대의 북한문학—사회주의 강성대국 건설과 관련하여」, 청동거울, 2002, 151쪽 참조.

남북한 문학의
점이지대 확장을 위하여

북한 사회의 체제 고립과 경제난 속에서도 북한문학은 수령형상과 김정일에 대한 절대적 충성심을 기반으로 하여 당과 군을 앞세운 '당―군―민'의 삼위일체적 일심단결을 내세우며 '강성대국건설'을 향한 '선군혁명문학'의 행보를 지속할 것으로 보인다. 체제 유지 담론이 문학을 지배하는 사회에서 체제에 대한 문학적 이반이 쉽지 않을 것이기 때문이다.

끊임없이 문학적 구호를 생산한다는 것은 그만큼 구호로 추동해내야만 하는 현실적 어려움이 존재하고 있다는 것을 반증한다. 따라서 북한문학의 작품 속을 꼼꼼히 들여다보면 "욕망과 현실 사이에는 상대성이라는 공간이 가혹하게 실력타진을 해보고 있었다"[44]라는 식으로 인물의 내면 갈등을 포착한 부분 속에서 미세한 균열의 흔적을 발견할 수 있다. 특히 북한 단편소설 중 사회주의 현실주제 소설과 과학환상소설에서는 소설 내용 속에서 주인공들의 내면 갈등을 통해 흐릿하게나마 현 시기의 선군혁명사상을 기초로 한 '수령→당(혹은 당―군)→인민'으로 진행되는 수직적 의사소통의 균열 현상을 엿볼 수 있다. 이상(욕망)과 현실(당위)의 갈등 속에 '주체(개인)'가 타자(개인)와 세계를 향해 쌍방향 의사소통을 진행하고자 하기 때문이다. 물론 여전히 이러한 작업은 미미하게 드러날 뿐이다.

---

44 졸고, 「최근 북한의 문예지에 실린 문학작품의 동향」, 『문학사상』, 2002.10.

지금까지 고찰한 내용을 토대로 보았을 때, 남북한 통합문학사는 자기 부정(갱신)의 비판 정신을 내포한 '성찰적 근대성+미적 근대성'의 차원에서 논의되어야 한다고 할 수 있다. 즉 근대성이 지닌 계몽의 빛(이성적 진보)과 그늘(자기 부정)이라는 이중적 양가성에 대한 비판적 성찰과 더불어 문학적 심미성을 결합하여 남북한의 문학을 판단하는 것이다. 그리하여 많은 연구자들이 지적하고 있듯이 '민족문학, 리얼리즘, 실증주의'라는 포괄의 논리 속에 '성찰성과 미학성'의 관점을 도입하면 남북한 통합문학사의 유효한 서술을 진행할 수 있을 것이다. 북한이 전일적 지배담론을 앞세우는 '유격대 국가'[45]식의 '구호주의'에서 벗어날 수 있다면, 그것은 북한문학의 심미적 기능을 복원하는 첫걸음이 될 것이다. 그러므로 북한문학의 체제 중심적 지배담론에 대한 반성과 비판, 자기 갱신의 노력이 치열하게 전개됨과 동시에 남한문학의 상업주의적 논리가 비판적으로 점검될 수 있을 때 비로소 남북한 문학사의 통합 서술이 가능해질 것이다.

—『내일을 여는 작가』, 2005년 가을

---

45 와다 하루끼, 『김일성과 만주항일전쟁』, 이종석 옮김, 창작과비평사, 1992, 316쪽 참조.

II부

그리하여 그의 상상력은 윤리적 금기지대를 넘어 자유로이 비상한다. 하지만 그 상상력의 작동이 헛된 망상이나 환상의 영역으로 초월하는 것은 아니다. 뜨겁게 작열하는 태양을 향해 비상했던 이카루스의 숙명처럼 작가가 미로 같은 현실 세계를 끊임없이 회의하고 도약하려는 욕망을 내면화한 존재이기 때문이다. 그러므로 그의 이야기 속에서는 신화와 전설, 그림과 조각, 영화와 비디오, 국가와 역사, 개인과 우리, 일상과 이데올로기 등의 미시담론과 거대담론 등이 자유롭게 이종교배하면서 '허구 같은 실재'의 소설을 빚어낸다.

요설(饒舌)의 수사학,
무애(無礙)의 풍경 | 박민규론

외로움이 화자를 상상하게 한다

박민규 소설의 요체는 화자의 지독한 외로움에 있다. 그 지독한 외로움은 이 세계가 왜 그토록 고립적 존재감을 야기하는지를 질문하고 상상하게 한다. 즉 외로움은 화자의 자기동일적 정체성과 타자적 존재, 세계와의 관계에 대한 상상적 질문을 가능하게 만드는 중핵적 감정에 해당한다. 지독한 외로움에 절여진 화자는 자신을 둘러싼 세계의 문제적 구성 방식과 내용에 대해 비체계적이고 우발적으로 전개되는 전방위적인 질문을 던짐으로써 독특하고 기발한 대답들을 상상한다. 그리하여 텍스트 내부에서는 자본주의적 현실에 의해 붕괴된 화자의 내면이 지속적으로 그려지고, 그것의 기원이 되는 초라한 가정, 화자를 따돌리는 학교, 소외를 강요하는 사회, 후기자본주의에 물든 타락한 시대, 화자를 배제하는 세계, 개체를 외면하는 인류, 지구를 객관화하려는 우주 등이 화자의 비약적 상상력의 개진 속에서 해체되고 재구성되면서 좌충우돌, 종횡무진, 설왕설래한 널뛰기로서의 사유가 진행된다.

상상력의 수준에서 보면 박민규의 소설은 가볍고 경쾌하다. 그러나 거기에서 그친다면 그의 작품은 대중소설이나 인터넷 소설과 다를 바가 없다. 그의 소설이 보여주는 문제의식은 진중하게 당대의 모순점들을 포착하고 있다. 그런 점에서 그의 형식적 가벼움은 내용적 무거움과 이질적으로 조합되면서 새로운 소설 문법을 형성한다. 그것은 기승전결이라는 논리적 인과성과 서사적 필연성을 필요로 했던 전통 서사에 대한 하나의 반기에 해당한다. 꼬리에 꼬리를 물면서 전개되는 일인칭 화자의 장광설은 때로는 시대의 정곡을 찌르고 때로는 신경증에 걸린 환자의 어법이 되기도 한다. 그리하여 '믿거나 말거나'식 소설의 세계가 빚어진다.

『지구영웅전설』(2003)에서 『삼미 슈퍼스타즈의 마지막 팬클럽』(2003, 이하 『팬클럽』)을 거쳐 『카스테라』(2005)를 지나 『핑퐁』(2006)에 이르기까지 박민규가 그려낸 네 권의 지도는 1인칭 화자의 시점으로 '나와 세계, 나와 지구, 나와 인류, 나와 우주, 나와 후기자본주의'의 관계에 대해 가볍고도 진지하고 무거우면서도 얼떨떨한 질문과 그럴 듯하면서도 아무렇게나 혹은 어쨌거나 그렇고 그렇다는 식의 의뭉스런 대답을 내놓는다. 그러므로 '무규칙 이종소설가'인 박민규의 어투에 빠지면 결코 헤어나올 수가 없다. 아닌 것 같으면서도 끌리고, 끌려가다보면 이런 식은 아닌데 라는 밀고 당김의 거리 조정에서 생겨나는 미묘한 미학적 파장이 그의 매력임을 알게 되기 때문이다.

그의 작품이 걸어온 궤적을 살펴보면 그것이 곧 21세기 한국소설의 새로운 가능성과 방향성에 대한 하나의 존재론적 표정을 보여줌을 알 수 있다. 그러나 김영하가 훔치고 싶은 문장가로서의 박민규의 진일보는 거기에서 멈추지 않는다. 「누런 강 배 한 척」 등의 이후 작품에서 그는 한결 원숙하면서도 진지하게 생을 조망하는 시선을 보여준다. 물론 박민규식 '의표 찌르기'는 여전하다. 그리고 이전 작품들에서 보여준 장광설의 수사학이 내면화되고 있음은 그의 문학세계에 하나의 변화적 징후로 읽을 수 있다. 그것은 2010년도 이상문학상 수상작인 「아침의 문」을 비롯하여 『죽은 왕녀를 위한 파반드』(2009), 『더블』(2010) 등의 장단편소설에서 하나의 일관된 흐름을 형성하고 있기 때문이다. 즉 그의 요설의 수사학이 금기를 경쾌하게 배반하는 위반의 풍경을 견지하면서도 진중한 관점과 표정을 새로이 내포하고 있는 것이다.

미국 중심의
신자유주의적 세계화 풍자
―『지구영웅전설』

박민규의 소설은 화자의 외로움(=소외감)에 주목한다. 박민규의 이름을 처음으로 문단에 알린 『지구영웅전설』에서는 '바나나맨'이라는 화자의 캐릭터 자체가 이종적(겉은 한국계이지만 속은 미국계라는 점에서) 소외의 표상으로 등장한다. 미국의 DC 코믹스가 창조해낸 만화주인공들, 즉 '슈퍼맨, 배트맨, 원더우먼, 아쿠아맨' 등이 '정의의 이름'으로 냉전 시대를 거쳐 미국의 신자유주의적 세계화의 기획을 '영웅'적 강제성으로 전 세계에 전파할 때, 희극적 영웅 캐릭터인 '바나나맨'은 기껏 포즈나 취해야 하는 존재로 그려진다.

박민규식 외로움의 표상인 '바나나맨'은 슈퍼특공대 영웅들에 대한 비판의 주체이자 희극화된 풍자의 대상으로 그려진다. 그는 열두 살(1979년)까지 한국에서 살면서 세계가 '미국과 소련, 남과 북, 청군과 백군, 좋은 놈과 나쁜 놈' 등으로 선명하게 대립되어 있었음을 기억한다. 그 당시 만화의 영웅들은, '폐지 수집하는 아버지와 빌딩 청소일을 나가는 계모' 밑에서 늘 외롭게 혼자 생활하던 화자의 태생과는 전혀 다른 '슈퍼한 존재'들이었기에, 화자는 그들의 권선징악 이야기를 동경한다. 화자는 자신에게 즐거움을 제공해주던 TV가 아버지에 의해 부서지자 '슈퍼맨의 흉내'를 내며 평범한 죽음으로 가장하기 위해 '빨간 보자기'를 목에 묶고, 러닝 가슴팍에 커다란 'S'자를 그려넣고 옥상에서 뛰어내려 자살을 시도한다. 이렇듯 화자의 한국에서의 삶은 혼자서 상상하고 혼자서 결단하고 혼자서 몽상의 세계에 갇혀 지내던 시절로 표상된다.

슈퍼맨에 의해 구해진 화자는 영웅을 꿈꾸지만 '지구의 영웅은 미국 백인'이라는 전제조건을 충족시켜야 하기 때문에 '영웅들의 친구'가 될 뿐이다. 하지만 화자의 캐릭터 회의에서 "겉은 노랗지만 속은 희다"는 이유로 화자는 각종 '포즈'만을 열심히 취하는 '바나나맨'으로 설정되어, 외양은 유색인종이지만 '백인의 영혼'을 지닌 '희극적 영웅'으로 탄생된다. '바나나맨'이 보기에, 냉전 시대에 무력의 논리를 대변하는 슈퍼맨이 '자유세계의 영역'을 넓히면, 세계적 자본의 위력을 표상하는 배트맨이

'국제통화기금IMF과 국제무역기구WTO'로 '통치의 체계'를 세우고, 그 다음에 원더우먼이 섹스에너지를 높여 '정의의 정착'을 이끌며, 통조림형 복제인간 '아쿠아맨'은 자유경제의 무역과 협상을 통제하는 바다의 왕자로, 거대한 네트워크를 형성한다. 이렇듯 '슈퍼맨, 배트맨, 원더우먼, 아쿠아맨' 등은 자신만의 독특한 캐릭터 파워로 미국 중심의 신자유주의 질서를 세계적으로 강요하는 세계화의 첨병 역할을 수행한다.

2001년 9월 12일 한국에서 평범한 영어강사로 살아가던 '바나나맨'은 한국이 '세계화를 향한 거대한 열기와 에너지'에 둘러싸여 있음을 자랑스러워한다. 그러나 어제 발생한 9·11 테러 이후 '제3세계 민족주의'라는 새로운 적들이 나타났다고 말하는 슈퍼맨 앞에서 바나나맨은 자신의 '토킹, 고민, 친구, 차밍, 분노, 환희' 등의 포즈를 취해보며 여전히 '포즈는 자신의 삶 자체'라고 포즈적 삶을 만족해 한다. 이렇게 보면, 어쩌면 우리들은 미국 영웅들이 활보하는 시대에 포즈나 취하면서 살아가는 '바나나맨'일지도 모르는 것이다.

『지구영웅전설』은 '슈퍼맨의 무력, 배트맨의 세계적 자본력, 아쿠아맨의 무역 협상력, 원더우먼의 성욕 장악력' 등을 통해 '슈퍼특공대'가 미국의 제국주의적 이데올로기를 대리 실현하고 있음을 풍자한다. 특히 자살하려던 한국 소년을 데려다가 풍자와 비판의 이중적 주체인 '바나나맨'으로 분장시켜 희극적 영웅의 자세만을 취하는 인물로 형상화한 것은 미국과 한국의 현재적 관계에 대한 비판적 성찰을 유도한다. 미국의 슈퍼한 존재들은 슈퍼하지 않은 존재들을 소외시키거나 악의 무리로 배제하면서 그들만이 슈퍼해야 함을 강조한다. 이것이 박민규가 진단한 신자유주의적 세계화의 표상인 것이다.

'프로'와 '소속'으로 강제된
약육강식의 시대 비판

—『팬클럽』

박민규 소설의 화자는 프로의 시대에 프로에 소속되기를 거부하는 자 의식이 강한 '아마추어'여서 여전히 소외된 외로움에 허덕인다. 바나나 맨처럼 포즈만 잡는 우스꽝스러운 존재였던 화자가 이제 '프로 스포츠' 를 통해 프로의 이데올로기가 전면화되던 시대에 '아마추어 같은 프로팀' 을 사랑한 나머지 짙은 외로움과 고립감 속에 빠져 들어가게 된다.『지구 영웅전설』이 제국의 영웅들이 만들어낸 '신자유주의적 표상'의 허구성에 대해 키치적 상상력을 통해 풍자적으로 접근하고 있다면,『팬클럽』은 인 생의 축소판인 프로야구의 탄생과 변천사를 주목한다. 그 중에서도 전무 후무한 불멸의 기록을 프로야구사에 남긴 '삼미 슈퍼스타즈'의 이야기를 매개로 '프로'라는 이름으로 제공된 신약육강식의 후기자본주의 시대를 읽어낸다. 그리하여 박민규는 "1할 2푼 5리의 승률로 / 세상을 살아가는 모두에게 / 그래서, 친구들에게" 이 텍스트를 선사한다. 8번 정도의 전투 를 치를 때 가까스로 한 번 정도를 이기면서 삶을 겨우 버텨내는 '88만원 세대'로 통칭되는 구체적인 독자들을 향해『팬클럽』은 막무가내인 것 같 지만 상당히 잘 가공된 화려한 수사로 직구와 변화구를 섞어 던지듯 비판 과 위로를 뿌려댄다. 그리하여 1할대의 승률 혹은 1할대의 타율로 힘겹 게 세상을 읽어가는 존재들에게 공감 어린 위무를 보내고자 한다.

<그랬거나 말거나 1982년의 베이스볼>에서는 전국의 모든 어린이들이 '국민교육헌장'을 줄줄이 암기해야 하는 시절, 느닷없이 아마추어와 프로페셔널을 이분하는 세계가 1982년에 이르러 새로이 펼쳐짐을 주목한다. "어린이에겐 꿈을! 젊은이에겐 낭만을!"이란 구호로 1982년 3월 27일 개막된 프로야구는 이제 바야흐로 '프로의 시대'가 시작되었음을 선포한 것이다. 그리하여 이제까지 별 생각 없이 세상을 '아마추어식'으로 살아오던 사람들은 놀랄 수밖에 없다. '이젠 프로만이 살아남는다 / 난, 프로라구요 / 프로의 세계는 약육강식의 세계 아닙니까? / 하루빨리 프로가 되게 / 허허, 이 친구 아마추어구먼 / 맛에도 프로가 있습니다 / 이러고도 프로라고 말할 수 있나? / 프로의 정식 명칭은 '프로페셔널'이다 / 프로는 끝까지 책임을 진다 / 그녀는 프로다, 프로는 아름답다 / 프로주부 9단' 등의 '프로 광고'가 넘쳐나는 시대가 도래한 것이다. 이제 '아마추어'는 낡은 것, 덜 떨어진 것, 모자란 것, 부족한 것, 순진한 것, 뒤처진 것, 추한 것 등의 표상으로 존재한다. 이제 도태될 것인가, 프로로 살아갈 것인가의 기로에 사람들을 서게 만든 것이 바로 '프로'라는 화두인 것이다.

그러나 개막 이후 1985년 6월 21일 인천 홈 구장에서의 마지막 경기까지 3년여의 기간 동안 패배의 화신이었던 삼미는 전혀 프로적이지 않게 "치기 힘든 공은 절대 치지 않고, 잡기 힘든 공은 절대 잡지 않"는다는 식의 '평범한 야구'를 지향한다. 그러므로 삼미를 사랑한 화자는 삼미처럼 "프로의 세상에서 아마추어를 사랑한 죄"로 인해 프로를 동경하는 존재들로부터 멸시와 조롱을 받는다. 이미 삼미 같은 아마추어 팀은 '프로의 시대'에 '프로'라는 강제적 기표에 의해 장례를 치르고 무덤 속으로 사라져야 하는 '아마추어적 존재'였던 것이다.

<그랬거나 말거나 1988년의 베이스볼>에서 대학생이 된 화자는 자신이 삼미 팬클럽이어서 열패감에 빠질 수밖에 없었듯, "소속이 인간을 바꾼다"라는 명제를 실감하며 '우리'라는 공동체 담론에 대해 질문한다. 그리고는 운동권 리더들이 모두 일류대 소속이라는 사실을 알게 되면서 '혁명'에 있어서도 '우리'라는 소속이 중요하다고 판단한다. 하지만 군인 출신 노태우의 대통령 당선은 6월 항쟁에서의 '우리'와 대통령 선거일의 '우리'가 '같은 우리인지 아닌지'를 질문하게 만든다. 결국 '우리'의 개념이 이현령 비현령 식으로 얼마만큼 추상적이고 모호할 수 있는지가 드러난다. 교육의 목표 역시 '소속'을 구별하는 데 있었다는 비밀을 깨달은 화자는 소속의 진일보를 위해 일류대 경영학과에 입학한다. 하지만 화자가 '삼미 슈퍼스타즈'라는 "'최하위'의 심리적 문신을 지닌 거의 유일한 인간"이기에 대학에서도 정체불명의 이질감을 확인할 뿐이다.

<그랬거나 말거나 1998년의 베이스볼>에서 화자는 '삼미 슈퍼스타즈의 스포츠가방'을 신앙처럼 여기는 조성훈으로부터 삼미가 '예수 그리스도'처럼 프로의 세계에 적응하지 못한 모든 아마추어들을 대표해 모진 핍박과 박해를 받은 것이라는 그야말로 가공할 만한 가공의 이야기를 듣는다. 성훈은 세상을 박해하는 것은 총칼이 아니라 프로이며, 미국으로부터 프로와 섹스를 들여온 1982년에 프로화에 힘을 쏟던 정권의 술책을 눈치 챈 삼미 슈퍼스타즈가 프로의 정신("프로는 약육강식의 세계이다, 프로만이 살아남는다")을 버리고 '야구를 통한 자기 수양'의 결과로 자신의 야구("치기 힘든 공은 치지 않고, 잡기 힘든 공은 잡지 않는다")를 완성한 것이라고 판단한다. 그리하여 성훈은 삼미 슈퍼스타즈의 마지막 팬클럽을 다시 만들고, 단 한 번이라도 삼미 슈퍼스타즈의 아마추어 같

은 야구를 9명의 선수가 함께 해보려고 한다. 그리하여 1999년 봄 '삼미 슈퍼스타즈(를 지향하는 마지막 팬클럽)'와 '프로 올스타즈(를 지향하는 대기업 아마추어 야구단)'가 격돌하게 된다. 그러나 두 팀의 경기는 구성원들의 면면처럼 서로 다른 룰로 진행된다. '팬클럽' 회원들에게 승패는 상관 없다. 대기업의 프로 올스타즈 야구인들과는 다르게 적극적으로 이길 의사가 전혀 없는 순수 아마추어 야구인이었기 때문이다. 사실 '팬클럽' 회원들은 대부분 세상에서 낙오되었거나 세상에서 밀려난 외로운 존재들이다. 그들은 프로의 시대에 어울리지 않으며, 전혀 프로답지 않게 프로에 물들지 않은 아마추어들인 것이다.

『팬클럽』은 프로의 시대에 진입하지 못한 아마추어들을 애도한다. 일류에 소속되지 못한 이류적 혹은 삼류적 인간들에게도 조상을 표한다. 그리하여 '프로'와 '소속'이 강제하는 규격화된 질서에 대한 도발적이고 유쾌한 상상의 쿠데타를 감행한다. 박민규는 영원히 프로의 세계에도 일류의 세계에도 진입하지 못하는 삼미 정신의 소유자들의 재기발랄한 상상력을 위무한다. 그들이 신자유주의 시대에 소외된 노동자로 살아가면서 실직자나 구직자, 비정규직 노동자, 아르바이트 학생, 88만원 세대 등으로 이름을 달리 하며 여전히 우리 곁에 자리하고 있기 때문이다.

후기자본주의 시대의 소외된 타자들

―『카스테라』

　박민규 소설의 화자는 여전히 외로움의 화신들이다. 단편집『카스테라』의 표제작인「카스테라」에서는 냉장고와 친구가 된 최초의 인간이 화자일 정도로 지독한 외로움을 표명한다. 냉장고와의 친구 되기는 냉장고의 전생이 훌리건이었을 것이라는 짐작에서 시작하여 냉장고를 인격이라고 생각하면서 구체화된다. 그리하여 냉장의 세계를 공부하기 시작한 화자는 냉장고가 강한 발언권을 가졌으며, 냉장의 역사는 부패와의 투쟁의 역사이고, 인류 최초의 냉장고는 지구이며, 20세기는 환상적인 냉장의 시대인데, 냉장의 세계에서 본다면 우리가 발 디디고 살고 있는 이 세계는 얼마나 부패한 것인가라는 질문까지 확대된다. 이쯤되면 화자의 외로움이 얼마나 지극한지 알 수 있다.

　화자의 몽상은 이제 냉장고와의 친구 되기를 넘어 환상의 영역에 가닿는다. 그리하여 친구인 냉장고 안에 '소중한 것과 해악이 될 만한 것(예를 들어 미국이나 코끼리)'을 무작정 집어넣기 시작한다.『걸리버 여행기』를 시작으로 소중하고도 해악적인 존재인 '아버지'와 어머니에 이어 미국과 중국을 집어넣는 등 화자는 한 세기를 냉장고 안으로 정리한다. 그리고는 세기의 마지막 날 밤에 "다음 세기에는 모든 인간들을 따뜻하게 대해야"겠다고 결심한다. 그리고 21세기의 첫날 화자는 "모든 것을 용서할 수 있는 맛"을 지닌 따뜻하고 부드러운 냉장고 속 카스테라를 썹으며, 외로움과 슬픔과 쓸쓸함과 괴로움이 복잡하게 담겨 있을 '개인적

이고 시대적인 눈물'을 흘린다. 화자의 외로움이 화자를 제외한 대부분의 세계를 냉장고 속 카스테라로 압축 정제해 눈물로 승화해낸 것이다.

　화자의 외로움은 너구리, 기린, 개복치 등의 동물을 호출한다. 동물적 존재감이 인간이라는 동물을 반성케 하는 매개 감각에 해당하기 때문이다. 그리하여 「고마워, 과연 너구리야」에서는 너구리가 등장한다. 너구리 오락에 빠졌다가 인간이 너구리로 변하는 세상에서, 부장으로부터 원치 않는 남색을 당한 뒤 화자는 '즐거움 그 자체'인 너구리에게 등을 밀리며 행복한 눈물을 흘린다. 자신과 너구리가 이종 교배적 교감을 나누기 때문이다. 어쩌면 우리네 인생은 너구리 오락처럼 <스테이지 23>인 가상 세계에서 다음 스테이지를 기다리고 있는 과정에 불과할지도 모르는 것이다. 너구리와의 교감과 인생에 대한 통찰은 「그렇습니까? 기린입니다」에서 기린과의 대면으로 이어진다. 상고생 화자는 돈을 벌기 위해 오전에는 시간당 3천 원에 전철 푸시맨, 점심에는 시간당 1천5백원의 주유소 알바, 밤에는 시간당 1천원의 편의점 알바 등을 전전한다. 전철 승객을 사람이 아니라 화물 같은 것으로 생각하라는 선배의 이야기나 정원 180명의 차에 400명이 타야 하는 현실은 "이런 곳에서 왜 고작 이따위로 사는 걸까"라는 절망스런 생존의 이유를 질문하게 한다. 화자는 흔들리는 삶과 세상에서 기린을 아버지로 확신하면서 기린에게 그간의 이야기를 털어놓지만, 기린은 "그렇습니까? 기린입니다"라고 엉뚱하게 대답할 뿐 위로나 대안을 제시하지 못한다. 물론 표면적으로만 그러할 뿐 이면적으로 보면 '기린 아버지'에 대한 자기 고백은 이미 치유의 한 방편이 된다. 어쨌든 "누구나 자신만의 산수^{算數}가 있다"라는 화자는 도무지 산수가 되지 않는 세상에서 알바를 전전하며 종이 다른 기린과 서로 다른 언어로 이야기하며 생존과 생계를 위한 존재론적 고투 속에 외로움의 화신이 되어 가는 것으로 그려진다.

친구 같은 너구리와 아버지 같은 기린에 이어 개복치 같은 지구로 화자의 상상력은 확대된다. 화자의 외로움이 극에 달하면「몰라 몰라, 개복치라니」에서처럼 스무 살에 지구를 한번 떠나보자고 결심하게 된다. 특별한 이유가 있어서가 아니라 그저 이 세계가 너무나 '그렇고 그렇다'는 생각이 들어서이다. 이미 세계는 어떤 거짓말을 해도 그렇고 그렇게 들릴 만큼, 그렇고 그런 곳이 되었다고 생각하는 화자는 지구의 나이가 45억 년이고 인류의 나이가 300만 년이며 자신의 나이가 스무 살이기에 지구와 인류에게 심한 세대 차이를 느낀다. 하지만 자본주의의 나이는 고작 400년이기에 세대 차이를 별로 느끼지 않는다. 그래서 자본주의와 인류와 지구를 객관화하기 위하여 9호 구름을 타고 지구를 떠난 화자는 지구가 전혀 둥글지 않았고 아주 납작한 거대한 개복치와 흡사함을 우주에서 확인한다. 화자의 외로움은 '지구, 인류, 자본'이라는 거대 담론을 응시하면서도 전혀 위축되지 않은 채 축소 지향적 상상력을 작동하여 지구를 하나의 물고기로 치환하게 만드는 생산적 힘으로 작동하고 있는 것이다.

화자의 외로움은 후기자본주의 시대의 자본의 흐름에서 소외되거나 배제된 존재들이 지니는 공통된 통각痛覺이다. 「아, 하세요 펠리컨」에서는 자살하기 딱 좋은 한적한 유원지를 배경으로 '오리배'를 타며 세계를 유랑하는 제3세계 실직자와 구직자들의 삶이 풍자된다. 비행기나 배를 탈 수 없는 사람들이 타는 것이 '오리배'이고 해외로 일자리를 찾아다니는 사람들이 모여 '오리배 세계시민연합'이 탄생되었다는 식의 표층적 이야기가 황당무계한 듯 이어지지만, 그 밑바탕에는 실직자들을 양산하는 현실 사회의 신자유주의적 분위기에 대한 비판적 성찰이 깔려 있다. '저렴한 인생'으로서의 삶을 강요하는 것은 어느 한 민족이나 국가에만 해당하는 문제가 아니라 '오리배'를 애용할 수밖에 없는 '제3세계의 세계시민적 난민'들의 보편 문제에 해당한다. 이러한 이주적 현실은 신자유주의적 세계화가 빈곤의 문제를 해결하기 힘들 정도로 빈부의 양극화 체제를 가속화하고 있음을 보여준다. 이러한 신자유주의 시대의 경제 현실에 대한 비판은 「야쿠르트 아줌마」에서 『농담 경제학사전』으로 세상을 야유하거나 「코리언 스텐더즈」에서 운동권이었다가 농촌에 투신한 '기하형'의 실존적 외로움에 대한 응시로 이어진다. 화자는 누구나 아는 단어이면서 실제로는 그 의미를 그 누구도 전혀 모르고 있는 것이 '농촌과 운동권'이라고 파악한다. 더구나 이 두 단어가 결합된 존재인 '기하형'이 농촌에서 외계인의 습격을 받고 있는 기괴한 모습은 '인간은 서로에게 누구나 외계인'일 수밖에 없는 불편한 진실을 폭로한다. 서로가 서로에게 외계인이라는 인식은 부조리한 현대 사회의 관계론적 단절을 풍자하는 상상적 진실에 해당하는 것이다.

난민이 되거나 외계인의 습격을 받는 존재는 있으면서 없는 듯 유령 같은 흐릿한 존재감을 지닐 뿐이다. 심지어 「갑을고시원 체류기」에서의 화자는 고시원에서 소리를 내지 않고 정숙한 채 지내는 데에 익숙해질 수밖에 없던 '묵음적 존재'로 그려진다. 화자는 '몸에서 사람의 귀가 자라는 쥐' 뉴스를 보다가 1991년에 가족과 떨어져 홀로 지냈던 '갑을고시원'을 떠올린다. 폭이 40센티미터가 될까 말까 한 복도에 관 같은 사이즈의 고시원 방에서 사람이 살 수 있을까란 질문을 받으며 외로움을 느꼈던 화자는 1센티미터 두께의 베니어판 사이에서 소리를 내지 않는 '침묵

의 인간'이 된다. 고시원에서 인간이 혼자서 세상을 사는 게 아니기 때문
에 역설적으로 혼자라는 사실을 느낄 수밖에 없던 화자는 "인간은 누구
나 밀실에서 살아간다(=죽어간다)"는 사실을 위안 삼는다. 어떤 존재에
게는 인생을 사는 것 자체가 고시를 패스하는 것보다 힘들게 느껴진다는
존재론적 진실을 그곳에서 알게 되었기 때문이다.

단편집『카스테라』는 박민규의 서사적 외로움이 각개 약진하며 빚어
낸 '달콤쌉싸름한 고통의 빵'이다. 그것은 20세기의 고통과 환희, 소외와
연민을 압축한 응축물에 해당한다. 박민규의 이종교배적 상상력은 '비현
실적 현실의 현실적 문제'를 의미화하는 데에 주력한다. 그것은 거짓과
진짜, 크기의 대소, 윤리적 금기와 위반의 충동, 시간의 축소와 확대, 인
간과 동물, 동물화된 인간과 인간화된 동물의 이종성, 허구와 실재 등의
대립항들을 넘어서는 '초과적 상상력'을 통해 모순을 극대화하고 있다.
그리고 앞으로도 그의 도발적 상상력은 제도화된 금기를 넘어 위반의 상
상 공간으로 탈주하면서 진화할 것이다.

요설의 수사학

—『핑퐁』

여전히 박민규의 소설은 지극한 외로움의 결과물이다.『팬클럽』이
'야구'를 화두로 세계를 독해했듯『핑퐁』은 따돌림을 당하는 두 중학생

을 내세워 '탁구'로 세계를 해석하면서 자유로운 상상력의 활용으로 사유의 널뛰기를 진행하며, 허구와 사실, 거짓과 진실의 경계를 단숨에 넘어버린다. 박민규는 개인과 전체, 개체와 인류, 지구와 우주, 매맞는 아이와 때리는 아이 등의 문제들을 뒤섞어 '벌판의 탁구대'로 독자를 안내한다. 탁구대로 안내된 이상 독자는 인류를 대표하는 기계적 감각의 낮새와 밤쥐들과 복식의 탁구 경기를 치러야 할지도 모른다. 그리고 경기가 끝난 후 '못과 모아이'처럼 인류를 유지할 것인지 언인스톨할지를 결정해야 할지도 모른다.

'못과 인간의 중간 정도'의 존재감으로 이미테이션 같은 느낌 속에 살아가는 화자는 아무 잘못도 없는데 친구들이 말을 걸지 않아서 친구가 없다. 더구나 '다수결多數決의 논리'가 통용되는 세계에서 따돌림을 당하는 것도 다수결이며 누구나 '다수인 척'하면서 평생을 살아가기에, 화자역시 "따 같은 거 당하지 않고, 누구에게도 피해를 주지 않고, 다수인 척 세상을 살아가"고 싶은 꿈을 지녔지만 그렇게 되지가 않는다. 그러므로 화자는 "인류라는 전체가 개인을 굽어보기에는 개인이란 개체가 너무나 많"으며, 한 사람의 인간은 인류와는 전혀 다른 생물이며, 개인은 세계로부터 배제되어 있고, 특히 따돌림을 당한다는 것은 소외가 아니라 배제되는 것이며, 살아간다는 것이 실은 인류로부터 계속 배제되어가는 것이라고 생각하게 된다. 개인과 인류, 개인과 세계, 배제와 소외, 삶과 배제 등의 대립항적 세계인식은 개인의 소외와 배제를 양산하는 현대 사회의 모순을 풍자하고 있는 것이다. 결국 이 모든 소외와 배제를 강요하는 '인류'는 화자에게 두려운 존재감으로 각인된다. 그렇기에 화자는 "60억이나 되는 인간들이 / 자신이 왜 사는지 아무도 모르는 채 / 살아가는 거잖

아요 / 그걸 용서할 수가 없어요"라고 작은 소리로 '밤말을 듣는 쥐, 중간자, 탁구계의 간섭자'인 세끄라탱에게 말하는 것이다.

화자가 인류에 대해 불신하듯 모아이 역시 거대한 우주의 빈 공간을 상상하며, 지구나 우리 같은 것이 정말 있기나 한 것인지, 우리도 200km 떨어져 있는 탁구공 같은 것은 아닐지, 보이지도 않는 존재들인데 왜 이렇게 노력하며 힘든 삶을 살아야 하는 것인지, 왜 우리는 생존해야 하는 것인지, 우린 왜 인간인 것인지를 자문하며, 건강하게 탁구를 치면서 생존해야 한다고 생각한다. 세끄라탱으로부터 좋든 싫든 인류의 대표와 탁구 시합을 벌여서 생태계의 현재 폼을 유지할 것인지 아니면 포맷할 것인가를 결정지어야 한다는 이야기를 들으며, 화자와 모아이는 "너와 나는 세계가 <깜박>한 인간들"이라는 결론을 내리게 된다. 결국 핑퐁 시합이 인류가 깜박해버린 존재와 절대 깜박하지 않을 존재 사이의 전쟁이 된 셈이다. 11점 7세트 4선승제의 지리멸렬하고 더없이 지루한 랠리가 시작된 이후 인류의 대표인 쥐와 새의 과로사로 시합이 끝나고, 화자와 모아이에게 결정권이 돌아온다. 현실 세계에서의 일상을 떠올리던 화자는 새삼스럽게 모든 건 추측일 뿐 인류에 대해 아는 게 하나도 없음을 느끼며, 모아이와 함께 언인스톨(포맷)에 고개를 끄덕인다. 결국 그토록 인류로부터 집단 따돌림을 당하던 '화자와 모아이'는 인류가 제거된 더없이 고요한 세계 속에 살아가게 된다. 그리고 모아이는 열심히 스푼을 구부리고 화자는 학교를 열심히 다녀보려 결심하며 인류의 멸종 이후에도 심각한 통증 없이 작품은 무심한 듯 종결된다.

친구들로부터 집단 따돌림과 무자비한 폭력을 당하는 '못과 모아이'라는 별명의 두 중학생의 이야기로부터 시작된 이야기는 인류의 언인스톨(포맷)로 귀결된다. 인류로부터 배제당하던 소년 둘이 인류를 제거해 버린다는 설정, 이 설정 자체는 수학적 논리에서 접근하면 허무맹랑해보 이지만 뒷맛은 그렇게 간단하거나 개운치가 않다. 지금 이 도시의 어딘 가에서도 이 소년 둘처럼 희미한 존재감으로 살아가는 아이들이 있을 것 이며 인류에 대한 적개심을 내면화한 존재가 있을 수 있기 때문이다. 그 들이 인류를 제거하기 이전에 그들과 핑, 퐁, 하며 대화를 시도해야 한다 고 작가는 외로움에 깊이 빠져 있는 독자에게 성찰과 공감의 메시지를 보내고 있는 것이다.

실존의 내면 풍경, 반전의 서사

—「누 런 강 배 한 척」

　박민규의 화자는 여전히 외롭다. 그러나 「누런 강 배 한 척」(『문학사 상』, 2006.6)에 이르면 외로움의 실체가 그 이전과는 달라 보인다. 그것 은 기존 작품에서의 1인칭 화자들이 어린 소년이거나 미성숙한 성인으 로 그려졌지만 이 작품에서는 환갑에 이른 노인이 화자로 설정되었다는 점에서 기인한다. 그리하여 현실 비판의 풍자적 잣대가 작용하기보다는 노년의 화자를 통해 실존의 무늬를 성찰하는 데에 초점이 놓여진다. 이 작품은 자식이 둘이나 있음에도 불구하고 가산을 정리하고 치매에 걸린 부인과 함께 자살여행을 떠나는 환갑의 화자(김인호)가 삶과 죽음에 대해 진지하게 조망하는 데에 무게감이 실려 있다. 그리하여 '우리는 어디로 향해 가는가? 우리네 인생이란 것이 얼마나 초라하고 보잘것없이 반복되는 것인가?'라는 대답 없는 질문이 작품 내내 계속된다. 그러다가 결말부에서는 서사가 반전되어 치매 걸린 부인의 억압된 성욕이 마사지사에 의해 표출되는 것으로 그려진다. 인생은 그렇게 반전의 한 장면을 무의지적 본능으로 내장하고 있는 것인지도 모른다.

정년 퇴직 이후 치매에 걸린 아내 대신 1년 전부터 전적으로 가사를 책임지게 된 화자는 병원에서 적어도 90세까지 살겠다는 말에 절망한다. "소소하고 뻔한, 괴롭고 슬픈 하루하루를 똑같은 속도로 더디게 견뎌야 하는" 앞으로의 30년 생을 살고 싶지 않기 때문이다. 그리하여 이제 그만 '누런 강'처럼 불빛이 흐르는 도시의 도로를 '한 척의 배'처럼 건너고 싶어서, 6개월 동안 수면제를 모으고 아내와 함께 한 달 일정으로 생의 마지막 자살여행을 떠난다. 호텔에서 화자가 수면제를 털어넣으려던 순간 젊은 마시지사의 우연한 방문을 받는다. 일종의 성적 서비스를 한다는 사내로부터 생의 처음이자 마지막이 될 마사지를 받던 아내는 연거푸 욕정에 겨운 낮은 신음소리를 지른다. 마사지 후 샤워를 마친 사내와 화자가 캔맥주로 건배를 하면서 작품은 종결된다. 자살여행이 치매 아내의 성욕 확인으로 종결되는 상황은 진지한 내면 풍경에의 탐색이 끝나는 지점에 박민규식 반전이 도사리고 있음을 보여준다. 하지만 죽음충동과 사랑충동은 성본능의 두 얼굴이라는 섬에서 화사 부부의 사살 여행이 욕망의 본질을 확인하는 마무리 여행이 되었음은 분명해 보인다.

한밤중에 도시의 자동차 불빛을 보며 인생이라는 긴 강 위에 홀로 선 배 한 척처럼 노년에 이른 퇴직자에게 인생은 그렇게 고독한 존재감으로 다가온다. 더 이상 생의 굴곡을 느낄 수 없는 환갑의 퇴직자에게 하루하루 쳇바퀴 돌 듯 똑같은 일상이 밋밋하게 존재할 때, 사람은 누구나 자신이 그저 막막하게 떠 있는 '배 한 척'에 불과함을 자인하게 될지도 모른다. 이렇게 심각한 포즈를 취하며 죽음의 그림자를 전면에 내세우던 소설은 말미에 이르러 호텔 침대 위에서 젊은 사내의 마사지를 받으며 낮은 신음을 토해내는 치매 걸린 아내를 배 한 척으로 묘사한다. 그리고 아내에게 단 한 번도 그렇게 정성스레 마사지해주듯 인생을 살아오지 않은 화자는 시원한 맥주 한 모금을 씁쓸하게 넘길 뿐이다.

「누런 강 배 한 척」은 노년의 묵중하고 허허로운 시선을 잘 빚어낸 작품이다. 생의 주변을 정리하고 똑같은 생의 반복이 무서워 스스로 자살하려고 여행을 떠나는 화자의 심정이 고요한 묵상의 표현으로 빛을 발하고 있기 때문이다. "취객 같은 봄볕"이라거나 "내린 인간의 부피만큼 또 봄볕이 자리를 차지한다"라는 묘사는 박민규가 단순히 비루한 현실을 과장하거나 가벼운 농담과 조롱의 어법으로만 일관하는 작가가 아님을 증거한다. 이 작품은 박민규식 농담이 실존적 내면 풍경의 진지함으로 착색되고 있음을 보여준다. 가벼운 몽상의 언어에서 진지한 탐색의 수사학으로 그의 중심축이 이동하고 있는 것인지도 모른다. 이 작품이 박민규 소설의 변화를 예중하는 하나의 신호탄이 될 것임은 분명해 보인다. 그리고 그것은 장편소설『죽은 왕비를 위한 파반느』(2009)와 두 권의 단편집『더블』(2010)에서도 확인된다. 이 작품들은 여전히 박민규가 진지성과 유쾌함, 무거움과 가벼움, 아름다움과 더러움, 비대함과 왜소함, 연민과 동정 등의 양면적 대립항들을 자유왕래하는 '별종적 상상력'의 소유자임을 보여준다.

—『이효석문학상작품집』, 2007

나르시스트의
이종적 상상력

김영하론

1990년대적
나르시스트의 탄생

　김영하는 1990년대를 대표하는 키치적 상상력과 개인주의적 감수성의 작가이다. '개인주의적 감수성'이란 이데올로기적 저항 같은 담론적 중압감으로부터 자유로워진 1990년대적 시공간의 세례를 받은 작가의 개성적 상상력을 특성화하는 표현이다. 그것은 등단 이후 지금까지 '나르시스트적 상상력'을 동원하여 자아와 세계를 분석하고 종합해온 김영하를 호명하는 여러 명명 중의 하나일 수 있다. 시대적 중압감으로부터 자유롭게 탈주하는 개인을 중심에 놓고 각종 억압과 금기로부터 탈주하는 존재들의 상실감을 추적하여 타자와 세계를 해석하려는 욕망이 김영하의 서사를 관통하는 작가적 전략인 것이다.

김영하 서사의 특징은 이질적인 두 인물이나 대상 간의 공통점과 차이점을 진술하는 유추적 방식을 작품 곳곳에서 활용함으로써 '개인적 감수성'을 우선적으로 표출하는 90년대적 표정을 선취하는 데에 탁월한 능력을 발휘하는 것에서 드러난다. 이를테면 「전태일과 쇼걸」에서 쇼걸과 전태일의 공통점을 "혼자 보기에 좋은 영화"(『호출』)라고 진술하는 것에서 확인된다. '아름다운 청년' 노동자 전태일이 내포한 1970~1980년대적 상징과 '쇼걸'이 표상하는 할리우드 에로티시즘의 1990년대적 상징을 접합하면서 '집단성'의 상징과 '성욕'의 상징을 개인적 감수성의 대상으로 환원함으로써 새로운 '90년대적 독자성의 이미지'를 가공하고 있는 것이다. 즉 민족, 통일, 민주, 노동, 해방, 혁명 등의 담론을 거치며 80년대를 치열하게 관통해온 거대 담론적 존재들의 90년대적인 미시적 존재감을 '쇼걸의 상징성'과 이종교배함으로써 90년대적 존재들의 망연자실한 표정을 일거에 획득하고 있는 것이다.

이렇듯 키치적 상상력을 내장한 김영하는 등단작인 「거울에 대한 명상」(1995)에서부터 『오빠가 돌아왔다』(2004)에 이르기까지 쾌도난마식의 자유로운 상상력과 속도감 있는 문장의 활용으로 영상 세대의 감각적 서사 독법을 제시한다. 특히 작가가 지속적으로 탐구해온 주제는 나르시시즘과 탐미적 죽음에 대한 성찰, 에로스와 타나토스 사이를 길항하는 주체의 욕망, 남루하고 무료한 현대적 일상에 갇힌 소외된 존재에 대한 재기발랄한 천착 등이다. 뿐만 아니라 개인의 일상성과 시대적 중층성을 길항하는 주체의 궤적을 추적하는 김영하의 서사적 도정은 장편소설 『빛의 제국』(2006)과 『퀴즈쇼』(2007), 단편집 『무슨 일이 일어났는지는 아무도』(2010)에서도 이어진다. 일상의 남루함(개인성)과 분단 체제의 모순

(시대성)을 하나의 인식틀에 두고 분해해보려는 작가적 욕망은 '나르시스트적 상상력'이 여전히 현재 진행형 작가의 서사적 전략임을 보여준다.

죽음을 관조하는 허무의 수사학
—『나는 나를 파괴할 권리가 있다』(1996)

　『나는 나를 파괴할 권리가 있다』(이하『나는 나를』)는 출구 없는 삶의 비상구로 기능하는 '죽음'을 강제하는 현대 사회의 아포리아를 형상화한 현재적 우화에 해당한다. 소설가인 화자의 직업을 '자살안내업'으로 설정한 작가의 전략은 '나르시스트적 상상력'으로 확대되어 자기애적 욕망의 다른 이름이 자기파괴적 충동임을 보여준다. 뿐만 아니라 2편의 그림인 <마라의 죽음>과 <사르다나팔의 죽음> 이야기를 서사의 전후에 배치함으로써 이 작품이 '자기애'와 '자기 파괴'라는 충동의 상승 작용을 통해 탐미적 죽음에 대한 알레고리적 텍스트가 될 것임을 암시한다. 작가는 자살안내업자이자 소설가인 화자를 중심으로, 총알택시운전수 K(동생), 비디오설치작가 C(형), 섹스 중독자 유디트(세연), 에비앙, 행위예술가 미미 등을 통해 실존적 죽음에 직면한 존재의 허무한 삶의 표정을 포착한다. 작품은 현실세계가 죽음마저 텔레비전으로 생중계할 정도로 일종의 포르노그래피처럼 선정성이 강조된 공간임을 주목한다. 이렇게 "허구로 가득한 세상"(61쪽)은 어떠한 개별적 주체에게도 타인들로부터 구원을 보장받을 수 없도록 만든다. 소설 속 인물들이 '지금 여기'를 벗어나 '다른 세계'를 상상해보고 실제로 여행도 해보지만, 멀리 떠나도 인생은 별반 다를 바 없는 것으로 여겨지기 때문이다. 시뮬레이션만이 가능한 현실 세계에서 낭만이나 생기는 전혀 탐색되지 않는다. 그저 도저한 허무주의만이 팽배해 있는 것이다.

고객들의 무의식적 욕망으로서의 자살 충동을 추출해내는 자살안내업자 화자는 죽음과 예술의 관계를 냉소적으로 대비한다. 이를테면 다비드의 <마라의 죽음>을 보면서 '건조함과 냉정함'을 예술가의 지상 덕목으로 꼽을 정도이다. 그리하여 '자살 안내 예술가'로서의 화자는 자살이라는 '압축의 미학'을 모른 채 자신의 생명을 연장하려는 현대인들을 '뻔뻔한 존재'로 인식하고 비판한다. 자신의 직업에 충실한 화자는 북극을 동경하다 가스로 자살하는 유디트와 행위예술가인 미미의 자살을 안내해준 뒤에, <사르다나팔의 죽음> 그림에서 죽음을 주재하는 황제 사르다나팔의 내면을 응시한다. 그러면서 자신이 '조화 무더기'처럼 향기와 온기를 잃어 내면의 생기를 상실한 '조화적 존재'임을 자인하게 된다. 결국 작가는 냉소적이고 폐쇄적인 나르시스트 화자를 통해 현대인의 무미건조한 표정을 독해하고 있는 것이다. 즉 화자가 자살 안내나 창작을 통해서 신적 존재로 격상되고 싶은 창조주적 욕망을 지닌 주체이지만, 결코 신적 지위에 도달할 수 없는 '한계적 인간'임이 판명되는 것이다. 작가는 실존과 허무 사이에서 죽음을 응시하며 무미건조하게 생존을 연명하는 것이 인간의 숙명임을 파악하고 있는 것이다.

세기말적 관능이 농염하게 형상화된 클림트의 그림 <유디트1>을 닮은 유디트(세연)는 형제인 C와 K 사이를 왕래한다. 새로움과 변화가 부재한 공간은 유디트에게 지루한 세상에 대한 염오를 낳게 한다. 그리하여 중학교 시절 관 속 체험이 제공한 편안함을 연상하던 유디트는 사람을 두 종류로 구분한다. 즉 "다른 사람을 죽일 수 있는 사람과 죽일 수 없는 사람"(52쪽)이라는 식으로 살해 가능성 유무를 기준으로 분류한다. 특히 누군가를 죽일 수 없는 사람은 아무도 진심으로 사랑하지 않는 존재라는 유디트의 애정관은 에로스적 충동과 타나토스적 충동이 인간의 본성에 해당한다는 프로이트식 성욕론을 연상케 한다. 그러한 살해 충동과 애욕의 결부는 결국 죽음 충동이 진정한 사랑의 본질에 해당한다는 왜곡된 인식으로 이어진다. 그리하여 유디트는 나르시스트가 되어 자신의 생일날 가스를 틀어놓고 자살을 선택한다. 그 선택은 유디트의 입장에서만 본다면 무미건조한 현실 세계에서 스스로를 멸실시킴으로써 자신의 죽음 의지에 대한 사랑을 실천하는 행동이 된다.

'진실의 불편함과 거짓말의 흥분'을 강조하는 비디오설치작가 C는 유디트의 사망 이후 행위예술가인 유미미가 캔버스를 찢는 퍼포먼스를 실행하는 모습을 보며 유디트와의 유사성을 감지한다. 그것은 미미와 유디트가 주체의 주이상스(희열)를 위해 자신과 대상 세계를 해체하려는 자기파괴적 열정의 동일성을 내면화한 존재들이기 때문이다. 예술의 기원을 공포의 발생에서 찾는 C는 활자보다는 이미지로 세계를 파악하고 대상을 기억으로 되살려내면서 실재와의 정면 대응을 회피한다. 형 C는 비디오가 무기이자 도피처라는 판단 속에 생을 가까스로 감내하고 있는 반면 동생 K는 속도에 집착하여 무미건조한 일상 현실을 간신히 유지하고 있는 존재로 그려지면서 허무주의적 존재감의 두 표정을 보여주고 있는 것이다.

C나 K처럼 간신히 버텨가는 삶을 통해, 그리고 유디트나 미미 같은 자살 감행자들의 죽음을 통해 작가는『나는 나를』이 1990년대를 살아가는 현대인들의 음화에 해당함을 보여준다. 작가는 '나르시스트적 상상력'으로 자기애적 욕망과 함께 자기 파괴 충동이라는 날개를 양수겸장한 존재가 무료한 일상을 감내하는 현대인들의 표상임을 조망하고 있는 것이다. 그리하여 여섯 명의 주인공과 세 편의 그림을 통해 이미지가 활자를 압도하는 영상 시대에 삶과 죽음 사이를 횡단하는 상상력의 개진을 보여준다. 작중 화자의 음울한 감각과 몽롱한 시선에 의해 자살을 매개로 한 예술과 죽음, 이미지와 실재, 진실과 거짓, 욕망과 사랑의 표정이 충동적으로 탐색된다. 그리하여 그 밑바닥에는 한없이 무료하고 무미해서 사람의 향기를 잃어버리도록 강제하는 '도저한 허무주의'가 우리 사회에 음험하게 또아리를 틀고 있음이 드러난다.

현실과 상상의 경계 넘나들기
—『호출』(1997)

작가의 첫 창작집『호출』은 작가의 등단작인「거울에 대한 명상」에서부터 활발히 전개된 '경계 넘나들기적 상상력'을 보여준다. 즉 표면과 이면의 다른 속내를 추적하는 서사적 특질을 내포하는 김영하식 서사는 표면적인 현실축(허위)과 이면적인 상상축(실재) 사이를 왕래하면서 생의 진정성과 건조한 일상성을 탐색하고자 한다. 진실과 허구 혹은 사실과 거짓이라는 위계적 구조를 배반하기 위해 '현실과 상상'을 대립항으로 설정하여 다양한 이분법적 경계를 환기시키며 그 경계에 대한 회의적 감각 속에 경계 허물기를 시도하고 있는 것이다. 그리고 그러한 시도는 현재적 삶의 유의미성에 대한 진지한 성찰을 유도한다.

진실과 허구라는 대립항을 소설 속에 즐겨 기입하는 작가는 그러한 관계를 등단작인 「거울에 대한 명상」에서부터 포착한다. 작중 화자인 나는 나르시스트적 존재로서 자신의 아내인 성현을 '깨끗한 수채화'로 여겨 결혼하지만, 밀폐된 트렁크 안에서 자신의 욕망의 하수구인 '가희'를 통해 그것이 거짓임이 밝혀진다. 오히려 동성애자인 성현보다 이성애자인 가희가 이상적 타자로서의 거울에 가까운 존재였으며, 그러한 진실이라는 가면 역시도 본질적 의미에서 기표적 거짓에 불과하다는 진실이 작품 말미에서 확인되기 때문이다. 나르시스트 화자와 그의 욕망의 양면적 표정을 가희와 성현이라는 타자를 통해 실체적으로 접근함으로써 "거울은 없다"라는 허무주의적 결말에 도달하는 방식은 이후 김영하 소설을 일관하는 상상력의 몇 가지를 보여준다. 즉 유일 심급으로서의 진실에 대한 거부, 나르시스트적 상상력, 이항대립적 관계의 중첩을 통한 성찰적 진실에 도달하기 등이 그것이다. 이 작품에서는 그러한 표정이 '실체와 이미지', '진실과 거짓', '상수도와 하수도', '수채화와 실패한 유화', '신파와 컬트' 등의 관계쌍으로 전이되면서 나르시스트적 현대인에게 자아의 확장물로서의 진정한 타자(거울)는 존재할 수 없다는 결론으로 이어진다. 그리하여 작가는 화자의 독백을 빌어 현실에서 상상하는 모든 이미지가 허상이라는 진단을 내리게 된다.

작가는 현실과 상상 사이에서 포착되는 일상의 비일상적 국면에 주
목한다. 그리하여 그 양가적 의미의 점이지대에서 작동하는 알레고리적
장치를 활용하여 다면체적 주체들의 내면 충동이 그려진다. 그것은 구
체적으로 총(「총」)이나 십자드라이버(「내 사랑 십자드라이버」), 삐삐
(「호출」), 손(「손」), 삼국지 게임(「삼국지라는 이름의 천국」), 발 씻어
주기(「베를 가르다」) 등에서 보이는 것처럼 일차적으로는 소유물에 대
한 애착이라는 페티시적 집착으로 드러난다. 또한 도마뱀과의 도착적
성행위(「도마뱀」)나 트렁크 안에서의 밀폐된 성행위(「거울에 대한 명
상」) 등이 욕망의 도착적 표정을 포착하면서 우리 사회에 작동하는 욕망
의 양가성을 회의적으로 고찰한다. 즉 다양한 주체들의 욕망이 서사적
상징을 통해 표면화되면서 삶과 죽음, 현실과 상상, 욕망과 금기, 가짜와
진짜, 실재와 허구, 진실과 거짓 등의 관계망을 끊임없이 해체하고 재구
성함으로써 그 서사의 생산적 표정을 생성하고 있는 것이다.

「도마뱀」의 여성 화자는 '머리로 사유하는 이성적 남자'들과 달리 여
자들은 '육체적 감각으로 사유'한다고 판단한다. 화자는 어느 날 선물로
받은 '쇠로 제작된 검은 도마뱀'이 자신의 육체로 접근하는 환영을 접한
다. '재생과 부활, 영원한 현재성'을 상징하는 도마뱀은 그 느릿한 움직
임만으로도 그녀에게 남성의 육체가 제공하는 성적 희열을 대리 제공한
다. 육체적 만족을 느껴본 적이 없는 화자는 도마뱀의 판타지를 통해 심
리적 두려움과 육체적 흥분이라는 성적 희열을 동시에 체감한다. 특히
남성의 성기 대신 차가운 도마뱀의 육체가 자신의 성기로 삽입해 들어오
자 쾌감과 희열은 점점 커진다. 그것은 현실의 성적 불만족을 상상의 도
마뱀이 해소시켜주고 있음을 보여준다. 화자가 도마뱀과의 성적 환상에

서 열락을 경험하는 이야기와 담배 연기로 여자를 만들어 그 이미지와의 섹스 행위 끝에 죽게 된 어느 남자의 이야기는 피그말리온 효과를 보여준다. 즉 주체가 타자로부터 성적 만족을 제공받을 수 없는 결핍의 현실을 암시하면서 자가성애적 욕망을 제시하고 있는 것이다. 현실 세계의 실재성을 상실한 채 환상의 영역에서 상상의 이미지를 통해 성적 희열을 추구할 수밖에 없는 현대인의 나르시스트적 환상을 형상화하고 있는 것이다. 이러한 화자의 환각적 희열은 그 궁극적 기원을 따지자면 목사인 아버지가 표상하는 허위적 성^聖스러움에 대한 트라우마에서부터 기인한다. 즉 도착적 성욕을 강요한 것은 역설적이게도 아버지가 강제한 윤리적 금기의 강력함인 것이다.

「호출」에서는 소통 도구인 '호출기'를 통해 "현실과 상상 사이의 경계"(34쪽)를 넘나드는 경계 허물기가 무료한 일상의 지루함을 탈출하는 방도로 설명된다. 이 작품은 처음에는 '1. 호출하는 자'의 이야기와 '2. 호출되는 자'의 이야기가 서사적 인과성 속에 중첩되는 양상을 보인다. 하지만 결국 두 이야기가 실재하는 현실이 아니라 허구적 상상으로 재구성된 이야기였음이 '3. 호출은 없다'에서 규명되면서 반전 서사를 보여준다. 즉 '호출하는 자'와 '호출되는 자'의 이야기에는 필연적 인과관계가 없으며, 그 두 가지 이야기는 '호출은 없다'의 이야기를 통해 화자와 그녀가 상상했던 허구였음이 판명된다. 주체가 호출기로 호출하지만 호출의 대상은 응답이 없고, 호출되더라도 화답하지 않는 현실은 결국 '호출의 어긋남'과 '소통 부재'의 자본제적 현실을 풍자한다. 그러므로 타자를 향한 1990년대 후일담 문학의 호출과 호명은 영원히 도달 불가능한 아포리아에 해당하는지도 모른다.

「호출」이 '현실과 상상'의 경계를 무화시킨 작품이라면 「도드리」는 "인생 자체가 하나의 간극"(59쪽)임에 주목하여 2인칭 '당신'의 내면을 '현실과 허구(거울)'의 대립적 관계로 이원화한다. 작가는 거울 앞에서 한 그루 향을 피워, "현실의 향과 거울 속의 향"의 조합을 향유하는 당신의 모습에서 사디즘적 관성에 매료되어 있던 과거의 이야기를 현실로 끄집어낸다. 그리하여 '거울'은 현실을 반사하는 물건이 아니라 과거를 비추는 기억의 매개물이 되어 '지금 여기'의 문제점을 환기하는 서사적 장치가 된다. 「도드리」의 '현실과 거울'의 관계는 「손」에서는 '현실과 이상'의 관계로 치환된다. 「손」의 화자는 손의 감각적 진실을 확신하며 족쇄 같았던 반지를 제거하기 위해 자신의 왼손을 망치로 내리치는 자기파괴 충동을 실천한다. 그리고 그러한 해체적 충동은 이후 자신의 왼손을 재구성하려는 조각에의 욕망으로 치환된다. 그리하여 '현실과 이상을 진동하는 손'(84쪽)을 조각하려는 화자의 욕망을 통해 작가는 '현실적 애욕과 예술가적 이상'의 결합을 제시한다.

'현실과 상상'의 관계는 「삼국지라는 이름의 천국」에서 '현실과 게임'으로 치환된다. 삼국지 게임과 현실을 중첩 응시하는 화자를 통해 작가는 80년대 대학생의 체제 저항적 현실감각과 90년대 소시민의 일상화된 게임감각을 보여준다. 그것은 정치사회적 문제에 둔감해진 1990년대 공소한 개인들의 무료한 일상을 조망하게 한다. 「배를 가르다」에서는 '현실과 상상'의 관계가 '현실과 과거'의 관계로 치환되고, 그 둘의 관계를 이어주는 메타포가 '발 씻어주기'에 대한 화자의 페티시적 욕망으로 표상된다. 1987년 5월에 '베가르기' 춤을 추던 수연의 굳은살 박인 발을 세족해주던 화자의 기억을 재구하여, 역사적 과거와 일상적 현실의 족쇄를 씻어주고 싶은 욕망을 형상화하고 있는 것이다. 90년대 후일담 문학의 대표작인 「전태일과 쇼걸」 역시 '현실과 상상'의 관계가 '현실과 과거' 의 관계로 포개진다. 90년대에 '경계를 넘어서'라는 슬로건으로 장르간 의 경계 해체를 외치는 '광주 비엔날레'를 보러 갔던 화자는 '자유주의자 전혜린과 투사형 해고노동자'의 표상이 중첩된 옛 애인을 극장 앞에서 만난다. 작가는 쇼걸과 전태일의 공통점을 "혼자 보기에 좋은 영화"(219 쪽)라는 그녀의 말을 통해 압축하면서 1980년대와 1990년대의 차이를 상징화한다. 즉 군중투쟁의 시대였던 80년대에 운동권 대학생이었던 존 재가, 이념의 경계가 해체된 90년대 다원주의적 사회 현실에서 사회부적 응자로 간신히 존재하는 부조리한 현실을 포착하고 있는 것이다.

「나는 아름답다」에서는 '현실과 상상'의 대립항이 '가짜 죽음과 실제 죽음'이라는 관계로 치환된다. 실제 죽음을 사진으로 찍고 싶어하는 나 르시스트 화자는 남편을 살해하고 자살 여행을 떠난 여자와 만나 죽음의 실재성을 감지한다. 그리고 아내와 여자, 자신 등의 현대인들에게는 "죽 인 자, 죽은 자, 죽은 듯이 사는 자, 그 일체의 죽음들이 풍겨대는 냄새" (244쪽)가 항상적으로 내재해 있음을 절감한다. 작가는 유토피아적 공간 인 "약속의 땅"(250쪽)의 부재가 지금 이곳에 유사 죽음을 넘쳐나게 하 고 있는 원인임을 주목하고 있는 것이다.

김영하의 『호출』은 90년대 한국 사회가 무미건조한 일상성을 내포한 삭막하고 무료한 공간임을 주목한다. 그 공간에서는 죽음과 허무가 도저 하게 만연하고 있으며, 그 만연된 이미지의 현실을 넘어서기 위해 끊임 없이 다른 상상을 시도하는 것이 김영하의 작업이다. 그리하여 80년대 적 담론이나 이미지, 무의식적 충동, 환상의 메타포, 기억의 해체와 재구성, 육체적 욕망의 허무감 등을 지속적으로 천착함으로써 80년대적 현실이 90년대적 욕망에 의해 배제되고 외면되는 현실을 가장 90년대적인 방식으로 형상화한다. 그것은 그가 나르시스트적 상상력을 통해 다원주의 시대로 접어든 한국 사회의 현실을 예리하게 포착하고 있음을 보여준다. 즉 80년대의 담론적 진지성이 사라진 그 자리에 우울하면서도 답답한 90년대적 일상과 욕망이 두터운 퇴적층으로 집적되고 있는 것이다.

무료한 일상 견디기
―『엘리베이터에 낀 그 남자는 어떻게 되었나』(1999)

　김영하는 일상의 무미건조함을 욕망의 표정으로 승화시켜 그 내밀한 연쇄작용을 포착하는 데에 빼어난 서사적 역량을 유지한다. 그의 두 번째 창작집 『엘리베이터에 낀 그 남자는 어떻게 되었나』(이하 『엘리베이터』)는 그러한 현대 세계의 일상성을 주목한다. 그리하여 '현실과 상상 가로지르기'라는 『호출』에서의 문제의식이 더욱 다양화되고 예각화됨으로써, 건조하고 무료한 일상 현실의 비의를 드러내는 데에 초점을 맞추게 된다. 특히 작가는 우연적 요소의 필연적 연접성을 강조한 '나비 효과'처럼 '아주 사소한 몸짓'이 연계되어 엄청난 후과를 낳는 우연적 필연을 포착하는 데에 있어 탁월한 능력을 선보인다.

　「사진관 살인 사건」은 살인 사건의 이면을 들여다보면서 사건의 실체적 진실을 추적한다. 작품 속에서 무료한 일상을 견뎌내는 사진관 여주인과 아마추어 사진작가의 서로 다른 진술은 화자인 형사에게 쓰레기 하치장 같은 현실의 초라함을 확인하게 한다. 현대인에게 개인적 삶이란 불가능하며 은밀한 욕망들조차 모두 공적 영역으로 개방될 수밖에 없는 현실은 밀실을 제거해버린 90년대의 '광장 공포'를 체감하게 한다. 그리하여 무정자증 형사 화자와 아이를 낙태한 아내의 관계는 피살된 사진관 주인과 여주인, 사진작가와 여주인, 살해범과 다방 레지의 관계 등으로 중첩되면서 무미건조한 일상에서 사적 욕망의 해소를 위해 탈주를 시도하는 소외된 일상인들의 모습이 포착된다. 현대인의 성적 욕망은 이처럼 관계의 유사성으로 복제되고 있는 것이다.

　현대인의 자기폐쇄적인 일상성은 「바람이 분다」에서 밤낮 없는 지하방 생활자들이 주야장천 컴퓨터 화면만을 대화창으로 인식하는 것에서도 드러난다. CD 불법 복제로 생계를 유지하는 게임 매니아 화자와 세계 일주를 기획했던 송진영의 동반 여행은 좌절되고, 화자는 킬리만자로의 표범이 만년설이 쌓인 정상까지 기어올라가서 죽은 까닭을 자문한다. 결국 바람이 불어 표범이 무료하고 지루해졌기 때문이라면서 인생의 무미건조함을 토로한다. 작가는 생의 무료함과 지루함을 통해 도저한 허무주의에 침윤된 현대인의 좌절된 욕망을 주목한다. 그리하여 삭막하고 무미건조한 일상을 감내하는 현대인들에게 일상 탈주의 몸짓은 우연히 발생되지만 필연처럼 인식되는 것으로 포착된다. 「엘리베이터」에서처럼 아침에 면도기가 부러지면서 하루 종일 '이상하고 재수없는 날'을 경험하는 내용, 「고압선」에서 여자와의 불륜 끝에 존재가 희미해져 결국엔 투명인간이 되어 자신의 존재감을 상실하게 되는 내용 등은 우연처럼 전개된 일상이 현대인의 자기정체성 상실이라는 소외된 존재의 필연적 기반인 것임을 보여준다. 「당신의 나무」에서 임상심리사 '당신'은 '경계선 성격 장애'일 여자와 '나무와 부처'의 관계처럼 상호 파괴적이면서 동시에 상호 의존적인 관계를 기대하지만 그것이 너무 늦은 기대였음이 판명된다. 모든 인간 관계는 늘 한 발 앞서거나 뒤늦게 되는 시간차 속에 관계의 어긋남이 되어 상충적 관계의 확인으로 귀결되기 때문이다.

다람쥐 쳇바퀴 돌 듯 하는 반복적인 일상의 공허감에서 소설 주인공들은 망실된 신체의 기억을 회복하기 위해 자기 정체성 탐색의 여로에 동행하게 된다. 「피뢰침」에서 화자는 '벼락맞고 살아난 사람들의 모임(아다드)'에 참가하여 고통과 쾌감을 동시에 체감했던 몸의 기억을 회상한다. 그리하여 '아다드' 모임의 구성원들은 공포와 전류를 일치시켜 스스로 전격이 되고자 열망했으며, 하늘과 땅으로 전류를 방전하면서 대기와 대지와 자기 몸의 주인이 되려는 욕망을 내포한 존재들의 집단이었음을 확인한다. 그곳에서 화자는 공포와 전격을 일치시켜 몰아의 경지에 이르러 자아 뛰어넘기를 시도하는 자신의 짝패들을 만났던 것이다. 또한 「어디에도 있고 어디에도 없는」(이하 「어디에도」)에서는 남자 주인공이 폼페이의 폐허 속에서 섹스 행위에 몰입한 남녀를 응시하며 자위를 시도한다. 이러한 자위행위는 과거에는 자신의 몸에 부착된 존재였지만 어느새 사라져버린 누나 귀신을 환영처럼 만나 상상의 섹스를 이어가는 환상으로 이어진다. 편재적 존재감과 부재적 인식을 내포한, "어디에도 있고 어디에도 없"는 '달'의 존재인 누나와의 상상적 근친상간 속에서 '거울속 세계와 인간의 세계'가 단절되기 이전의 자아를 찾는 여행을 모색하게 된다. 즉 상징계로 진입하기 이전 상상계에 고착되어 상상적 충족감을 상상속에서나마 재경험하고자 시도하는 것이다. 「피뢰침」과 「어디에도」에서 보이는 환상 체험은 일상의 무기력증에서 탈주하여 자아의 정체성 회복을 위해 노력하는 몸짓을 통해 모호한 존재감을 보다 선명하게 인식하려는 일종의 몸부림에 해당한다.

『나는 나를』에서처럼 죽음과 허무의지를 주목하고 있는 「흡혈귀」는 세 가지 흡혈귀 이야기의 중첩 서사를 통해 이종적 존재로서의 '흡혈귀'의 존재감을 주목한다. 그 하나는 소설가 화자의 여성 독자인 김희연이 보낸 '편지 흡혈귀'이다. 그것은 남편을 흡혈귀로 인식하는 여인의 이야기인데, 남편이 죽음과 소멸을 주제로 글을 쓰면서 '도저한 허무주의'에 빠져 지루하고 허무한 컬트 영화나 무한 반복 게임인 테트리스 등을 좋아하기 때문에 흡혈귀라는 것이다. 특히 아이를 낳는 것은 죄악이므로 아이를 원하지 않으며, 몸에 대한 증오 속에 다른 몸으로 환생하기를 기원하는 남편은 흡혈귀일 수밖에 없는 것으로 묘사된다. 또 다른 하나는 남편이 쓴 '영화 시나리오 흡혈귀'이다. 그것은 삶이 무한정 지속될 것이라는 망상과 결코 죽을 수 없는 불사적 존재라는 사실에 절망하는 흡혈귀의 이야기를 다루고 있다. 세 번째 이야기는 김영하의 「흡혈귀」로, 이 둘의 이야기를 포함하여 소설가 화자가 편지를 보낸 김희연이 흡혈귀일 것이라고 짐작하는 내용이다. 이렇듯 진실의 탐색 속에 복수적 진실의 가능성에 대한 김영하의 독특한 이야기 구성 방식은 『아랑은 왜』라는 작품에서 장편으로 집대성되면서 소설 쓰기의 자의식에 대한 문제제기로 이어진다.

시공을 넘나드는 대화적 메타 픽션
—『아랑은 왜』(2001)

　『아랑은 왜』는 아랑 전설이 배태된 당대적 인식을 주목하면서 판본의 상이성을 토대로 추리기법을 동원하여 소설 쓰기의 자의식을 보여주는 메타 소설이다. 이 작업은 이전의 이야기인 '아랑 전설'에 대해 새롭게 이야기 걸기라는 방식을 취하고 있다는 점에서 메타 픽션, 기존의 역사적 사실에 대한 현대적 재해석이라는 점에서 역사소설, 소설화 방식에 대한 고민이 드러난다는 점에서 자의식적 글쓰기 혹은 소설가 소설, 과거와 현재를 넘나들면서 대화적 글쓰기를 진행하고 있다는 점에서 하이퍼텍스트 소설 등으로 분류될 수 있다.

　'아랑'이라는 기표는 귀신신원설화의 한 갈래인 '아랑 전설'에 등장하는 주인공이다. 이 전설의 얼개는 '관사에 원귀가 출현하여 횡사사건과 재앙이 일어난다는 것→담력 있는 최후의 한 사람이 원녀(寃女)를 위하여 복수나 설원(雪寃)을 해준다는 것→이후 원귀가 다시 출현하지 않아 평화가 지속된다는 것'[1]을 기본축으로 한다. '아랑형 설화'에 넣을 수 있는 설화는 약 40종에 달하며, 『청구야담』 등에 실린 '아랑전설'의 기본형은 죽음으로써 여성의 정절을 지킨 아랑 전설이 가장 많다.

　'아랑 전설'에 공통적으로 등장하는 인물로는 '밀양부사 딸 아랑(윤정옥), 유모, 통인(관노), 신임부사(이상사), 나비(붉은 깃발)' 등이 있는데,

---

1 박용식 외, 『고전산문의 계보적 연구』: 김기현, 「아랑형설화 재론」, 국학자료원, 2001, 66쪽 참조.

김영하는 여기에 어사, 어사의 수행원인 서얼 출신의 '김억균', 현대에서 번역가로 일하는 '박'과 미용실 스탭 영주, 선운사에서 만난 '박제된 나비'와 '진짜 여우발'을 팔고 다니는 소녀 '아랑' 등의 주요 인물을 덧붙인다. 이러한 덧붙이기는 허구적 딱지본 『정옥낭자전』'을 기입하여 "아랑의 전설에서 어떤 틈을 발견"(21쪽)하고자 시도하는 것이다.

작가가 '새로 쓰는 아랑 전설'의 핵심인물인 김억균은 작중 화자에 의하면 "근대적인 의미의 작가적 자의식을 보유하고 있었던 저자"(21쪽)의 『정옥낭자전』에서 "셜록 홈스나 포와로 같은 근대적 의미의 탐정들의 그림자"(130쪽)를 내포한 인물이다. 하지만 독자는 작품 맨 끝 '도움 받은 책과 논문' 아래에 "소설 속에서 인용된 『왕조 실록』의 일부와 『정옥낭자전』은 허구다"(287쪽)라는 문장에서야 비로소 이 인물이 가공의 허구적 인물이었음을 확인하게 된다.

이렇듯 작가는 "'익숙한' 이야기를 '다르게' 쓴다는 것은, 만만찮은 일"(23쪽)임을 알고 있지만, "다 아는 이야기를 다르게 말하기" 위해 작가들이 존재한다면서 자신의 글쓰기가 '다르게 말하려는' 작가의 자의식적 욕망의 산물임을 피력한다. 뿐만 아니라 "나비 박제를 파는, 스스로를 아랑이라 주장하는 여자 아이를 현실과 꿈에서 각각 만나는 장면을 통해 이 이야기가 아랑 전설을 토대로 현실과 환상을 넘나들게 될 것임을 예고"(64쪽)하면서 "실패하면 불협화음을 빚어내겠지만" "현대와 과거를 이렇게 대위법적으로 나란히, 일정한 거리를 두고 배치하는 구성에는 상당히 매력이 있"기 때문에, "A—B—A—B—A—B—A—B. 이런 식으로 이어지게 될 과거와 현대는 대체로 느슨한 의미상의 연결을 유지하면서 서사적 화음을 구축하게 될 것"(65쪽)이라고 작품의 구조를 시사한다. 이렇듯 과거 이야기에 현재 이야기를 덧붙이려는 작가의 시도 속에서 『아랑은 왜』의 서술 층위는 '1) '아랑 전설' 텍스트 2) 새로 쓰는 아랑 전설+『정옥낭자전』 3) 박과 영주의 이야기 4) 소설 구상 및 쓰기 과정에 대한 작중 화자의 논평' 등의 네 층위로 구분된다.

『아랑은 왜』의 서술자가 파악하는 '아랑 전설'의 서사구조는 "1) 아랑이라는 처자가 살았다. 2) 어느 날 아랑이 사라진다. 3) 아비는 죽거나 고을을 떠난다. 4) 고을에 새로 부임하는 사또들이 줄줄이 죽는다. 5) 용감한 사내가 자원하여 사또로 부임한다. 6) 사또는 아랑의 혼백을 만나 억울한 사연을 듣는다. 7) 다음날 사또는 범인을 밝혀내고 세상은 안정을 되찾는다"(24~25쪽)이다.

하지만 작가가 지어낸 『정옥낭자전』에 근거하면 '아랑 사건'은 "두 명의 수령과 아랑과 용의자 안국, 이렇게 네 명이 죽고 아랑의 아비인 전임 수령은 달아난 사건"(130쪽)이다. 그리하여 근대적 이야기꾼인 탐정 김억균에 의하면 사건의 개요는 다음과 같이 요약된다. 먼저 제방이 무너졌고, 윤관과 아전들이 한양에 알리지 않고 제방을 복구하기로 마음을 먹는다. 하지만 밀양부사 윤관은 관기인 아랑을 양녀로 삼아 희롱했으며, 관노인 안국이와 아랑은 정분이 있는 사이였고, 윤관 혹은 아비인 호장이 아랑을 죽이고 안국이를 옥에 가두었으며, 윤관이 밀양땅을 떠나자 호장과 아전들이 제방 축조의 시간을 벌기 위해 후임 수령들을 반묘(독약)를 써서 살해했던 것이다(231쪽 요약).

그러나 사건의 전말을 밝혀낸 근대적 탐정 '김억균'은 어사에 의해 "첫째 요설로서 민심을 흉흉하게 한 죄. 둘째 근거 없는 망발로 백성들의 아비인 수령을 능멸하고 그의 직무 수행에 해악을 끼친 죄. 셋째 뚜렷한 증거도 없이 여러 백성을 무고한 죄. 넷째 어명을 받아 움직이는 자로서 경망되게 행동함으로써 주상께 누를 끼친 죄"(236쪽)로 장 28대를 맞고 혼절하게 된다. 근대적 이야기꾼이 전근대적 담론의 신봉자에 의해 희생되는 것이다.

액자형 소설인『아랑은 왜』는 '새로 쓰는 아랑 전설'을 중심 이야기로 하여 번역가 '박'과 미용실 스탭 '영주'의 현재 이야기를 작품의 앞과 뒤, 그리고 중간중간에 삽입하는 형식을 취한다. 영주가 사라진(살해된) 지 1년이 지난 뒤 '박'이 아랑을 만나면서, 작가는 "그의 욕망과 죄의식을 암시하면서 소설을 두루뭉술하게 끝내"(279쪽)게 될 것임을 암시한다. 결국『아랑은 왜』결말 부분에서 '박'은 "사람들이 가짜인 줄 알고 사가지만" "진짜 여우발을 파"(281쪽)는 아랑을 만나고, '박'이 쓰고 있었다는 소설의 첫머리는『아랑은 왜』의 시작 부분이 된다.『아랑은 왜』의 첫 머리를 기술한 뒤 '박'은 영주의 속옷과 머리카락을 태우며, "영주가 죽었다는 게, 이제서야 실감이 난다. 좋다"(286쪽)라는 독백을 하며『아랑은 왜』는 무책임하게 종결된다.

'아랑 전설'을 토대로 "어떤 이야기를 새롭게 쓸 수 있을까를, 단지 탐색하고 있을 뿐"(203쪽)인 작가가 끊임없이 사용하는 '우리'라는 대명사는 '우리' 바깥의 타자를 배제하면서 동일시의 논리를 강조한다. 그리하여 '우리' 안에 내포되는 독자들은 동류적 귀속 의식 속에 감정이입적 사유를 진행하게 된다. 하지만 '우리'라는 단어 활용의 단점은 독자가 그 의미망 안에 포함되지 못하면 소설 속 타자가 됨으로써 이야기의 흐름을 거부할 수도 있다는 점이다. 이렇듯 문자 언어로 쓰여진 소설에서 구술 문화적 글쓰기를 도입한 것은 작가가 독자를 대화 상대인 청자로 인식하여 서사의 진행과 해독에 동참하도록 만듦으로써 주체적 글읽기를 강요하는 방식 중의 하나이다. 즉 구어적 문체의 활용은 허구적 사실에 대한 독자의 무의식적 몰입을 이끌어내는 작가적 전략에 해당하는 것이다.

김영하의『아랑은 왜』는 디지털 문화의 공간 속에서 문자적 글쓰기가 시도할 수 있는 소설화의 한 방식으로 메타 픽션이라는 글쓰기를 감행한다. 이러한 작업은 독자를 청자의 수준에 놓아 끊임없이 대화하도록 만드는 서사적 기법을 활용함으로써 열린 텍스트로서의 새로운 소설 형식을 예감케 한다. 리얼리즘적 현실의 고려보다는 과감하게 역사적 공간을 넘나들면서 "21세기에 권선징악의 스토리를 쓰는 것은 온당한가의 문제"를 고민하고 "현실에서 이뤄지지 않는 권선징악을 이야기 속에서 기대하는 것은 과연 옳은 일일까"(219쪽)를 자문하며, 자유롭게 탈주하는 작품이 바로『아랑은 왜』인 것이다. 김영하식 금기 깨뜨리기가 역사소설의 새로운 이정표를 세우고 있는 것이다.

이민사로 응시하는 국가의 기원

―『검은 꽃』(2003)

『검은 꽃』은 20세기초 대한제국의 국권 상실기를 주목하여 조선 사회의 다양한 계층들이 멕시코 이주노동자가 되어 혹독한 삶의 시련을 겪는 모습을 주목한다. 플라톤의『국가』의 한 구절을 서두에 배치함으로써 작가는 개인에게 국가란 어떤 의미를 지닐 수 있는가라는 질문이 이 소설의 화두가 될 것임을 예고한다.

소설은 1905년 황성신문에 난 대륙식민회사의 광고를 보고 멕시코로 떠나기 위해 앞다투어 제물포로 달려온 사람들의 흔적을 추적한다. 조선인에게 제물포 앞바다에 떠 있는 거대한 기선 '검은 배 일포드 호'는 '서양의 힘과 권위, 위세'가 뿜어져나오는 '하나의 세계이자 영국의 해상 영토'로 인식된다. 국교도 없었던 멕시코의 유카탄 반도로 돈을 벌기 위해 이주해가게 된 1,033명의 노동자들은 노예로 팔려간다는 소문에도 아랑곳없이 1905년 4월 4일 출발한다. 하지만 대한제국 정부는 주변 열강들의 간섭으로 인해 자국민의 운명에 대해 관심을 가질 여력조차 없다. 한 달여의 선상 생활 이후 1905년 5월 15일 1,032명의 조선인들은 드디어 유카탄 반도에 발을 내딛게 된다. 그러나 그들이 그토록 열망하던 땅 '메리다' 시는 모든 것을 태울 듯이 내리쬐는 태양 아래 한없이 펼쳐진 벌판의 황막함과 끝 모를 지평선이 주는 막막함과 공허감을 전해주며, "악마의 발톱을 거꾸로 세운 것"처럼 "불꽃 같기도 하고 웃자란 난초 같기도 한"(92쪽) '에네켄'으로 상징화되는 공간이다.

이주노동자들은 몰락한 양반들, 농민들, 대한제국 군인들, 도시의 부랑자들, 가족의 일원으로 배에 오른 여자들 등으로 구성된다. 이 중에서 새로운 국가 건설에 대한 단상을 이어가는 인물로는 조장윤과 김이정 등을 들 수 있다. 먼저 조장윤은 국권 상실 이후 미화 3백만 달러를 받기로 하고 전직 군인, 내시, 도둑, 게릴라, 노동자, 고아, 파계신부 등 총 44명의 한인 용병을 이끌고 1916년 과테말라 혁명군으로 참가한다. 그는 "나라가 아직 살아 있음을 만방에 선포하자"라고 자신의 원대한 구상을 밝히지만, 그 주장은 이민족에 대한 또 다른 지배를 전제로 하고 있음이 밝혀진다. 결국 조장윤의 '나라 만들기'는 관념적 구호에 불과했던 것이다. 그러므로 정부군과의 산발적인 전투 중 44명의 용병이 오합지졸에 불과함을 깨달은 조장윤은 살아남기 위해 김석철과 함께 도망을 치게 된다.

둘째로 김이정은 용병으로 오기 전 멕시코 북부 혁명군에 가담했던 존재이다. 그는 일본인 요시다로부터 "멕시코에 사는 모든 한인들은 1910년부터 모두 일본인으로 국적이 바뀌었"으며 "국가가 우리를 선택하는 거야"(260쪽)라는 말을 듣는다. 자신은 "일본인이 되겠다고 한 적이 없"는데도 자신의 국적이 바뀐 현실은 이정으로 하여금 국가란 무엇인가에 대해 성찰하도록 만든다. 조장윤의 도주 이후 용병의 지도자가 된 이정은 마야인들의 신성한 땅인 '띠깔'에 용병 40명으로 나라를 세우고자 한다. 어차피 과테말라에서도 이방인인 이정은 "무엇이 되고자 하는 것(논리)이 아니라 되지 않고자 하는"(306쪽) 열정으로 '우리만의 나라'를 세운다. 그리하여 1916년 9월 신전 광장에서 띠깔 역사상 가장 작은 나라인 '신대한'을 세우게 되고 반상과 귀천의 구별이 없는 새로운 나라임을 선포한다. 그러나 탈영과 도둑질 금지, 조혼과 축첩 금지 등을 기본 제도로 세운 '신대한'은 1년이 넘도록 살아남기는 했지만 결국 과테말라 정부군에 의해 20여 명의 용병들은 사살당하고 10여 명의 용병들은 멕시코 전역으로 흩어지게 된다. 결국 조장윤과 이정의 두 개의 국가 구상은 허망하고 초라한 공상에 그치는 것으로 형상화된다.

『검은 꽃』의 서술자는 "따지고 보면 국가의 기원은 쇠망에 비해 대체로 안개 속에 가려져 있는 경우가 많다"(293쪽)라며 이 소설이 안개에 가려진 국가의 기원에 대한 탐구 작업임을 내비친다. 하지만 작품 말미에

“일단의 용병들과 그들이 세운 작고 초라한 나라의 흔적은 발굴되지 않았다”(321쪽)라는 진술은 이주노동자들이 세웠던 ‘신대한’이 흔적으로조차도 부재할 수밖에 없는 용병들만의 자족적인 국가였음을 드러낸다. 결국 나라 잃은 백성들이 이국에서나마 희구했던 ‘나라 세우기’가 물적 토대 없는 과대망상에 불과한 것이었음을 드러내면서, 망국 이주민들의 애환을 짚어낸 작품이 『검은 꽃』인 것이다.

김영하의 『검은 꽃』은 1905년 이주노동자가 되어 멕시코로 떠날 수밖에 없었던 조선인들의 삶을 추적하면서 국가의 기원과 의미에 대해 묻는다. ‘1905년생’(354쪽)의 작가는 『검은 꽃』을 통해 대한제국 말기의 국가적 존망이 걸린 시기에 돈을 벌기 위해 이역 만리로 떠돌 수밖에 없었던 이주 영혼들의 흔적을 추적하여 ‘역사’를 소설화한다. 그리하여 소설 속에서 ‘국가’가 외면한 이주노동자들의 고투는 ‘검은 선혈의 꽃’으로 어룽진다.

남루한 일상 들여다보기

―『오빠가 돌아왔다』(2004)

세 번째 창작집 『오빠가 돌아왔다』는 『호출』이나 『엘리베이터』의 단편들과는 다르게 남루한 일상 현실에서 드러나는 자잘한 관계의 이면을 통찰하려는 작가 의식을 드러낸다. 기존의 단편들이 ‘현실과 상상의 경

계'를 응시하면서 그 경계에 대한 문제의식을 강화해왔다면 세 번째 창작집은 탐미적 상상 세계보다는 현실의 일상적 이야기에 더욱 밀착되어 있다. 그러나 그 모습이 하나의 틀로 묶여지는 것은 아니다. 즉『오빠가 돌아왔다』는 생의 그림자가 없는 삶(「그림자를 판 사나이」), 느슨한 가족관계의 균형(「오빠가 돌아왔다」), 죄의식의 부재와 욕망(「크리스마스 캐럴」), 오래된 토기의 폐품화(「이사」), 사랑을 가장한 인생 속이기(「너의 의미」), 보물선 탐사(「보물선」) 등을 주목한다.

「그림자를 판 사나이」에서 소설가 화자는 홀로 카레밥을 먹으며 존재의 울렁거림을 느낀다. 그 심리적 흔들림은 옛 친구인 미경과 신부 바오로를 만나며 존재론적 기시감(데자뷰)을 느끼는 것으로 이어지고, 자신에게는 여태까지 "누군가의 영혼에 어둠을 드리울 그 무언가가 없었"(33쪽)음을 안타까워하게 된다. 작가는 화자를 통해 생의 그림자를 소유하지 못한 존재의 먹먹한 외로움을 응시하고 있는 것이다.

표제작인 「오빠가 돌아왔다」는 그 이전에 「내 사랑 십자드라이버」나 「비상구」에서 보여주었던 '되바라진 화자'의 시선과 유사한 방식으로 가족 구성의 문제를 제기한다. 14세 여중생 화자는 20세 오빠가 못생긴 17세 여자애 하나를 데리고 집으로 돌아오자 가정의 권력관계가 송두리째 뒤바뀌었음을 느낀다. 택배회사직원인 오빠는 우리집 기둥이면서 법이자 권력이지만, 오빠에게 두들겨맞는 아빠는 식충이이면서 전문고발꾼에 알코올중독자로 나쁜 아빠 종합선물세트 같은 인간이다. 이 집안의 권력 관계는 오빠가 돌아오고 엄마가 귀환하면서, 오빠는 아빠를 이기고 아빠는 엄마를 이기며 엄마는 오빠를 이기는 느슨한 균형을 이루는 가정으로 재구성된다.

「크리스마스 캐럴」은 대학시절 '자판기'라는 별명을 지녔던 진숙의 살해 사건을 계기로 그녀의 몸을 공동소유했었던 정식과 영수, 중권의 표정 속에서 욕망의 허상을 읽어낸 작품이다. 정식은 경찰서에서 진숙이가 옛날부터 셋의 공동소유였다고 이야기하고, 영수는 진숙을 걸어다니는 비디오테이프라고 여기며 상상 속에서 살해 충동을 느끼지만, 중권은 진숙을 진정으로 사랑한다. 결국 진숙을 사랑했던 중권이 진숙을 살해한 것으로 밝혀진다. 하지만 살해되기 전 진숙의 입을 빌려, 20대 초반의 세 친구들이 '똥마려운 강아지'들 같았으며 "욕망에 허덕대는 스스로를 혐오하느라 다른 누군가를 동정하고 자시고 할 여력도 없었"(87~88쪽)던 누추한 존재들이라고 이야기하는 모습에서 작가가 죄의식이 부재한 남성들의 허위의식을 비판하고 있음이 드러난다.

「너의 의미」에서는 도서관에만 오면 "뇌 속에 숨어 있던 작은 성기가 힘차게 발기하는 느낌"(159쪽)을 얻는 영화 감독 화자를 통해 여성을 섹스의 도구로 활용하며 욕망의 증식에만 몰두하는 타락한 존재의 표상을 그려낸다. 화자에 대해 지옥 같은 현실을 견디기 위해 허무한 섹스와 독한 알코올에 탐닉하는 보헤미안적 예술가로 판단하는 신인 소설가가 화자에게 느닷없이 사랑한다고 고백한다. 그러자, 화자는 소설가의 당선심사평에 심사위원이 쓴 "왜 하필 그 사람인지를 설명할 수 없는 데에서 오는 고통"(184쪽)이라는 구절을 떠올리며 소설가가 인생을 소설의 속편으로 생각하고 있으며 자신을 속이고 있는 것이라고 의심하면서 작품은 종결된다. 작가는 욕망을 감춘 존재들의 속고 속이는 관계가 우리네 인생의 속성에 해당한다는 진실의 한 국면을 포착하고 있는 것이다.

「보물선」은 대학시절 '역사연구회' 동아리 친구였던 재만과 형식의 대조적인 삶을 통해 자본주의적 현대인의 욕망과 왜곡된 집착의 허상을 풍자한다. 형식은 광화문의 이순신 동상을 도요토미 히데요시의 동상이라고 생각하며 태극기를 가지고 동상에 올라가 여러 차례에 걸쳐 즉심과 벌금과 구류를 받는데, 나중에는 군산 앞바다에 보물선이 있다며 보물선닷컴이라는 회사를 설립한다. 주가에 개입하여 작전을 펼치는 사람이 된 재만은 보물선 탐사계획에 투자를 했다가 수백 배의 차익을 챙기고 빠져나간 주가 조작 세력 중 하나이다. 형식은 재만에게 보물선이 목표가 아니라 여전히 충무공 동상이 자신의 목표라고 이야기한다. 결국 '보물선 소동의 전말'은 '꿈'에서 '소동'으로, 다시 사기극으로 종결된다. 그러나 모든 자기반성을 돈을 많이 벌어야겠다는 쪽으로 귀결하는 재만은 3백만 원을 형식에게 주었다는 이유로 충무공동상 폭파사건의 공범이 되어 결국 구속 수감되고, 잡히지 않은 형식은 호남선 방향으로 길을 떠나는 것으로 마무리된다.

「보물선」은 김영하가 앞으로 쓰게 될 작품의 단초를 제공한다. 「거울에 대한 명상」 이래로 내밀한 욕망의 직설적 표정을 주목하며 현실과 상상의 경계를 가로질러온 작가는 두 부류의 선택지에서 벗어나 이제 사람의 종류를 세 가지로 분류한다. 그리하여 재만의 시선을 빌어 "세상에는 보물선의 전설을 믿는 사람, 직접 보물을 찾겠다고 바다로 뛰어드는 사람, 그리고 그걸 재료로 돈을 버는, 재만 같은 사람들이 있다"(221쪽)고 이야기한다. 작가가 기존에 보여왔던 '둘 중의 하나' 혹은 '단 두 가지' 식 접근이나 '둘 사이의 공통점(차이)은 이것이다'라는 서술에서 벗어나 이제 세 부류의 연결고리로 세계를 인식하고자 하는 것이다. 기존의 작품이 '현실과 상상'이라는 기본틀 속에 죽음과 욕망의 문제를 그리고 있었다면 이제 재만처럼 자본주의적 속물근성으로 무장한 제3자가 이분법적 경계를 넘어 다차원적 전망을 모색하는 인물로 그려질 것임을 예고하는 대목이기도 하다.

2000년대식 이종적 정체성

『빛의 제국』은 자본제적 욕망과 속물 근성의 나라인 남한에서 '주체' 의 신화와 신념에 의해 유지되는 나라 북한으로 귀환 명령을 받은 남파 간첩의 하루를 그린 작품이다. 우리 문학사에서 간첩을 다룬 소재는 휴 머니티와 접목되거나 반공주의로 귀결되는 경우가 허다했다. 2000년 남 북 정상회담 이후 남북 간의 왕래가 더욱 빈번해진 상황에서 뜬금없이, 그야말로 느닷없이 우리 시대의 이야기꾼 김영하는 '잊혀진 스파이'를 통해 무엇을 말하려고 하는가? 작가는 북쪽의 체제와 이데올로기로부터 파종된 존재이지만 두 체제에 걸쳐진 한 사람의 인생을 통해 이념과 실 존이 내포한 '빛과 그늘'에 대해 질문하고자 한다. 즉 이 작품은 '옮겨다 심은 사람'(77쪽) 혹은 '옮겨져 심겨진 사람'으로서의 '이식자'가 하루 동 안의 회상을 통해 북한과 남한에서 각각 21년씩 살아온 '남파 스파이'의 이종적 정체성을 탐색하는 작품인 것이다.

남한에서 영화 수입업자로 위장한 채 살아가고 있는 김기영은 실은 1984년에 북한에서 남파된 130연락소 출신의 간첩이다. 1984년 남파 이후 요원들에게 이름과 직업을 만들어주며 남한 각지로 흩어지게 했던 그는 극단에 고용된 전속 극작가 같은 존재처럼, 라디오의 구성작가처럼 끝없이 새로운 이야기를 지어내는 존재였다. 하지만 북쪽과의 연결끈이 끊어진 채 지난 십 년 동안 잊혀진 스파이로 살아온 그에게 난데없는 두통이 시작된 날, "모든 것을 청산하고 즉시 귀환하라"(39쪽)는 귀환명령이 떨어진다. 귀환 여부를 고민하면서 '옮겨 심어진 사람'으로서 남쪽에서 불법이민자의 운명을 감내해왔던 그는 자신이 '1963년 평양 태생의 김성훈'보다는 어느덧 '남한의 1967년생 김기영'에 가까이 다가가 있음을 감지하게 된다. 한때 그는 "모든 것을 기억하는 남자"(57쪽)이면서 쉽게 눈에 띄지 않은 채 희미한 윤곽만 남기는 유령 같은 스파이였고, '섬세한 감수성'으로 무장한 채 자신의 진정한 임무가 의미 있는 것들을 끌어내 해석하고 주석을 다는 학자 같은 일에 있음을 알고 있던 존재이다.

그러나 귀환 명령이 떨어진 후 김기영은 토목공학자였던 아버지로부터 "물고기가 되지 말고 개구리가 되라", "물에서는 헤엄치고 나와서도 뜀치고"(107쪽)라는 당부를 들었던 기억을 떠올린다. '불경의 언어'로 주체사상을 회의하던 아버지의 당부는 그가 북에서도 살고 남에서도 살게 되는 '양서류적 인간'이 될 것임을 예견한다. 사실 그는 양서류적 인간이라기보다는 남쪽에서 생활하면서 소비의 욕망과 속물근성을 내장한 '자본주의적 인간형'으로 변신하게 된다. 그리하여 '민족주의가 북의 정치적 혈액'이며, 김일성과 주체사상에 대한 북한의 소아병적 환상과, "민족주의를 넘어선 순혈주의, 단일성에 대한 과도한 집착, 한민족이 세계에서 가장 우수한 민족이라는 선민의식"(134쪽) 등의 북한 사회가 지닌 문제점을 제3자적 시각에서 비판적으로 인식하게 된다. 특히 영화와 연극을 좋아하는 김정일이 북한사회 전체를 거대한 연극무대로 만들었다고 생각하면서, 엄밀한 의미의 개인이 없는 북한에서는 모든 사람이 조직에 소속되어 있기에 그곳은 '시선과 시선의 감옥'(156쪽)에 갇힌 사회라고 판단하게 된다. 이 정도면 이미 김기영은 '간첩인 이민자'라기보다는 '자의적 탈북자'의 견해에 가까운 태도를 보인다고 할 수 있다.

1984년 남파된 후 대학입시를 치르고 1986년 연세대에 입학한 김기영은 '정치경제연구회'에 가입하고, 주사파 모임의 과장된 엄숙함 때문에 모든 상황을 한 편의 '소극'처럼 느끼면서 NL진영의 활동가가 된다. 그러나 역설적이게도 간첩 김기영은 자신의 영혼에 새겨진 '사상의 문신'을 숨겨야 했으며, 대학 선배들의 주체사상에 대한 맹신 속에서 오히려 자신의 신념에 균열을 느끼기도 한다. 결국 하루를 마감하면서 "가만히 살펴보면 모두가 필사적으로 살아가고 있"(363쪽)으며, 국정원 관계자로부터 자신 혼자 아무 것도 모른 채 주변 사람들과 속고 속이는 연기를 해왔던 사실을 알게 된 김기영은 전자팔찌를 찬 뒤에 사살된 것으로 위장한 채 집으로 돌아와서 새로운 하루를 시작하는 것으로 작품은 종결된다.

김기영의 이종적 정체성을 중심으로 간첩 이야기의 외피를 빌려 북한 체제와 함께 80년대의 남한, 2000년대의 남한이라는 세 공간을 이어붙이려는 작가의 시도는 일단 성공한 것으로 보인다. 하지만 그 이야기에 욕망의 화신인 아내 장마리의 서사와 법관이 되려는 똑부러진 여중생 딸의 서사가 자연스럽게 녹아들지 못한다는 점에서 아쉬움이 남는다. 작가에게 간첩은 '레드 콤플렉스'를 야기하는 존재가 아니라 끈 떨어진 자본주의적 일상인의 모습을 하고 있다. 하지만 이것이 자칫 2000년대식 반

공·반북 소설로 읽힐 수도 있다는 점은 엄연한 분단 체제의 섬뜩한 현
실로 다가온다.

21세기적 감수성의 작가

김영하는 20세기적 현실을 탈주하는 '21세기적 감수성의 작가'이다.
90년대적 감수성의 총아인 김영하는 그 특유의 감각 서사를 위해 간결한
문체를 주로 활용한다. 굳이 에둘러가지 않는 그의 문체는 삶과 죽음에
대한 진중한 성찰을 간단한 명제로 환원하면서 경쾌한 속도감을 보여준
다. 그의 가독성 높은 서사적 견인력은 인물의 내면이나 현실 세계를 설
명하기 위해 '둘 중의 하나'라는 이분법적 형식을 자주 활용한다는 점이
다. 이를테면 신이 되는 방법 두 가지는 '창작과 살인'(『나는 나를 파괴할
권리가 있다』)이 있다는 식이다. 이러한 이분법적 선택지는 인식 주체가
대상 세계를 분별하고 자신의 주장을 간명화하는 데에 적극적으로 활용
된다. 독자들은 작가의 이분법적 서사 진행 방식에 매료되어 세계를 명
쾌하게 해석하면서 작품에 몰입하게 된다.
　그의 상상세계에는 억압적 금기나 윤리적 경계가 없다. 그는 제도적
이거나 시대적인 금기가 구획하는 경계를 해체하고 재구성하면서 그 경
계의 의미를 무화시킨다. 그리하여 그의 상상력은 윤리적 금기지대를 넘
어 자유로이 비상한다. 하지만 그 상상력의 작동이 헛된 망상이나 환상

의 영역으로 초월하는 것은 아니다. 뜨겁게 작열하는 태양을 향해 비상했던 이카루스의 숙명처럼 작가가 미로 같은 현실 세계를 끊임없이 회의하고 도약하려는 욕망을 내면화한 존재이기 때문이다. 그러므로 그의 이야기 속에서는 신화와 전설, 그림과 조각, 영화와 비디오, 국가와 역사, 개인과 우리, 일상과 이데올로기 등의 미시담론과 거대담론 등이 자유롭게 이종교배하면서 '허구 같은 실재'의 소설을 빚어낸다.

—『문학사상』, 2005년 11월호

연리지(連理枝)적 풍경들

김종성론

체험적 현실의 외화

　작가이자 연구자로서 환경·생태문제에 지속적인 관심을 표명해온 김종성은 개인이 직간접적으로 체험한 현실에 문학적 상상력을 더해 소설로 외화하는 대표적인 리얼리스트에 해당한다. 작가의 1986년『동서문학』신인상 당선작을 포함하고 있는 탄광소설『탄(炭)』(미래사, 1988)[1]에서 제기한 다양한 문제들, 즉 열악한 탄광지역의 노동현실과 빈곤, 환경오염, 반공주의에 물든 교회와 교회 부설학교 교육의 병폐 등의 문제의식들은 소재적 변주는 있을지언정 최근작에 이르기까지 지속적으로 천착되고 있다. 산업화와 근대화의 후유증에 대한 작가의 비판적 인식은 다

1　이하 창작집은 작품 뒤 괄호 속에 로마자로 '『탄』(미래사, 1988)을 Ⅰ,『금지된 문』(풀빛, 1993)을 Ⅱ,『말없는 놀이꾼들』(풀빛, 1996)을 Ⅲ,『연리지가 있는 풍경』(문이당, 2005)을 Ⅳ'로 표기한다.

원주의 시대에도 폭력적 근대의 부정성이 여전히 현재진행형으로 다양한 문제를 야기하고 있음을 보여주는 것이다.

김종성의 소설은 당대적 모순에 대해 직설 화법으로 묘파하기를 선호한다. 따라서 그의 소설은 선명한 비판의식이 드러난다는 장점이 있지만, 등장인물들의 동요하는 내면이 지녔을 법한 섬세한 결을 만나기 어렵다는 한계 역시 지니고 있다. 첫 창작집『탄』에서부터 네 번째 창작집인『연리지가 있는 풍경』(문이당, 2005)에 이르기까지 작가는 선명한 서사적 골격을 유지하면서 다양한 소재들로 주제의식을 강화해왔다. 특히 환경문제를 필두로 하여 교육문제, 교회문제, 가야 이야기, 지식인과 중산층의 허위의식, 소시민의 주거공간 확보하기에 대한 탐색은 작가가 소외된 존재들을 양산하는 근대 세계의 현실적 폐해를 비판적으로 인식하고 있음을 보여준다. 누군가는 끊임없이 애꿎은 피해를 당하고 있으며, 그 피해의 기원에는 개인적 욕망도 존재하지만, 인간을 이윤 추구의 장으로 내모는 자본제적 논리의 강요가 우선적으로 존재하고 있음을 작가는 주목하고 있는 것이다.

오염된 생태 환경에 대한 비판적 성찰

작가 김종성의 주된 관심은 크게 보면 소외된 인간과 환경(생태), 잃어버린 역사와 주거 공간 문제에 닿아 있다. 그 중에서도 특히 작가의 무의식에 깊이 새겨 있는 것은 산업화와 근대화 과정에서 야기된 환경오염 문제이다. 그에게는 강원도 탄광지대인 태백에서 보낸 1950~1960년대 유년시절 체험이 자의식에 강하게 자리잡고 있기 때문이다. 그리고 그러한 원체험적 상상력은 그의 첫 창작집 『탄』에 고스란히 새겨 있다.

연작소설집 『탄(炭)』은 한국문학사에서 거의 최초로 탄광지역을 배경으로 탄광노동현실을 전면적으로 다룬 작품집이라는 점에서 문제작임에 분명하다. 하지만 개인사적 직·간접 체험이 문학적 객관화를 거쳐 미학적으로 승화되지 못한 아쉬움 역시 내장하고 있다. 「석탄」에서부터 「도탄」에 이르는 10편의 연작소설은 소설적 형상화의 사각지대에 놓여 있던 탄광지역 노동자들과 그들의 가족을 둘러싼 버거운 일상과 억압적 노동현실을 세밀하게 포착해내고 있다는 점에서 무엇보다 소중한 작품들이다. 그러나 등장인물의 구체적 내면을 생생하게 확보해내지는 못하고 있다는 점에서 아쉬움을 남긴다. 이러한 탄광지대에 대한 작가적 관심은 최근작인 「버력산」(IV)에서 지금은 폐광촌이 된 탄광마을 사람들의 생을 벼랑 끝으로 몰아세운 것이 경제성 있는 탄광만 육성한다는 정부의 '석탄산업합리화정책'때문이었음을 회상하는 것으로도 이어진다.

탄광소설집이라는 특징과 함께 첫 창작집에서 드러난 중요한 문제의식 중의 하나가 바로 환경오염의 원인을 바라보는 작가의 비판적 태도이다. '탄' 연작 중의 하나인 「죽탄(粥炭)」은 탄광지역의 공장 폐수와 공해로 발생한 환경오염이 사람과 가축을 병사시키는 정도에까지 이르고 있음을 증언하고 있으며, 「잿빛 골짜기」(Ⅰ)에서는 중화학산업공단이 들어서면서 발생한 환경 공해문제를 자본가와 농민 간의 대립적 갈등의 차원에서 주목하고 있고, 「아래기」(Ⅰ)에서는 1960년대 후반 갯마을에 공단이 들어서면서 기아와 궁핍에 허덕이게 된 '궁촌'의 문제를 다루고 있다.

이렇듯 『탄』에서 드러난 환경오염에 대한 원체험적 비판 의식은 이후에 환경오염 문제를 다룬 다른 소설 속에서도 지속적인 천착의 대상이 된다. 환경운동가의 위선을 다룬 「수국이 있는 풍경」(Ⅲ)은 유기농법으로 농사를 짓고 생명운동을 위해 환경파수꾼이 되려 한다는 대학동창이, 실은 자기들의 먹을거리만 무공해 농산물로 짓고 도시에 내다파는 농산물은 농약과 화학비료로 키워, 이기적인 환경파괴자에 불과한 위선적 존재임을 '절개 없는 여자=수국'에 빗대어 비판한 작품이다. 전쟁의 후유증에 버금가는 것이 환경오염의 심각성임을 설파하는 「말없는 놀이꾼들」(Ⅲ)에서는 '사타구니에 좁쌀처럼 빨갛게 돋아난 피부병'을 베트남전쟁에 참전했다가 얻은 아버지가 자신의 아들이 공단지대의 공해 때문에 자신과 유사한 병에 걸렸음을 알게 되는 비극을 그려내고 있다.

환경오염의 문제는 이렇듯 개인에게 위선적 삶과 비극적 폐해를 제공해줄 뿐만 아니라 필연적으로 마을 환경을 지켜내려는 측과 이윤을 최대한 증대하려는 회사 측의 집단적 대립을 낳게 된다. 「꿈틀거리는 산」(Ⅲ)은 화학공장과 제련소가 들어선 마을에서 공단을 세우려는 회사 측과 반대하는 농민들의 대립 속에 시위를 벌이던 마을 사람들이 폭력배들에게 폭행을 당하는 가운데 리비아에서 일하다 귀향한 춘복이 최루가스를 맡고 쓰러지면서 '꿈틀거리는 큰산'과 아기장수를 환각으로 접하는 모습을 그린 작품이다. 「일요일을 지킵니다」(Ⅳ)는 골프장 건설을 위해 환경 파괴를 일삼는 광신기업이 광신그룹 회장의 '일요일 휴무 지키기'를 통해 일주일에 한 번 쉬면서 자연 생태계를 보호하는 환경친화적 기업임을 부각시키려고 하지만, 골프장 건설을 강행하는 광신월드와 그것에 반대하는 마을 사람들의 대립은 '땀 흘리는 미륵불'의 상징적 암시에서 드러나듯 환경문제가 국가적 위난에 버금가는 일임을 드러낸다.

개인과 마을 공동체에 대한 환경오염의 습격은 환경이 오염되기 이전의 존재와 시절에 대한 향수를 불러일으키게 된다. 그리하여 1급수적 존재가 사라져버린 시대의 이야기를 환경서적 출판과 관련지어 주목한 「열목어」(Ⅳ)는 태백의 폐광촌에 정신병자 요양원인 '숲의 집'을 조성하여 특수선교를 하려는 목사의 위선적 태도를 비판적으로 그려내면서 주인공이 1급수에만 산다는 열목어의 울음소리를 들으며 그 마을을 떠나는 모습을 형상화한다. '열목어의 울음소리'는 「용 울음소리」(Ⅳ)에서는 '용 울음소리'로 변주되어, 오염되지 않은 순수한 자연의 울부짖음으로 상징화된다. 즉 석유비축기지 건설과 마을 지키기의 대립 속에서 환경이 파괴되어 가는 용혈마을에서 마지막 용신제를 취재하던 주인공이 전경들에 의해 용신제를 진행하는 농악대가 해산되자 용소에서 들려오는 용 울음소리를 듣는 모습으로 그려진다. 자연의 소리를 대변하는 '열목어와 용의 울음소리'는 「나비를 찾아서」(Ⅳ)에서는 시원적 생명감을 제공하는 '사라진 황금나비'로 변주된다. 오염된 환경때문에 황금나비가 사라져버린 세계에서 주인공은 모기와 검은 나방이 몰려드는 환각을 체험한다. 이러한 환경파괴에 대한 비판적 시선은 잃어버린 존재에 대한 향수 속에 현실 비판적 태도를 유지하려는 작가의 환경 친화적 세계관을 드러낸다. 결국 작가는 자본가들의 이윤 추구에 대한 탐욕과 인간들의 물질 만능주의에 대한 이기적 욕망이 환경파괴를 불러일으켰고 생태계를 훼손시키고 있음을 비판하고 있는 것이다.

반공주의에 물든 교회와
교회 부설학교의 부정성

김종성의 작품 세계에서 환경 문제 다음으로 중요하게 활용되는 소재는 '교회와 교육'이다. 작가는 '잘못된 교회의 교육 행태'에 대한 문학적 고발을 전제로, 반공주의와 이윤 추구에 골몰하는 위선적 교회의 모습과 각종 부정과 비리로 얼룩진 교육 행태에 대해 비판하고자 한다. 따라서 이윤 추구에 몰두하는 사기성 집단이나 이단으로 존재하는 교회와 그러한 교회가 부설한 학교에서 파생되는 비리 교육의 문제점을 끊임없이 한국 사회의 병폐로 주목한다.

중편 「금지된 문」(Ⅱ)은 학력 중심 사회에 대한 비판 속에서 총회신학교 중퇴 학력의 황상윤이 외판직과 영업직을 전전하면서 인가학교의 문제점을 인식하게 되는 내용을 그린 작품이다. 상윤이 다닌 총회신학교는 교육부 인가가 아니라 교단 총회장이 인정하는 자격증을 주는 신학교였기에, 상윤은 일찌감치 대학의 '문 안'과 '문 밖'에 대한 이중의식 속에 소외감을 지닐 수밖에 없었다.

> "저 문 안으로 들어가길 열망해왔지만, 저 문 안으로 들어갈 수 없었어. 난 교문만 바라보면 늘 우울해지곤 해. 저렇게 많은 사람들이 문안으로 들락거리고 있지만, 난 언제나 문 밖에서 서성거리고만 있구나 생각하니, 내가 마치 사막의 한 가운데에 혼자 서 있다는 생각이 문득문득 들어(206쪽)."

‘나=문 밖’, ‘많은 사람들=문 안’이라는 인식은 필연적으로 소외된 존재로서의 열패감과 불안감을 낳을 수밖에 없다. 이러한 패배 의식과 자신감 상실을 딛고 일어서기 위해 상윤은 서른 가까이 되어 방송대학 국어국문학과에 입학하기도 하지만, 이미 출판사 편집부와 영업부의 급여 차이가 학력 차이의 결과물임을 깨닫게 된다. 나이를 먹고 들어간 대학 역시 ‘문 밖 의식’을 지닌 그에게 ‘문 안’에 대한 비판적 태도와 생래적 거부 반응을 강제하는 것이다.

‘문밖 의식’을 주목한 작가의 교육 행태에 대한 비판적 관심은 처음에는 「백색 그리스도」(Ⅰ)에서 드러나듯 ‘이단 교회의 잘못된 교육 행태’에 닿아 있다. 이 작품은 미군의 존재에 대한 동물적 혐오감과 미국에 대한 동경과 선망이라는 ‘양가적 미국상’을 비롯하여 교회 부설학교의 비리와 위선 등이 파편적으로 그려진 소설이다. 이 작품에서 작가는 교회 부설 고등공민학교 운동장에 예배당 신축을 강행하려는 교회 지도층, 양색시들의 모임인 화성직업부녀회의 헌금을 교회 주보에서 빼는 교회 관계자들, 학생들을 예배당 공사에 동원하는 양장로, 수박 겉핥기로 감사를 진행하는 교육청 관계자 등의 위선적 태도를 비판적으로 형상화함으로써 작가의 시선이 허위의식에 젖은 종교 관계자와 비리에 물든 교육 행태에 닿아 있음을 보여준다.

위선과 비리로 얼룩진 교회의 교육 행태에 대해 비판하고 있는 「백색 그리스도」의 문제의식은 「사흘 밤 사흘 낮」(Ⅱ)에서는 이단 계통의 ‘원론교회’가 주도하는 반공주의 교사 연수교육의 허상을 파헤치는 것으로 이어진다. 작가는 3박 4일간의 교사 연수교육에 참가한 유중석이 이단교회의 반공주의에 거부감과 비판적 태도를 보이다가 마지막 날 원론교회

요원들로부터 폭행을 당하는 모습을 그리면서 반공주의로 무장된 교사 연수교육의 폐해를 비판하고 있는 것이다. 중편「산 그늘」(Ⅱ)에서는 앞의 두 작품의 문제의식이 결합되어 반공 이데올로기 교육과 원론교회의 교세 확장 의지가 맞물려 '빨갱이'에 대한 차별적 시선이 드러난다. 이렇듯 교회의 반공교육에 대한 비판은 작품 속에서 반공 기념비각에 오줌을 싸는 초등학교 6학년 순분이의 배설욕에 의해 풍자성을 획득하게 된다.

교회를 단순한 이단이 아니라 사기 집단으로 풍자하고 있는 중편「일요일의 아이들」(Ⅱ)은 여성 노동자를 착취하는 교회 부설 '일요 특별학급'의 허상을 비판한 작품이다. '국민학교'만 졸업한 경옥은 "배우는 어려움은 잠깐이고 못 배운 설움은 평생이다"라는 슬로건을 마음에 새기며, 검정고시에 합격하면 정규학교 학생과 똑같은 자격을 인정하는 1년제 일요 특별학급인 '광염새마을청소년중학교'에 다니게 된다. 하지만 1년이 지난 뒤 졸업식날 아이들을 전부 돈으로 환산하는 양사장(목사)의 말을 엿들으며, 경옥은 불쌍한 여성 노동자들을 착취하는 사회 구조적 모순을 체감하게 된다.

김종성의 작품에서 교회는 종교인들의 신앙 공동체로서 존재하기보다는 반공주의 교육의 온상지로 그려진다. 더구나 대체로 정통에서 벗어난 이단이거나 이익집단으로 그려지면서, 한국 교회의 뿌리 깊은 체제 유지적 보수주의 행태에 대해 비판의 칼을 들고 있는 것이다. 작가는 '교회'가 신앙의 고백처이자 종교의 성지로 기능하기보다는 교회답지 못한 행태를 일삼아온 곳으로 기능했을 수도 있음을 비판적으로 성찰하고 있는 것이다.

잃어버린 존재를 찾아서

작가 김종성에게 환경문제와 교육문제 다음으로 주요하게 활용되는 소재는 '가야 이야기'에서 드러나는 잃어버린 역사의 상상적 복원, 환경 문제를 바라보는 중산층의 허위의식, 아파트 지역 주민들의 이기적 행태, 주거공간의 확보를 위한 소시민의 고군분투 등이다. 이것은 그의 상상력의 배경이 탄광지대에서 출발하여 아파트 지대로 변화하고 있음을 보여준다.

작가는 「가야를 찾아서」(Ⅱ)에서 광고회사 민기오 차장의 눈으로 '신비의 왕국 가야유물특별전'에서 만난 "역사의 저편, 머나먼 시간을 가로질러 다가온 가야의 유물"(13쪽)을 통해 사라진 나라인 '가야'에 대한 깊은 관심을 표출하게 한다. 김해 금관가야에 대한 단순한 호기심 차원의 관심이 「가야를 찾아서」에서 드러난다면, 「님의 나라」(Ⅲ)에서는 잊혀진 고대 왕국 '가야'에 대한 질문이 한일간의 비교사학적 인식으로 구체화되어 나타난다. 그리하여 작가는 '역사문화사'에 다니는 정 차장이 가야(임나)에 대한 관심을 환기하면서, 일본의 팽창주의에 대한 문제의식 속에 '임나일본부 뒤집은 가야문화', '잊혀진 왕국 가야를 찾아서'라는 기획안을 출판사에 제출하는 것으로 형상화한다. 그러면서 작가는 왜색문화가 판치는 한국에서 고대사에 대한 접근에는 소설적 상상력이 필요함을 절감하게 되고, 실증과 상상, 미시와 거시, 원근법적인 접근이 무엇보다 필요함을 주장하게 된다.

「가야를 찾아서」와 「님의 나라」가 자료에 대한 고증적 차원의 자료사

적 접근이라는 점에서 현실성이 미흡하다면, 「연리지가 있는 풍경」(Ⅳ)
은 가야 이야기를 배면에 깔면서, 연리지 이야기, 아파트 부녀회 이야기,
쓰레기 매립장 이야기, '강사'와 '교수' 이야기 등이 어우러져 구체적 리
얼리티를 획득한다. 작가는 샘골 원주민과 그린타워아파트 입주민들 사
이에서 벌어지는 광릉수목원 옆 쓰레기 소각 잔재 매립장 유치에 대한
찬반 대립, 샘골 새마을 부녀회와 아파트 부녀회의 대립을 형상화하면
서 지역 이기주의에 대한 비판적 시선을 유지한다. 특히 '관계의 조화'를
상징하는 '비익조'나 '연리지'를 통해 샘골 마을에서 벌어지는 두 세력의
대립이 옛 공동체 정신을 훼손시키고 있음을 비판적으로 역설한다. 작가
는 이 작품에서 잃어버린 역사의 복원과 소시민의 기회주의적 속성의 타
개를 하나의 연리지로 이어붙이기하고 있는 것이다.

　「연리지가 있는 풍경」에서 드러나는 '반연리지'적 인간의 풍경은 아
파트 개발을 둘러싼 지역 내부의 갈등에서 주로 드러난다. 지역 개발이
라는 미명 하에 오히려 지역민 내부의 갈등이 첨예화되는 부작용을 낳고
있는 것이다. 이미 이전에도 '개발'을 둘러싼 갈등을 다룬 이야기 구조
는 재개발추진위원회와 세입자대책위원회의 대립, 아파트 입주민과 원
주민들 사이의 생활력 차이, 세입자들과 경찰과의 투쟁을 그린 「새벽 불
꽃」(Ⅱ) 같은 작품에서 드러난 바 있다. 또한 「하늘 문」(Ⅲ)에서는 소시
민의 내집 마련 욕구가 현실적으로 지난할 수밖에 없으며, 아파트 분양
제도기 지닌 허상과 '지상의 방 한 칸'이 얼마나 헛된 꿈일 수밖에 없는
지를 다루고 있으며, 「먼 길」(Ⅲ)에서는 시공사의 부도 이후 아파트 입
주예정자들의 권리 찾기와 내집마련을 위한 눈물겨운 고투와 패배가 그
려진 바 있다.

　'가야 이야기'와 '주거 공간 이야기'에 대한 주목은 작가의 소설적 문

제의식이 초기에서와는 다르게 소시민의 일상공간으로 변화하고 있음을 보여준다. 그러나 배경과 소재의 이동이 그의 작품세계의 종국적 변화를 야기하는 것으로는 보이지 않는다. 그의 시선이 여전히 초기의 작품들에서 주목하고자 했던 문제의식, 즉 비루한 일상 현실의 굴레 안에서 우리가 잃어버리거나 잊어왔던 것들 혹은 소외되거나 외면당해온 존재들을 향해 있기 때문이다.

체험과 실증, 그리고 심미성

검은 석탄 가루를 응시하며 시작된 김종성의 문학은 아파트 산책길까지 이어지고 있다. 그것은 그가 체험적 글쓰기라는 산문정신에 기대어 있는 작가임을 보여준다. 작가의 첫 창작집이 지닌 80년대의 이데올로기적 대립의식은 시대의 변화와 함께 다차원적으로 변화되고 있다. 그러나, 그럼에도 불구하고 1960년대 산업화가 낳은 환경오염 문제에 대한 천착, 이단적 종교가 지닌 폐해, 이기적 중산층과 소외된 하층민들의 삶에 대한 작가의 관심은 여전하다.

김종성은 체험과 실증으로 말하고자 한다. 체험은 그의 소설적 기원이 자리하는 무의식의 공간에 해당한다. 자료의 확보와 분석과 해석에 많은 시간이 소요되는 실증적 태도는 대상의 성격을 규명하려는 연구자의 자세에 가깝다. 김종성에게 문학은 체험과 실증이라는 두 핵심 요소를 상

상적으로 삼투하는 작업의 결과물로 보인다. 그러나 이 둘을 매개하는
개념으로 작가에게 요구되는 것은 미학적 결집력일 것이다. 체험의 나열
이나 실증적 접근 중 어느 한 쪽으로 기울어졌을 때 그것은 단순한 보고
문학에 빠질 우려가 있기 때문이다. 섬세한 내면의 결을 지닌 인물, 사건
들의 개연적 결합, 묘사와 서사의 상승적 상호 추동 등이 그의 문학에서
더욱 필요한 부분일 것이다. 그리고 그러한 수준에 도달한 소설적 표징
을 우리는 「연리지가 있는 풍경」에서 엿볼 수 있다. 김종성의 문학적 미
래에 다양한 생의 무늬가 심미성의 이름으로 아로새겨지길 기대한다.

—『경희문학』, 2006

자유인 황석영

　황석영은 우리 시대의 자유인이다. 일정한 포지션이 정해져 있지 않은 채로 중앙선을 넘나드는 축구선수 리베로처럼, 그는 산업화 시대의 휴머니스트로, 민족문학과 민중문화운동의 기수로, 분단시대 극복을 향한 망명객으로, 세계화 시대의 경계인으로 그 가면을 바꿔쓰기도 했지만, 그의 본질적 기표로서의 자유인 기질은 변함이 없었다. 마치 『심청』(2003)에서 심청이 '렌화―로터스―렌카'로 기표를 달리하면서도 관음보살적 본질이 변화하지 않듯이 말이다. 그에게 자유는 정치사회적 모순에 항거하는 저항적 자유이면서 지역이나 국가의 경계를 과감하게 일탈하는 유목적 자유이고, 경직된 사회문화적 담론을 넘어서려는 초월적 자유로 변주된다. 그러므로 그는 2009년 현재에도 그 어떤 무엇으로부터의 억압이나 금기로부터 벗어나 자유롭게 행보하려는 서사적 산보객의 자유를 구가하고 있다. 그리고 그 자유인의 초상은 분단시대를 살아가고 있는 한국문학의 리얼한 모던 혹은 (탈)근대적 개인의 표정을 상징화한다.

황석영은 1962년 「입석부근」으로 『사상계』 신인문학상을 수상하고, 1970년 「탑」으로 『조선일보』 신춘문예에 당선된 이래로 2008년 『개밥바라기별』에 이르기까지 노익장이라는 말이 무색하리만큼 왕성하고 정력적인 활동으로 시대의 문제작을 지속적으로 생산하고 있다. 이미 문학사에서는 그를 1970년대에는 「객지」(1971), 「한씨연대기」(1972), 「삼포가는 길」(1973), 「돼지꿈」(1973) 등의 중·단편소설로 산업화 시대를 대표하는 비판적 사실주의 작가로, 1980년대에는 『장길산』(1984)과 『무기의 그늘』(1988)로 독재시대를 우회적으로 증언한 작가로 기록하고 있다. 그는 1990년대에는 사회운동가로서 영어의 몸이 되어 10여 년의 휴지기를 가지다가, 2000년대에 이르러 '돌아온 작가'가 되어 『오래된 정원』(2000), 『손님』(2001) 등의 장편소설을 발표함으로써 문단 안팎의 집중적인 이목을 받고 있다. 지난 40여 년 동안의 황석영의 문학은 일용직 노동자, 도시 빈민, 군인, 술집 작부, 소시민 등의 주변인적 존재들을 위무하는 단편소설들로부터 시작하여, 분단과 독재시대의 질곡을 조선 숙종조와 베트남 참전 이야기를 통해 극복하려는 장편소설을 거처, 1980년대와 1990년대를 향한 중첩적 시대인식, 1950년대 분단 문제의 해원, 19세기 동아시아의 근대성 탐색, 21세기 세계화 시대의 모순 등을 응시하려는 장편소설을 지속적으로 창작함으로써 작가적 촉수의 동심원적 확장을 펼쳐보이고 있다.

황석영의 생애 자체는 한반도 남단에서 분단 시대를 헤쳐온 4·19 세대의 행적을 그대로 압축한다. 1943년 만주 장춘長春에서 출생한 그는 해방과 함께 평양 외가로 나왔다가 1947년 월남하여 영등포에 정착한다. 1950년에는 영등포국민학교에 입학했지만 한국전쟁의 발발로 피란지를 전전하게 된다. 이렇듯 '만주―평양―서울―피란지'를 거치는 유년기부터 디아스포라적 정체성을 감당해낸 작가의 성장 이야기는 「잡초」와 「아우를 위하여」에 잘 드러나 있다. 이후 경복고를 다니던 중 1960년 4·19를 경험하고, 1962년 고교를 자퇴한 뒤 남도지방을 방랑하다 돌아와 투고한 「입석부근」으로 『사상계』 신인문학상을 수상한다. 이때의 이야기는 「입석부근」과 「열애」를 거쳐 『개밥바라기별』에서 자세히 다루어진다. 이후 1964년 한일회담 반대시위에 참가했다가 영등포경찰서 유치장에서 만난 건설노동자와 떠돌이 일용직 노동생활을 하고, 칠북의 장춘사長春寺에서 입산을 하지만 이후 모친을 만나 상경한다. 이때의 일용직 노동 체험이 「객지」와 「삼포 가는 길」의 이야기를 낳는다. 1966년에는 해병대에 입대하고 1967년 베트남전쟁에 참전하고 1969년 제대한 뒤 1970년 조선일보 신춘문예에 「탑」이 당선되어 일종의 재등단을 하고 나서, 「아우를 위하여」, 「몰개월의 새」 등을 잇따라 발표한다.

1974년 7월부터 1984년 7월까지 한국일보에 『장길산』을 연재하며 대하소설의 붐을 일으키고, 1977년 11월부터 이듬해 7월까지 『무기의 그늘』의 기초가 된 「난장(亂場)」을 『한국문학』에 연재한다. 1976년 해남으로 이주하여 문화운동을 벌이고 1978년 다시 광주로 이주하여 1980년 광주항쟁 당시 문화운동에 참여했던 젊은 동료들 수십여 명이 사상된 뒤 1981년 제주로 이주했다가 1982년 광주로 돌아와 1985년 광주항쟁 기록물인 『죽음을 넘어 시대의 어둠을 넘어』를 지하 출판한다. 이때의 이야기는 「골짜기」와 『오래된 정원』에 잘 드러난다. 『한국문학』에 이어 『월간조선』에 연재했던 『무기의 그늘』을 1988년에 발간한다. 1980년대 내내 민중문화운동에 전력하다 1989년 북한 방문 이후 1991년까지 베를린에 체류하다가 베를린 장벽의 붕괴를 목격하고 1991년 뉴욕으로 이주하여 1993년 4월 귀국할 때까지 미국에서 체류한다. 1993년 귀국과 함께 구속되었으며 복역 중에 북한방문기 『사람이 살고 있었네』를 발간하고, 1998년 3월 석방된다. 이때의 방북과 베를린, 감옥 체험 등은 『오래된 정원』에, 미국 체류는 『손님』에 부분적으로 새겨져 있다. 출감 이후 왕성한 창작활동을 펴던 중 2003년 이후 영국 런던과 파리에 4년 동안 체류하다가 귀국한다. 귀국 이후 『바리데기』(2007), 『개밥바라기별』 등을 출간한다.

황석영의 문학은 발로 쓴 한국의 근현대사라고 해도 과언이 아니다. 1970년대 이래로 한국의 근현대사에 직접적으로 맞물려 들어가면서 '체험과 상상력'(권오룡)의 길항 관계 속에 사회적 약자와 소수자, 빈민 계층의 목소리를 담아낸 것으로 평가받기 때문이다. 그의 문학은 개인의 감수성과 공동체적 연대의식의 발견을 주목한 1960년대적 성장소설인 「입석부근」에서 시작된다. 그리고 「탑」에서 제국주의 침략 전쟁으로서의 베트남 전쟁이 지닌 폭력성과 비합리성을 전장 병사의 내면 고백으로 형상화하면서, 모더니스트적 기질과 사실주의적 관점을 동시적으로 보여주기 시작한다. 즉 주제적 차원에서는 철저히 비판적 현실 인식을 토대로 한 사실주의적 작가이지만, 그것을 풀어내는 기법적 차원에서는 지극히 모더니즘적인 기술방식을 보여온 것이다. 이러한 양면적 태도는 『개밥바라기별』의 다중시점의 활용에 이르기까지 다양한 형상화 방법을 동원하면서 이후의 텍스트들을 관통한다.

산업화 시대에 반응하는
서사의 힘

1970년대에 집중적으로 발표된 황석영의 중단편소설은 소재나 핵심 모티프로 분류하면 성장소설, 군인소설, 노동소설, 서정소설, 분단소설, 도시빈민소설, 욕망소설, 환상소설 등으로 구분할 수 있다. 물론 이러한 분류는 임시적이며 좀 더 면밀한 검토를 거쳐 정치한 방식으로 세분화하거나 계열화할 수 있을 것이다.

먼저 개인의 사회화 과정을 다룬 성장소설로는 「입석부근」(1962), 「아우를 위하여」(1972), 「열애」(1988) 등을 들 수 있다. 「입석부근」은 가정과 학교로부터 이탈하려는 화자가 동굴생활과 '암벽타기' 모티프를 통해 개인의 실존적 고뇌와 더불어 남성적 상승의지와 공동체적 연대감을 추인하게 되는 과정을 그렸으며, 「아우를 위하여」는 아우에게 보내는 편지 형식의 글을 통해 초등학교 교실 내부의 불합리한 폭력 구조와 그것을 극복하게 해준 여교생 선생님의 '진보와 사랑'의 가치를 성찰하는 내용을 다루고 있다.

둘째 베트남전쟁의 참전을 다룬 군인소설로는 「탑」(1970), 「돌아온 사람」(1970), 「낙타누깔」(1972) 등을 들 수 있다. 「탑」에서는 베트남전에 참가한 한국군이 '탑'을 결사항전으로 사수하지만 미군이 이튿날 탑을 밀어버림으로써 한국군의 탑 사수 노력이 허사로 종결되는 내용을 통해 제국주의 대리전에 참가한 용병의 허무적 세계인식을 보여주며, 「돌

아온 사람」은 베트남 전쟁과 한국전쟁을 겹쳐보면서 폭력과 살인을 정
당화하고 강제하는 전쟁의 광기적 본질을 천착하고, 「낙타누깔」은 베트
남전쟁에 참전했다가 정신질환으로 귀환한 화자를 통해 제국주의 전쟁
의 참혹성과 물신화된 성적 욕망의 허상을 성찰한다.

셋째 노동소설로는 1970년대 노동문학의 효시로 평가받는 중편「객
지」(1971)와「야근」(1973)을 들 수 있다. 「객지」에서 동혁이 마지막 부
분에서 "꼭 내일이 아니라도 좋다"라는 다짐과 함께 극단적 저항으로 자
폭을 선택하는 모습은 절망적 노동 현실에 대한 전복적 결단을 상징적으
로 보여주며,「야근」에서는 공장 노동자의 죽음과 적극적 투쟁을 형상화
하면서 자본가 권력에 저항하는 노동자의 실천력을 강조한다.

넷째 서정소설로는 산업화 시대의 음화로 형성된 소외된 주변인들의
정서적 교감을 다룬「삼포 가는 길」(1973)과「몰개월의 새」(1976) 등
을 들 수 있다. 서정적 비애미의 절정으로 평가 받는「삼포 가는 길」은
도시의 하층민인 술집 작부 백화와 일용직 노동자 영달과 정씨가 고향
을 잃어버린 상실감 속에서도 귀향 의지를 내장한 동류적 존재임을 통해
1970년대 도시화의 이면을 상징화하고,「몰개월의 새」는 전장으로 나가
는 군인과 순정을 지닌 술집 작부 미자와의 근친적 교감을 통해 사회적
약자들의 공감과 연민이라는 동류 의식을 보여주면서 하층민의 욕망의
순수성을 보여준다.

다섯째 분단소설로는 중편「한씨연대기」(1972)와「잡초」(1973), 「골
짜기」(1987) 등을 들 수 있다. 「한씨연대기」는 한국전쟁이라는 광기의
시공간을 거치며 양심적 의사인 한영덕이 반공 이데올로기에 의해 어떻
게 훼손되고 파멸되는지를 적실하게 보여주고 있으며,「잡초」에서는 소

년 화자 수남의 시선을 통해 해방기와 한국전쟁을 거치면서 식모 누나인 태금이가 인민군에 협조한 이후 '미친 여자'가 되어 거리에서 조롱거리가 된 비극적 형상을 그려내면서 '땡볕과 잡초'로 환기되는 전쟁의 광기를 보여준다.

여섯째 도시빈민소설로는 하층민의 힘겨운 세상살이를 형상화한 작품으로 중편 「돼지꿈」(1973), 「이웃 사람」(1972) 등을 들 수 있다. 「돼지꿈」에서는 넝마주이 강씨네(+산재노동자가 된 아들 근호, 양아치에게 시집가게 된 임산부 딸 미순 등)를 중심으로 하천 건너편 공터에서의 때 아닌 싱싱한 활기를 접하는 모습을 통해 하천변 무허가 판자촌의 비애와 환희, 절망과 희망의 공존 양상을 주목하고, 「이웃 사람」에서는 피를 뽑아 생계를 이어가던 화자가 저지른 살인을 통해 빈자를 양산하는 산업화 시대의 모순을 비판한다.

일곱째 자본제적 성욕의 요지경 속을 들여다본 욕망소설로는 「섬섬옥수」(1973)와 「장사의 꿈」(1973) 등을 들 수 있다. 「섬섬옥수」는 여대생 박미리와 수도공 상수가 벌이는 욕망하는 주체와 타자의 관계 역전을 통해 욕망의 물신성과 전복 가능성을 형상화하며, 「장사의 꿈」은 주인공 일봉이 '씨름기계→목욕기계→포르노배우기계→매춘기계'로 직업을 전전하면서 욕정을 탕진하는 모습을 통해 자본주의의 미시적 권력이 주체의 성욕을 어떻게 구성하고 왜곡시키는지를 상징적으로 제시한다.

여덟째 무시간성을 배경으로 환상적 요소가 가미된 환상소설로는 「가화」(1971)와 「가객」(1975) 등을 들 수 있다. 「가화」는 천국 나이트클럽의 전속단원인 '무'가 분열증세를 경험하며 가상과 현실을 넘나들면서 '마리아 찾기'라는 모티프를 통해 '골든힐'이라는 욕망의 집결체가 지닌 허상을 보여주며, 「가객」은 아름다운 거문고 연주 실력과 추악한 얼굴을 동시에 지닌 ‘수추壽醜’라는 초월적 주체를 상정하여 강 건너편의 화려한 저자거리와 강 이쪽편의 폐허적 공간을 대비시키면서 미와 추, 본질과 현상, 시선과 응시, 시각과 청각, 예술과 권력, 주체와 타자, 사랑과 증오, 완성과 미완 등의 이항대립적 관계를 문제삼은 작품이다.

이렇듯 황석영의 중·단편소설은 ‘체험과 상상력’의 길항 관계를 통해 당대의 현실 세계를 조망하면서 부조리한 현실의 제반 모순을 극복하기 위한 실천적 노력을 다면적이고 입체적으로 진지하게 형상화하고 있다. 특히 단자적 개인보다는 하층민 집단의 결속력을 강조했으며, 실향과 방랑 등의 이미지가 반복적으로 변주되지만, 진지한 체험의 세계에서 획득한 진실한 절망과 비애를 그림으로써 건강한 생명력과 인간주의적 연대감의 회복을 희구하는 폭넓은 리얼리즘의 세계를 보여준다. 결국 산업화가 야기한 인간 소외의 현실 속에서도 그것을 극복하고자 노력하는 소외 계층의 생생한 육성과 인간적 의지, 공동체적 윤리의식 등을 하층민의 생활 공간과 탈향의 떠돎 속에서 그려내고 있다는 점은 1970년대의 대표적 리얼리스트로 황석영을 자리매김하게 한다.

대동의 미륵세상
—『장길산』(1974~1984)

작가에게 1980년대를 전후한 시기는 독재 권력과 민중민주세력의 대결 구도로 인식된다. 그러한 구도는 민중적 연대감의 제고와 대동의 미륵세상을 전면에 내세운 『장길산』에서 두드러지게 형상화된다. 『장길산』은 『임꺽정』과의 연장선상에서 대하소설의 계보를 이으면서 조선 숙종조의 과거사를 현재적 우화로 읽어냄으로써, 1970 · 1980년대 한국 사회의 현실적 모순을 응시하고 극복하려는 비판적 작업의 소산이다. 그 속에서 '남한 최고의 역사소설'(최원식)이라는 상찬 속에 민중사관의 소설적 적용과 다채로운 풍속 묘사의 풍요로움이라는 긍정성이 주목된다.

텍스트로서의 『장길산』은 서장과 종장을 포함하여 모두 10권 4부 12장으로 이루어져 있다. '서장^{路上}'에 앞서 도입부에는 『장길산』의 축약된 주제이기도 한 '장산곶매의 전설'이 소개된다. 마을 사람들이 자신들의 수호신과도 같은 장산곶매에 매듭을 묶어 마을의 소유임을 표시해 두었는데, 수리와의 싸움 끝에 매듭이 화근이 되어 장산곶매가 죽게 되는 이야기이다. 이 부분은 민초들의 부족한 믿음과 소유욕이 예기치 않은 재앙을 초래할 수 있다는 사실을 암시한다. 그리하여 작가는 이 작품의 전체적인 주제의식인 '미륵 세상/대동 세상의 성취'에 대한 신념이 희박한 백성에게는 그들이 희망하는 참세상의 실현이 요원할 수밖에 없다는 사실을 우의적으로 강조한다.

이 작품에서 미륵세상을 향한 기대지평은 크게 세 가지 형상으로 제시된다. 첫 번째로 비승비속非僧非俗으로 살아갈 운명을 지닌 주인공 장길산이 애인인 묘옥과의 이별을 앞에 두고 꾸는 꿈에서 등장한다. 길산은 미륵 세상에 대한 꿈을 꾸면서, 차별 없는 평등 세상이 올 것이라는 석가세존의 음성을 듣는다. 그때는 부귀가 유명무실해지고 고통과 차별이 없는 유토피아적 신세계가 펼쳐질 것이라는 계몽적 현몽은 길산에게 실현 가능한 이상 세계의 전범으로 제시되면서, 앞으로 길산이 나아갈 길에 대한 방향타 구실을 한다. 이러한 초월적 전망이 있기에 '종장鬼面'에서 길산이 스승인 운부 스님의 병자년 입국 계획에 동참하지 않을 의지를 표명하게 된다. 길산은 자신의 신표인 단검을 옥여 스님에게 전달하고 더욱 많은 활빈도행이 이루어지도록 하기 위해 자신은 무리 속으로 사라지겠노라면서 작품의 혁명적 낭만주의를 완수한다.

두 번째 형상은 검계에 가입한 석산진의 최후에서 드러난다. 과부인 서사촌누이를 보쌈한 한판관을 죽이고 살인자가 된 산지니는 광주 노적사로 가서 검계라는 당에 가입하게 된다. 대덕 정원태가 이룬 검계는 미륵의 마음이 백성의 마음이며 미륵을 불러와 도솔천을 이룰 날을 앞당기기 위한 천민들의 당으로서, 천민들의 나라와 미륵 세상을 건설하고자 하는 조직이다. 광주 노적사로 찾아갔던 석산진이도 대덕의 물음에 답하면서 검계의 혈당이 된다. 그러나 이후 체포되어 계원들의 안전을 위해 거짓 증언을 한 뒤 산지니는 종루 저자거리에서 참수를 당한다. 그때 산지니는 미륵의 현존을 상상하며 최후를 맞음으로써 미래로 부기뇌었던 미륵 사상의 전망이 임박한 죽음 앞에서 주관적 현재성을 획득하는 것으로 그려진다. 불확실하지만 확고한 신념으로 내면화되어 있던 미륵의 현신이 죽음의 찰나적 순간에 외화되는 것이다. 이러한 비밀결사조직 검계의 일원이 된 산지니의 운명은 '황홀경의 사상'(김윤식)이 되어 구체적인 현실 속에 파고 든 미륵사상의 자기 관철형태를 보여준다. 미래적 전망으로서의 신념이 죽음을 통해 초월적 개인에게서 구체적으로 체현되고 있음을 증명한 것이다.

미륵 세상의 세 번째 형태는 작품의 끝부분에 나오는 '운주사 이야기'에서 확인된다. 월출산에서 천불천탑을 하룻밤 사이에 세우면 수도가 옮겨 온다는 전설이 있어, 천불천탑을 모시고 새로운 세상을 이루는 부처님을 좌정시키기 위해 배가 물에 떠서 움직이게 된다는 '운주사運舟寺'라는 절을 짓는다. 거의 성공할 무렵 구백구십구의 미륵상과 탑을 세우고 마지막 미륵을 세우려고 땀을 흘리던 중 한 사람이 '닭이 울었다'고 거짓으로 외치자 미륵상이 비탈 밑에 처박혀 다시는 움직이지 않게 된다. 그 뒤로 운주사는 구름이 머무는 곳인 또 다른 '운주사雲住寺'가 되고 말았다는 전설이 운주사 이야기이다. 결국 미륵 세상은 영원히 도달 불가능한 미래적 대안일 뿐이었던 것이다. 여기에서도 미륵 사상에 기댄 작가의 혁명적 낭만주의가 기입된다. 대단원에서 알 수 있듯 미륵 세상은 체험적 현실 세계에서는 실재할 수 없는 부재 공간으로 존재한다. 그 부재 공간으로서의 미륵 세상은 그 세상의 실현을 위한 각고분투의 노력 속에 민초들의 마음 속에 생생한 실상으로 각인된다. 그러므로 미륵 세상이란 상징계적 현실에서 쟁취하고자 노력하지만 현실적으로 도래할 수 없는 유토피아적 실재계에 해당한다. 가능태로만 존재하는 실재계적 징후가 바로 미륵 세상의 본질인 것이다.

<장산곶매> 전설과 <운주사> 전설에서 알 수 있듯, 민중이 스스로 자초한 불신과 몽매에서 깨달음을 얻을 때 비로소 대동사회의 꿈은 필연적

으로 이루어지게 된다. 하지만 그 꿈의 실현이란 여전히 실재할 수 없는 현실이다. 그럼에도 불구하고 혁명적 낭만주의자들은 빈부와 귀천의 차별 없는 세상을 향해, 그러한 미래적 가능성을 선취하기 위해 절망적 현실 속에서도 희망과 낙관으로 끊임없이 도전할 수밖에 없다. 그것이 바로 작가의 세계관이기 때문이다.

『장길산』은 숙종조를 시대 배경으로 하여 민중적 세계관의 전개 속에 역사소설의 미학적 완결 가능성을 보여준다. 이 작품은 민중적 유토피아로서의 미륵세상의 실현 불가능성을 전면화하면서도, 판소리체 등을 활용하여 전통 문화 양식을 새롭게 소설에 적용하면서 전근대적 민중 저항의 모습을 형상화하여 1970·1980년대 군부독재 권력의 폭압에 대한 저항을 우회적으로 모색한다. 짧은 사료를 토대로 했음에도 불구하고 작가의 상상력으로 빚어낸 숙종조 현실은 한국 사회의 정치적 현실과 중첩되고 있기에 이 작품은 비판적 리얼리즘의 소설적 전범으로 제시된다. 결국 이 작품은 요원한 미륵세상을 선취하기 위한 민초들의 치열하고 처절한 몸부림이 착취와 억압의 인간 역사와 함께 지속되어온, 결코 사장될 수 없는 혁명적 꿈꾸기에 해당함을 보여주고 있는 것이다.

제국과 자본의 핏빛 그늘
—『무기의 그늘』(1988)

『무기의 그늘』에서 작가는 1967년 해병대원으로 참전한 베트남전쟁에서의 개인적 체험을 토대로 제국과 식민지의 전쟁이 내포한 의미와 양상을 상상적으로 재구성한다. '한국문학의 수준을 세계문학의 수준으로 한 차원 끌어올렸다'(정호웅)는 평가를 받는 이 작품은 베트남의 '다낭'을 배경으로 한국군 시장감시원 안영규, 한국군 정보원으로 활동하는 베트남인 토이, PX 사무원이었던 오혜정, 베트남 정부군 소령 팜꾸엔, 베트남 민족해방전선 투신자 팜민, 탈영 미군 스테플리 등의 다양한 시선을 집적하여 베트남전쟁의 의미를 한국군의 제3세계적 시각에서 묻고 있는 작품이다. 특히 이 작품은 베트남 전쟁의 이면에 깔린 제국주의의 장사 논리를 예리하게 형상화하고 있다. 더구나 세계사적 맥락에서 발생한 제국주의 침략 전쟁에서 그 하수인 역할을 한 한국군의 모습을 통해 한국 사회의 각종 모순의 심화를 간접적으로 형상화하며, 베트남의 현실과 한국의 현실이 지닌 역사적 유사성과 현실적 비극을 주목함으로써 진보적 민족의식의 투영으로 탈식민주의적 담론을 이끌어내고 있다. 『한국문학』에 연재할 당시의 제목 '난장難場'에서 '무기의 그늘'로 제목이 바뀐 것에서도 알 수 있듯이,『무기의 그늘』은 전쟁이 낳은 시장의 혼란상(난장)만을 보여주는 것이 아니라, 침략 전쟁이 함유한 제국주의의 경제적 약탈 논리를 다양한 시선의 충돌과 집적 속에 예각화하고 있다는 점에서 중요한 의미를 가진다. 또한 21세기에 이른 현재에도 초강대국 미국의 무력武力의 논리가 시장의 자본 논리와 함께 세계를 구획・통제・지배하고 있다는 점을 감안한다면 현재 진행형의 소설로 읽을 수 있는 작품이다.

베트남은 1858년 프랑스 군함의 침공 이래로 백 년이 넘는 기간 동안 제국주의 열강과 민족해방 세력간에 전쟁을 치러야 했던 첨예한 이데올로기 각축장으로 자리한다. 따라서 베트남은 제국주의 침략군의 일환으로 참여한 한국군에게 한국과의 유사성을 성찰케 하는 공간임과 동시에 한반도의 문제를 객관화하는 공간으로 인식된다. 그러한 베트남에서 한국군은 어디까지나 외래적 손님의 입장이다. 손님인 안영규는 군표와 달러로 모든 거래가 행해지는 '다낭'을 쓰레기통으로 인식하며 자신이 오물에 빠진 존재라고 탄식한다. 안영규에게 베트남은 미국이 던져준 몇푼에 팔려와, 한국군이 '블러드 머니'를 벌통으로 해 싸우는 '더러운 전쟁'의 공간이기 때문이다. 그 속에서 전쟁물자가 풍부하게 넘쳐나는 르 로이 시장은 상품더미와 사람들 소리에 의해 죽음 냄새를 도시 밖으로 밀어낼 정도로 전쟁과는 거리가 먼 소비 시장의 성격을 지닌다. 그러므로 베트남전쟁은 전투지역에서 목숨을 걸고 싸우는 실제 전투원을 제외한다면, 민족해방전선이나 정부군, 한국군, 미군 모두에게 '가장 냉혹한 형태의 장사' 공간으로 인식된다.

장사 공간임에도 불구하고 베트남과 한국은 안영규에게 지난 백 년 동안 아시아의 피해국이라는 삶의 조건을 공유하는 등질적 공간으로 인식된다. 하지만 미군은 한국군을 자신들과 동류로 취급하면서 베트남 사람들을 더러운 야만적 존재로 격하시키며 한국과 베트남의 차등을 통한 차별화를 조장한다. 그러나 안영규는 한국전쟁에 참전했던 미군들이 한국민들을 비웃던 표현에서 '베트남과의 약소국 동질성'과 '강대국 미군과의 차이'를 극명하게 인식하게 된다. 베트남의 자유와 평화를 수호하기 위해 '영광스런 자유의 십자군'으로 성전에 참전한다는 교육을 받고 베트남전에 투입되지만, 한국의 식민지 경험과 남북 분단상황은 비슷한 역사적 현실을 갖고 있는 베트남과의 친연성을 숙지하게 하는 것이다. 이렇듯 안영규가 베트남에 대해 느끼는 '아시아적 동일성'은 제국주의의 용병으로 베트남 전쟁에 참가한 한국군에게는 무의식적 죄의식을 갖도록 만든다. 그 속에서 베트남이란 결국 미국이 다국적 기업망 속에서 다양한 전쟁을 통해 '달러'라는 '무기의 그늘'로 '피빛 곰팡이 꽃'의 축제를 벌이는 공간일 뿐이다. 그런데도 미국에 의해 자본의 축제에 젖어든 국가는 축제가 지속되기를 열망할 수밖에 없다. 축제가 멈추면 자본은 또 다른 증식의 공간이 될 식민지를 찾아 배회할 것이기 때문이다. 그러나 그 축제는 자본의 화려함에 가려진 가짜의 축제에 불과하다. 자본은 결국 제국의 뱃속을 채우는 증식의 불가사리에 불과하기 때문이다.

팜꾸엔 소령의 부인인 오혜정은 지아이머니$^{G.I.\ money}$가 바뀔 때 발생하는 한국의 '기지촌에서의 작은 소동'을 떠올리며, 미군이 소유한 달러의 힘을 인식한다. 기지촌 소동의 과정을 요약해보면, '미군 사라지기→폐광 되기→모든 색깔의 퇴색→가짜 축제의 본모습→PX물건들의 사물화→기지촌 생활자들의 분노와 분개→화폐 태우기→미군 외출→사라진 돈 망각→생명력 되찾기→마취된 안도감→지겨운 삶의 조건과의 화해' 등으로 진행된다. 따라서 "양키가 머물 때에만 이 축제는 지속될 수 있다"는 혜정의 인식은 미군 기지촌 주변의 부조리한 생활양식을 단적으로 보여준다. 혜정은 '지아이 머니'로 기지촌 소비 축제의 시작과 끝을 총괄하는 미군의 행태 속에서 제국주의적 가치의 신분증으로서의 달러의 지배적 힘을 절감한다. '피빛 곰팡이 꽃'으로서의 달러를 통해 제국주의적 질서가 '무기와 자본'이라는 빛과 그늘로 한 나라의 축제를 좌지우지한다는 인식은 제국주의의 식민지 통치 전략의 실상을 적나라하게 보여준다.

'자본의 힘'을 상징하는 미군 달러가 거래되는 'PX'는 식민지에 제국주의적 질서가 만들어낸 잡화점의 의미를 띤다. 그곳은 제국주의 병사들에게는 모국의 '대량 산업사회가 지어낸 소유의 꿈'을 사는 공간임과 동시에 식민지 원주민들에게는 제국주의적 상품에 새겨진 소비 자본의 매력에 매료되는 공간이다. 근대적 이분화의 첨병 역할을 하는 'PX'는 서양의 오리엔탈리즘이 동양을 충복으로 재생산해내는 '아메리카의 가장 강력한 신형무기'로서 '트로이의 목마'를 연상케 한다. '달러'가 소비 축제의 시작과 끝을 주도한다면, 'PX'는 제국의 꿈을 소비하는 디즈니랜드이다. 또한 강력한 무기를 생산하는 제국민들의 일상용품이 거래되는 곳이고, "갈보와 목사와 무기밀매업자" 등을 통해 성조기의 이미지를 전 세계에 퍼뜨리는 잡화점이며, 미개한 아시아인들에게 고급의 문명을 전달한다며 상품의 물신적 욕망을 재생산하는 공간으로 그려진다. 결국 'PX'는 트로이의 목마처럼 식민지를 초토화하기 위한 전략적 도구이자 '첨단적 신형무기'로 최전선에 배치되는 근대적 소비 공간인 것이다.

『무기의 그늘』에서 드러나는 베트남전쟁은 아시아적 가치와 제국주의적 가치가 대립하는 양상 속에서 세계 자본의 힘을 자각하는 제3의 공간으로서 한반도의 민족문제를 고민하고 반성케하는 근대적 공간이 된다. 그러므로 이 작품은 '베트남'에서의 '미국 문제'(자본과 무기)와 '분단국가 문제(외세와 민족모순)'를 통해서 베트남이 한반도의 문제를 성찰적으로 재조명할 수 있는 탈식민의 공간으로 인식될 수 있음을 입증하고 있는 것이다.

불연속적 서사의 울림
—『오래된 정원』(2000)

1998년 5년 여의 감옥생활을 마치고 석방된 이후, 황석영은 21세기를 향한 디딤의 공간으로『오래된 정원』을 제출한다. 그리하여 아주 오래되고 낡은 천덕꾸러기 시대로 치부되는 80년대에 대한 세태 인식을 90년대에서 보내온 한윤희의 '편지와 노트'라는 매개물을 통해 반성적으로 회억하게 함으로써, '오래된 정원'을 새로운 전망을 잉태한 일상의 공간으로 변모시킨다. 오현우와 한윤희의 사랑과 일상의 흔적이 담긴 갈뫼라는 '오래된 정원'이 도피와 죽음의 은둔지가 아니라 새 삶의 교두보가 되어 가꾸어질 때 미래적 전망이 열린다는 인식은, 불연속적이더라도 단절될 수는 없다는 역사의 통시적 전망을 획득한다는 점에서 진정성을 담지한다.

18년간의 감옥생활 이후 출감한 주인공 오현우에게 1980년대는 일단 자신의 감옥 속 단식투쟁으로 회상된다. 정치적 문제나 옥내 처우 문제와 관련하여 삼십 차례 가까이 짧게는 사나흘에서 길게는 20일 이상 진행했던 단식 투쟁은 그저 지지 않으려는 싸움이었지만, 인간의 존엄성까지도 짓밟은 징벌 먹방의 기억을 떠올리게 한다. 현우는 감옥 안에서 투쟁과 회한 속에 80년대를 존재론적 괴리감에 몸부림치면서 보낸 것이다. 여기에 한윤희의 1980년대와 1990년대가 '편지와 노트'로 덧붙여지면서 중첩된 서사로서의 1980년대가 완성된다. 한윤희는 현우의 부재를 메우고 일상을 회복하는 방식으로 미술대학원에 진학한다. 그녀 곁에는 오현우와 유사한 이념을 가진 현우의 그림자들이 있다. 80년대 중반에 지속되었던 송영태와 그 친구들의 정치 투쟁을 지켜보며, 그들이 혁명을 위한 희생양이 되든가 혹은 일상에 지친 토론자가 될 수밖에 없을 것이라는 택일적 귀결 사이에서 윤희의 사회 변혁에 대한 전망은 흔들리게 된다. 그럼에도 불구하고 '정지된 섬광'이 되더라도 어둠을 밝히는 빛이 된다는 것, 어둠은 분명히 존재한다는 확신 속에서 그 어둠을 걷어내기 위해 세상과 대결해나가야 한다는 것, 그것은 윤희에게 진정 아름답고 성스러운 사업으로 인식된다. 그러나 그러한 빛이 되는 아름다움은 안타까운 죽음을 낳는다. 죽음을 미화하거나 성화시키기 위해 삶을 저버리는 것이 아니라, 죽음까지 다다른 결단과 고뇌가 보는 이로 하여금 더욱 가슴을 저미게 하고, 분노의 슬픔을 머금게 하는 그러한 죽음, 그러한 소멸, 너무나 안타까운 사라짐, 그것이 80년대적 의미의 대립과 투쟁의 극한적 모습인 것이다. 그러한 극단적 슬픔의 인식은 윤희가 송영태를 통해 알게 된 학생출신 노동운동가 콩자반 미경이의 분신 자살의 회상을 통해 더욱 확연해진다.

윤희가 사라진 갈뫼에 도착한 현우는 80년대 수배자의 음영이 새겨진 자신의 모습과 80년대와 90년대 중반까지 바깥에서의 삶을 지나온 윤희의 모습이 새겨진 그림을 본다. 서른두살의 젊은이인 자신은 어두운 빨강이 주조로 깔려 있어 음울한 분위기를 간직하고 있으며, 사십대 중반의 윤희는 투박한 회색이 덧그려진 위에 여러 색깔의 물감을 뺨에 덧칠해 놓아 쇠락한 젊음과 인상의 깊이를 느낄 수 있게 보인다. 실상 윤희의 모습이 덧그려지기 전에 현우만 그려진 그림은, 현우의 얼굴 옆에 그려져 있던 격자 창문이 '시대적 숨통'의 의미를 띠면서 전체적인 그림 구도가 암울한 시대 현실의 즉자적 반영으로 형상화된 작품이다. 그러나 격자 창문이 사라지고 그곳에 현우보다 작은 모습으로 더 먼 곳을 응시하는 윤희의 모습이 새겨지면서 그림은 80년대와 90년대를 아우르는 새로운 의미를 띠게 된다. 즉 한 시대의 반영은 또 다른 시대와 더불어 새롭게 해석될 수 있으며, 또다른 해석이 있을 때만이 그 복합적이고 중층적인 진정성을 획득한다는 점을 윤희의 그림은 보여주고 있는 것이다. 80년대는 80년대 안에서만 존재할 수 없다는 인식, 90년대와 함께 존재함으로써 그 빛이 '정지된 섬광'이 되지 않을 수 있다는 것, 그리고 모든 것을 포용할 듯한 윤희의 작지만 푸근한 미소를 통해 작가는 80년대와 90년대를 중첩시키는 것이다.

푸근한 미소를 머금은 채, 어깨 너머 먼 곳을 바라보는 윤희의 시선은 일차적으로 은결이와 현우가 앞으로 걸어갈 길에 닿아 있을 것이며, 이차적으로 모성이 빛을 발하는 '오래된 정원'을 향하고 있을 것이다. 아우라로만 존재하는 그곳, '원래 없는 곳'이라는 의미의 유토피아, 허상과도 같지만 외면할 수 없고 거부할 수는 더더욱 없는 그러한 공간을 향해 과거와 미래를 현재적으로 감싸안는 포용력으로 모성의 미소를 보내고 있는 것이다. 그러므로 그 미소는 새로운 세기를 좀더 희망적으로 관망하러는 작가의 '염화미소'이기도 한 것이다.

　윤희가 90년대에 다다른 모성적 인식의 귀결은 그림 안에서도 은결이와 현우를 함께 포용하려는 미소를 통해 드러난다. 이 미소는 이제 현우에게 전해지고 미소의 진행은 현재진행형이 된다. 그렇다면 그림과 더불어 함께 남겨진 윤희의 스무권의 노트의 의미는 무엇인가? 그 편지 묶음에는 윤희가 체험하고 현우가 잃어버린, 바깥세상의 거대 담론과 자잘한 일상 담론들이 혼재된 채 삶의 진경으로 고스란히 담겨 있다. 따라서 윤희의 편지와 노트는 현우의 부재 공간을 메우며, 현우로 하여금 현재진행형의 인식을 갖도록 만드는 매개물이 된다. 먼지 같은 일상 속에서이긴 하지만 아직은 80년대적 가치가 빛나고 있다는 것, 끝나지도 않은 채 우리는 무언가를 다시 시작해야 한다는 것, 80년대가 지켜내고자 했던 순수한 열정이 서린 오래된 정원을 찾아야 한다는 것, 이것이 윤희가 현우에게 고백한 당부의 내용이다. 그것도 혼자서가 아니라 은결이라는 새로운 세대와 더불어서 찾아가야 한다는 것이다. 이제 현우는 갈뫼에서 80년대와 90년대를 돌아보고, 새로운 일상으로 돌아간다. 그 일상은 평범한 침묵의 일상이 되지는 않을 것이다. 그가 돌아갈 일상은 중첩된 서사의 흔적을 추억한 이후에 자리한 일상이기 때문에 아주 '오래된' 일상이 될 것이다.

　시대적 패배와 좌절로 얼룩진 일상은 쓸쓸하게 아름답다. 이제 중첩된 일상의 불투명성을 응시하는 가운데 오현우는 내일을 모색해야 한다. 그 모색은 장밋빛 화려함이나 잿빛 초라함으로 규정되어 있는 것이 아니라, 과거 속에서 끄집어내어 오래된 미래의 일상으로 바꾸는 작업이 될 것이다. 『오래된 정원』은 오현우와 한윤희의 사랑과 투쟁, 일상을 통해 문학의 진리값은 전망의 불투명성 속에 독자의 상상력 속에서 가능할 수 있다는 것을 보여준다. 그 속에 '오래된 정원'은 그리 멀지 않은 곳에 있다는 진실, 우리가 견뎌내고 버티고 싸워온 일상이 바로 아주 오래된 정원이 된다는 것, 이것이 이 작품이 중첩의 서사를 통해 던지는 울림이다. 그리하여 꼭 오늘이 아니더라도 우리가 찾아야 할 공간인 오래된 정원은 우리 곁에 아주 가까이 혹은 아주 멀리서 빛을 뿜어내고 있는 것이다.

학살을 치유하는 제의적 화해

—『손님』(2001)

한국전쟁 시기의 황해도 신천학살 사건을 조망하는 『손님』은 부정풀이에서부터 뒤풀이까지에 이르는 지노귀굿의 열두 마당 형식을 차용하여 반세기전 기독교와 마르크시즘 사이의 이념적 갈등이 낳은 질곡의 역사를 응시한다. 특이한 점은 '산 자와 유령들과의 대화'라는 환상적 요소를 통해 찬샘골이라는 폐허의 자리를 화해와 새 희망의 제의적 공간으로 전환하는 작업을 시도하고 있다는 것이다. 그리하여 학살의 기억과 상처를 똑바로 응시할 때 비로소 역사와의 화해와 상처의 치유가 진행될 수 있음을 성찰한다. 6·25전쟁 시기에 토지분배 사업이 기화가 되어 좌우익 간에 기독교와 마르크시즘의 대결로 벌어진 황해도 신천학살사건은 가해와 피해의 직접적 당사자뿐만 아니라 시대적 개인들 모두가 가해자임과 동시에 피해자로서 좌우익 이데올로기를 수용한 근대적 주체들이었음을 보여준다.

작품 도입부에 '기독교'는 전근대적 전통에 매어 있는 요섭의 증조할머니에 의해 배제되어야 할 적대적 대상으로 인식된다. 손님마마를 막아준다는 장승법수를 모시는 증조할머니는 서양귀신이 사람구실을 못하게 하고 나라를 망친 것으로 규정하며, 기독교도인 요섭의 할아버지와 아버지를 천벌을 받을 존재로 인식한다. 하지만 근대적 상징을 납득하지 못하는 증조할머니가 손님마마를 규정하는 근거는 "우리가 어려서부텀 어런들께 들었지마는 손님마마란 거이 원래가 서쪽 병이라구 하댔다. 서쪽 나라 오랑캐 병이라구 허니 양구신 믿넌 나라서 온 게 분명티 않으냐"(43쪽)라는 식이다. 장승법수에 의지하여 손님마마를 서쪽 병이나 양귀신이라는 식으로 명명하려는 증조할머니의 태도는 미신적이다. 이것은 소문이나 감각에 의거한 것이지, 합리적 이성에 따른 접근 방식이 아니다. 결국 증조할머니의 비논리는 기독교 신앙을 내면화한 근대적 주체에 의해 와해될 수밖에 없는 전근대적 인식 체계임이 드러난다. 따라서 전근대적 담론을 맹신하는 증조할머니의 장승법수는 근대적 이데올로기로서의 '기독교'를 수용한 류요한에 의해 제거될 수밖에 없는 것이다.

형의 사후 고향을 방문한 개신교 목사 요섭을 안내하는 북한 지도원은 "우리끼리는 상처도 아물게 됩네다. 모두 외세의 탓이라고 해둡세다"(91쪽)라고 말한다. 모든 것을 기독교적 외세인 손님의 탓으로 몰리사는 것이다. 하지만 상처의 원인을 꼼꼼히 따져보는 것이 아니라 우리끼리는 저절로 아물 것이므로 남의 탓으로 돌리고자 하는 행위는 실상 상처를 덧나게 할 수밖에 없는 미봉책에 불과할 뿐이다. 그러한 행위는 '신천박

물관'의 해설원이 미제 침략자들의 잔인하고 극악무도한 학살 행위로 책
임을 전가하면서 역사적 진실을 왜곡하는 부분에서 강화된다. 기독교주
의자들과 마르크시스트들의 상호적인 가해 행위를 괄호치고, '학살의 원
흉으로서의 미제국주의'와 '해방의 담지자로서의 조선민주주의인민공
화국'의 대결 구도 속에 억압과 해방의 이원적 대립의 긴장을 유지하려
는 북측 해설원의 시각은 철저히 북쪽 체제 중심의 이데올로기적 판단을
확연하게 보여준다.

　기독교적 주체인 요섭은 형 요한의 유령과 순남의 헛것, 그리고 북쪽
에 생존해 있는 소메 삼촌의 말을 통해서 찬샘골의 역사와 화해를 시도
한다. 요섭에게 '찬샘골'은 '처음에는 무슨 향내나는 산열매 같은 맛으
로 혀 끝에 맴돌다가 발효시킨 생선의 썩은 냄새로 돌변하는 듯한 이상
한 느낌'을 전해주는 기표이다. 학살의 현장에 대한 기억으로 인해, 자신
의 태를 묻은 고향인 찬샘골이 요섭에게는 '산열매의 향'이라는 설레임
과 더불어 '생선의 썩은 내'라는 혐오감을 낳는 양가적 공간으로 의미화
되는 것이다. 요섭은 미국에서 화장한 요한의 뼛조각 하나를 가지고 고
향을 방문하여 황해도 신천 학살 사건 현장을 돌아본다. 학살의 참상을
기억하고 있는 요섭에게는, 상대편에 대해서는 가해자이지만 이데올로
기 앞에서는 피해자인 '요한과 순남의 유령'이 함께 따라다닌다. 이 유령
들은 사건의 객관적 개요를 짚어보아야 한다는 것과 새로 태어난 사람들
이 과거의 증오나 원한으로만 살아가서는 안된다는 인식을 공유한다. 이
러한 인식은 '유령처럼 살아 있는' 소메 삼촌의 고향 정화 의지에서 더욱
강화된다. 그때는 가해자 아닌 사람들이 없었고 "양쪽 모두 어렸다"고 인
식하는 소메 삼촌의 성찰은, 요한의 뼛조각 하나를 고향 땅에 묻은 후 새

생명인 다니엘을 받아냈던 요한의 속옷을 태우는 요섭의 제의적 행위와 맞물려, 학살의 고통스런 기억에서 벗어날 수 있는 초석을 마련한다. 요섭과 소메 삼촌, 그리고 이승을 하직하지 못한 채 떠도는 모든 유령들과의 만남은 피묻은 역사의 정화를 위한 화해의 자리가 되는 것이다.

황석영은 샤머니즘의 대체물로서의 기독교를 배면에 깔고 기독교와 마르크시즘을 대면케 하여 이데올로기에 의해 호명된 주체가 얼마만큼 극단적 폭력을 야기할 수 있는가라는 문제를 명백하게 보여준 황해도 신천 학살 사건을 소설화한다. 그리하여 '과거 돌아보기'가 단순한 '과거 파헤치기'가 아니라 미래를 향한 디딤돌로서의 제의적 행위가 되어야 함을 역설한다. 기독교적 주체인 요섭의 화해 노력과 유령의 조력, 산 자의 성찰 등이 더해져 양대 이데올로기에 의해 희생된 망자들을 향한 진혼제의는 '손님'을 향해서, 그리고 우리 내부를 향해서 계속될 수밖에 없다.

남근적 폭력을 견뎌낸
관음보살의 현신

—『심청』(2003)

황석영의 『심청』은 불교의 윤회설적 인식을 배면에 깔고 '효'의 상징인 심청을 관음보살의 현신으로 전유하여 매춘 여성의 표피를 씌워 19세기 동아시아를 유목적으로 떠돌게 한다. '심청'은 근대적 격랑기에 남성들의 성적 착취의 노예가 되어 밑바닥 체험을 겪는 매춘 여성에서 영주 부인이라는 신분 상승에 이르기까지 계급적 신분이 변화되면서도 자신이 자신의 삶과 운명의 주인임을 결코 포기하지 않는다. 여성의 성매매를 강요하는 폭력적 현실에서도 기표로서의 '심청'은 '심청→렌화→로터스→렌카→심청'으로 미끄러지지만, 관음보살의 현신이라는 원초적 기의로서의 '심청'은 정체성에 대한 분열적 회의 속에서도 자기 동일성을 견지한다. 황석영은 남성 중심 서사에서 희생을 강요당해온 여성의 역사를 전통적 공간의 기표인 '심청'을 호출하여 매춘 여성의 외피를 씌워 새롭게 육화해내고 있는 것이다.

'심청'이라는 기표는 한국인에게 춘향(몽룡), 흥부(놀부) 등의 기표와 함께 단순히 고전소설 속 주인공의 하나에 머무는 것이 아니라 우리 민족의 원형적 상징의 하나로 표상된다. 즉 '심청'은 부친을 위해 자신의 육신을 희생하는 효의 대명사로 인식되고 있는 것이다. 그런 '심청'을 황석영은 불교적 색채를 입혀 19세기의 동아시아를 떠도는 매춘 여성의 상징으로 빚어낸다. '심청'은 기존 황석영 소설에 드러난 여성의 이미지가 집적된 양상을 보여준다. 즉 「아우를 위하여」의 여교생, 「삼포 가는 길」의 술집 작부 백화(점례), 「잡초」의 태금이 누나, 「돼지꿈」의 미순이, 「장사의 꿈」의 포르노 배우 애자, 「몰개월의 새」의 술집 작부 미자, 『장길산』의 묘옥, 『무기의 그늘』의 오혜정, 『오래된 정원』의 한윤희 등의 이미지가 모이고 섞여서 해체와 재구성을 거쳐, '심청'이라는 새로운 이미지로 집적·총화되고 있는 것이다. 이들 여성들은 조금씩 상이한 방식으로 드러나긴 하지만, 부조리한 모순으로 점철된 소외의 비극적 현실 속에서도 희망과 전망을 잃지 않고 정체성을 회복하려고 시도하거나 능동적 주체성의 인물로 형상화되어 있다는 점에서 '심청'과 가깝다.

이렇듯 근대적 남성 폭력의 의미를 문제 삼은 『심청』에서 연꽃의 길을 따라 걷는 '심청'은 15세에 처음으로 중국의 첸대인에게 팔려가면서 '렌화'로 이름이 바뀐 뒤, 제임스의 부인으로 싱가포르로 갈 때는 '로터스'로, 일본으로 갈 때는 '렌카'로, 다시 조선으로 돌아와서는 '심청'으로 그 기표를 달리하게 된다. 황해도 장연에서부터 중국, 타이완, 싱가포르, 일본 등을 거쳐 제물포(인천)의 연화암에서 생을 마감하기까지 심청이 "제불보살 석가님이 온몸을 던져 세상을 공양하라"(14쪽, 상)고 보낸 관음보살의 현신이라는 의미에서 '연꽃'이라는 기의적 본질은 변화하지 않지만, 그 의미내용을 규정하는 기표들은 계속 바뀌게 된다. 이러한 다의적 기표는 남성 중심의 근대 서사가 여성적 정체성을 왜곡하고 여성의 몸을 억압해온 역사를 상징적으로 보여준다.

『심청』은 심청의 일대기라는 이야기의 골격만 빌려왔을 뿐, 19세기 동아시아의 근대화 격랑기를 매매춘 여성의 삶을 통해 그려낸 전혀 새로운 소설의 내용이다. 즉 심청이 "정분의 허망함과 살림의 덧없음"(하, 307쪽)을 깨우치려는 관음보살의 현신이라는 점, 매매춘 여성으로서 '렌화→로터스→렌카' 등의 분열적 정체성을 유지하면서도 싱가포르에서 매춘 여성이 낳은 아이들을 기르기 위해 '소보원'을 만들고, 나가사키에서도 싱가포르에서처럼 매춘 여성들에 의해 버려진 기아와 혼혈아들을 위해 기아보호소를 설립하는 점 등은 가장 밑바닥에서 가상 고귀한 실천을 행하는 성녀^{聖女+性女}적 실천으로서 고전소설 『심청전』의 서사 구조가 패러디되고 있음을 드러낸다.

심청이 15세 이후 첸 대인, 구앙, 랑중, 이동유, 성폭행범들, 매매춘 남성들, 롱싼, 제임스, 가즈토시, 하시모토 등의 사내를 육체적으로 거치면서, '청이→렌화→로터스→렌카→청이'로 기표를 달리하며 동아시아를 떠돌다가 '실컷 울고 난 사람의 웃음' 같은 희미한 미소를 짓는 것으로 작품은 종결된다. 실컷 운 '긴 울음'이 다의적 기표를 지닌 매매춘 여성으로서의 고단한 삶을 상징적으로 보여준다면, '짧고 희미한 웃음'은 온몸으로 세상을 공양한 뒤에 얻은 관음보살의 미소라고 할 수 있다.

재생설화와 함께 윤회설을 내장하여 불교적 모티프를 강조한『심청』은 분열적 목소리를 지닌 청이가 다의적 기표로서의 생을 떠돌면서도 자신의 삶에 대한 적극적 개조 의지를 놓치지 않고 있다는 점에서 21세기적 새로운 여성성과 모성성의 가능성을 드러낸 소설이다. 작가는 '심청'을 '렌화·로터스·렌카' 등으로 기표를 달리하는 분열적 주체이자 '관음보살의 현신'으로 그리면서 여성의 몸을 상품화·물신화하는 19세기 남성 중심의 근대화·서구화·자본주의화를 비판한다. 이것이 '심청'을 고전 담론에서 호출하여 현재적으로 전용한 작가의 의도인 것이다.

'서구적·근대적·자본제적 질서'의 이식화가 강제된 동아시아의 19세기를 능동적으로 살아낸 '심청'은 억압과 희생을 강요하는 분열적 가면이 기표적 허상에 불과한 것임을 보여준다. 황석영은 불교적 윤회설과 헌신 공양을 심청의 기표에 덧붙여 보살의 현신이라는 초월적 모티프를 작품에 기입하면서 환상적 리얼리즘의 기법을 차용한다. 관음보살의 현신으로 심청을 재창조하여 19세기를 응시하며 21세기적 주체성으로서의 여성성과 모성성을 검토함과 동시에 서구적 근대의 남근주의적 폭력성을 비판하고 있는 것이다.

서사의 갱신과
리얼리즘적 퇴행 사이

황석영의 문학 지형도는 당대 현실을 읽어내는 작가의 체험적 촉수가 그의 상상력과 맞닥뜨리면서 다양한 형태로 그려지고 있다. 그 저변에는 현실적 허무주의와 혁명적 낭만주의의 색깔이 깔려 있음을 부인할 수 없다. 숙종시대를 빌어오든 베트남전쟁을 화두로 삼든 1950년 한국전쟁 시기를 주목하든 19세기 동아시아를 배경으로 이동하든 탈북과 인종차별의 괴로움을 형상화하든 그의 작품 속 곳곳에는 부재하는 유토피아적 실체를 찾기 위한 다양한 전략과 전술이 동원되고 있다. 그것은 잡히지 않는 실체처럼, 실재계적 진실처럼, 상상계적 공간에 유폐된 기억처럼 실재한다. 그리고 그 부재하는 동력으로 인해 황석영의 소설은 현실적이면서도 현실 세계 너머를 함께 들여다보며 이승과 저승의 경계를 횡단하는 탈리얼리즘의 방식으로 진화하고 있다.

그의 1970년대 중단편 소설은 성장소설, 군인소설, 노동소설, 서정소설, 분단소설, 도시빈민소설, 욕망소설, 환상소설 등으로 분류되며, 도시빈민, 노동자, 규인, 술집작부, 소년 화자, 양심적 지식인 등의 주변인적 존재들을 주인공으로 하여 산업화 시대의 음영을 새겨놓고 있나. 또힌 『장길산』에서는 숙종조와 1970·1980년대 군부독재 시대를 겹쳐보며 대동세상을 향한 꿈과 도전이 미륵세상의 도래를 바라는 민중적 세계관의 유토피아적 전망 속에 녹아들고 있다. 『무기의 그늘』에서는 베트남이라는 공간을 빌어와 한국과의 역사적 유사성을 토대로 제국주의 전쟁의 소비 시장적 성격과 침략의 의미를 질문한다.『손님』에서는 한국전쟁 당시 '황해도 신천학살사건'을 매개로 외래적 이데올로기로서의 마르크시즘과 그 대척점에 서 있는 또다른 외래적 이데올로기로서의 기독교 수용 과정과 그 '두 손님'간의 대결 구도와 화해를 적극적으로 검토하고 있다.『심청』에서는 효의 상징인 '심청'을 호출하여 혹독한 성매매를 경험하는 관음보살의 현신으로 재창조함으로써 동아시아의 근대적 격랑기의 역사를 한 몸에 체현하도록 하고 있다.『바리데기』에서는 한국무속신화의 대표격인 '바리데기' 모티프를 차용하여 세계화의 그늘에서 주변부적 생존과 소외를 경험하는 이종적 타자들을 통해 20세기 후반 빈부의 양극화와 인종적 대결 구도가 극심해지고 있는 세계사적 현실을 주목하여 희망의 생명수 찾기를 모색하고 있다.『개밥바라기별』에서는 20대 전후의 자전적 모델과 친구들의 형상을 통해 청춘의 방황과 고백이 존재론적 성장과 인식론적 성숙을 가져올 수 있음을 주목한다.

황석영의 문학은 작가의 혁명적 낭만주의와 함께 현실적 허무주의를 바탕에 깔면서 점차 초월적 모티프를 가미하고 있다. 그것은 현실의 리얼리티를 초월적 기표에 의탁하려는 초역사주의적 세계관을 강조하게 될 우려가 있다. 하지만 굿의 차용, 유령과의 대화, 영육의 분리, 국경과 생사를 초탈한 환상성의 기입 등을 통해 동아시아를 비롯한 신자유주의적 세계화 현실의 모순을 다양한 기법으로 형상화하고 있다는 점에서 그 의의는 분명해 보인다. 비판적 현실인식을 토대로 진보적 전망을 작품 속에 기입해온 비판적 리얼리스트로서의 황석영은 점차 생사와 빈부, 국경을 횡단하면서 다양한 금기와 경계가 내포한 현실적 모순을 극복하기 위해 초월적 기표와 실존적 문제의식을 동원하고 있다. 황석영 문학은 일상적 현실에서 발원하여 현실 너머의 유토피아적 상상세계를 지향하고 있다. 황석영 문학은 여전히 현실과 현실 너머의 경계지점을 끊임없이 이탈하면서 문제의식을 확장하는 가운데 서사의 갱신과 리얼리즘의 퇴행 사이에 자리하고 있는 것이다. 그리고 그것이 그를 '영원한 현역'으로 호명하게 만드는 이유가 된다.

—『황석영』, 2010

글과 삶과 자유의 행복한 만남, 그리고 영면 | 황순원 후기 문학론

생명주의에서 죽음에의 응시로

황순원은 인간 내면의 다양한 심성을 미학적 염결성과 절제의 문체로 표현해온 한국문학의 대표적 작가이다. 미학적 탁월성뿐만 아니라 리얼리즘적 관점에서도 우리 민족의 역사적 상처와 그 기억의 흔적과 현재적 실존에 대해 반세기가 넘도록 장인匠人 정신으로 탐구해왔던 작가임이 분명하다. 초기 서정시에서 단편소설을 거쳐 장편소설로 문학적 영역을 확장해온 그의 작업은 단성화된 명명으로 자리매김되기 어려울 만큼 그 스펙트럼이 확장적이다. 그만큼 그는 다양한 평가와 해석 속에 현재에도 끊임없는 논구의 대상으로 모색된다.

'겨레의 기억의 전수자'[1]라는 대표적 명명은 그의 문학적 성취와 좌표

---

1 유종호, 「겨레의 기억」, 『황순원전집』 2, 문학과지성사, 255쪽.

를 호명하는 표현이다. 특히 소설가 황순원에 대한 언급이 "해방 이후 한
국 소설사의 전부를 말하는 것과 다름없다"[2]라는 표현에서도 알 수 있다
시피, 황순원 문학은 일제강점기로부터 해방과 전쟁, 분단과 독재 시대
를 거치면서도 서사적 완결성과 문체적 염결성을 놓치지 않았다. 그리하
여 "우리말이 갖는 아름다움의 한 극치",[3] "한국 산문문체의 모범",[4] "문
장에 대한 세심한 의장意匠"[5] 등의 문체론적 평가는 '문학의 순수성과 완
결성',[6] '범생명주의'[7]라는 작가주의적 세계관에 대한 평가와 함께 '작가
황순원'이라는 이름을 떠받치는 두 개의 기둥에 해당한다.

본고는 황순원의 중기 이후 말년에 이르기까지의 문학 작품과 생애를
거울처럼 비춰보려는 작업의 소산이다. 그의 작품세계는 인생에 대한 깊
은 성찰과 사색을 담보하는 유현幽玄함을 자랑한다. 그리하여 우려낼수록
그 깊은 맛이 우러나는 다도의 흥취를 문장력의 수준에서 확인하게 한
다. 이 글은 중기 이후를 다시 1960년대 전후(43~50세), 1970년대 전후
(51~65세), 1980년대 이후(66~86세) 등의 세 시기로 구분하여 작가와
작품의 상관성 속에 그 문학사적 의미를 검토하고자 한다.

2 권영민, 「황순원의 문체, 그 소설적 미학」, 『말과 삶과 자유』, 문학과지성사, 1985, 148쪽.
3 이형기, 「유랑민의 비극과 무상의 성실」, 『황순원문학전집』 1 해설, 삼중당, 1973, 376쪽.
4 김병익, 「순수문학과 그 역사성」, 『상황과 상상력』, 문학과지성사, 1988, 131쪽.
5 조연현, 『현대한국작가론』, 청운출판사, 1965, 9쪽.
6 김종회, 「문학의 순수성과 완결성, 또는 문학적 삶의 큰 모범―황순원 문학적연대기」, 『위
   기의 시대와 문학』, 세계사, 1996.
7 천이두, 「시와 산문·황순원」, 『종합에의 의지』, 일지사, 1974, 136쪽.

낭만성과 생명주의로
전쟁의 상처 보듬기(1957~1964)

한국전쟁이 끝나고 난 후의 전후 복구시기와 근대화 초기에 해당하는 이 시기는 한국전쟁의 상처가 내면화되던 시기이다. 특히 민족 전체의 미래상을 모색하기 위해 민주화와 통일에 대한 내재적인 요구가 4·19혁명으로 현실화되면서, 작가들도 자기 변모의 과정을 거치게 된다. 일반적으로 1960년대란 시대사적으로 1960년의 4·19혁명과 1961년의 5·16군사쿠데타의 대립적 자장 안에서 규명되는 시기이다. 따라서 분단과 전쟁이 한반도에 모순을 깊이 새긴 1950년대적 상황과 민주 세력과 군부 세력의 대립이라는 1960년대적 상황은 분명 불연속적 단절의 계기가 작동한다. 하지만 작가 황순원에게 이 시기는 '낭만적 사랑'에 주목한 중편 「내일」(1957.11)에서부터 전근대적 신분 관계에 귀속된 백정 이야기를 통해 존재론적 숙명과의 싸움을 그린 장편 『일월』(1964.11)에 이르는 작품으로 새겨진다. 즉 개인과 시대가 직면한 운명적 상황을 섬세하게 포착하여 낭만성과 생명주의로 보듬어내고자 다채로운 문학주의적 시도를 진행한 시기이다.

1957년 43세에 경희대 국문과 교수로 취임하고 예술원 회원으로 피선된 황순원은 50세인 1964년에 6권의 『황순원전집』을 간행할 정도로 한국문단의 원로에 해당한다. 이 시기 그의 대표작은 번역가 선생과 젊은 여자의 만남에서 드러나는 낭만과 일상, 사랑과 욕망을 포착한 중편

소설「내일」(1957.11), 전쟁의 상처를 휴머니티로 극복하려는「모든 영
광은」(1958.5), 전장에서 낙오병의 진지 찾아가기를 다룬「너와 나만의
시간」(1958.7), 부산 피난지에서 오누이 같은 사창가 소년과 창녀 이야
기를 형상화한「안개구름끼다」(1958.11) 등을 거쳐 장편소설『나무들
비탈에 서다』(1960.5)와 장편소설『일월(日月)』(1964.11)로 개화된다.

이 시기 황순원 문학의 특색은「모든 영광은」등의 많은 단편들 속에
서 전쟁에 대한 거리감의 확보 속에 상흔을 감싸안는 작업을 진행하면
서, 낭만성과 생명주의에 대한 본원적 천착이 지속되고 있다는 점이다.
장편소설『나무들 비탈에 서다』는 1950년대 전쟁에 휩쓸린 젊은이들을
통해 역사 속의 개인과 인간의 자유의지에 대한 실존적 탐색, 전쟁의 폭
력성과 사랑, 죄의식을 형상화하고 있는 문제작이다. 그리고『일월』은
근대적 개인의 시대에 전근대적 신분에 귀속된 백정 이야기를 통해 존재
의 기원과 구원에 대한 성찰을 모색한 작품이다.

거기 계단에는 눈이 소복이 쌓여있었다. 그는 무엇을 생각했는지 허리를
굽혀 두 손으로 눈을 움켜가지고 얼굴을 문지르기 시작하는 것이었다. 이 동
작이 끝나자 그는 이번에는 또 바지 앞을 헤치더니 다시금 두 손으로 눈을 움
켜다 문지르기 시작하는 것이었다.

나는 계단 위의 이 광경을 바라보는 동안 갑자기 어떤 아지못할 즐거움이
가슴에 충만해옴을 느꼈다. 그리고 나는 이 가슴에 충만해진 즐거움을 전신
에 골고루 퍼치기라도 하려는 듯이 몸을 몇번이고 전후 좌우로 흔들었다. 그
러면서 혼잣속으로 중얼거렸다. 모든 영광은 술에게, 그리고 모든 영광은 오
늘밤 이렇게 파닥거리며 그러나 결국은 조용히 내려쌓이는 눈에게, 그리고
다시 모든 영광은 지금 새로운 생활을 향해 어두운 계단 위에서 저렇듯 자기

신체의 한 부분을 닦달질하고 있는 저 가엾도록 착한 한 사람의 사내에게.

―「모든 영광은」 중에서(전집 4권, 48쪽)

「모든 영광은」의 결말부분에서 사내는 눈이 소복이 쌓인 집앞 계단에서 얼굴과 성기에 눈을 문지르면서 '형식을 실제화하는 절차'를 밟으려고 한다. '가엾도록 착한 사내'가 눈으로 바지 앞을 헤치고 성기를 문지르는 행위는 6·25전쟁이 낳은 두 피해자 가족의 온전한 일체화를 통해 상처를 아물고 새로운 생활로 나아가게 만드는 하나의 상징적 제의가 된다.

「모든 영광은」은 '사내'의 이야기 속에서 전란의 죄의식을 이겨내는 에로스적 충동의 힘이 새로운 미래를 잉태할 수 있음을 보여준다. 그것은 남성의 성 불능이 생의 위축을 가져오며, 반대로 성적 능력의 확인이 새로운 생의 가능성을 암시하는 가운데, 인간에게서 '성'과 '생'이 생명의지를 추동하는 불가분의 관계임을 확인하게 한다.

"선생님이 받으신 피해가 어떤 종류의 것인지는 모르겠습니다. 그렇지만 큰 의미에서 이번 동란에 젊은 사람치구 어느 모로나 상처를 받지 않은 사람이 있을까요. 현태씨두 그중의 한사람이라구 봅니다. 그리구 저두 또 그중의 한 사람인지 모르구요."

"네…… 그런 생각에서 그친구의 애를 낳아 기르시겠다는 겁니까?"

그네는 윤구에게 주던 시선을 한옆으로 비키면서,

"모르겠어요. ……어쨌든 제가 이일을 마지막까지 감당해야 한다는 것 외에는. ……그럼 실례했습니다."

숙이는 가만히 대문께로 몸을 돌렸다.

―『나무들 비탈에 서다』(전집 7권, 393~394쪽)

『나무들 비탈에 서다』 1부에서는 군대 내에서 동호의 순정과 현태의
소영웅심리가 대비되고, 결과적으로 결벽증적이고 내성적인 동호가 자
살하는 이야기로 마무리된다. 그리고 2부에서는 현태의 현실 부적응성
과 윤구의 현실주의가 대비를 이뤄 전후 젊은이들의 힘겨운 실존적 고뇌
를 형상화한다. 동호나 현태, 윤구 등은 전쟁통에 실존적 죽음을 이미 죽
어버린 상실적 존재임이 드러난다. 그러므로 이들은 자살을 하거나 자살
에 육박하는 자학을 하거나 생활을 이어가더라도 '현실 부적응자'라는
동류적 존재로 형상화되고 있는 것이다.

하지만 동호와 현태, 윤구를 아우르는 모성적 존재가 인용문에서처럼
숙이의 존재감이다. 동호를 사랑했지만 동호가 자살한 이후 원치 않는
임신으로 현태의 아이를 배었지만 그 아이를 마지막까지 감당하겠다며
출산의지를 피력하는 숙이는 분명 작가가 기대고 있는 절망적 현실의 대
안적 존재에 해당한다. 그리하여 이 작품은 전쟁 상황에서 순정과 위악,
좌절과 절망에 빠질 수밖에 없는 젊은이들을 통해 1950년대 한국 사회
의 실존적 자화상을 그려내고 있는 것이다.

> 이대로 나는 관객의 입장에서 다혜와 나미를 대해야 하는가. 나는 나, 너
> 는 너라는 인간 관계란 있을 수 없지 않은가. 인간이 소외당한 자기자신을 도
> 루 찾으려면 우선 각자에 주어진 외로움을 참구 견뎌나가는 데서부터 시작
> 해야 할 기야. 기룡이의 말이었다. ……그건 그렇다. 하지만 그 외로움이란
> 인간과 인간이 격려돼있는 상태에서만 오는 게 아니지 않는가. 서로 부딪칠
> 수 있는 데까지 부딪쳐본 다음에 처리돼야만 할 문제가 아닌가. 기룡을 만나
> 야 한다. 만나 얘기해야 한다.

─『일월』(전집 8권, 343쪽)

　『일월』은 백정의 자손인 인철 일가의 비극에 초점을 맞춘다. 인철 일가의 몰락은 인호의 결별 선언, 인문의 뱀사건, 어머니의 가출사건, 인철의 자기 고백, 아버지의 사업부진, 인주의 교통사고 등 계속되는 일련의 사건과 불길한 징조들이 집적되어 심화되고 확산된다. 결국 이 작품은 백정의 아들인 인철을 통해 선험적 자기 운명과의 싸움, 존재론적 고독에 대한 질문과 회의를 그려내고 있다. 백정 집 신분에 의한 불이익이 현재화되고 있는 양상을 통해 인간 소외와 구원의 문제를 다루고 있는 것이다.

　황순원 문학의 기본적 성격은 순수성과 미학성의 경도로 나타난다. 그리고 그것의 저변을 관통하는 것은 휴머니즘이다. 인간성의 따뜻함을 강조하는 그의 휴머니티는 전쟁 이전과 이후로 나뉘어진다. 그리하여 한국전쟁의 비극적 현실을 체험한 이후 인간에 대한 불신 속에 짙은 좌절감에 빠져든 인물군을 형상화함으로써 기대와 좌절, 구원의 모색이라는 일련의 흐름을 형성하게 된다.

모성과 욕망, 환멸과 구원, 노년의 풍경(1965~1979)

　1960년대 중반 이후부터 1970년대까지는 박정희 정권이 주도한 도시화・산업화・근대화가 급속히 진행되면서 이농 현상에 따른 도시 빈민의 확대와 노동 인력의 확충이 진행되던 시기이다. 따라서 시대적으로 노동자, 농민, 도시 빈민의 문제가 사회화되면서 사회적 모순에 대한 비판 속에 분단과 독재를 넘어서려는 다양한 시도가 지속된다. 문학에서도 1960년대 중반 이래로 가난하고 소외된 존재들에 대한 탐색이 이뤄지면서 민족과 민중 문제의 대두 속에 노동자와 도시빈민에 대한 형상화가 서서히 분출되던 시기이다. 하지만 황순원의 경우 시대적 모순이나 소외된 현실에 대한 밀착보다는 인간의 본원적 심성으로서의 모성, 욕망, 생명 의지 등에 주목하는 작품을 지속적으로 생산한다. 분노와 웃음, 소리와 그림의 변주로 회억되는 40년 전 웃음에 대한 해학적 성찰을 다룬 「소리 그림자」(1965.1)에서 노년의 고독한 풍경을 모란과 화자의 교감으로 그려낸 시 「모란Ⅱ」(1979.5)에 이르기까지, 다양한 에피소드들을 집적하면서도 그 밑면에는 모성 담론, 생명주의, 욕망, 사랑과 구원, 존재론적 죽음에 대한 단상 등이 버무려져 있다.

50대 후반에 이른 시기에 황순원은 1972년 부친 별세, 1973년 절친 원응서 사망, 1974년 모친 서거를 차례로 경험하면서 죽음의 문제를 실존적으로 탐색하기에 이른다. 이 시기 그의 대표작은, 즐거운 붓놀림의 연상으로 40여 년 전 티없는 웃음을 되살아오게 만든 그림 속 개의 교접 장면을 그린 「소리 그림자」(1965.1), 4·19 당시 대학생의 행동과 양심, 용기와 비겁에 대한 성찰을 다룬 「온기 있는 파편(破片)」(1965.4), 세 가지 모성 담론을 형상화한 「어머니가 있는 유월의 대화(對話)」(1965.6), 늙어감과 실존적 외로움, 죽음의식에 대한 단상을 포착한 「수컷 퇴화설(退化說)」(1966.5), 죽은 자의 영혼이 계속 변신하여 사자(死者)의 육신에 드는 경이를 다룬 「탈」(1971.9), 장엄한 생명력의 은행나무를 통해 죽음에 대한 수용 의지를 다룬 「나무와 돌, 그리고」(1975.11) 등의 단편소설을 거쳐 장편소설 『움직이는 성(城)』(1972.8)으로 집적된다.

『움직이는 성』은 기독교와 샤머니즘의 갈등 속에 유랑하는 인간들의 비극적 사랑과 구원의 문제를 형상화하고 있다. 특히 이 시기에 쓰여진 시들은 실존적 마무리를 모색하는 노년의 시선이 잘 포착되어 있다. 즉 눈 내리는 날 홀로 서 있는 노인의 풍경을 정물화처럼 포착한 「겨울 풍경」(1977.3), 어림과 늙음, 그리고 죽어감에 대하여 담담한 어조로 고백한 「숙제」(1977.4), 빛과 어둠, 모란과 노인 화자의 교감을 통해 원숙한 노년의 경지를 노래한 「모란 Ⅱ」(1979.5) 등이 그 중심에 해당한다.

> 이 두 여자만이 아니고, 이러한 눈을 한 모든 인간의 눈은 창조주의 것이다. 어찌 이러한 눈뿐이랴. 인간에게 일어나는 모든 일, 삶이든 죽음이든 선이든 악이든 이밖의 모두 다 창조주의 것이다. 이렇게 창조주는 자기 형상과 마음가짐처럼 만든 인간을 통해 스스로 지니고 있는 정과 반의 싸움을 하고 있는 것이다. 이세상에 사랑이라는 합의 세계를 이루기 위해 헤아릴 수 없을 만큼 다각다양하게, 그리고 끊임없이 싸우고 있는 것이다.
>
> —『움직이는 성』(347쪽)

『움직이는 성』을 통해 작가는 한국적 미학의 추구, 인간의 숙명적인 고독, 사람 관계의 본질적 의미에 대해 천착하면서 그것을 넘어서서 하나의 종합을 시도한다. 이 작품의 중심인물인 민구(샤머니즘 연구)와 성호(기독교 전도사업)와 준태(방황하는 농학도)는 당대의 한국 지식인을 대표하는 세 가지 유형이다. 이러한 인물들을 통해 작가가 『움직이는 성』에서 제기한 문제는 '한국인의 유랑민 근성'에 관한 질문이다. 우리 민족의 근원적인 '유랑민 근성'에 대한 비판적 천착은 인간의 진정한 지향점을 탐색하는 과정으로 이어지면서 이 작품을 황순원 문학의 정점으로 평가하게 한다.

민구는 한국 전래의 샤머니즘을 연구하는 상식적인 인물이고, 성호는 기독교 전도사업에 몸담고 한국 기독교의 토착화 문제를 생각하는 인물이다. 반면에 이성주의자인 준태는 샤머니즘이나 종교적 광신주의에 공감하지 못하는 인물로 형상화된다. 작가는 이 작품을 통해 1970년대 한국 사회에서 벌어지는 샤머니즘 대 기독교 사이의 이율배반적 태도와 지식인의 존재 방식과 태도 등을 면밀히 검토한다. 그리하여 주인공들의 좌절과 패배, 사랑과 죽음, 이성과 감성, 믿음과 불신 등을 병치시키면서 사랑의 구원 가능성을 극복의 대안으로 상정한다.

> 석양 그늘속에 은행나무는 한창 황금빛으로 물들어있었다. 가을이 온통 한데 응결된 듯만 싶었다. 얼마든지 풍성하고 풍요했다.
> 그 둘레를 서성거리고 있는데 난데없는 회오리바람이 일어 은행나무를 휘몰아쳤다. 순식간에 높다란 나무 꼭대기 위에 새로운 장대하고도 찬란한 황금빛 기둥을 세웠는가 하자, 무수한 잎을 산산이 흩뿌려놓았다. 아무런 미련도 없는 장엄한 흩어짐이었다.
> 뭔가 그는 속깊은 즐거움에 젖어 한동안 나뭇가를 떠날 수가 없었다.
> —「나무와 돌, 그리고」(전집 5, 238~239쪽)

「나무와 돌, 그리고」는 인생의 노년에 서 있는 '그'가 '까닭 모를 서글픔'과 '공허감' 속에 기억 속의 실수를 떠올리며 '뉘우침'을 실천하다가, 어제 만난 용문산 은행나무의 가을맞이를 풍성하고 풍요롭게 맞이하는 부분을 그리고 있다. 회오리바람에 무수한 잎을 산산이 흩뿌려놓는 은행나무의 순간적 움직임을 본 '그'가 "아무런 미련도 없는 장엄한 흩어짐"이라고 감상하면서 속깊은 즐거움에 젖어들면서 나무 주위를 떠날 수가 없게 된다는 이야기이다. 결국 이 소설은 노년의 공허감을 은행나무의 찬란한 빛 속에 버무림으로써 노년의 아름다운 생 풍경을 선명하게 포착하고 있는 것이다.

눈은 내리고 / 해거름에서 담배 한 대 참은 족히 지난 시각 / 철부지 아이들의 떠드는 모양 멀리 물러나고 / 팔 낀 연인들 어룽히 드러났다 그냥 풀리어드는 / 뭉크보다 조금은 더 어둑신한 속에 / 노인이 하나 서 있다 / 눈은 내리고

—시「겨울풍경」전문(전집 11, 126쪽)

어려서 어머니 따라 여탕에 목욕을 다닐 무렵, 한번은 옆 아주머니가 불시에 내 샅을 손끝으로 쓸며, 어머 잘두 생겼네, 하고 수선을 떨어 처음으로 나는 내 거기를 조고만 두 손바닥으로 가렸다. // 무척 늙으셨습니다, 머리두 많이 빠지시구요, 길거리에서 오래간만에 만난 옛 제자가 사뭇 걱정스런 낯으로 하는 말을 들은 후 나는 베레모를 마련했다. // 언제고 어느 한 소리가 슬쩍 내 귀에다 대고, 이제 그만큼 살았으면 되지 않느냐고 속삭인다면, 나는 그때 무얼로 어디를 가릴 것인가.

—시「숙제」전문(전집 11, 130쪽)

너는 어둠이다. 너의 그 어둠을 주체치 못해 너는 내 속에 꽃망울을 벙을려놓고 온날 진종일 흙비를 뿌려댔다. 건공중에 걸린 달무리. 나는 철부지로 나의 심장을 너의 가슴에 이식시킨다. // 중풍에 잘 든다고 더덕뿌리를 옆

집 노인은 질겅거리는데 숫제 나는 심장이 없어 두루 한갓지다. 달이 지고 어
둠이 남은 밤. 술취한 노인이 하나 내 안에 비틀거린다. 언제나 빛은 어둠의
껍데기인 걸.

―시「모란 Ⅱ」전문(전집 11, 132쪽)

1970년대 후반에 쓰여진「겨울풍경」,「숙제」,「모란Ⅱ」등은 작가 황
순원이 시로 출발한 소설가임을 새삼 깨닫게 한다. 눈 내리는 해거름 무
렵의 어둑신한 풍경 속에 뭉크보다 어둑신한 한 노인이 직립한 모습을
겹쳐보고 있는「겨울풍경」, 어릴 적 '거기'에 대한 부끄러움과 무척 늙어
빠지게 된 머리카락을 모자로 감추려는 마음을 겹쳐보면서 미래의 죽음
을 자연스레 예비하려는 화자의 태도를 그린「숙제」, 어두운 모란과 심
장을 모란에 이식시킨 껍데기뿐인 노인의 교감 속에 심장을 벗어버리려
는 화자의 허허로움을 그린「모란 Ⅱ」등은 그가 시적 서정을 담보한 소
설가이자 작가였음을 보여준다.

원숙한 마무리(1980~2000)

시대적으로 1980년대는 '광주'를 짓밟고 권력을 장악한 새로운 군부
정권의 등장으로 민주와 반민주의 갈등 구조가 첨예하게 대두되던 시
기이다. 그리하여 문학에서도 민족민중문학론이 대두되면서 민족모순
과 계급모순을 극복하려는 다양한 문학적 모색이 필요하다는 점이 제기

된다. 그러나 체제변혁적 담론에 기댄 이러한 거대담론의 모색은 1990
년대 동구 사회주의권의 몰락과 더불어 다원주의 시대가 도래하면서 섹
슈얼리티와 몸 문제를 비롯한, 다양한 미시담론의 분출을 맞이하게 된
다. 하지만 황순원의 경우 1970년대 산업화 과정에 휩쓸리는 마을을 배
경으로 삼대에 걸친 가족사를 다룬 '사회사 소설'인 장편『신들의 주사
위』(1982.3)로부터 시「죽음에 대하여」(1992.9)에 이르기까지 당대적
현실 인식과는 거리를 둔 원숙한 감각의 텍스트를 생산한다.

1980년 66세에 이른 황순원은 경희대 교수에서 정년 퇴임한 이후에
도 왕성한 창작 의욕을 멈추지 않는다. 그리하여 1982년『신들의 주사
위』를 발간하여 대한민국 문학상 본상을 수상한다. 그리고 여러 편의 시
와 단편을 남기고 2000년 9월 14일 86세의 나이로 영면한다. 이 시기 그
의 대표작은 도시화에 물들어가는 전통적인 농촌 가정의 해체와 환경오
염 문제 등을 형상화한 장편소설『신들의 주사위』(1982.3)를 비롯하여,
자신의 그림자 찾기라는 모티프를 통해 잃어버린 자아의 정체성 탐색,
본질과 현상에 대한 존재론적 질문을 예각화한「그림자풀이」(1983.11),
사랑과 구원의 표상인 죽부인과의 환상적 교접을 통해 영원주의와 생명
주의를 포착한「나의 죽부인전(竹夫人傳)」(1985.7) 등이라고 할 수 있
다. 뿐만 아니라 말년의 내면 풍경을 시로 표현하는데, 대표적으로 외설
건강법과 '낭만적'에 대한 에피소드를 형상화한「낭만적」, 결국 자기 자
신인 데드 마스크의 '얼굴이 없는 사나이'와의 노름을 다룬「도박」, 어머
니의 젖가슴을 회상하는 다섯 살짜리 아이의 시선으로 포착한 유년 시절
의 풍경을 추억한「우리들의 세월」, 아내와 죽음에 대해 담담한 어조로
대화를 나누는 풍경을 포착한「죽음에 대하여」등이 그것이다. 그리고

산문 「말과 삶과 자유 I~VI」(1984.12~1988.2)는 반세기가 넘는 세월 동안 문학을 통해 모색한 '말, 글, 삶, 자유'에 대한 문학적 단상들을 기록한다.

마지막 장편소설인 『신들의 주사위』는 '한수'라는 개인의 사랑의 고뇌와 방황을 주축으로 하면서도, 그 개인을 둘러싼 가족, 농촌, 공해, 통치 문제 등의 외연 확장을 통해 사회 변동의 과정과 의미를 천착하고 있는 소설이다. 카오스적인 현실 세계에서 코스모스적인 질서의 가능성을 모색하는 이 소설은 노년에 이른 원숙한 작가의 유려한 솜씨를 유감없이 발휘한 정전에 해당한다.

> 퇴원보따리를 든 신씨 부부가 일행을 앞선다.
>
> 한수는 다시 걸음을 옮겨 정문께로 향했다. 천천히 걸어가던 한수가 문득 한 곳에서 발길을 멈췄다. 그리고 발 아래를 내려다본다.
>
> 함께 가던 일행도 걸음을 멈추었다.
>
> 콘크리트 포장길에 가느다란 금이 나있고, 그 틈새기로 풀잎들이 돋아나 있었다. 제법 파랬다. 어쩌면 이런 데서?
>
> "자기 그림자가 신기해서 그러는 거냐?" 병배가 툭 한마디 했다.
>
> 한수 앞에 뭉툭한 그림자가 져있었다.
>
> 사람들이 오가는 가운데 한 청년이 한수네 곁으로 다가섰다.
>
> "무얼 잃어버렸습니까?"
>
> —장편 『신들의 주사위』(305쪽)

『신들의 주사위』는 만년 작가의 원숙한 적공이 모두 녹아 있는 황순원 문학의 마침표에 해당하는 작품이다. 바다에 생활근거를 두고 살아가는 중소도시의 한 전통적인 선주집안의 이야기를 통해 작가는 새로운 가

치관에 대한 대처 방식과 고통의 수용 과정, 극복 가능성의 모색을 주목
한다. 그리하여 인간은 결코 신이 던져준 주사위 안에서 우연을 필연처
럼 내면화한 채 살아가는 존재가 아니라는 준엄하면서도 강력한 인간적
의지를 주목한다.

소설의 서두는 두식 영감의 맏손자인 한영이 대문 앞에서 "관계 없다
아, 관계 없다아!"라는 고함소리를 지르는 것으로 시작된다. 그리하여 한
국 농촌의 한 소읍과 한 중산층 가정을 중심으로 새로운 문물과 가치관
의 유입의 전 과정을 밀도 높게 고찰함과 동시에, 그 가정을 둘러싸고 진
행되는 한국 사회의 교육 문제를 비롯하여 공해나 권력 문제 등을 복합
적이고 중층적으로 갈무리한 텍스트에 해당한다.

> 그런 땐 이렇게 하세요. 우주반딧불이란 거 아시죠? 이쁘기 이를데없는
> 자디잔 입자들이 빛나면서 우주선 곁을 날아다닌다지 않아요? 우주비행사
> 가 밖으루 내보낸 오줌이 우주반딧불이 된 거죠. 재미있잖아요? 그런 거라두
> 생각하면서 여유를 가지세요.
> 그러지.
> 아마 앞으루두 그림자 찾기는 계속될 것같네요.
> 그럴 것 같애. 그런데 본체가 그림잘 찾아다니는 건지, 그림자가 본첼 찾
> 아다니는 건지 그것부터 다시 알아야 될까봐.
> 둘 다일 거예요. 고요새는 그가 좋아 못견디겠다는 듯 긴 목을 그의 목에
> 새로 몇 번 비벼댔다.
>
> ─「그림자풀이」(전집 5, 266쪽) 중에서

「그림자풀이」에서 보이듯 작가는 인생이란 자신의 잃어버린 그림자
를 찾아 떠도는 본체의 유랑으로 바라보고 있다. 하지만 유랑하는 것이

그림자일 수도 있고 본체일 수도 있다는 양가적 인식은 노년에 이른 작가가 삶과 죽음, 사랑과 이별, 절망과 희망, 미와 추, 늙음과 젊음 등의 대립적 개념들을 관념적으로 이미 초월하고 있음을 보여준다.

> 어머니가 김을 매는 조밭머리 긴긴 한여름 뙤약볕 속에 혼자 메뚜기와 놀던 다섯 살짜리 아이가, 눈이 좀 어두운 어머니의 길잡이로 말승냥이 늘쌍 떠나지 않는다는 함박골을 앞장서 외가에 오가던 다섯 살짜리 아이가, 장차 어떻게 살아가나 어머니가 짐짓 걱정할라치면 나귀로 장사해서 돈을 많이 벌겠다던 다섯 살짜리 아이가, 기미운동으로 옥살이하는 아버지를 힘들여 면회 가선 내내 어머니 젖가슴만 더듬었네. 불도 켜 있지 않은데 눈이 부서 부서 아버지가 눈부서 바로 쳐다볼 수가 없었네. 지금은 일흔 살짜리 아이가 되어 이 추운 거리 다시 한번 아버지를 면회 가서 당신의 젖가슴을 더듬어봤으면, 어머님이여 나의 어머님이여.
>
> —시「우리들의 세월」전문(전집 11, 140쪽)

> 나와 마누라는 죽음에 대하여 이야기한다 / 한날 한시에 같이 죽으면 다시없이 좋으련만 / 그러기를 바랄 수는 없는 일이고 / 누구고 앞서가는 길밖에 없다 / 마누라가 아주 담담한 말씨로 / 여자 노인 혼자 남는 것보다 남자 노인 혼자 남는 것은 / 불쌍하고 처량하다고 한다 / 나는 전적으로 이에 동의하여 / 내가 앞서가기를 간절히 바라고 있다 / 우리 둘이 같이 일흔일곱이라는 나이에
>
> —시「죽음에 대하여」전문(전집 11, 155쪽)

시「우리들의 세월」에서는 유년으로 돌아가고 싶은 노년의 마음을 살갑게 표현하고 있으며, 시「죽음에 대하여」에서는 일흔일곱에 이른 노부

부의 죽음에 대한 담담한 태도를 일상어로 표현함으로써 오히려 죽음이 일상적인 것임을 실증적으로 보여준다.

황순원의 죽음에 대한 문학적 성찰은 실존적 죽음을 예비하는 것이기도 하지만, 그 진정성의 울림은 깊고 그윽하게 퍼져온다. 그가 시와 단편소설, 장편소설을 거쳐 다시 시적 마무리를 원숙하게 진행하고 있기 때문이다. 그는 문학적 이론을 따로 내세우지는 않았지만 그의 만년 수필 속 경구에서 그의 문학적 좌표를 대면할 수 있다.

"대패질을 하는 시간보다 대팻날을 가는 시간이 더 길 수도 있다", "작가의 의식은 언제나 깨어 있어야 한다. 무의식의 세계를 그릴 때도 작가는 그걸 분명히 의식하고 있어야 한다", "오늘의 소설은 리얼리즘이어야 한다고 한다. 그렇더라도 로맨티시즘을 옳게 거치지 않은 작가의 리얼리즘 작품을 나는 신용하지 않는다. 그림에서 데생을 옳게 거치지 않은 화가의 비구상을 신용하지 않듯이" 등은 그의 『말과 삶과 자유』에서 울려 퍼지는 문학적 경구들이다. 그는 작가의식의 선명성, 유비무환의 공력, 리얼리즘과 로맨티시즘의 결합 등을 '말과 삶과 자유'의 문학 이념으로 삼고자 했던 것이다.

문학과 삶의 행복한 만남,
그리고 영면

황순원의 문학적 생애는 시 「나의 꿈」으로 시작되어 단편과 장편소설의 시대를 지나 시 「죽음에 대하여」로 마무리된다. 시 제목으로만 요약한다면 낭만주의자에서 현실주의자로 자신의 생을 깔끔히 마무리하고 있는 것으로 여겨진다. 그러나 이것은 요약일 뿐이다. 이름 붙여지지도 않은 채 아직 우리가 찾아내어 공유해야 할 숱한 문학적 삶의 무늬가 길어올려지길 기대하며 그의 작품 안에 아로새겨져 있음이 너무도 자명하기 때문이다.

황순원 문학은 우리 겨레가 지나온 20세기의 굴곡진 역사를 추체험하게 한다. 때로는 소년들의 순진무구하면서도 영악한 몸짓으로, 때로는 젊은이들의 위악에 찬 실존적 몸부림으로, 때로는 동물들의 우의적 형상화로, 때로는 자전적 관찰기로 그 형식과 내용을 달리하면서도 작품의 저변에는 줄곧 인간에 대한 끊임없는 신뢰와 애정이 깔려 있다는 점에서 그 추체험은 각별한 의미를 갖는다.

이 글을 준비하면서 황순원의 문학은 여전히 젊다는 사실을 새삼 확인할 수 있었다. 아무리 짧은 꽁트라 할지라도 문장 하나 하나에 정성을 들여 세공한 흔적이 너무도 역력히 보였기 때문이다. 깨어 있는 작가 의식으로 살아서도 작고한 이후에도 끊임없는 모범으로 회자되는 황순원은 문학과 삶의 행복한 만남을 보여주는 흔치 않은 사례에 해당한다. 그

렇기에 그의 실존적 죽음은 부인할 수 없지만, 그의 문학적 죽음은 거부
할 수밖에 없는 것이다.

—『황순원 문학적 연대기』학술세미나, 2006

III부

작가는 이렇듯 비루한 인간 현실을 선명하게 강조하기 위해 환상성을 방법적 전략으로 활용한다. 하지만 그가 그려낸 환상성의 이면에는 부조리한 인간이 횡행하며 실재성이 강조된 시대적 모순이 각인되어 있다. 손홍규의 작품은 끊임없이 환상과 현실을 길항하면서 현실의 구조적 모순을 응시하는 기법으로 환상성을 적극 활용한다. 그러므로 그의 환상은 실재적 환상에 가깝다. 실재적 환상이란 문학적으로 가공된 허상이지만 현실의 문제를 예각화한다는 점에서 실재적이라는 의미이다. 이제 첫 걸음을 떼는 젊은 작가의 '비인 탄생 신화'가 현재성의 이름으로 호명되기를 고대한다.

신화와 역사를 현재화하는 세 가지 방식

옛이야기의 호출

2007년 발간된 소설 중에서 작가의 공력을 여실히 보여주면서 대중 독자로부터 지속적인 관심과 사랑을 받고 있는 세 장편소설을 주목하고자 한다. 황석영의 『바리데기』, 김훈의 『남한산성』, 신경숙의 『리진』이 그것인데, 이 세 작품이 대중적 친화성 이외에도 한국적 이야기(무속 신화, 재난의 역사, 근대의 타자)를 호출하여 현재적 의미를 덧씌우고 있다는 공통점을 내장하고 있기 때문이다. 물론 그 양상은 전통무가 바리데기 신화를 차용하여 신자유주의적 세계화의 그늘 들여다보기, 17세기 병자호란 당시 남한산성에 갇힌 자들을 둘러싸고 벌어지는 신생과 죽음의 길 응시하기, 19세기 궁중무희의 이국적 연애담과 근대적 정체성 찾기 등의 다양한 표정으로 드러난다. 독자는 역사드라마의 시청자가 훤히 끝을 알고 있는 이야기임에도 텔레비전 앞에서 극의 전개를 따라가듯, 이 작품들 속에서 서사적 흡입력과 적실한 묘사를 통해 재구성되는 등장인물들의 내면 풍경과, 개성적 문체로 그려내는 당대의 존재론적 진실을 함께 만나게 된다. 그리하여 개인이 사회와 마주하며 빚어낸 가슴 아픈 시련의 장면을 '지금 여기 나'의 문제로 껴안게 된다.

『바리데기』에 대해 작가는 "우리네 형식과 서사에 현재의 세계가 마주친 현실을 담아낸 작업"(295쪽)이고 '이동'을 주제로 삼았으며 북한 난민을 세계화 체제의 그늘로 보고 있고, "자신과 한반도의 현재의 삶을 세계 사람들과 공유하려는 것이 작가가 국경이나 국적 따위에 구애받지 않는 '세계시민'이 되는 길"(298쪽)이라고 이야기한다. 그러한 세계시민적 인식을 위해 19세기의 제국주의와 21세기의 신자유주의가 연결되듯이 『심청』과 『바리데기』가 서로 연결되며, 생명의 길은 독자들을 향해 던져진 '숨은 그림 찾기'에 해당한다고 결론짓는다. 하지만 바리의 주술이 내포한 초월적 해결의 모색이 과연 세계사적 보편성을 적실하게 획득하고 있는지는 의문이다.

『남한산성』에서 작가는 '하는 말'에서 "신생의 길은 죽음 속으로 뻗어 있었다. 임금은 서문으로 나와서 삼전도에 투항했다. 길은 땅 위로 뻗어 있으므로 나는 삼전도로 가는 임금의 발걸음을 연민하지 않는다"(4쪽)면서, "나는 아무 편도 아니다. 나는 다만 고통 받는 자들의 편"(5쪽)임을 주장한다. 작가는 임금에 대한 연민의 기록이 아니라, 삶과 죽음의 길, 고통스런 투항과 항전의 내면, 신생과 소멸의 시간에 대해 성찰할 것임을 피력한다. 그러나 과연 '고통 받는 자들의 편'에 서서 그 길의 험난한 표정을 되살려놓고 있는지는 의문이다. 극심히 고통 받는 자들은 텍스트의 내부에서 흐릿한 흔적으로만 표현되고 있기 때문이다.

『리진』의 앞머리에 작가는 "이 사랑은 두 사람을 긴 여행길에 오르게 했다"라고 사랑의 행로에 대해 기록하면서 19세기 말 근대적 격랑기에 조선과 프랑스를 오고간 리진의 흔적을 쫓아 그녀의 삶과 사랑, 정체성을 읽어내고자 한다. 어린 나이에 고아가 된 리진의 삶 곁에서 사랑의 대상으로 긴 여행길에 오른 존재는 표면적으로는 프랑스 공사 콜랭뿐이지만, 실질적으로는 명성왕후(모성적 타자)와 궁중악사인 강연(낭만적 사랑의 대상) 역시 리진의 자존감 형성에 지대한 영향을 끼친다. 그러나 리진의 내면 형성이 작가의 미려한 수사에도 불구하고 평면적으로 영웅화되어 있는 것은 아닌지 의문이다.

이러한 세 가지 의문이 신화와 역사로서의 전사를 현재화하는 세 작가의 내공에 질문을 가하게 한다. 바리가 처한 주술적 해결로서의 현실적 미해결, 생사의 갈림길에서 흐릿한 족적으로 새겨진 하층민들의 표정, 자기동일적 정체성에 대한 심층적 고민이 거세된 평면적 여성 영웅의 형상화 등은 신화와 역사를 재가공하는 장인 소설가들의 유려한 솜씨에 의해 후경화된다. 그리하여 이 세 작가가 의도한 '21세기적 현실의 우회적 독해로서의 주술적 신화 차용, 17세기 생사의 갈림길에 처한 역사적 시공간의 21세기적 의미화, 19세기 근대적 격랑기를 넘어서려는 낭만적 애정의 21세기적 헌사' 등은 전사로서의 신화와 역사를 어떻게 해체하고 재구성함으로써 새로운 '현대적 신화'가 탄생할 수 있는지를 입증하고 있는 것이다.

세계화의 그늘에서
희망의 생명수 가늠하기

―황석영, 『바리데기』

황석영의 『바리데기』는 작가 스스로 언명하고 있듯 세계사적 문제의식을 기반으로, 『손님』(2001)과 『심청』(2003)에 이어 한국적 특수성이 담겨 있는 독특한 무가 형식을 세계사적 현실이라는 내용에 접목시켜낸 작품이다. 『손님』은 지노귀굿의 12마당 형식을 차용하여 한국전쟁 시기 신천학살사건을 조망하면서 죽은 자의 명복을 빌고 산 자의 현재적 자리를 되물음으로써 폐허의 자리를 희망의 제의적 공간으로 응시한다. 『바리데기』 역시 화해와 희망의 자리를 탐색하고 있다는 점에서 『손님』의 서사와 구조를 닮아 있다. 물론 산 자와 죽은 자의 대화를 통한 화해의 몸짓은 『바리데기』에 이르러 무속적 존재인 '영매 바리'의 국경을 이동하는 삶의 곡절 속에서 영육을 분리하여 생명수를 찾으려는 모색으로 변주된다. 그리고 『심청』이 19세기 동아시아를 배경으로 고전 속 '효'의 상징인 '심청'을 관음보살의 현신이자 성매매여성으로 호출하여 근대화의 격랑 속에 던져진 다중적 타자로 그려냄으로써 제국주의 남성 중심의 자본제적 질서를 회의하는 작품이라면, 『바리데기』는 20세기 후반에서 21세기에 이르는 시기를 조망하면서 김일성 사후(1994) 고난의 행군 시기를 겪는 북한, 국경을 넘어 이주민이 되어 숨어사는 중국, 빚으로 팔려간 영국 등으로 떠도는 '탈북자 바리'의 삶과 넋풀이를 통해 신자유주의적 세계화 시대의 '이주(이동)', '분쟁', '국경', '혼종성' 등의 문제를 전면적으로 응시한다.

그렇다면 작가는 왜 '바리'를 호출하는가? 그것은 아마도 한국의 '무속 신화'에서 '바리'가 버려지고 소외됨으로써 오히려 구원의 존재로 그려지는 가장 영험한 존재이기 때문일 것이다. 또한 '그리스 신화'의 제우스처럼 가장 어린 자가 타락한 세계를 정화할 가장 순수하고 자유로운 영혼을 소유하고 있기 때문일 것이다. 즉 세상의 때가 덜 묻은 존재가 오염된 현실 세계를 구원할 정결한 영혼의 소유자일 수 있는 것이다. 특히 '바리의 주술적 서사 구조', 즉 생명수를 구해 죽은 자(=희생자=가해자+피해자)들의 맺힌 넋을 풀어주는 구조가 20세기 후반과 21세기 초반 세계화의 음영을 해명할 핵심 구조에 해당한다고 보았기 때문일 것이다.

과연 황석영이 영혼을 구제하기 위해 저승을 다녀오는 구조를 지닌 '바리데기 신화'를 차용하여 '바리'를 통해 '고통받은 고통의 치유'와 '수난당한 수난의 해결'을 적절하게 모색하고 있는 것일까? 그것을 확인하기 위해 '바리의 서사'를 추적할 필요가 있다. 엄마에 의해 버려졌던 존재인 일곱 번째 아이 '바리'는 장질부사 염병을 앓고 난 뒤 들리지 않던 소리들이 들리기 시작하고 보이지 않던 것들을 볼 수 있는 영매적 능력이 생긴다. 이때부터 고조할머니 이래로 핏줄의 내력이기도 한 특이체로서의 무속적 존재가 된 바리는 소련의 붕괴(1989)와 김일성의 사망에 이은 고난의 행군(1994~1997) 시절 무서운 기근 속에 숱한 시체를 대면하면서 북한과 중국의 국경지대에서 굶주림이 낳은 절망적 상황에 부려지게 된다. 이러한 참담한 현실을 극복할 가능성을 제시해주는 존재는 바리에게 '바리데기 공주' 이야기를 끊임없이 환기해주는 할머니이다. 할머니로부터 '큰 만신 바리'가 될 것임을 듣는 바리는 팔려가는 영국행 배 안에서 넋을 몸으로부터 분리하여 허공에 띄운다. 그리고는 할머니에게서 받은 낙화 세 송이를 들고 저승 세계를 다녀오면서 헛것들의 고통을 응시한다. 특히 바리는 검은 악령들이 자신의 육신을 잘라내어 뜯어먹는 모습을 보다가 죽음 세상을 떠돌던 할머니가 나타나 무가(巫歌)를 구술하자 자신의 뼈와 넋이 다시 온전한 하나가 되어 새살이 돋아나는 재생의 경험을 한다. 이러한 '바리'의 영육 분리에 이은 해체와 재구성의 과정은 영국에서 '영매'의 신령한 효험을 예견하는 장치가 된다.

전체 12장으로 구성된『바리데기』는 이렇듯 6장까지는 북한과 중국을 떠돌던 이야기이고, 7장부터 12장까지는 다인종국가인 영국을 무대로 생명수에 대한 탐색이 그려진다. 바리는 베트남, 방글라데시, 나이지리아, 파키스탄 등등의 다국적인들이 사는 연립주택 반지하에서 생활하면서 발마싸지로 돈을 번다. 특히 파키스탄인 압둘 할아버지는 할머니의 환생처럼 느껴지면서 7장 이후 바리 생의 경험적·인식적 좌표 역할을 한다.

바리의 영국 생활은 이동과 이주, 국경과 탈주의 문제를 질문하게 한다. 그리하여 '국경'의 의미가 국가와 인종 간에 가난과 차별의 문제를 낳는 경계 표지임을 어렴풋이 깨닫는다. 바리는 '남선과 북선의 분단이 미국 때문'이라는 인식이 '파키스탄과 인도의 다툼이 영국놈들 때문'이라는 알리네 원망과 유사함을 발견한다. 이러한 인식은 분단과 분쟁을 낳는 '국경'의 문제가 더 이상 어느 한 지역의 특수한 문제가 아니라 세계사적 보편성을 띠는 문제임을 보여준다. 바리 자신의 고행과 다른 이주노동자들의 고난을 겹쳐보면서 바리는 사람살이가 "시간을 기다리고

견디는 일"이며, "늘 기대보다는 못 미치지만 어쨌든 살아 있는 한 시간
은 흐르고 모든 것은 지나간다"(223)는 인식을 갖게 된다. 인간이 시간
위의 존재일 수밖에 없는 한계 상황을 수용하려는 작가의 순응주의적 실
존 의식이 드러나는 부분이다.

이주노동자에 대한 단속이 심각해지는 가운데 바리는 19세에 아기를
낳고 '홀리야(=자유) 순이'라고 이름을 짓는다. 홀리야는 압둘 할아버지
가 지어준 이름이고 순이라는 이름은 바리가 지어줌으로써 '홀리야 순
이'라는 이름은 이종적·다국적 혼혈성을 상징하는 이름이 된다. 하지
만 돌이 채 안 된 '홀리야 순이'의 죽음으로 극심한 고통과 분노를 경험
하는 바리에게 압둘 할아버지는 죽음이 새 출발이며 신의 본성이 묵묵히
지켜보는 것에 있고, 우리가 이미 저지른 것들이 '불행과 고통'으로 나타
나며, "육신을 가진 자는 누구나 살아가면서 지상에서 이미 지옥을 겪"
고, "미움은 바로 자기가 지은 지옥"(263)이기에, 이제는 '생의 아름다움'
을 누려야 한다고 이야기한다.

극심한 고통을 감내하기 위해 몸으로부터 넋을 분리한 바리는 불바
다, 피바다, 모래바다를 지나며, 옹달샘의 '밥해 먹는 물'을 생명수로 마
신 뒤, 돌아오는 길에 넋들의 질문에 공수를 해준다. 고통의 원인이 사람
들의 욕망 때문이며, 이승의 정의란 항상 반쪽이고, 죽음이란 신의 슬픔
과 절망을 의미하며, 신이 부르카를 쓴 여인을 이승의 얼굴에서 가장 안
타까워하고 있고, 엄마가 미움에서 풀려나야 함을 강조한다. 그리고는
마지막 남은 넋살이 꽃을 던져 밝은 빛으로 피바다와 불바다를 푸른 바
다로 바꾸어낸다. 이러한 과정은 결국 인간이 자초한 고통과 절망은 넋
풀이라는 주술적 해결 없이는 불가능한 것임을 보여준다.

넋풀이를 마치고 현실로 돌아온 바리에게 압둘 할아버지는 '생명수'
라는 것이 남을 위해 눈물을 흘리는 것이며, 타인과 세상에 대한 희망을
버리지 않는 행위임을 역설한다. 나아가 21세기에 벌어진 이라크 전쟁
등에 대해 "힘센 자의 교만과 힘없는 자의 절망이 이루어낸 지옥"이기에
분노가 아닌 방식으로 "저들을 도와줄 수 있다는 믿음을 가져야 하"며 세
상의 점진적인 변화와 진보를 믿어야 함을 강조한다. 그러나 세상의 평
온함을 의심치 않던 순간에 새로이 임신한 바리와 알리 앞에서 버스 폭
발 사고가 일어나자 바리는 "아가야, 미안하다"며 알리와 함께 눈물을 흘
린다. 여전히 테러와 폭력이 정의의 이름으로 적을 심판하기 위해 행해
지고 있는 폭력적 현실은 새로운 생명의 미래에 짙은 그늘을 드리우는
것이기 때문이다.

황석영의 『바리데기』는 현실 세계에서 구원의 생명수는 존재할 수 없
음을, 혹은 그것이 이승으로 가져올 수 없는 저승에 속하는 것임을 그려
낸다. 그러나 생명수 이야기는 신자유주의적 현실이 강제하는 빈부의 양
극화와 이주 노동자 문제를 외면할 수 없는 작가의 현실적 낭만주의자로
서의 세계관을 보여준다. 아무리 힘들고 절망적인 패배적 국면이 우리
앞에 놓여 있을지라도 그대로 폭력적 현실에 주저앉을 수는 없는 것이
다. 작가의 태도는 세계화의 그늘에 놓여 있는 사회적 약자에 대한 배려
속에 결코 희망과 생명의 끈을 놓지 않아야 된다는 다짐으로 이어진다.
그러므로 바리가 구해다주지 못한 생명수는 우리 안에서 눈물 어린 희망
의 싹으로 키워내야 한다는 신념이 바로 황석영식 낭만주의의 표정인 것
이다.

삶과 죽음을 가로지르는
말(言)들과 시간성의 응시
—김훈,『남한산성』

　김훈의『남한산성』은 그의 전작 장편소설인『칼의 노래』(2001)와『현
의 노래』(2004)를 닮아 있다. 영웅 이순신이 아니라 인간 이순신에 주목
하여 날카롭고 투명한 존재론적 칼의 응시를 통해 무의미한 세계에서 전
쟁이 야기한 실존적 고뇌의 깊이를 보여준『칼의 노래』, 사라진 제국 가
야로부터 신라의 시대를 거치며 잠들어 있던 악사 우륵과 대장장이 야로
를 깨워 역사와 소리와 쇠가 내포한 가치를 한데 끓이고 녹여 구체적 실
존의 의미로 현재화한『현의 노래』등에서 보여준 '삶과 죽음 사이에 긴
존재'로서의 인간의 부피를 살피려는 문제의식이 여전함을 보여준다. 즉
역사적 소재를 빌려와 기록적 사실의 여백을 비집고 들어가 살을 붙이고
피를 돌게 함으로써 실존의 문제를 감각화하고 있는 것이다.

　『남한산성』의 표면적 배경은 1636년 12월 14일부터 이듬해 1월 30일
에 이르는 '병자호란'을 둘러싼 이야기이다. 인조가 강화도로 피난가려
다가 길이 막히자 남한산성으로 피신하여 50일 가까운 기간 동안 청나라
군대와 대치하다가 결국 항복하게 된 이야기를 통해 작가는 무엇을 말하
고자 하는가? 작가는 '일러두기'에서 "이 책은 소설이며, 오로지 소설로
만 읽혀야" 하며, "실명으로 등장하는 인물에 대한 묘사는 그 인물에 대
한 역사적 평가가 될 수 없"음을 강조한다. 이것은 작가가 객관적 사실의

복원보다는 그 사실들의 빈틈에 담겨 있는 실존적 진실을 문학적으로 탐색하고자 함을 의미한다. 그러므로 거기에는 이순신이나 우륵의 이야기에서처럼 짙은 허무가 배어 있을 수밖에 없다.

'고통 받는 자들의 편'에 서고자 한 작가가 주목하는 네 가지 대표적 인물은 임금, 영의정 김류, 이조판서 최명길(화친론자), 예조판서 김상헌(척화론자) 등이다. 이들은 각각 유약한 지도자, 기회주의자, 타협주의자, 원칙주의자 등으로 표상된다. "서울을 버려야 서울로 돌아올 수 있다는 말"(9쪽)로 시작된 작품은 임금과 대신을 감싸고 돌던 기름지고 공허한 말[6]에 대한 분위기를 묘사하는 것으로 이어진다. 그리하여 교묘한 말들의 산맥을 이루는 신하들의 말 풍경은 "기름진 뱀과 같았고, 흐린 날의 산맥과 같"아서 "말로써 말을 건드리면 말은 대가리부터 꼬리까지 빠르게 꿈틀거리며 새로운 대열을 갖추었고, 똬리 틈새로 대가리를 치켜들어 혀를 내밀었다"(9쪽)라는 식으로 묘사된다. 그리고 늘 표정이 없고 말을 아끼는 임금의 말투는 김류에 의하면 "장님이 벽을 더듬는 듯"(15쪽), "먼 곳을 더듬어서 복심을 찔"(16쪽)러오는 형국을 보여준다. 임진강을 건넌 적을 피해 강화도로 가자는 최명길의 말에도 임금은 예전에 "가 보니 이틀 길"(20쪽)이었다면서 스치는 바람 같은 말투로 10년 전 정묘년 겨울의 풍경을 편전의 어둠 속으로 끌어당겨 놓는다. 이렇듯 임금은 꼬리에 꼬리를 무는 말들로 대전을 수놓는 대신들의 허다한 입 앞에서 유약한 표정과 힘없는 말투를 건넬 뿐이다.

하지만 이들과는 달리 궁 밖에 있던 김상헌은 죽음을 무릅쓰고 "삶 안에 죽음이 있듯, 죽음 안에도 삶은 있"(40쪽)을 것임을 확신하면서 남한산성으로 향한다. 영롱하고 정갈하고 빛나는 추위를 뚫고 송파나루에 이른 김상헌은 어제는 어가행렬을 건네주고 좁쌀 한 줌 받지 못했지만, 오늘은 청나라 군대를 건네주고 곡식을 얻으려는 늙은 사공을 만나면서 백성이 지닌 생명력의 본질을 간파한다. 그러나 그러한 사공의 인식과 태도가 국가적 존망의 위기를 초래할 수 있다는 판단 아래 김상헌은 가차 없이 사공을 없애버린다. 산성 안으로 들어선 김상헌은 겨울비에 젖은 군병들이 얼어붙은 풍경을 보며 '버팀'과 '버티어짐'의 관계를 생각한다. 그리고는 "죽음을 받아들이는 힘으로 삶을 열어나가는 것"이며, "아침은 오고 봄은 기어이 오는 것이어서 성 밖에서 성 안으로 들어왔듯 성 안에서 성 밖 세상으로 나아가는 길"(61쪽)이 있을 것임을 짐작한다. 이렇듯 김상헌은 죽음과 삶을 저울질하는 가운데 아침과 봄처럼 기어이 오고야 말 삶 쪽에 무게감을 주면서 산성 바깥으로 난 생존의 길을 모색한다.

김상헌과 달리 김류는 임금의 '어쩌랴'라는 말에 "어쩌랴 어쩌랴 하다 보면 어찌할 수 없는 지경에 이를 것"(64쪽)이기에 뜻을 받들기 민망하다며 은근히 위협조로 이야기한다. 더구나 종친과 사대부의 옷을 걸어 군병의 언 발을 싸맬 것을 지시하는 임금에게 체통이 있으니 종친의 옷은 제외하자고 말한다. 뿐만 아니라 그는 군병의 추위를 막던 가마니를 빼앗아 죽을 쑤어 전투용 말에게 먹이고자 한다. 이것을 보면서 수어사 이시백은 "싸움의 형식 속에 투항의 내용을 키워가는 듯 싶"은 김류의 속 생각을 읽어낸다. 하지만 김류는 '백성의 초가지붕→군병들의 깔개→주린 말의 먹이→굶어 죽은 말을 먹는 군병→깔개가 없어 추위로 얼어죽는 군병'의 악순환의 고리를 생각하며 '버티는 힘과 버티는 고통'에 대해 고민한다. 나아가 "싸움의 형식을 유지하면서 그 형식 속에서 버티는 힘을 소진시키고 소진의 과정 속에서 항전의 흔적을 지워가며"(95~96쪽)

소멸의 날을 가늠해본다. 김류는 삶과 죽음을 저울질하며 형식적 버티기 속에 투항으로 목숨을 부지하려는 쪽에 무게를 두는 것이다.

임금은 사직이 봄의 흙냄새보다 못한 것은 아닌지를 가늠하고, 화친론자 최명길과 척화론자 김상헌의 논쟁이 더욱 격해지면서 항전과 투항 사이의 문제는 시간에 대한 성찰로 이어진다. 즉『남한산성』의 후반부는 갇힌 곳에서 점차 메말라가는 시간의 의미를 추적한다. 그리하여 "밝음과 어둠이 꿰맨 자리 없이 포개지고 갈라져서 날마다 저녁이 되고 아침이 되"면서도 "남한산성에서 시간은 서두르지 않았고, 머뭇거리지 않았"으며, "군량은 시간과 더불어 말라갔으나, 시간은 성과 사소한 관련도 없는 낯선 과객으로 분지 안에 흘러 들어"(179쪽)오는 것으로 그려진다. 더구나 눈보라나 안개처럼 적병을 감추는 아침 저녁의 '시간의 대열'은 빛과 어둠으로 스미고 갈라지면서 무섭도록 "푸르고 차가운 시간의 속"(180쪽)을 들여다보게 한다. 이러한 시간 의식 속에서 '성의 열림'과 '성의 끝남' 사이, '밟혀 죽음'과 '말라 죽음' 사이, '열림'과 '깨짐' 사이, '칸의 옴'과 '칸의 오지 않음' 사이에서 대부분의 상황이 '마찬가지'라는 말로 정리되면서, 오지 않더라도 이미 온 것과 다름없는 칸의 존재감은 소문들 사이를 떠돌면서 성 안팎의 사람들에게 무서움과 두려움을 제공한다.

적들에 대한 항전 의사를 밝힌 임금의 격서 내용을 들으며 화친론자 최명길은 "삶의 길은 성 안에서 성 밖으로 뻗어 있고 그 반대는 아닐 것이며, 삶은 돌이킬 수 없고 죽음 또한 돌이킬 수 없을진대 저 먼 길을 다 건너가야 비로소 삶의 자리에 닿을 수 있을 것"(198쪽)이라며 먼 곳에 있을 삶의 자리에 초점을 맞춘다. 하지만 척화론자 김상헌은 "길은 사람의 마음속에 있는 것이며, 마음의 길을 마음 밖으로 밀어내어 세상의 길과 맞닿게 해서 마음과 세상이 한 줄로 이어지는 자리에서 삶의 길은 열릴 것이므로, 군사를 앞세워 치고 나가는 출성과 마음을 앞세워 나가는 출성이 다르지 않을 것"(199쪽)이라면서 마음과 세상이 맞닿은 삶의 길이 열릴 것임을 예견한다. 화친론자든 척화론자든 간에 궁극적으로는 이 재난의 끝자락이 '삶의 길'로 향하고 있음을 보여준다.

백제의 시조인 온조왕에게 제사를 드리면서 허무주의자격인 김류는 1,600년 전의 무덤 속에서 피어오른 온조의 혼백이 아득한 태고 속으로 사라지는 환영을 느끼고, 생명주의자격인 최명길은 왕조가 쓰러지고 세상이 무너져도 삶은 영원하기에 삶의 영원성만이 치욕을 덮어서 위로할 것이라고 생각하며, 원칙주의자인 김상헌은 온조의 혼령이 1,600년의 시간을 건너오는 환영 속에 새로운 시간이 다가오고 있음을 감지한다. 작가에 의해 세심하게 배려되고 있는 김상헌에 의하면 시간이란 끝없이 새로워지는 것이어서 항상 새롭게 태어나기에 "모든 시간은 새벽"(237쪽)이며 새벽의 시간은 '새로운 경건성'을 내장하고 있다. 그러므로 성안에 갇힌 자들이 생명의 시간을 회복할 수 있다고 믿는 것이다.

결국 "강한 자가 약한 자에게 못할 짓이 없고, 약한 자 또한 살아남기 위하여 못할 짓이 없는 것"(339쪽)이라는 화친론자 최명길의 견해대로 성을 나온 임금은 칸에게 절을 하고 세자와 빈궁과 왕자들과 호행들을 포로로 보낸 뒤에 도성으로 환궁한다. 임금도 살고 김류와 최명길과 김상헌도 살고, 숱하게 죽어간 백성들은 말이 없고 47일만에 임금이 궁으로 돌아가면서 병자호란은 정리된다.

『남한산성』은 "어쩌랴"를 입에 달고 살면서 무기력한 태도로 일관하는 임금, 명분과 원칙을 충직하게 지키려는 예조판서 김상헌, 겉으로는 싸움의 형식을 유지하면서도 투항의 내용을 준비해가는 이중적 현실주의자인 영의정 김류, 약육강식의 세계에서의 생존 논리를 앞세워 강자의 논리를 수용하는 이조판서 최명길 등이 뿜어놓은 허망한 듯하면서도 실질적인 말들을 통해 삶과 죽음이 갈라서는 지점, 찰나적으로 드러나는 시간을 영원으로 붙잡으려는 존재론적 몸부림 등을 주목한다. 그리하여 산 자는 누구나 죽게 되어 있으며 죽은 자는 산 자보다 먼저 고통 속에 사라지지만 치욕처럼 살아 남은 자는 더 많은 고통 속에 생존을 연명할 수도 있는 것임을 그려낸다. 그러므로 그날 『남한산성』에서는 모두가 살아나왔지만 아무도 살아나오지 못한 것이다.

관음증적 시선 너머
근대적 정체성 찾기

—신경숙, 『리진』

　왕의 여인이어야 할 조선의 궁중무희가 연푸른 드레스를 입고 프랑스 외교관과 함께 여행길에 들어서는 것으로 시작되는 『리진』은 도입부의 이색적인 풍경만큼이나 20년이 넘은 신경숙의 창작 세계에서도 역사소설이라는 새로운 이정표를 차지한다. 물론 역사소설의 내면을 채우는 것은 여전히 신경숙표 인물이 지닌 '존재론적 불안과 여린 감수성'의 표정이다. 그러므로 기존 작품들과 전혀 다른 이질적인 공간에서도 자기존재감의 확인을 향한 주인공의 고투는 지속된다. 그리고 그 고투는 19세기 말의 역사적 장면과 맞물려 극대화된다.『리진』은 콜랭에서 시작하여 강연을 거쳐 왕비로 종결되는(혹은 강연에서 시작되어 콜랭을 거쳐 왕비로 종결되는, 혹은 왕비에서 시작하여 강연과 콜랭을 거쳐 다시 왕비로 종결되는) 리진의 연애담이 근대적 정체성에 대한 탐색과 맞물리는 작품인 것이다.

1. 이종적 결합, 정체성의 탐색
―조선에서의 리진과 콜랭

프랑스 외교관 남자와 함께 항구에 들어선 연푸른 드레스의 리진은 항구에서 구경꾼들의 호기심 어린 시선을 받는다. 하지만 그녀의 매력적이며 균형잡힌 당당한 걸음걸이는 오히려 사람들의 시선을 거두어들이게 한다. 궁궐에서 관례를 치렀으므로 왕의 여자여야 했던 리진은 왕으로부터 '이진^{李眞}'이라는 성과 이름을 부여받고 콜랭의 여인이 된다. 왕의 작명 이전에는 배나무(=이화, 어머니)이거나 서여령(女伶, 춤)이거나 서나인(자수)이거나 진진(소아)이거나 은방울(강연)이었던 그녀는 "모든 이름 속에는 그 이름을 지닌 존재의 성품이 숨어 살고 있다"(32쪽)라는 진술에서 알 수 있듯 다중적 정체성을 소유한 존재이다. 하지만 이제 리진이 되어 그녀는 1891년 스물둘의 나이에 이국적 존재인 콜랭과 함께 프랑스로 향하게 된다. 조선에서의 타자가 근대적 제국의 타자가 되는 순간이다.

2. 모성적 타자―리진과 왕비

반촌에서 유복녀로 태어난 진이는 다섯 살에 어미를 잃고 서씨에게 의탁하게 된다. 궁에서 우연히 만난 왕비가 배를 깎아주면서 우수에 젖은 목소리로 '외로우냐, 먹여주랴, 맛이 있느냐'를 물었던 기억을 떠올리며 리진은 어미에 대한 그리움 속에 눈물방울을 떨어뜨린다. 그 이후로 왕비에게 리진은 '측은한 어린아이, 사랑스러운 소녀, 아름다운 무희, 지혜로운 말벗'이었지만, '사향을 풍기는 노루 같은 아이'에게 전하의 마음도 쏠릴 것이라는 여축의 간언에 넘어간 왕비는 리진에게 "한 남자를 사이에 둔 인연이고 싶지 않다"라고 잘라 말한다. 이제 왕비에게 리진은 모성을 자극하던 한없이 어린 존재에서 연적 같은 '매혹적인 여자'가 되어 경쟁심과 질투를 자극하는 존재가 된 것이다. 그리하여 왕비는 자신의 딸과 같았던 리진을 강제로 프랑스로 떠나보내며, 개화된 세상에 나가 족쇄를 풀어버리고 많은 것을 새로 배우고 익혀 새 삶을 가지라고 당부한다.

3. 벙어리 악사와의 낭만적 사랑
　―리진과 강연

일곱 살의 진이는 반촌에서 파란 눈의 블랑 선교사와 함께 온 강연을 만난다. 가난과 고독이 묻어 있으면서도 생명력이 동시에 일렁이는 얼굴의 강연은 '소백이'라고 불리면서 구슬픈 죽피리 소리를 내는 벙어리 소년이다. 손바닥에 글씨를 쓰는 재주를 지닌 강연은 궁에 불이 나서 하루를 지새고 새벽에 귀가하던 리진에게 "네가 죽으면 나도 죽을 거야"(96

쪽)라고 말할 정도로 강한 연정의 마음을 리진의 손바닥에 적는다. 리진
역시 "난 죽지 않아!"라고 말하면서 같은 말을 하던 왕비의 표정을 떠올
리고, 왕비와의 동일시 속에 강연에 대한 연정을 드러낸다.

4. 고독한 자유혼, 영원한 이방인
　―파리에서의 리진

　파리에 온 리진은 왕비에게 쓰는 편지에 '소인'이라 하지 않고 '제가'
라고 표현한 것이 마음에 걸리면서도 굳이 '소인'으로 고쳐쓰지 않는다.
그것은 리진이 스스로를 객관화된 시선으로 인식하기 시작했음과 동시
에 자유로운 영혼을 지닌 근대적 개인으로 재탄생되고 있음을 보여준다.
다인종국가인 프랑스에서 새로이 언어와 철학과 역사와 문학과 음악을
배우면서 리진은 '도시와 기계, 학교, 제국주의' 등이 제공하는 지식을 통
해 근대 문명의 얼굴과 표정을 배워간다. 그리고 리진은 이역만리의 백화
점 낭독회에서 모파상의 『여자의 일생』 한 대목을 불어로 읽으면서, 여
주인공 잔느가 아기를 출산하는 장면에서 자신의 어머니와 조선을 떠나
기 전 유산된 아기와 자기 자신 등의 세 얼굴이 겹쳐져 울음을 터뜨린다.
　제국의 시선으로 가득 차 있어 모든 것이 관찰의 대상이 되는 파리에
서 조선 여인 리진은 이국적 동양인이자 새로운 구경거리로 존재한다.
그리하여 영원히 파리 시민이 되지 못할 것을 어렴풋이 알아차린 리진은
박물관에 보존된 시체나 스핑크스, 비너스 상 등처럼 자신이 관음증적
대상에 불과할 뿐임을 자각한다. 자유와 평등과 박애정신을 기린다는 제
국주의 국가의 심장부에서 피관찰자가 되어 부당한 시선을 받고 있는 것

이다. 하지만 그러한 낭패감과 고립감 속에서 리진은 '나는 누구일까'라는 자기정체성에 대한 진지하고도 본질적인 질문을 던진다.

근대적 시선의 포로가 된 리진은 두 번째로 아기를 유산한 후 석 달 동안 말없이 지내다가, 볼로뉴 숲에 다녀온 뒤 몽유병자가 되어 한 달째 새벽이면 잠옷 차림에 맨발로 거리를 돌아다닌다. 한달 전 볼로뉴 숲 동물원에 갔을 때 통째로 이주시켜 놓은 아프리카 원주민들과 마을을 파리 시민들이 재미있어 하며 구경하는 모습을 지켜본 리진이 제국주의적 시선의 공포를 내면화하게 된 것이다. 그러나 콜랭은 복종과 억압을 요구하는 조선으로 돌아가고 싶어하는 리진의 마음을 이해하지 못한다. 그는 제국의 시선으로 리진을 응시하고 있기 때문이다.

5. 사랑의 실체 확인과 자결
― 되돌아온 조선에서의 리진

몽유 증세를 치료하기 위해 조선에 온 리진은 자신이 조선을 떠나기 전의 존재가 아님을 깨닫고, 프랑스에서와 마찬가지로 조선에서도 구경거리가 되었음을 실감한다. 그런 그녀를 향해 변하지 않는 마음을 간직한 강연을 보며 리진은 애잔한 마음에 젖어들고, 자신에게 기대어 잠든 리진을 보며 강연은 낭만적 사랑이 제공하는 희망의 어리석음과 힘겨움을 감지한다. 고립무원의 상태인 왕비와 마지막 하룻밤을 보내며 리진은 인간의 실존적 외로움과 여성의 존재론적 괴로움을 왕비와 공유한다. 그리고는 모로코로 떠난 콜랭에게 자신을 잊으라는 답장을 보내면서 리진은 프랑스에서 '소인'이 아니라 '나'로 살아서 행복했으며, 박애와 자유와 삶의 의미를 깨달았다고 말한다. 리진에게 파리에서의 근대적 문명을 접한 생활이 변화와 진보의 세계를 인식하게 해주었다면, 조선에서의 강연은 천변만화하는 이 세상에서도 사랑이라는 불변의 진실이 존재함을 깨닫게 해준다. 그러나 손가락이 잘린 강연이 종적을 감추고, 일본 낭인의 끔찍한 왕비 시해 장면을 목격한 리진은 자신의 두 사랑을 떠나보낸 뒤 스스로 자진(自盡)을 감행한다.

<에필로그>에서 리진의 사후 20년 가까이 흐른 뒤, 콜랭이 리진의 서찰과 첫 사진을 보면서 애도보다는 좌절과 짙은 회한에 젖어들다가, 벽난로 불길에 사진을 태우는 것으로 작품은 종결된다. 어머니 같은 왕비의 무참한 죽음을 두 눈 번연히 뜨고 응시할 수밖에 없었던 리진은 스스로 자신의 죽음을 결단함으로써 왕비에 대한 애도를 표한다. 그러나 콜랭은 왕비와 리진을 향해 애도를 표명하지 않는다. 콜랭에게 리진이나 왕비는 예나 지금이나 여전한 이방인이기 때문이다. 강연과의 낭만적 사랑도, 콜랭과의 이국적 사랑도, 왕비와의 모성적 관계도, 홍종우의 집착 어린 애욕도 리진의 죽음 앞에서 허무하게 사라진다. 작가는 제국과 남성의 시선에 노출된 영원한 이방인 리진의 사랑과 죽음을 형상화함으로써 19세기 말 한 조선 여성이 다중적 시선과 응시 앞에서 감내해야 했던 근대 문명의 압박과 실존적 정체성에 대해 깊은 애도를 표명하고 있는 것이다.

신화와 역사의 현재성

황석영, 김훈, 신경숙의 장편소설은 '무가의 바리'와 '병자호란의 남한 산성'과 '궁중무희 리진'을 과거로부터 불러와서 대중성과 문학성의 양 측면에서 긍정적인 평가를 받으며 2007년이 풍성한 소설의 해였음을 증명한다. 인문학의 위기를 문학적 사유의 방식으로 돌파하는 전범을 보여주려는 듯 이 세 편의 소설은 대중과의 호흡 속에서도 얼마든지 다양한 형식 실험과 서사의 장악, 밀도 높은 문체를 통해 문학이 영상 시대를 가로지르며 자신의 발언을 지속할 수 있음을 보여준다.

이 작품들에 대한 전문가 집단의 반응도 호의적으로 보인다. 황석영의 『바리데기』에 대해서는 '이주노동자 바리'를 중심으로 '약속 없는 시대의 최저낙원'에 대해 상상한 글[1]과 세계적 보편성의 그늘 속에 샤머니즘과 휴머니즘을 착종하여 '여인의 수난사를 세계와 공유하려는 의욕과 강박'이 주는 불편함을 주목한 글[2]이 있고, 김훈의 『남한산성』에 대해서는 '불가피의 미학, 사실에 대한 강박적 집착, 인간의 동물성에 대한 집요한 천착'이 김훈 문학의 독보성과 현재성임을 강조하는 글[3]과 베스트셀러가 된 『남한산성』의 독자를 분석한 글,[4] 그리고 생존의 엄숙함 속에

---

1 이명원, 「약속 없는 시대의 최저낙원」, 『문화과학』, 2007년 겨울.
2 권유리야, 「바리가 영국으로 간 까닭, '우리'에 대한 지극한 강박」, 『내일을 여는 작가』, 2007년 겨울.
3 김영찬, 「김훈 소설이 묻는 것과 묻지 않는 것」, 『창작과 비평』, 2007년 가을.
4 차미령, 「남한산성 리포트—2007년 한국, 김훈의 『남한산성』 왜 선택되고 어떻게 읽히는 가」, 『문학수첩』, 2007년 가을.

말들의 사특한 세계를 넘어 우리 시대의 집단 무의식의 핵심을 찌른다고
평가한 글[5]이 있으며, 신경숙의 『리진』에 대해서는 '성장으로서의 좌절'
에 대한 '뒤늦은 애도' 속에 왕비와 리진의 관계를 정밀하게 읽어낸 글[6]
과 개인의 사생활과 공적 역사를 겹쳐 보고 타자의 시선과 마주치는 과
정을 여자의 일생으로 요약하고 있다고 평가한 글,[7] 그리고 낭만적 사랑
의 서사가 근대적 역사와 조우하면서 그려낸 자유혼의 비극적 운명과 애
도의 윤리를 주목한 글[8] 등이 있다.

　이렇듯 당대적 평가가 집중되고 있는 것은 이 소설들이 분명 대중 독
자와 전문 독자의 입맛을 충족시켜주는 어떤 지점을 선점하고 있기 때문
으로 여겨진다. 단순히 많이 팔린 책이 아니라 당대적 의미를 포착하면
서도 현재성을 예리하게 접목하고 있기 때문에 과거적 소재가 작가의 윤
색을 거쳐 제 빛을 뿜어내는 것일 테니 말이다. 황석영의 세계사적 현실
과 맞물린 내용 속에 새로운 형식 실험 접합하기, 김훈의 집요하고도 끈
질긴 언어적 탐미주의에의 천착, 신경숙의 근대적 이방인에 대한 내밀하
고 섬세한 심리 묘사 등은 이 세 권의 장편소설을 만난 독자들에게 2000
년대 문학이 끈질기게 자신의 목소리를 내며 살아 있음을 증거하고 있는
것이다.

―『문학수첩』, 2008년 봄호

5　이명원, 「말과 동물, 그리고 자연으로 환원된 역사」, 『문화과학』, 2007년 가을.

6　서영채, 「뒤늦은 애도, 한 고결함의 죽음에 관하여」, 『리진』 해설, 문학동네, 2007.

7　김화영, 「리진, 여자가 역사를 만나다」, 『문학동네』, 2007년 가을.

8　황도경, 「낭만적 사랑의 환타지와 근대의 조우」, 『여/성이론』, 2007년 겨울.

소외된 타자들의 이면적 진실 찾기

권정현의
『굿바이, 명왕성』론

신경증적 주체들의 놀이터

권정현의 소설에는 도심을 배회하는 공허한 산보객들의 내면이 드러난다. 그러한 신경증적 주체들이 가정과 사회에서 체감한 결여태로서의 존재감이 소설적 구성의 원재료로 활용되기 때문이다. 사회적 약자로서 사적私的 욕망이나 생물학적 욕구, 공적 요구 등을 충족하지 못하는 결핍된 존재들은 주변인이나 성적 소수자, 신경증 환자 등으로 명명된다. 그 비정상인들이 지닌 내면의 진정성을 포착하기 위해 작가는 평범하면서도 기이한 일상의 이야기를 구성한다. 그리고 그들 내면의 결락缺落 현상을 꼼꼼하고 세밀하게 현재화하여 그 치유를 도모하는 글쓰기를 진행한다. 그러므로 그 자리에서는 결핍과 소외라는 구조적 동일성을 가진 사회적 약자들을 위무하는 이야기가 전개된다.

정상성의 기준과 궤도에서 이탈한 자들이 합리적 이성의 세계로부터 어떻게 소외되고 관심 영역 바깥으로 밀려날 수밖에 없는지를 통해 작가는 소외의 현재성을 채집한다. 그 표정은 명왕성을 향해 달려가는 동성애자(「굿바이 명왕성」), 사고사로 위장한 행위예술가(「360」), 신경성 환상통에 시달리는 게임스토리 작가(「장마가 온다」), 유년시절에 억압된 성욕을 해소하려는 우울증 여성(「달밤 달빛」), 한낮 도심의 네거리를 알몸으로 횡단하는 유부녀(「AM 12:00 모텔 그린필드」), 애인이 떠난 공허감을 수놓기로 채우려는 여성(「수(繡)」), 한반도에서 멸종된 호랑이를 지리산에서 목격한 국어교사(「호랑이 능선에서」), 요양원으로 버려지는 치매 노인(「무지개가 떴다」) 등으로 그려진다. 그리하여 현대인의 심신을 구속하고 강제하는 심리적 외상으로서의 다종적 소외가 한국 사회의 현재적 모순에 해당하는 일상적 키워드임을 보여준다.

무엇으로부터 혹은 누구로부터의 소외인가를 추적하는 권정현의 소설은 끊임없이 존재론적 허기를 뿜어내는 주변인들을 향해 자신의 촉수를 들이민다. 그것은 개인의 소외를 위무하려는 방편인데, 그 휴머니티의 표정은 일상인의 내면에 자리한 무의식을 대면하게 한다. 그리고 그 억압된 장면들의 다양한 귀환을 통해 하나의 표면적 사실 이면에 입체적이고 다면적인 진실이 도사리고 있음을 증명한다. 그 입증된 표정들에서 우리는 권정현의 소설이 내포한 복수^{複數}적 진실 찾기의 진정성을 감지하게 되고, 그것이 이 작가의 서사적 매력임을 알게 된다.

기준 이탈자의 자의식

표제작인 「굿바이, 명왕성」은 커밍아웃한 남성 동성애자 '뭉'과 '타'가 음습한 사창가의 막다른 골목에 놓여 있다고 전해지는 '펠라티오(구강성교) 자판기' 명왕성을 찾으러 가는 것으로 시작된다. 그리고 어느 날 갑자기 기준 미달로 태양계 행성에서 제외된 채 '소행성 134340'이라는 낯선 이름을 부여받게 된 실제 명왕성 소식이 전해진다. 서사의 골격에서 드러나듯 이 작품은 근대적 인간들의 정상성과 합리성의 시각과 기준에서 배제된 존재들의 자의식을 탐색하는 데에 초점이 맞춰진다.

이 둘의 공통 관심은 좁은 골목 끝에 가로 1m 세로 2m쯤에 자리한 '명왕성'이라는 은어를 가진 자판기이다. 그 자판기에 만 원짜리 한 장을 넣으면 사람 허리춤 높이에 사람 입술 모양의 구멍이 하나 뚫려 있는 곳에서 '사람의 혀'가 나오고, 성기를 밀어넣으면 그 안에서 누군가가 손과 입으로 발기를 시켜서 사정을 하게 한다. 그야말로 만 원 어치의 구강성교를 통해 싼 값의 욕망을 자동 교환하는 기계인 것이다. 어둡고 음습한 익명의 공간에서 성기와 얼굴만이 맞닿아 있는 기괴한 자판기의 현장은 성적 욕망이 최소한의 자본으로 교환되는 형태를 보여준다. 막장 인생에 날한 성 소비자들의 성성적 풍경을 통해 경계저·성적 소수자들의 왜곡된 성욕 해소 방식을 풍자하고 있는 것이다.

둘은 자판기가 있다는 영등포로 향하며, '길녀(=상대를 헌팅하기 위해 거리를 헤매는 이반들)'와 '오까마(=여장 남자)' 같은 "불쌍한 외기러기들"(10쪽)이 함께 시간을 보내자는 신호를 접하자 연민을 느낀다. 그들 역시 이미 '길녀'나 '오까마'의 존재론적 허기를 내면화한 외기러기의 삶을 살아가고 있기 때문이다. 자판기를 찾는 데에 실패한 두 사람은 뉴스에서 명왕성의 공식 명칭이 '소행성 134340'으로 바뀌었다는 소식을 접한다. 명왕성이 태양계 행성으로서의 기준을 충족시키지 못했기에 소행성으로 전락해 버린 것이다. 여기에서 두 사람은 현대 사회가 명명을 통해 정의와 기준을 강제하는 공간임을 깨달으면서, 소행성 번호를 감옥에 갇힌 죄수들의 수인번호처럼 인식한다. 이성애가 정상성의 지표인 사회에서 그 기준을 이탈한 두 사람은 소행성 명왕성처럼 '변태'라는 수인번호를 달고 주변의 차가운 시선을 극복해야 하기 때문이다. 한때 저승의 뱃사공인 카론을 위성으로 거느렸을 만큼 위력을 지녔던 저승의 신 플루토(=명왕성)는 인간의 기준에 의해 행성이 아니라는 판명 하에 행성 바깥으로 밀려났지만, 인간의 이기적 시선과 기준을 거세하면 명왕성은 자신의 방식과 좌표를 따라서 여전히 우주를 운행하고 있을 뿐이다. 결국 작가는 '정상적인 인간적 기준'이 얼마나 인간 중심적이고 인간만을 위한 이기적이고 교만한 독선의 잣대인가를 비판하고 있는 것이다.

동성애자로서 인간적 비정상성의 굴레를 쓰고 살아가는 그들은 '지독한 체념'에 젖어 합리성과 기준을 강요하는 근대 세계의 경계를 배회할 뿐이다. 이 둘은 여기에는 없지만 어딘가 어두컴컴한 공간에 놓여 있을 펠라티오 자판기를 이종적 동일체로 생각하며 생의 두려움을 고백한다. 그 두려움은 변방으로 밀려난 '명왕성과 자판기'처럼 정상성의 기준에서 배제된 성적 소수자들이 불안과 걱정 속에 내면화한 동성애적 욕망의 진실에 해당한다. 이제 둘은 안양천에서 알몸이 되어 명왕성을 향해 달려가며, 태양계 행성에서 이탈한 명왕성 같은 존재가 된다.

남성 동성애자들은 자기동일성의 혼란과 정체성의 동요 속에 현실 세계에서의 정상적 존재감을 박탈당한다. 그들이 대한민국의 법과 도덕의 공리적 기준에서 이탈한 존재들로 인식되기 때문이다. 명왕성이 태양계 행성이던 시절 '수금지화목토천해명'을 암기했던 사람들에게 행성 자격을 박탈당한 '소행성 134340'은 과연 명왕성인가 아닌가? 명왕성이 행성이라고 믿었던 진실이 뒤집어진 현실 속에서 동성애자의 비정상성도 뒤집어질 수 있을까? 동성애는 성애의 주변인가, 다양한 성애의 한 형태인가, 비정상적 성애인가? 이러한 질문은 인간적 기준에 의해 행성이 소행성으로 전락해 버리는 현실계에서 끊임없이 유효하게 던져져야 할 반성적 태도에 해당한다. 그리고 그 질문은 당연하게도 이성애적 기준이 성애를 차별하는 것이 아니라 인간적 차이로 인식할 수 있어야 함을 강조하게 된다. 그것이 명왕성을 향해 달려가는 알몸 동성애자를 위무하는 이성애자의 진정 어린 자세이자 타당한 기준일 수 있기 때문이다.

행위예술의 비순수 선언

「굿바이 명왕성」이 성욕 해소 자판기와 명왕성의 소행성화라는 모티프로 기준 이탈자에게 정상성을 강요하는 불합리한 현실 세계에서의 소외 의식을 주목하고 있다면, 「360」은 평생 행위예술에 몸 바쳐온 예술가의 죽음을 통해 의도의 순수성과 비순수성, 정통성과 파격성, 인공미와 자연미, 목적성과 무목적성, 중심성과 주변성, 진실과 허구의 관계를 문제삼으며, 그 경계가 지닌 얇은 막의 문제성을 주목한다. 작가는 평생 360회의 행위예술을 통해 인간의 생로병사를 완성하려는 기획을 가진 '오동기'의 위장된 사고사를 추적하면서 예술의 본원적 기능과 창작방법론, 목적 의식에 대한 질문 속에 사실과 진실의 경계 허물기를 시도하고 있는 것이다.

세계 행위예술계의 거목이자 '극진 퍼포먼스$^{極盡-performance}$'의 창시자인 오동기가 23시 50분경 서울대교 중단에서 교통사고를 당해 강물로 추락하자, 신문에서는 '시대를 앞서 간 선구적 예술 거장', '인간의 운명을 가장 현장감 있게 그려 낸 아웃사이더'라는 제목으로 그를 추모하는 일대기를 게재한다. 그는 시공간의 장애를 극복한 무대 재현을 위해 '인간의 몸+시간+공간'의 삼위일체를 형상화하면서 '비시간적 영속성$^{aTime-Perpetuity}$'이라는 방법적 개념을 도출해 낸다. 그것은 행위자의 자연스러운 삶이 가장 순수한 예술이며, 행위자가 죽기 전까지는 공연이 끝나지 않는다는 의미로 활용된다. 그러한 순수성에 대한 옹호는 그의 '벼 베기論'에서 자신이 경작한 벼를 베는 농민의 노동 행위가 순수한 땀의 결정체임을 강조하는 것으로 이어진다. 특히 목적성이 개입되면 예술이라는 이름의 모든 창작 활동이 '대중의 망탈리테(심성 혹은 집단 무의식)'에 호소하는 '학습된 감동'을 띨 수밖에 없기 때문에 경계해야 한다는 취지에서 무작위성을 강조하는 것이다. 하지만 이러한 의도의 순수성은 거짓에 불과한 것이었음이 '죽은 오동기(실제로는 살아 있는)'가 공연 당시 상황을 조작했다고 진술하는 것에서 드러난다.

그의 공연 내용은 즉흥적이지만, 매 공연은 인간의 생로병사에 맞춘

퍼즐의 한 조각이며, 360회의 퍼즐을 규합하여 원을 구성하면 '순환의 고리에서 허덕이는 인간의 삶'이라는 주제를 완성하게 된다. 하지만 아들에 의해 필름으로 남겨진 공연의 횟수는 358회에 그치고 만다. 그의 아들은 공연이 360회를 모두 채우면 원형으로 이루어진 전용 상영관을 건립할 생각이었지만, 단 1개의 작품이 부족하여 작품 전체가 미완성으로 남게 되었다고 파악한다. 하지만 오동기의 생애 최후작품을 보조해 달라는 부탁을 받은 젊은 애인 양금자에 의하면 사고사 위장이 바로 359회 공연이자 오동기의 평생 기획을 완성하는 마지막 작품이 된다. 마지막 장면에서 중년 남자가 꽃다발을 강물에 내던지고 스포츠카에 탄 채 사라지는 것으로 작품이 종결되는 것을 볼 때 오동기가 추락사로 위장한 채 자신의 공연 예술의 종지부를 찍고 새 인생을 출발한 것임을 확인할 수 있다.

죽은 것으로 위장한 채 다시 살아 순환적 삶을 스스로 완성하고자 한 기획이 바로 오동기의 전략이었던 것이다. 작가는 반전 서사를 밑면에 깔고 오동기의 죽음 위장 공연을 통해 행위예술의 순수성과 파격성이 지닌 허구성을 폭로한다. 그 폭로는 행위예술에서의 비순수성의 선언에 해당한다. 그리고 그 폭로 속에서 예술성과 통속성, 순수성과 비순수성의 경계 짓기 혹은 구획 짓기가 헛된 구분에 불과함을 직시한다. 결국 작가는 행위예술의 비순수 선언이라는 서사적 장치를 통해 겉으로 드러난 사실만을 받아들이는 것이 아니라 그 이면에 감춰진 다양한 진실의 속내들을 들여다볼 수 있어야 한다고 강조하고 있는 것이다.

환상통의 현실성

「360」이 예술의 순수성에 대한 통념과 예술가의 허위의식 등에 대해 비판하고 있다면「장마가 온다」는 통증의 기원에 자리한 두려움의 심리적 외상을 극복하는 서사를 지니고 있다. 게임 스토리 작가인 화자가 자신의 고교시절 통증의 기원이자 게임 속 악령 캐릭터의 주인공으로 형상화한 옛 동창 양동수를 만나 자신의 환상통이 허구적 왜상歪像에 의해 되살아났음을 깨닫는 작품이다. 작가는 부재하는 실체의 감각적 현존이 환상통의 현실적 기반으로 상존함을 통해 왜상의 현재성과 그 극복의 방편을 제시한다.

저녁 9시 뉴스에서 죄수의 탈옥소식을 접하면서 12년 만에 고교 동창 양동수를 떠올린 화자는 새벽에 몸을 옥죄는 듯한 첫 통증을 감지한다. 게임스토리 작가인 화자는 그 통증이 과거의 충격이 다시 재생될 때 과거와 동일한 아픔을 느끼게 된다는 '신경성 환상통phantom—pain'일 가능성이 높다는 진단을 받는다. 화자가 고교시절 당한 지속적인 폭행의 두려움이 그 시절 이후 치욕과 공포의 통증으로 화자에게 잠재되어 있었던 것이다. 하지만 탈옥한 양동수의 행적이 묘연한 가운데 화자의 통증은 고교시절의 공포를 환기하며 현재적으로 추체험된다.

사실 화자가 당선된 온라인 게임스토리 <영혼 전쟁>에서 게임 속 최고의 악당 캐릭터인 '와이번'은 악마와 역병을 뜻하는 중세의 상상 동물로서 화자의 의식 속에 새겨진 양동수를 형상화한 괴물이다. 대중적인 <영혼 전쟁>의 인기는 청소년들이 집이나 학교에서 받은 억압과 스트레스를 가상공간에서 풀어내는 일종의 방어기제로 해석된다. 결국 화자가 양동수로부터 받은 폭력적인 억압과 스트레스가 자기 방어기제로 작동하여 악당 캐릭터인 와이번을 창조하게 만든 것이다. 그러나 화자의 의식 속 오랜 공포의 실체인 양동수는 평범한 농민으로 고향에서 생활한다. 다소 비슷하긴 하지만 TV 속에서 본 살인마 탈주범이나 화자가 상상하던 악마성의 표상과는 전혀 다른 모습인 것이다. 악인의 흔적을 찾을 길 없는 양동수와 헤어진 화자는 자신을 옥죄던 공포의 실체가 결국 환상통이라는 부재원인에 불과했음을 깨닫고 허탈해 한다.

　작가는 화자의 입을 빌어 게임스토리가 현실이 아닌 픽션에 불과하며, 문제는 사실과 허구의 경계를 얼마나 실감나게 허무느냐에 있음을 주목한다. 결국 「장마가 온다」의 공포의 실체는 사실과 허구의 경계를 허물면서 화자의 내면에 새겨진 실재하는 두려움의 왜상이었던 것이다. 그러므로 억압된 공포와 두려움의 원인인 양동수와의 실제 대면을 통해 화자의 상상적 통증은 사라진다. 상징계에 존재하는 양동수는 상상적 공포의 대명사가 아니라 그저 한낱 평범한 농부에 불과했기 때문이다. 상상계에 자리했던 살인마 탈주범은 상상의 동물 같은 ‘와이번’에 불과하다. 하지만 그것은 현실과 픽션, 사실과 허구 등의 경계선 상에 자리하며 화자의 통증을 통해 충분히 외화될 수 있는 허상 같은 실체인 것이다. 신경성 환상통에 걸린 환자에게는 환상이 문제가 아니라 통증의 현실성이 심각한 문제였던 것이다. 작가는 현대인의 신경증적 통증이 대부분 환상과 실제 사이에 걸쳐 있음을 강조하고 있는 것이다.

금지된 성욕에 대한
허기와 갈증

「장마가 온다」가 환상통의 부재원인을 확인함으로써 화자의 트라우마를 극복하듯 「달밤 달빛」은 섹스 기피증에 걸렸던 여성 화자가 유년시절에 억압된 욕망을 치유하는 방식을 보여준다. 이 작품은 유년 시절 어머니와 정체불명 남자의 성교를 목격한 이후 섹스 혐오증에 시달린 여성이 달밤 아래 몽유병 환자가 되어 무밭을 헤매면서 정체 모를 짐승과의 상상적 성교를 통해 금지된 성욕에 대한 허기와 갈증을 해소하는 내용을 다룬다.

요양 차 지난 봄에 월피동月陂洞으로 이사 온 화자는 결혼 전에 가벼운 우울증을 앓았고, 남편은 결벽증 환자처럼 바깥 세계와의 접촉을 꺼리는 번역가이다. ① 한 달 전쯤 화자는 산속 공터에 자리한 외딴 집을 처음 방문하면서 사람처럼 깊고 그윽한 눈빛으로 TV를 보는 짐승과 눈이 마주치자 오싹한 공포를 경험하며 도망친다. ② 두 번째로 외딴집에 다시 찾아간 화자는 소파에 짐승이 아니라 쉰 살쯤 된 사내가 앉아 있는 모습을 보며 지난번 일이 자신의 신경쇠약 때문에 빚어진 일이라고 결론을 내린다. ③ 세 번째로 외딴집으로 향한 화자는 허기와 갈증 속에 식은땀이 흐르고 몸 전체가 기이한 열기로 들뜨는 느낌을 받는데, TV 화면 속에서 여러 명의 남녀가 뒤엉킨 혼음 포르노가 상영되고 있었기 때문이다. 화자는 심한 모욕감에 휩싸인 채 정체불명의 짐승과 눈이 마주쳐 허둥거리며 도망친다.

화자는 아버지가 사망한 뒤 달밤에 정체불명의 짐승(어머니의 친구)이 어머니의 몸을 사납게 물어뜯는 장면과 어머니의 고통스러운 신음이 흐르는 현장을 단 한 번 목격한 후로 악몽에 시달린다. 이후 유년의 기억을 반복해서 보여주는 꿈의 그 짐승이 자신의 이불을 들추고 몸을 할퀴고 물어뜯는 꿈도 꾼다. 아버지 자리를 대체한 짐승이 화자를 능욕하는 것은 어머니의 자리를 차지/거부하려는 화자의 금지된 욕망을 대변한다. 그러한 유년시절의 기억 이후 섹스는 화자에게 더럽고 혐오스러운 행위 가운데 하나일 뿐이어서, 결벽증적인 섹스 기피증을 지닌 채 남편과 섹스리스 부부로 지낸다. 하지만 이것은 화자의 착각에 불과하다는 사실이 몇 차례의 유산이 있었다는 남편의 진술로 드러난다.

어느 밤 몽유병 환자처럼 정체불명의 짐승 뒤를 따라나서는 화자는 허기와 갈증 속에 육체적 갈망을 감지한다. ④ 외딴집에 이르러 네 번째로 사내를 만난 화자는 혼음 포르노라고 여겼던 장면이 실은 인간과 가장 유사한 보노보의 집단 성교 장면이었음을 알게 된다. 보노보의 식사 전 집단 성교 장면의 목격은 유년시절 이후 육욕을 거세해온 화자에게 욕망의 족쇄를 해금하도록 요구한다. 뿐만 아니라 사내가 보여준 르네 마그리트의 '거짓 거울'이라는 그림은 화자 내면에 감춰진 욕망을 마주할 전기를 마련해준다. 그 그림 속 까만 동공 주변은 구름이 떠 있는 푸른 하늘로 채색되어 있고, 눈꺼풀 너머로 뭔가를 강렬하게 쳐다보고 있지만 초점은 텅 비어 있다. 그리고 그림을 통해 눈동자 안을 들여다보려고 하면, 눈동자 밖을 들여다보게 되어 있어 안과 밖의 설정이 무화된다. 그러므로 '거짓 거울'이 지닌 모호한 시선의 정치학은 그림 감상자가 자신의

욕망의 실체를 들여다보도록 유도하는 '진실의 거울'이라는 의미를 보여
준다. 욕망의 실상을 접한 화자에게 그 그림은 "무엇인가에 놀란 듯하면
서도 실상은 그것을 즐기는 듯한, 공포와 분노, 의혹이 복잡하게 섞인 혼
란스러운 눈빛"(101쪽)으로 느껴진다. 사실 놀라움과 즐김, 공포와 분노,
의혹 등 희로애락 애오욕의 다차원적 표정을 유발하는 '거짓 거울'은 옛
날 화자네 간판 가게 안방 벽에 늘 걸려 있던 낡은 그림으로 유년시절과
현재를 매개하며 '욕망의 진실'을 일깨우는 연결고리로 작용한다.

⑤ 화자는 다섯 번째로 외딴집을 찾아가지만 그 자리에는 넓은 무밭
만이 존재할 뿐이고, 푸르고 싱싱한 무를 보면서 알 수 없는 허기와 갈증
을 느끼고 어둠 속에서 검은 동공 하나가 뚫어지게 자신을 노려보고 있
음을 감지한다. 이제 간판집 방안에 걸려 있던 마그리트의 낡은 그림과
그림 속 눈동자, 정체불명의 검은 동공, 화자의 시선이 하나로 겹쳐져 금
지된 성욕의 과거와 현재의 표정을 압축한다. 그리하여 화자의 금욕주의
적 태도에 새겨진 상상계적 욕망의 왜곡(가족 로망스의 해체와 왜곡), 상
징계적 욕망의 억압과 성교 거부(남편과의 성교와 성교 거부), 실재계적
충동 해소(정체불명의 짐승과의 가상 성교)의 삼위일체적 진실이 드러
난다. 그리하여 숲속 무밭에 누운 화자는 검은 물체(억압된 욕망의 실체)
의 짙은 애무를 온몸으로 감지하며 한 마리 물고기가 되어 천천히 동네
를 유영한다. 유년의 외간 남자와 어머니의 충격적 섹스 장면 이후 화자
에게 억압되고 금지되어 있던 욕망이 이제야 비로소 해소되어 성적 해방
의 희열을 온몸으로 수용하게 된 것이다.

화자가 네 번씩이나 들렀다고 생각했던 외딴집은 금지된 욕망이 들끓
고 있는 무의식의 지대가 된다. 그곳에서 무를 뽑아먹는 행위는 페티시

적 구강성교를 통해 그동안 금지되었던 육욕에 대한 허기와 갈증을 충족
시키려는 상상적 행위가 된다. 르네 마그리트의 '거짓 거울'은 이러한 내
면 속에 꿈틀대는 욕망의 본질과 진실을 드러내는 실재계적 응시가 된
다. 그리하여 '거짓 거울'은 눈동자 안과 밖을 뒤섞으며 안팎의 구분 여
부를 무화함으로써 육체에 대한 금욕과 탐욕의 구분 역시 덧없는 것임을
보여준다. 뿐만 아니라 '거짓 거울'은 무 뽑아 먹기를 통해 거세 욕망을
충족시키는 화자를 응시함으로써 성교를 갈망하는 화자의 욕망을 드러
내는 '진실의 거울'이 된다. 화자의 시선과 '거짓 거울'의 응시는 유년 시
절의 기억을 현재화함으로써 거세된 과거의 진실을 드러낸다. 결국 '검
은 동공'은 상징계로 진입하면서 거세되었던 화자의 성욕을 호명하여 금
지된 욕망을 개방하는 상징적 장치가 된다.

하나의 사실과 복수적 진실

　「달밤 달빛」이 유년시절의 충격으로 억압된 성욕을 해소하게 된 우
울증 여성을 다루고 있다면 「AM 12:00 모텔 그린필드」는 대낮에 알몸
으로 대도시의 네거리를 횡단한 중산층 유부녀를 목격한 주변 사람의 증
언을 재구성하면서 하나의 동일한 장면이 여러 각도의 시선에 의해 전혀
다른 의미로 해석됨으로써 하나의 사실이 복수적 진실로 존재할 수 있음
을 주목한다. 이러한 진실의 복수성은 근대적 합리성이 강제해온 계몽적

단일성의 신화를 거부하는 탈근대적 문제제기에 해당한다.

　신문기사적 사실은 6차선 도로의 네거리에서 정오가 되자 평범한 외모의 여자가 천천히 알몸이 된 채 하이힐을 벗고 무단 횡단을 감행한 뒤에 사라졌다는 내용이다. ① 하지만 택시 기사는 그 여자가 청바지를 입은 날씬하고 예쁘장한 여자였으며 매우 서두르는 기색이었고 돌발적으로 거침없이 시위라도 하듯 옷을 벗어 던진 것으로 기억한다. ② 반면에 드림타워 경비는 여자가 검정 치마에 흰 블라우스를 입었고 검정 조끼를 덧입은 여자였으며 유니폼이 어딘가 낯이 익었고 노랗게 물들인 긴 생머리가 허리까지 찰랑댄 것으로 증언한다. ③ 드림타워 38층에 사는 오피스텔 남자(알몸 여자의 남편)는 비슷한 일상의 반복과 무료한 세상에서의 일상 탈출을 감행한 용감한 여자라면서, 자신의 아내인지도 모른 채 그 여자를 답답하게 억누르고 있던 억압의 실체를 궁금해 한다. ④ 신문 가판대 여자는 도로를 헤치고 당당히 걸어온 최초의 여자를 보면서 알 수 없는 희열을 느꼈고 그 단발머리 여자가 한 마리 새처럼 자유로워 보였으며, 스물대여섯 살 정도로 검은 치마에 붉은색 유니폼을 입고 있었고 백화점에 근무하는 아가씨가 틀림없으며 굽 높은 하이힐은 끝내 벗지 않았다고 진술한다. ⑤ 하지만 실제로 알몸이 된 그 여자는 38층 꼭대기에서 내려와, '언제 어디서나 스피드 00텔' 애드벌룬을 보고 풀이 우거진 초록색 숲이 네거리를 메우는 상상을 하면서 조끼를 벗어 팔에 걸친 채 두 팔을 벌리고 걸어서 '모텔 그린필드'로 간 것으로 기억한다. 여자는 일주일에 한두 번씩 그린필드에서 그 남자를 만났고, 무관심한 남편이 거리의 자신을 보고 있다고 생각하면 감전된 듯 저릿한 기분을 느꼈다고 진술한다. 이렇게 되면 '대낮 도심 네거리의 알몸 여성의 활보'라는 선정적 보도의 이면에는 무미건조하고 반복적인 도시적 일상에서 벗어나려는 공소한 현대인의 내면이 또아리를 틀고 있다는 진실이 드러난다.

알몸으로 도심 네거리를 횡단한 사실을 하나의 씨줄로 하여 다양한 관점의 날줄들이 교차하여 하나의 사실이 여러 가지 진술로 왜곡되면서 오히려 복수적 진실로 드러날 수 있음을 보여준다. 다섯 사람의 진술 중 어느 하나의 발언도 거짓이거나 허구일 수는 없다. 관점과 시각과 시선의 차이에서 비롯되는 진실성의 차이가 있을 뿐이다. 각 개인들이 파악한 부분적 사실들은 개별적 진실성을 내포한다. 하지만 알몸 여성의 텅 빈 내면과 반복적 일상에서의 일탈 충동이라는 진실의 입체성은 그 진술들을 종합적으로 재구성했을 때에야 비로소 드러나게 된다. 이렇듯 작가는 우리 현대인들이 진실이라고 믿어 의심치 않는 사실들 중에 얼마나 많은 것들이 주관적이고 이기적인 색깔로 덧씌워져 축소·왜곡·과장될 수밖에 없는 것인지를 질문한다. 그러한 합리적 근대세계에 대한 회의적 질문은 낭만적 거짓으로 소설적 진실을 찾아가려는 작가의 장인 정신을 보여준다.

허기로 짜깁는 생기

권정현은 실존의 허기를 짜깁는 작가이다. 도시의 일상인 혹은 유목적 개인들이 생의 활기를 잃어버린 부분에 착목하여 작가는 그 허기에 생기를 불어넣고자 한다. 허기의 곁에는 결핍이나 절망, 빈틈이나 고독, 공허 등이 함께 한다. 거기에는 이성의 언어가 채집하거나 나포하지 못한 다양한 소수자의 표정이 존재한다. 그러므로 작가는 끊임없이 진실과 거짓, 사실과 허구의 경계를 허물어뜨리면서 질문한다. 과연 이 세계의 윤리성이 생의 허기를 채울 만한 온기를 내포하고 있는지, 아니면 우리 주변에 깊은 천길 낭떠러지 벼랑 끝으로 밀려난 존재가 산재하고 있는 것은 아닌지 숙고하게 한다.

2인칭 시점을 활용한 「수(繡)」에서 부적처럼 '목어' 자수를 놓던 '당신'이 장삼 자락을 입고 떠난 '그'를 마음에서 지우기 위해 새로이 '봄 풍경'을 깁는 이야기 역시 허기를 응시한 결과물이다. "산다는 건 정말 지긋지긋"하다는 '그'를 향해 온 존재를 걸고 수를 놓으면서 작품 속 '당신'은 '그'가 안개였을 것이라고 짐작한다. '그'의 공간에 하나의 존재가 되기 위해 몸부림쳤지만 결국 '당신'이 찌른 곳은 허방이었으며 무엇도 존재하지 않는 바람 속이었다는 진실만이 남는다. 우리에게 작가는 독자인 '그'를 향해 수를 놓는 '당신'에 해당한다. 그리하여 '작가인 당신'은 '독자인 우리'의 허허로운 표정들에서 읽어낸 허기를 생기로, 안개 같은 흐릿한 존재감을 햇빛 아래 선명한 실재감으로 뒤바꾸고 싶은 복두쟁이 이야기꾼이 된다.

권정현의 이야기는 생의 구석구석에 자리한 사회적 소수자들을 향해 있다. 그 변방의 세계를 활보하는 산보객에게서 비밀스레 감춰진 우리 내면의 진실을 마주할지도 모른다. 그리하여 부지불식간에 우리는 무밭에서 무를 뽑아먹거나 고양이를 향해 난사하거나 목어를 수놓거나 어미를 요양원에 버리거나 호랑이를 목격하거나 소외된 동성애자가 되거나 행위예술가로 거듭나거나 악당 캐릭터로 분할 수도 있다. 그것은 우리가 하나의 사실 이면에 자리한 복수적 진실들의 진정성을 독해함으로써 얻게 되는 상상의 대가이다. 사실과 허구의 경계를 넘나듦으로써 그 경계 지점의 무화를 통해 진실의 복수성을 드러내고자 하는 것이 작가의 의도인 바 우리는 그 의도의 교묘한 짜깁기에 박수를 보낼 일이다.

—『굿바이, 명왕성』(2009) 해설

몬스터가 생장하는
도농 복합도시

탄광마을에서 도농 복합도시로

김종성의 『마을』(2009)은 수도권에 거주하는 도시인의 욕망과 그 세태 풍경을 고찰한다. 그가 즐겨 쓰는 연작소설의 형식 속에 한국사회의 축도를 보여주는 '가상의 도농 복합도시 초림마을'을 배경으로 그 공간의 실상을 집중 조명함으로써 2000년대 수도권 도시의 인간생태 보고서를 작성하고 있는 것이다. 그동안 노동·환경·생태문제에 지속적인 관심을 표명해온 김종성은 자전적 체험 현실에 문학적 상상력을 가미하여 소설로 재구성해온 대표적인 리얼리스트에 해당한다. 『마을』은 전작인 『연리지가 있는 풍경』(2005)에서의 환경, 교육, 주거 등의 문제의식이 지속적으로 확장되면서 개발이라는 미명 하에 이주민이 정착해 들어오면서 발생하는 한국 사회의 도농 복합도시의 문제점에 대해 집약적이고 총체적인 비판을 보여준다.

작가는 첫 창작집『탄(炭)』(1988)에서는 ‘탄’ 연작소설로 열악한 탄광 지역의 노동현실과 빈곤, 환경오염의 문제를 형상화하면서 탄광노동자들의 힘겨운 생존 현실과 억압적 노동 조건을 예리하게 포착해낸다. 두 번째 창작집『금지된 문』(1993)에서는 이단적 교회와 인가 학교가 영합하여 교육과 신앙의 이름으로 진행하는 반시대적 반공주의 이데올로기 설파, 한국적 자본주의의 폐해, 학력 중심주의 사회의 부조리를 비판한다. 세 번째 창작집『말없는 놀이꾼들』(1996)에서는 공단 등의 건설과 각종 개발로 파괴되어가는 농촌 마을의 환경문제, 도시 소시민의 내집마련의 어려움 등이 주목된다. 네 번째 창작집『연리지가 있는 풍경』(2005)에서는 부녀회 권력과 쓰레기 매립장 문제 등을 다룬 아파트 도시 문화, 석유기지나 골프장 건설 문제를 비롯하여 1급수 열목어의 실종을 다룬 환경문제 등이 검토된다.

이상의 작품들을 통해 작가는 1980년대에 등단한 이래로 산업화와 근대화의 후유증에 대한 문제의식에서 시작하여 2000년대에 이르러서도 폭력적 근대의 부정성이 도시 문화를 장악한 채 여전히 현재진행형으로 다양한 문제를 야기하고 있음을 증명한다. 김종성의 소설은 선명한 비판의식을 강조함으로써 당대적 모순에 대해 직설 화법으로 묘파하기를 선호해왔다. 하지만『연리지가 있는 풍경』이후 작가는 선명한 서사적 골격을 유지하면서도 생생한 인물의 욕망을 통해 작품의 내실을 더욱 튼튼하게 가꾸어오고 있다. 특히 전작인『연리지가 있는 풍경』에서 제기하고 있던 환경문제를 필두로 하여 교육문제, 교회문제, 지식인과 중산층의 허위의식, 소시민의 주거공간 확보하기에 대한 탐색은 작가가 소외된 존재들을 양산하는 근대 도시의 현실적 폐해를 비판적으로 인식하고 있음을 보여준다. 누군가는 끊임없이 애꿎은 피해를 당하고 있으며, 그 피해의 기원에는 개인적 욕망도 존재하지만, 인간을 이윤 추구의 장으로 내모는 자본제적 논리의 강요가 우선적으로 존재하고 있었음을 작가는 주목해온 것이다.

이번 창작집『마을』에 이르면 작가의 전작에 이르는 문제의식이 '초림마을'이라는 가상의 도농 복합도시의 공간으로 집약되어 1990년대 이후 지속된 수도권 아파트 건설의 명암과 현실적 모순이 예리하게 형상화된다.『마을』은 작가가 구상한 지 십 년이 넘은 연작소설로서 우리나라 행정단위인 '면'에 주목하여 권력의 요지경 속을 파헤친다. 도농 복합도시 속 욕망의 쟁투와 그 복마전 속에서 허덕이는 권력의 허상과 사교육의 폐해, 환경파괴의 문제를 집중적으로 제기하고 있는 것이다.

이주민의 현재적 양상

『마을』은 연작소설이다. 연작소설이란 단편의 예각적인 문제의식이 모이고 모여 당대 사회를 다면적 전체성으로 재구성함으로써 단편의 형식적 완결성과 장편의 내용적 총체성을 결합하는 장르라고 할 수 있다. 우리나라에는 박태원의『소설가 구보씨의 일일』, 조세희의『난장이가 쏘아올린 작은 공』, 이문구의『관촌수필』과『우리동네』, 이청준의『남도사람(서편제)』과『언어사회학 서설』, 양귀자의『원미동 사람들』등을 성공한 연작소설로 거론할 수 있다. 김종성의『마을』은 이들의 문제의식을 이어받아 '초림마을'이라는 도농 복합도시를 만들어 2000년대를 전후한 한국 사회의 도농 복합 문화가 보여주는 자본제적 욕망의 도가니를 주목한다. 그리하여 일그러진 도시민의 자화상을 비롯하여 권력 집단의 부정 비리와 사교육 열풍, 환경파괴의 문제를 공격적으로 비판한다.

『마을』에 등장하는 인물은 크게 다섯 부류로 나눌 수 있다. 첫째, 성준기, 도형민, 윤안수, 금순, 영식(채순), 허영환, 이주노동자 등으로 대변되는 이주민들, 둘째 사우디 영감, 임한덕, 정선집 등으로 지칭되는 원주민들, 셋째, 면장, 파출소장, 농협조합장, 산업계장 등 농촌 권력의 상층부를 형성하는 인물들, 넷째, 이정훈(유성주택 사장), 전일선(샹그릴라컨트리클럽 회장), 정 회장(대양화장품 회장), 홍 사장(인터내셔널 마케팅 사장) 등 자본의 소유자들, 다섯째, 진수와 나영으로 대변되는 젊은이들(정착 2~3세대들) 등이 그들이다(고인환의 작품해설 참조). 이들이 얽히고설켜 초림마을의 욕망을 재구성하고 도농 복합도시의 문제가 한국 사회 전반의 문제를 압축하고 있음을 증명한다.

이러한 다양한 인물군들 중에서 가장 중요한 인물군은 새로이 초림마을로 유입된 이주민들이다. 이주민들은 원주민들에게 이질적 존재로 인식되는 두려운 낯설음의 대상임과 동시에 함께 새로운 공간적 질서를 만들어가야 할 공동체의 일원으로 감지된다. 그러므로 이주민들의 욕망이 원주민들에게 어떻게 인식되고 있으며, 원주민들과의 반목과 갈씨는 없는지를 고찰해보면 초림마을의 욕망의 기원과 현재가 설명될 수 있는 것이다.

이주민의 양상은 크게 여섯 사람의 모습을 통해 확인할 수 있다. 첫째 이주민 성준기에게 '초림마을'의 '드림랜드 아파트'는 용담저수지 근처에 자리잡고 있어 전망이 끝내주는 아파트에 해당한다(「전망 좋은 아파트」). 그곳에 역사평론가인 성준기는 세 번이나 부도가 난 아파트에 2천만 원을 더 내고 가까스로 '전망 좋은 아파트'로 입주한다. 하지만 이 작품의 앞과 뒤에는 자우림의 '뱀'이라는 대중가요의 노랫말 "너는 한 마리 뱀이지, 슬슬 스르르륵, 네 몸만 빠져나가면, 아무 상관없이, 뻔뻔스런 얼굴로 만족스런 미소를 짓지"가 배치된다. 이것은 뱀의 이동과 함께 성준기가 이전에 살던 우송아파트의 욕망이 드림랜드아파트로 옮겨오는 것을 상징함으로써 아파트가 "뻔뻔스런 얼굴"과 "만족스런 미소"처럼 이중적 얼굴을 내면화해야 생존할 수 있는 야누스적 욕망의 도시 공간임을 보여준다.

이러한 이주민의 모습은 「메뚜기는 없다」에 이르면 자유기고가인 화자가 초림마을의 '그린빌라'로 이사 오는 것으로 변주된다. 화자는 내집 마련의 원칙으로 '첫째 집 크기는 $109㎡$ 정도, 둘째 환경오염 없는 지역, 셋째 강이나 저수지를 끼고 있는 곳' 등을 꼽는데, 이 세 조건을 충족시키는 곳이 사곡마을 그린빌라이다. 하지만 주변에 샹그릴라 골프장이 건설되면서 산림이 마구 훼손되고, 더구나 초고압 송전선로가 사곡마을 한가운데로 지나가게 되자 화자는 환경 파괴와 산림 훼손, 전자파 피해를 주장하면서 관청에 진정서를 제출한다. 하지만 묵묵부답으로 강 건너 불구경하듯 하는 초림시청의 태도에 화가 난 화자는 "온 생명이 더불어 사는 환경생태도시"를 내건 초림시장을 감동시키기 위해 메뚜기 이야기를 비유로 활용하여 편지를 보내본다. 하지만 메뚜기의 은유를 실재하는 이야기로 착각한 초림 시장은 초림에는 메뚜기가 없으며, 골프장이 30개 가까이 되다 보니 농약 오염으로 메뚜기가 다 죽어버렸다고 이야기하며 서둘러 자리를 떠난다. 「메뚜기는 없다」는 환경과 생명을 중시 여긴다는 관청에서 오히려 개발을 조장하고 있는 현실을 '메뚜기의 부재'라는 상징을 통해 설파한다.

이주민의 세 번째 양상은 「색맹에 대하여」에서 초림마을의 대영학원에서 국어를 강의하는 영식을 통해 학력중심사회가 지닌 욕망의 허상에 대해 비판하는 것으로 그려진다. 회성탄광에서 채탄부로 일하던 영식은 서울대 부설 한국방송통신대학 2년제 대학을 마치고 외사촌 형이 운영하는 입시학원의 국어강사로 취직된 이후 4년제 학사학위로 바뀐 한국방송통신대학 농학과에 편입학한 이후 내년에 환경대학원 조경학과에 시험을 쳐보려고 한다. 현재 초림마을의 대영학원에서 강의하는 영식은 예일대 박사학위가 가짜로 드러난 신정아 사건 이후 가짜 학위 사건으로 시끄러웠던 대한민국에서 허위 학력으로 살아가는 사람들에 대해 비판적 입장을 가진다.

이주민의 네 번째 모습은 「색맹에 대하여」에서 '방글라데시, 네팔, 베트남, 필리핀, 몽골, 아프리카' 등지에서 몰려온 이주노동자들로 그려진다. 그들은 가족의 생존과 생계를 위해 한국에 건너왔지만 부당한 노동조건과 열악한 노동현실 속에서 차별대우를 받으며, 결국에는 "이주노동자도 사람이다. 차별을 하지 말라"고 경찰서 앞에서 시위를 하는 형상으로 그려진다.

이주민의 다섯 번째 모습은 학력 차별적 인식을 내면화한 채순에게서 확인된다. 과거에 영식에게서 풍물을 배웠던 채순이 학력 콤플렉스에 시달리다가 봉제공장 노동자 생활을 거쳐 간호사가 된 뒤에 영식의 색맹

검사를 하면서 영식의 학력이 기대수준 이하였음을 비웃는 것으로 그려진다. 「색맹에 대하여」에서 채순은 영식에게 자신이 못 배운 여자라서 자신을 거부하냐며 반문하지만, 실은 영식에 대한 관심이 아니라 영식의 학력에 대한 콤플렉스였음이 드러난다. 영식이 한국대학에서 국문학을 전공했었다고 오인하고 있었기 때문에 가능했던 관심이었던 것이다. 색맹 검사 이후 한국방송통신대학에서 농학을 전공했다고 영식이 이야기하자, 채순의 얼굴에는 그늘이 드리워지며 영식에게 커피 사실 필요 없다며 영식을 비웃는다. 영식은 그런 채순의 말과 행동을 보며 온몸이 가려워옴을 느낀다. 채순은 학력 차별이 현존하는 한국 사회의 현재를 상징하는 인물인 것이다.

이주민의 여섯 번째 모습은 「빈 들에도」에서 강남 큰 교회에서 목회활동을 하다가 선교자금 비리로 물러난 뒤 사곡마을 농촌 교회에서 목회활동을 하게 된 허영환 목사의 이야기를 통해 부패한 종교인의 허영심이 드러난다. 허영환 목사의 허위의식은 '총회신학 초림캠퍼스 학장'이라고 자신을 소개하고 사곡장로교회 양쪽 기둥에 '총회신학대학교 부설 사회복지대학' 간판과 '사회개발대학원'이라는 간판을 내걸고 '사이버예술신학대학'을 설립하여 교회 신도를 배가하려는 헛된 욕망에서 드러난다. 작가는 이 작품에서 작중 인물의 입을 빌어 폐쇄적인 열광주의, 배금주의, 교회의 대형화와 사유화가 한국 교회의 문제점임을 명백히 한다. 이렇듯 초림마을로 이주해온 이주민들의 모습은 초림마을의 과거와 현재의 내적 모순을 전면화하는 존재들로 그려진다.

초림마을의 문제성

도농 복합도시로서의 초림마을이 내장한 부정적 측면을 고발하는 내용은 아파트 부녀회, 사교육 열풍, 비정규직 노동자 문제, 환경파괴 등의 문제로 이어진다. 부녀회의 권력기관화된 모습은 「엘리베이터의 여자들」에서 경비반장과 부녀회장이 싸움하는 장면에서 부녀회장이 전두환 정권 시기의 사회정화위원회가 있어야 한다고 주장하는 궤변에서 드러난다. 그녀는 1980년대 군사독재시절로 회귀해야 한다는 몰역사적 인식을 전면에 내세우며 부당한 권력을 사유화하고 있는 것이다. 더구나 '올바른 교육 풍토'를 빙자하여 아파트 미풍양속을 해치는 나영 등의 캐디들을 추방하자고 제안하는 부녀회장의 모습(「종소리」)이나 소음을 이유로 이주노동자들이 주로 이용하던 드림랜드아파트 정문 앞 공중전화부스 철거를 요구하고 철거작업에 기뻐하는 모습(「색맹에 대하여」) 등은 도농 복합도시에서 아파트의 실질적 권력을 장악한 부녀회의 권한이 얼마나 막강한지를 현실적으로 풍자한다.

온갖 사설 영어학원이 넘쳐나는 초림마을의 모습은 영어교육 열풍이 장악한 한국사회의 교육 풍토를 비판한 「손님」에서 두드러진다. 작가는 인도의 영어 카스트처럼 대한민국에서도 스스로 영어 식민지 백성이 되려는 영어 열풍이 광기적 현상으로 드러나고 있음을 비판한다. 이러한 영어 광풍 현상과 함께 사교육 시장의 대형화가 가져온 문제를 본격적으로 비판한 소설은 「춤추는 몬스터」이다. 이 작품은 담배 식물에 흔한 '프렌칭 기형'을 토대로 사교육 시장의 팽배가 공교육 시장의 왜곡을 가져온다는 비판적 입장을 견지한다. 프렌칭 기형이 말단 싹과 줄기의 성장을 멈추게 하여 담배를 일종의 식물 괴물로 만들어내듯 사교육의 광풍이 창의적 상상력을 억압하여 학생 괴물을 양산해내고 있는 것이다. 사교육 대형 학원인 매스매틱스에듀 대표 진윤명의 교육칼럼은 상위권 대학에 입학하려면 특목고와 자사고에 가야 한다는 이야기를 강조한다. 특히 "누가 학생의 미래를 묻는다면 눈을 들어 진윤명의 매스매틱스에듀를 바라보라고 하라"라는 현수막은 "수학을 모르면 어둠의 자녀요, 수학을 알면 빛의 자녀다"라는 베스트셀러 『황제수학』의 머리말과 함께 학생을 사교육의 노예로 재생산하는 견고한 구조를 확인시켜준다. 광고료를 제공하며 작성하는 교육 칼럼이 학원 광고인 셈이어서 신문사와 사설학원이 악어와 악어새 같은 관계임이 드러나고, "때를 모르면 어둠의 자녀요, 때를 알면 빛의 자녀다"라고 외치며 전도하는 허영환 목사의 모습과 진 대표의 모습이 겹쳐지면서 사교육 시장의 확산이 가져온 교육 문제와 부패한 신앙의 종교 문제가 연장선상에 있음을 보여준다. 결국 사교육의 확산과 부패한 교회의 문제가 엉덩이를 줄기차게 흔들어대며 덩실덩실 춤을 추면서 사위 자랑을 하는 정선집의 기괴한 형상으로 종합되어 한국 사회의 고질적 병폐인 맹목적 사교육과 종교적 맹신을 비판하고 있는 것이다.

「장난감을 위하여」에서는 "노동자를 장난감으로 여기는 뉴월드마트는 각성하라"며 시위하는 비정규직 노동자들의 문제와 국민연금관리공단에서 퇴직 통보를 받은 소시민 윤안수의 이야기를 통해 노동자들의 열악한 노동조건이 여전히 한국 사회를 옥죄고 있는 신자유주의적 고용 현실임을 비판한다. 뉴월드마트 쪽이 노조를 탈퇴하고 사표를 쓰는 대가로

2억 1천만 원을 주겠다고 했는데도 그것을 거절하고 거리에서 시위하는
조옥희 분회장이나 1급수에서 산다는 열목어처럼 양쪽 눈이 충혈되어
빨갛게 된 윤안수는 성실한 소시민 노동자에 해당한다. 그런데도 이들은
소유주의 장난감처럼 폐기처분 되어버린다. 윤안수의 아내는 아이들에
게 장난감이 자신들이 바라보는 세계이자 우주였듯이, 노동자들 역시 자
신의 우주를 가진 존재여야 한다고 판단한다. 하지만 다른 사람들은 우
주를 가지고 살아가고 있을지 모르지만, 아내의 가게 장난감을 배달하는
윤안수는 스스로가 우주에서 쫓겨난 떠돌이별처럼 생각된다. 이것은 결
국 비정규직 노동자들이 이름없는 떠돌이별이 되어 한국 사회를 유랑하
는 유목적 존재임을 성찰하고 있는 것이다.

환경을 파괴하고 주민의 절차적 동의를 무시한 채 장례문화센터 설치
를 강행하려는 관청의 태도를 비판한 「동제」는 도도새의 상징을 빌려온
다. 네덜란드인들이 인도양 모리셔스 섬으로 이주하면서 멸종하게 된 최
초의 동물 도도새를 화두로 하여 환경 보존과 개발 논리의 대립각이 그
려진다. 생태계 최초의 희생자라는 상징으로 남은 도도새 이야기는 사곡
마을 원주민들의 운명이 도도새의 운명과 다를 바 없음을 보여준다. 사
곡마을에 장례문화센터 프로젝트가 성사되면 장례용품 독점판매권과
수억대 보상금을 시에서 챙겨준다는 꾀임에 넘어간 임한덕은 초림시청
장례문화센터 건립을 위해 발벗고 나선다. 하지만 제관이 되어 동제를
드릴 때 소지가 잘 올라가지 않더니, 결국에는 산불이 나서 당집이 무너
지고 불길이 비보숲을 삼키면서 임 노인집의 기왓골도 불 속에서 사그러
든다.

공동체적 대안의 모색

이주민을 중심으로 검토한 『마을』에서 이주민과 원주민, 도시와 농촌, 젊은이와 어른, 중심과 주변, 상류층과 하층민 등이 뒤섞이는 화합의 모습은 「종소리」에서 진수와 나영의 성행위로 환유된다. 미륵보살의 머리 부분을 수습한 진수와 문화콘텐츠학과를 졸업한 후 캐디로 일하는 나영은 서로 사랑하는 사이지만 가까이 할 시간이 별로 없다. 취업난이 심해 취업을 포기하고 개를 키우는 할아버지 일을 돕기로 마음먹은 진수는 역리였던 지귀와 선덕여왕의 러브 스토리를 시나리오로 쓰려고 구상 중이다. 하지만 할아버지인 사우디 영감에게 드림랜드아파트 관리소장이 양계장과 개 축사를 없애줄 것을 통지하자 "닭 키우지 마라, 개 키우지 마라 하면 농민들은 어떻게 살라는 거야. 굴러들어온 돌이 박힌 돌 뽑는다더니"라며 한탄할 뿐이다. 이것은 이주민이 원주민을 홀대하는 '도농복합도시 초림의 농촌마을'의 실상을 보여준다.

연화사에서 요양하고 있는 나영을 찾아간 진수는 수월관음도에 눈길을 빼앗기고, 중생들의 안녕을 지키는 수호신으로서 자비로운 구제자의 영험을 보여주는 불화인 수월관음도를 보면서 나영과 이야기를 나눈다. 드림랜드아파트에서 사는 게 칼산지옥 속에서 사는 것만 같다는 나영에게 진수는 칼산지옥 같아도 이승이 낫다며 용기를 낼 것을 당부한다. 그리고 두 사람은 서로의 육체를 더듬는다.

나영은 고개를 갸웃거리다가, 나무를 껴안았다. 진수는 뒤에서 나영을 감싸안았다. 그는 나영의 가슴을 헤치고 손을 밀어넣었다. 봉긋한 젖가슴의 감촉이 손 끝에 닿았다. 그녀가 신음을 발했다. 그녀의 가슴속에 잉걸불이 피어올랐다. 불길이 그녀의 가슴에서 빠져나와 진수를 휘감았다. 불길은 그의 가슴을 태우고 머리와 팔다리로 옮겨갔다. 잉걸불을 한 부삽 더 쏟아부은 것처럼 활활 타올랐다. 불길은 왕벚나무를 휘감고 버덩을 가로질러 연화사를 향해 혀를 날름거리며 달려갔다. 불길이 혓바닥을 연방 굴리며 범종각을 핥아 댔다. 이윽고 범종각이 시뻘건 불기둥에 휩싸였다. 그때 진수와 나영은 종소리를 들었다.

미륵보살의 웃음소리가 종소리 속으로 번지고 있었다(123쪽).

나영과 진수가 나무를 껴안고 벌이는 성행위는 급작스런 결말이긴 하지만 자연과 인간이 교감하는 모습으로 형상화되고 있다는 점에서 의미심장하다. 원주민의 손자인 진수와 이주민인 나영이 연화사에서 오래된 왕벚나무를 껴안고 욕정의 불길을 태우는 것은 이들의 성행위가 원주민과 이주민, 취업의 성공과 좌절, 자본주의적 현실과 육체적 욕망 등을 뒤섞어 탈초림마을적 관계로 거듭나는 제의적 행위임을 상징한다. 즉 한국적 자본주의의 병폐가 축소되어 있는 초림마을의 문제적 인간관계에서 벗어나 순정한 영육이 되어 자연과 생명과 인간이 한몸으로 감각적 신열을 일깨우는 장면이 바로 종소리로 울려퍼지기를 고대하고 있는 것이다. 그러니 '미륵보살의 웃음소리'가 그들을 감싸며 새로운 마을을 향한 연대의 종소리로 스며들 수 있는 것이다.

도시와 마을의
성공적인 이종교배를 위하여

『마을』은 가상의 도농 복합도시 초림마을을 이야기의 중심공간으로 집중 조명함으로써 21세기 인간생태학의 현재적 풍경을 보여준다. 지금 이 시간에도 '뉴타운'이라는 이름으로 새로이 개발되면서 "굴러온 돌이 박힌 돌 빼내듯" 하는 현실은 현재진행형으로 진행되고 있다. 원주민이 이주민이 되어 새로운 빈민촌으로 떠나가고 새로운 이주민들이 원주민들이 떠나간 자리를 채우면서 대도시 인근 접경 마을은 도농 복합도시로 새로이 거듭나면서 수도권의 인구 집중 현상은 더욱 강화될 뿐이다. 이러한 즈음에 탄생한 『마을』은 '전망 좋은 아파트'의 욕망을 내면화한 도농 복합도시가 사실은 자본과 권력의 착종이 낳은 기이한 공간일 수 있음을 비판한다. 그러므로 "새로운 외촌동의 발견"으로 도시와 농촌이 복합된 공간의 생활 형태를 추적하고 있다는 평가(송하춘)나 서울 외곽 경계지대의 인간 군상들의 삶과 생태환경적 의미를 추적하고 있다는 평가(김종회)는 김종성 문학의 현재적 위상을 주목하는 평가들이 된다.

검은 석탄 가루를 응시하며 시작된 김종성의 문학은 아파트 산책길을 지나 도농 복합도시인 초림마을에까지 이어지고 있다. 그것은 그가 체험적 글쓰기라는 산문정신에 기대어 있는 작가임을 보여준다. 작가의 첫 창작집이 지닌 노동, 민중, 분단, 계급 등을 내포한 80년대의 이데올로기적 대립의식은 시대의 변화와 함께 교육, 주거, 환경, 생태, 욕망 등으로 다차원적으로 변주되고 있다. 물론 그럼에도 불구하고 환경오염 문제에 대한 천착, 이단적 종교가 지닌 폐해, 사교육의 확산이 가져온 병폐, 이기적 중산층과 소외된 하층민들의 삶에 대한 작가의 관심은 여전하다.

김종성은 체험적 상상력을 통해 실증적으로 말하고자 한다. 체험적 상상력은 그의 소설적 기원이 자리하는 무의식적 공간에 해당하며 실증적 태도는 그러한 무의식적 공간을 파헤치려는 열정적 작가의식을 말한다. 그러므로 『마을』에서 가공된 '초림마을'의 이야기 역시 작가의 주변에 산재했던 실제 이야기소들을 주목하고 자료를 분석하고 서사를 가공하면서 탄생된 것들임에 틀림없다. 그리하여 소재적 착목에서부터 주제적 차원에 이르기까지 『마을』은 조세희의 『난장이가 쏘아올린 작은 공』의 낙원구 행복동이나 이문구의 『관촌수필』과 『우리동네』의 마을, 양귀자의 『원미동 사람들』의 부천시 원미동을 지나 '초림마을'을 연작소설의 한 중심공간으로 진입시키고 있다고 할 수 있다.

이제 작가는 하나의 기로에 서 있는 듯하다. 초림마을을 하나의 특화된 공간으로 더욱 심화하는 작업의 길과 그 길로부터 벗어나 새로운 창작의 방향으로 나아가는 길이 그것이다. 작가가 지금까지 체험적이고 실증적인 태도를 견지해 왔다는 점을 파악해본다면, 그는 초림마을의 중심부로 더 한 걸음 다가갈 것으로 여겨진다. 그것이 김종성다운 촉수와 감각으로 문학적 일가를 이루는 길일 터이니 말이다. 우리는 기꺼이 그의 고투에 관심과 애정을 기울일 일이다.

—『문학마당』, 2010년 여름호

비인간적 현실과
인간적 시선의 착종

손홍규의
『사람의 신화』론

'1996년생 작가' 손홍규

전북 정읍에서 1975년에 출생한 손홍규는 '1996년생 작가'이다. 문민
정부를 자처하던 김영삼 정권 하에서 1996년도는 '연대 사태' 혹은 '연
대 항쟁'이라고 불리는 연세대 사건이 발생한 해이다. 그 사건은 1996년
8월 '한총련(한국대학총학생회연합)' 소속 대학생들이 연세대에 집결하
여 통일대축전 행사를 진행하려던 중 학내 진입과 외부 진출을 원천봉쇄
했던 공안당국이 학생들을 물리적으로 강경 진압하면서 더욱 크게 이슈
화된다. 구체적으로 8월 12일부터 20일까지 9일간의 농성 끝에 의경 1
명이 사망하고 수백 명의 경찰과 대학생이 부상을 입으며, 5천여 명 연
행, 4백여 명 구속, 3천여 명 불구속처리라는 초유의 수치를 기록한 사건
이다. 전두환 정권 시절 발생한 대표적인 학생운동 탄압사건인 '1986년

건대 사태'를 뛰어넘는 공안 사건인 셈이다. 이후 '문민'이라는 타이틀을 무색하게 만든 김영삼 정권이 한총련을 이적단체로 규정하도록 만든 원인을 제공한 사건임과 동시에, 진보적 학생운동에 대한 사회적 불신과 더불어 대학생들의 정치적 무관심을 강화시키게 된 사건이다.

그렇다면 손홍규는 왜 '1996년생 작가'인가? 구속과 집행유예라는 자전적 체험도 한 몫을 담당하지만 작가가 「갈 수 없는 여름」이나 「너에게 가는 길」에서 이 연세대 사건을 소재로 차용하면서 이 사건이 파생시킨 한국 사회의 현실적 문제와 구조적 모순을 예의 주시하고 있기 때문이다. 특히 해체론을 필두로 한 포스트모더니즘의 광풍 속에서도 1980년의 광주항쟁을 비롯하여 각종의 사회적 모순들과 소외된 사람들의 정체성을 문제화하고 있는 작가라는 점에서 그는 '1996년생 작가'에 해당한다. 즉 1996년은 작가에게 1980년대적 담론과 1990년대적 현실 인식이 충돌한 해로 인식된다. 연대 사건은 통일세력과 반통일세력으로 이분법적 선택지를 강제함으로써 강경진압과 원천봉쇄라는 1980년대적 시위 진압 행태가 드러났다는 점에서 1980년대적이다. 하지만 이 사건 이후 학생운동이 전면적인 위기에 빠지면서 대중운동의 구심점에서 서서히 퇴조하기 시작함과 동시에 학내에서 정치적 무관심이 확산되면서 개인주의적이며 다원주의적인 세계관이 팽배하게 됐다는 점에서는 1990년대적인 것이다.

손홍규의 첫 창작집 『사람의 신화』는 주로 1인칭 화자의 시선을 통해 1980년대와 1990년대를 관류하며 그 다면적 시공간을 지나온 존재들의 다양한 현실 인식을 조망한다. 특히 이종적 특이성을 내포한 소외된 존재들을 형상화하기 위해 '비'리얼리즘적인 방법을 동원함으로써 작가만의 개성이 표출된다. 작가는 '비인칭적 존재'를 통해 '인간종'이 내포한 신화적 허구를 비판하며(「사람의 신화」), '거미인간'처럼 이종적 존재를 통해 인간종의 문제를 성찰한다(「거미」). 또한 마조히스트적 살해 충동을 자극하거나(「갈 수 없는 여름」), 시간을 역행하는 가역적 존재가 되기도 하고(「폭우로 걸어들어가다」), 가족애가 사라진 '지옥 같은 현실'을 개탄하거나(「지옥으로 간 사나이」), '헛것' 같은 '실재적 존재'인 '검은 고양이'의 음험한 시선에 노출되기도 한다(「장마, 정읍에서」). 이렇게 보면 1950년대 장용학의 「비인탄생」이나 손창섭의 「잉여인간」, 「인간 동물원초」에서처럼 개인의 내면과 일상 공간을 장악한 비인간적 현실의 모순이 2000년대 텍스트에서 다시 형상화되고 있는 셈이다.

작가는 이렇듯 비루한 인간 현실을 선명하게 강조하기 위해 환상성을 방법적 전략으로 활용한다. 하지만 그가 그려낸 환상성의 이면에는 부조리한 인간이 횡행하며 실재성이 강조된 시대적 모순이 각인되어 있다. 손홍규의 작품은 끊임없이 환상과 현실을 길항하면서 현실의 구조적 모순을 응시하는 기법으로 환상성을 적극 활용한다. 그러므로 그의 환상은 실재적 환상에 가깝다. 실재적 환상이란 문학적으로 가공된 허상이지만 현실의 문제를 예각화한다는 점에서 실재적이라는 의미이다. 이제 첫 걸음을 떼는 젊은 작가의 '비인 탄생 신화'가 현재성의 이름으로 호명되기를 고대한다.

눈물로 빚은 사람의 신화

비인간적 현실이 횡행하는 세계에서 인간이란 무엇인가? 작가는 이런 인간적 질문에서 시작한다. 인간에 대한 개념 규정은 호모 사피엔스, 호모 루덴스, 호모 파베르, 호모 폴리티쿠스, 호모 로퀜스 등의 다양한 학명으로 규정되지만 손홍규가 독해한 세계에는 '사람이 아닌' 비인적 존재가 넘쳐난다. 그러므로 '인간'을 해명하기 위해 '비인적 존재'와 '비인적 속성'에 대한 성찰을 통해 '인간'의 본질을 파악해내고자 한다. 비인간적 모순을 강제하고 허용하는 '인간적 범주화'가 오히려 지난한 작업이기 때문에 비인적 존재의 본질과 현상을 규명하는 것으로부터 시작해야 한다는 판단인 것이다. 그 노력은 작가의 텍스트에서 인간의 존재 가치와 의미에 대한 질문 속에 관계론과 인식론, 존재론에 대한 성찰적 문제의식을 강화하는 것으로 그려진다.

표제작인 「사람의 신화」는 비인의 탄생과 죽음을 통해 인간과 비인간의 존재론적 동일성과 차이를 극명하게 보여준다. "나는 사람이 아니다"라는 '비인 선언'으로 시작되는 이 작품은 그럼 사람이란 무엇인가라는 인간의 정체성에 대한 질문을 갖게 한다. 그리고 결과적으로 '눈물의 힘'이 작동하여야 비로소 인간의 신화를 재구성할 수 있음이 그려진다. 엄밀하게 말해서 「사람의 신화」 속 화자인 '나'는 사람이 아닌 게 아니다. 사람이지만 사람이 아닌 듯이 살아가기에 사람이 아닌 사람이 된다. 이 동어반복적이고 주어회귀적인 대답이 작가가 의도한 문제설정이다. 골방을 자신의 왕국이자 우주의 중심으로 인식하는 '나'에게 둘째 누나는

"왜 태어났니. 차라리 죽어버리지. 아니, 태어나지를 말지"(23쪽)라며 탄생 자체에 대해 경멸을 표한다. 둘째누나에 의하면 화자는 '태어나지 말았어야 했으나 태어나서 골치 아픈 존재'라는 불편한 진실을 입증하는 존재이기 때문이다. 이렇듯 존재 자체가 경멸이나 배제의 대상으로 인식된다면 생명의 유지 자체가 고통일 수밖에 없다. 따라서 화자는 자연스레 사람을 불신하고 나아가 '사람의 신화'를 불신할 수밖에 없다. 그리하여 주변 사람들로부터 비인적 존재로 내쳐진 화자는 자신만의 세계에 밀폐되어 스스로를 '종속과목강문계' 어디에도 소속되지 않는 '헛것'이거나 '비존재'일 가능성으로 인식한다.

'비인적' 화자의 침묵의 대화 상대는 이승의 생명체가 아니다. 즉 화자의 말과 행동, 상상의 대상은 모두가 상상적 구성물에 해당한다. 하지만 그 구성물들은 역설적이게도 이 세계의 모순을 설명하며 세계의 진실을 표현해줄 실재계적 존재에 해당한다. 즉 '나중에 조카가 될 큰누나의 태아, 액자 속 할아버지, 용이 되려는 뱀' 등이 화자의 대화적 구성체로서 이종적 세계에 대해 설명하는 존재들이 된다. 그리하여 화자는 액자 속 할아버지로부터 자신이 불립문자를 통해 '소리 없이 대화가 가능한 종족'의 최후의 생존자라는 진실과 그 종족이 눈물이 없어서 멸종된 종족이라는 '역사적 사실'을 전해듣는다.

그에 따르면 화자의 아버지 역시 사람이 아니었다. 하지만 머슴의 자식이었던 할머니가 신의 지배로부터 벗어나 자신의 운명을 스스로 결정하기 위해 자살을 감행한 이후 '화자의 아버지'는 사람으로 변신한다. 이후 '이종적 존재의 죽음'이 '새로운 사람의 탄생'을 낳는 제의적 신화가 시작된다. 그리하여 성폭행 이후 자살을 기도했던 누나에게 화자가 사람의 언어로 "사랑해, 누나"라고 마음을 전하면서 처음으로 눈물을 흘리자 '비인적 존재의 죽음'이자 '사람으로의 탄생'을 경험하게 된다. 할아버지는 화자의 종족이 '눈물을 통해 사람의 가치를 깨닫게 해준 존재'라면서 '비인 화자'의 '인간 탄생'으로의 '존재론적 변이'에 대해 애도를 표명한다. 그리고 나서 '인간 화자'가 최초로 한 일은, '사람이 무섭다'며 화자의 모자에 들어와 살던 뱀의 시신을 보면서 '인간적 눈물'을 흘린 것이다. 이렇듯 '인간이 된 비인 화자'는 '정희 누나의 자살'과 '뱀의 시신'을 애도하는 눈물을 흘리면서 비로소 '인간적 사람'이 된다.

결국 '비인적 존재'의 비인간적 현실과 '눈물로 빚은 사람의 신화'를 해부하는 「사람의 신화」는 타자에 대한 연민과 공감이라는 '눈물의 힘'을 확인하는 것으로 '인간적 신화'를 재구성한다. '비인적 존재'였던 화자가 사회적 약자와 고통 받는 소수자에 대한 눈물의 배려로 새로이 탄생한 신화는 '안티테제'로서 인간 세계의 허구적 신화를 해체하려는 작가적 욕망의 내실을 보여준다.

거미인간의 치욕 견디기

이종적 존재를 동원하여 인간의 문제를 예각화하는 시도는 「거미」에서 '사람으로서의 거미'를 형상화하는 것으로 이어진다. '거미 화자'는 '사람'도 아니고 '거미'도 아닌 이종적 존재의 이중적 초상을 그려내기 위한 작가적 선택을 보여준다. 이것도 저것도 아닌 방외인적 존재는 사실 이것도 저것도 될 수 있는 가능성을 지닌 잠재태적 존재이며 그 이종성이 야기하는 특이성의 문제를 주목하게 한다. 따라서 사람일 수도 있고 거미일 수도 있다는 착각을 독자에게 제공함으로써 '거미인간'의 정체성과 진정성에 대해 질문하도록 만든다.

카프카의 「변신」의 2000년대식 패러디 작품인 「거미」는 거미 화자 '나'의 시선과 감각을 통해 인간종에 대한 환멸과 치욕적 삶을 강제하는 비인간적 인간의 현실 속에서 한 가족의 붕괴를 형상화한다. 겹눈의 감각을 지닌 화자는 채권자 다나까로부터 성폭행을 당한 중학생 언니가 분노나 절망, 서글픔 등이 엿보이지 않는 '텅 빈 시선'으로 '거미 화자'를 응시하는 모습을 쳐다본다. 허공에 매달린 채 화자는 다나까와 눈이 마주치자 온몸의 통점이 일제히 반응하다가 실에 살갗을 베어 핏물 한 방울을 떨어뜨린다. 시선의 공포에 맞닥뜨린 거미 화자의 두려운 표정은 그만큼 거미인간의 가정이 붕괴된 공간임을 보여준다. 이때 언니가 거미 화자에게 거꾸로 매달린 삶이 좋으냐고 묻는 것은 언니 역시 이 생에 거꾸로 매달리고 싶은 절망 속에 겨우 살아가고 있는 존재임을 보여준다. 그만큼 현실 세계가 수치심을 강요하는 모욕의 공간으로 인식되고 있는 것이다.

자신의 친딸인 거미 화자를 주워온 아이라고 거짓말하며 버리려는 아빠나, 경찰의 전화를 받고 부엌칼로 아빠를 찌르려는 엄마는 이미 정상적인 가정의 부모가 아니다. 거미 화자는 바다에서 뭍으로 진화해온 자신의 조상들이 이종들과의 싸움에서 퇴각한 이후 마련한 카드가 '잉태와 출산'밖에 없었다고 상상한다. 그리하여 인간이 거듭된 진화를 통해 결국 나약한 종족으로 진화적 패배를 거두었듯, 자신들의 진화 역시 곧 종적 패배의 시작이었다고 판단된다. 이렇듯 지구상에 영원한 승리자는 없으며, 결국 인간이란 족속들도 패망하기 마련이고, 인간도 살아남기 위해서는 또 다른 이종적 존재로 진화할 수밖에 없을 것으로 짐작된다. 거미 화자는 자궁으로부터 내쳐진 출생의 순간에서부터 인간적 허욕과 모멸을 감당하는 법을 교육받아야 하는 인간적 현실에 탄식한다.

삼겹살을 먹다 말고 엄마와 아빠가 투신한 뒤 언니 역시 치욕의 짐을 벗어버리기 위해 투신자살한다. 거미 화자는 한 가족의 투신 자살이 특수한 '우리 가족만의 치욕'이 아니라 보편적 '인간의 치욕'임을 추론한다. 이후 거미 화자는 지상에서부터 무수히 많은 '인간적 거미'들이 꽁무니에서 줄을 뿜어내며 바람을 타고 날아오르는 실재적 환상을 바라본다. 그리하여 한 가족의 자살이 인간적 치욕과 모멸을 감내해야 될 인간종의 보편적 모순임을 문제제기한다.

「거미」는 '보편적 인간종의 치욕'을 한 가족만의 문제로 축소하는 현실 사회의 가난과 빈곤의 실태를 '거미인간'의 이종적 시선으로 형상화한다. '치욕'이 인간종의 패배로 귀결될 것임을 예견하며 진화가 패배의 시작이었음을 주목하는 「거미」는 한 소시민 가정의 붕괴를 통해 비인간적 종의 현실을 현대적 우화로 독해한다. 그리하여 비극적인 천민 자본주의 사회의 비인간적 경제 구조를 비판함으로써 인간적 지향과 비인간적 현실 사이의 문제를 거미인간의 별종적 특이성을 통해 예각화하고 있는 것이다.

후각으로 추억하는
생의 고통

　손홍규는 통상적인 시각 중심주의적 세계 인식과 다르게 다른 감각의 유의미성을 주목한다. 그리하여 청각과 후각을 활용한 소설에는 냄새와 소리로 타자의 의미를 내면화하고 그 관계를 재구축하는 인물들이 형상화된다. 근대적 감각으로 권력화된 시각 중심주의가 지배하는 현실 세계에서 후각과 청각에 착목하는 태도는 '인간'을 말하기 위해 '비인간적 별종'을 경유하는 방식과 흡사하다. 그리하여 소외된 감각을 활용하여 근대 세계의 시각적 원리를 해체하고 재구성하려는 작가적 의지가 확인된다. 작가는 유의미한 후각과 청각의 활용 속에 시각보다 후각과 청각이 배제되고 외면당하는 억압적 현실을 비판하고 있는 것이다.

　사디즘과 마조히즘을 경유하는 「갈 수 없는 여름」은 살해 충동과 죽음의식이 팽만한 한국 사회의 현실을 주목한다. 화자는 자신으로부터 마조히스트적 살해 충동을 옮겨간 옛 애인 희주를 만나러 요양원으로 향한다. 하지만 화자는 창틀에 수북이 쌓인 벌레들의 주검들에게서 '무서움'을 호소하는 희주의 편지를 읽으면서도 무덤덤한 반응을 보일 뿐이다. 어린 시절부터 화자에게 '죽음'은 공포의 대상이 아니라 낯설지 않은 익숙한 표상으로 인식되기 때문이다.

　화자에게 최초로 살해 위협을 가한 사람은 어머니다. 고무함지 속에 화자가 빠졌을 때 구원의 팔을 내민 어머니의 얼굴에 드러난 표정은 '섬

작가는 세 명의 역행적 존재 방식을 경유하여 불가역적 세계를 회의하는 전복적 생장을 통해 정상적인 성장을 도모하기 힘든 시대적 현실을 풍자한다. '늙은 소년'의 거꾸로 사는 생, '혁명가 친구'의 외골수적 혁명 방식과 잠적, 화자가 체감하는 신체적 축소 등은 시대적 흐름을 거스르는 존재론적 거부감을 보여준다. 그리하여 중심이 부재한 2000년대적 풍경은 80년대적 삶의 방식이 90년대적 일상 현실과 만나 부조리한 현실감을 강제하는 이물적인 공간임을 보여준다. 그러므로 「폭우로 걸어 들어가다」는 애늙은이가 되어버린, 혹은 물리적 퇴화를 강제하는 우리 시대의 모순을 거꾸로 세우고 있는 작품인 것이다.

소년의 시선에 포착된 세상은 오염된 세계에 대한 거부와 순수한 시선의 이분법적 구도로 형성되는 것이 통념이다. 하지만 손홍규의 '늙은 소년'과 '혁명가 친구', '관찰자 화자'는 생장과 소멸이 동시적으로 진행되는 야누스적 존재감을 내장하면서 현실 세계를 엉뚱한 공상과 되바라진 시선으로 상상한다. 이 세계가 불가역적 시간에 의해 지배되기 어려운 지극히 문제적 공간이기 때문이다.

비루한 현실 견뎌내기

작가가 파악한 2000년대 한국 사회의 현실은 지옥 같은 풍경이거나 미미한 존재감으로 생존을 이어가는 누추한 삶의 공간이다. 그 공간은 소설 속에서 지옥 같은 참담한 풍경으로 주조된다. 그리하여 작가는 삶과 죽음의 경계를 배회하거나, 죽음 같은 현실을 마주한 초라한 인간의 절망적 모습을 형상화한다. 구체적으로 온정과 신뢰를 망실한 가족의 모습(「지옥으로 간 사나이」), 검은 고양이의 음험한 시선으로 응시하는 도시의 삭막함(「장마, 정읍에서」), 선배의 자서전을 대필해줘야 하는 대필 작가의 내면 풍경(「너에게 가는 길」)이 그것이다.

「지옥으로 간 사나이」에서 포착된 현실 세계는 지옥 같은 풍경이다. 화자는 세 명의 자식 중 유일하게 어머니의 임종을 지켜보고 유언을 전해듣는다. 하지만 어머니의 상중 임에도 노래방 도우미로 일하는 여동생 성숙은 무덤덤하게 임종 소식을 전해들을 뿐이고, 무덤 앞까지 찾아온 폭력배 동생 종태는 절도 안한 채로 산을 내려가 다른 폭력배들에 의해 온몸이 난자당해 죽어간다. 그러면서 화자 앞에서 "이놈의 지옥 같은 세상!"(212쪽)이라며 자신의 불효에 대한 자탄 속에 현실에 대한 비판을 일갈한다. 이렇듯 「지옥으로 간 사나이」는 지옥 같은 생의 국면을 '아으 다롱디리'라는 정읍사의 구절로 마무리하며 담담하게 부조한다. 미륵이 현세에 오기를 기원하던 어머니의 삶과 죽음을 중심으로 삼남매의 비루한 현실을 감내하는 모습은 어떤 가족에게는 생이 생지옥의 모습으로 현시될 수 있음을 보여준다.

「장마, 정읍에서」는 신자유주의의 광풍이 몰아치는 한국 사회의 음울한 노동 현실을 환경미화원들의 열악한 삶을 중심으로 포착한다. 「장마, 정읍에서」는 『사람의 신화』에서 유일한 3인칭 시점의 소설이다. 그만큼 현실 세계의 모순을 객관적 시각에서 그려내고자 시도한 작품에 해당한다. 작가는 환경미화원 최를 따라가며 검은 고양이의 상징을 통해 도시의 거대하고 음울한 초상을 확인하면서 도시 하층민의 노동 현실과 생활을 추적한다. 최는 어제 7세 상우가 찾아달라고 졸라대던 고양이 '머루'의 시신을 발견하고 매장해준다. 허리를 다친 이후로 상차 일을 안 하던 최는 지난 초여름 노조가 파업에 들어가면서 3년 만에 다시 힘겨운 상차 일을 맡으면서 자신의 몸이 압축기 속으로 빨려 들어가는 상상을 하지만 그리 끔찍하게 감각되지 않는다. 상차 일의 노동 강도가 압축기로 흡입되는 상상보다 더욱 괴롭고 고통스럽게 감지되기 때문이다. 그때 거대한 동굴의 이마 같은 신시장 입구의 아케이드를 지나며 최는 어두컴컴한 동굴 속에서 푸르스름하게 빛나는 짐승의 자닝한 눈을 본 듯한 '착시감'을 얻는다. 하지만 그것은 착시감이 아니라 열악한 노동 현실을 강제하는 자본의 음험한 시선을 환유하는 장치이다.

시청에서 일방적으로 발표한 해고자 명단에 다리 불구가 된 민철이 포함되고, 퇴근할 때 사고를 당해서 산재 대상이 안 된다는 민철의 처지를 들으며 최는 가난과 고통에 찌든 환경미화원의 노동현실을 안타까워한다. 민철 역시 사고 당일 새벽에 신시장 입구에서 '희번덕거리는 눈깔'을 봤다는 동일한 체험 이야기를 하자 최는 자기가 본 짐승도 '헛것'이 아닐지 모른다고 짐작한다. 미화원들에게는 '시커먼 고양이' 괴담이 전설처럼 전해져오는데, 온몸이 칠흑같이 까만 고양이가 어둠 속에 있으면 어둠 전체가 고양이의 몸뚱어리로 변하기 때문에 사고가 발생한다는 것이다.

작품 말미에 작가는 최가 신시장 입구로 뛰어가, 백태가 낀 듯 오래 앓아 고름이 그득한 누안淚眼 같은 검은 고양이의 하얀 눈앞에 마주 서는 것으로 형상화한다. 하지만 옛 동료를 광인으로 만들고, 아들을 빵소니차

사고로 입원하게 만든 음험한 노동 현실이 '검은 고양이'의 시선으로 가로놓여 있다. 그러므로 최의 모습은 마치 거대한 쥐 한 마리가 고양이의 아가리 같은 캄캄한 세상으로 질주하고 있는 형상으로 상상된다. 에드거 앨런 포의 「검은 고양이」의 공포를 연상케 하는 이 작품은 신자유주의적 논리가 작동하는 '검은 고양이의 아가리 같은 노동 현실' 속에서 노동자가 그 거대한 현실과 마주하며 한 마리 쥐로 인식될 수밖에 없는 참담한 현실을 포착하고 있는 것이다.

「장마, 정읍에서」는 환경미화원들을 옭아매면서 무의식적 금기처럼 회자되는 시커먼 고양이 이야기를 배면에 깔면서 신자유주의 시대 노동시장의 유연화로 고용불안이 강제되는 환경미화원들의 노동 현실을 형상화한 작품이다. 신시장 입구의 '시커먼 고양이'는 환경미화원들의 생을 음험하게 지켜보는 감시 장치임과 동시에 척박한 노동현실을 강제하는 자본주의 도시의 생리를 상징화하고 있는 것이다.

「너에게 가는 길」은 90년대 중반에 연대 사건으로 감방체험을 한 작가의 후일담 문학에 해당한다. 소설가인 화자는 감옥에서 트럭운전수 박태주의 글을 보며 "삶과 시가 따로 놀지 않아 좋다"(269쪽)라며 문학과 삶의 동일체적 중요성을 강조한다. 그러면서도 다만 '문학적 왜곡'과 '날것의 삶에 질서를 부여하는 정교한 칼질, 횟감을 회로 뜨는 것과 같은 과정'의 필요성에 대해 충고를 한다. 화자에게 그때는 "조금만 더 쳐다오 시퍼렇게 날이 설 때까지"라는 노래를 즐겨 부르던 '선배들의 마조히즘'과 "붉은 기 휘날리며 씨를 말려버리자"라는 노랫말이 이식해준 '사디즘'이 공존하던 시점으로 회고된다.

그러나 출감 이후 '정치인 자서전 대필가'가 된 박태주와 만난 소설가는 입장이 바뀌어 있다. 특히 소설가 선생의 "삶과 시가 따로 놀지 않아 좋다"라던 화자의 말이 큰 힘이 되었으며 화자에게 앞으로 좋은 소설을 썼으면 좋겠다고 멘토처럼 말한다. 감옥에서 '전향'의 의미를 내포한 '반성문' 작성 여부를 놓고 고민하던 화자에게 '순수하고 강직한 곤조'의 표상이었던 박태주는 현실 사회에도 빠르게 적응한 모습 속에서 '운명의 사소함'과 존재론적 무게감을 동시에 고민하게 만들어준 멘토 같은 존재인 것이다.

「너에게 가는 길」은 '자서전 대필작가'라는 모티프로 '후일담 문학'이 제공하는 과거와 현재의 단절감과 공허감을 추적한다. 그리하여 말의 힘을 주목하면서 말이 사람의 운명을 개조할 수 있으며, 운명이란 주체적으로 감당해야 할 몫임을 포착한다. 1996년 연대 사건으로 구속되었던 화자의 감방 체험을 통해 감옥 역시 사람이 살아가는 공간이며 그 공간이 새로운 감옥 바깥의 현실을 준비하는 기간이 될 수도 있음을 직시하면서, 감옥을 갔던 그때와 감옥 바깥에서 살아낸 현실을 중첩시켜 개인의 운명에 대해 질문하고 있는 소설인 것이다.

중심 부재의 시대, 인간에 대한 성찰

손홍규는 끊임없이 질문한다. 중심이 사라진 시대에 인간의 존재성과 가치, 의미에 대한 질문을 반복한다. 과연 한국 사회에서 일상적 개인이 인간의 대접을 받고 있는지, 인간 세계의 현실은 휴머니티를 가장한 '비인적 존재'를 양산하고 있는 것은 아닌지를 반문하게 한다. 그리하여 생장소멸의 운명 속에서 노동과 사랑, 치욕을 감당해야 하는 초라한 인간의 비극적 현실에 대해 탐색하는 작가의 더듬이는 이제 하나의 마디를 형성해 가고 있는 느낌이다. 그 마디가 별종적 존재의 이종적 정체성을 경유하여 인간의 존재론적 국면을 탐색하는 것으로 지속되는 것은 지금 우리 시대의 소중한 성과에 해당한다. 그리고 그 작업이 몽환적 내면 탐닉으로 침잠해버리는 것이 아니라 지금 여기 한국 사회의 현실적 문제점과 모순을 함께 드러내고 있다는 점에서 서사적 긴장을 확보한다.

그러나 손홍규의 작품에서 서사적 긴장의 완화와 유기적 호흡의 느슨함이 드러난다는 점은 아쉬운 대목이다. 소설이 서사의 한 장르라는 점에서 이야기의 얼개가 단단하게 집적되는 내적 필연성의 확보는 무엇보다 중요하다. 하지만 손홍규의 소설은 서사적 완성도 면에서 미흡한 측면이 존재한다. 이를테면 「사람의 신화」에서 화자의 죽음이 모호하게 처리된 점, 「갈 수 없는 여름」에서 화자와 희주의 관계가 흐릿하고 간략하게 묘사된 점, 「폭우로 걸어들어가다」에서 친구와 소년, 화자의 동일성과 차이가 선명하게 드러나지 않는 점, 「아이는」에서 마귀할망구가 이야기하는 아기장수 설화와 화자의 내면이 적절하게 스며들지 못하고 있는 점, 「바람 속에 눕다」에서 환상성이 개연성을 담보하고 있지 못한 점, 「거미」에서 '녀석'과 '다나까'의 동일성과 차이 등이 분명하지 못한 점, 「지옥으로 간 사나이」에서 계화 스님과 지장보살, 어머니와 화자와의 관계가 뚜렷한 서사적 긴장을 확보하고 있지 못한 점, 「장마, 정읍에서」에서 '시커먼 고양이'의 본질이나 속성이 적절히 해명되지 못하고 있는 점, 「너에게 가는 길」에서 화자와 너, 병훈과의 관계가 명확하게 드러나고 있지 않은 점 등은 손홍규의 작품에 대한 긍정적 평가를 주저하게 만드는 요소에 해당한다. 작가의 작품 속 서사적 장치나 인물들의 관계, 상징적 모티프들이 느슨한 얼개 속에서 자칫 단순히 얽어 놓은 수준에만 머무른다면 그것은 소설적 완성도를 떨어뜨리는 핵심적인 요소가 될 수도 있기 때문이다.

그럼에도 불구하고 '21세기적 비인탄생'의 신화를 작성한 작가의 노고에 우리는 충분히 의미를 부여할 수 있다. 그것은 그가 1980년대적 담론이 패퇴된 듯한 혹은 거세된 듯한 공간에서 '1996년생 작가'로서 자신의 자서전적 담론을 통해 한국 사회의 현실적 문제를 예의 주시하면서 문제적 소설을 끊임없이 생산하고 있기 때문이다. 실재적 환상성을 내포한 그의 별종형 인간과 이종적 존재에 대한 천착은 앞으로도 지속될 전망이다. 그리고 첫 창작집에서 착목하고 있는 손홍규만의 색깔 혹은 냄새는 분명 새로운 인간적 형식과 내용을 담지하고 있다. 그리하여 우리는 인간이 되기 위하여 '비인'의 문제를 주목하고 의미화한 작가의 다음 노력을 기대해도 좋은 것이다.

—『작가와 비평』, 2005년 하반기

영원한 오늘을 사는
젊은 날의 초상

황석영의
『개밥바라기별』론

황석영 문학의 현재성

1943년 만주에서 출생한 황석영은 1962년 「입석부근」으로『사상계』 신인문학상을 수상하고, 1970년 「탑」으로『조선일보』 신춘문예에 당선된 이래로 2008년『개밥바라기별』에 이르기까지 노익장이라는 말이 어울릴 만큼 왕성하고 정력적인 활동으로 문학청년 같은 시대의 문제작을 지속적으로 생산하고 있다. 이미 문학사에서는 그를 1970년대에는 「객지」(1971), 「한씨연대기」(1972), 「삼포 가는 길」(1973), 「돼지꿈」(1973) 등의 단편소설로 산업화 시대를 대표하는 비판적 사실주의 작가로, 1980년대에는『장길산』(1984)과『무기의 그늘』(1988)로 독재시대를 우회적으로 증언한 작가로 기록하고 있다. 그는 1990년대에는 사회운동가로서 영어의 몸이 되어 10여 년의 휴지기를 가지다가, 2000년대에 이르러 '돌아온 작가'가 되어『오래된 정원』(2000),『손님』(2001),『심청』(2003),『바리데기』(2007)를 발표함으로써 문단 안팎의 집중적인 이목을 받고 있다.

그가 펴낸 이전 작품들이 당대 사회의 문학적 뇌관을 건드리지 않은 글이 없었듯, 이번에 펴낸『개밥바라기별』도 자전적 성장소설의 한 획을 긋고 있다. 그것은 황석영 이전에 '실존적 개인 황수영'이 있었고, 60대에 이른 '작가 황석영'이 황수영의 내면을 장악했던 20대 초반 전후의 흔적을 주인공 '유준'의 이름 아래 해체하고 재구성하고 있기에 가능하다. 특히 작가는 유준의 진솔한 자기 고백과 여러 친구들의 증언을 통해, 축축한 습기에 젖은 우울한 시대를 살아낸 1960년대의 한 젊은이를 입체적으로 조감함으로써 다면체적 정체성을 지닌 존재로 형상화한다. 그리하여 유준은 황수영이 지나온 숱한 흔적의 조합이 되어, 황석영의 60여 년 생의 공력이 모여 빚어낸 젊은 날의 자화상이 된다. 그 초상은 1960년대라는 시대적 굴레를 기반으로 탄생했지만 당대를 벗어나 2000년대에도 충분한 공감을 획득하고 있다. 그것은 청소년에서 청년으로 변모하는 숱한 청춘들이 여전히 가정과 학교와 사회의 울타리 안에서 합리성의 이름으로 강제된 규율 속에 힘겹게 제도화와 사회화의 과정을 겪어내고 있기 때문이다.

성장통은 생리적 현상을 넘어선 실존적·심리적·물리적 현상으로 작동한다. 그것은 사회적 개인이면 누구나 겪어내야 할 통과의례에 해당한다. 하지만 학교라는 훈육적 제도화의 흐름 안에서 규율을 내면화한 사람만이 정상성의 이름으로 제도권 내부에서 자신의 생존과 생활과 생계를 이어갈 증표를 획득하게 된다. 끈끈한 학연과 지연이 작동하는 제도권으로부터의 일탈을 감행한 1960년대의 초상이 2000년대의 우리들에게 묻는다. 실상 너희들도 별반 달라진 것 없지 않느냐고. 그럼 과연 변한 것은 무엇이고 변하지 않은 것은 무엇인가? 이 작품을 읽는 내내 이런 질문을 던지는 동안 독자는 나르키소스처럼 호수에 비친 자기 얼굴을 들여다보게 될 것이다. 우리는 유준이라는 거울을 통해 궤도를 이탈한 자가 겪어낸 청춘의 방황을 지켜보면서 나르키소스적 비애와 공감을 확인할 수 있는 것이다.

축축한 습기를 머금은 '광기의 시대'

『개밥바라기별』은 '개밥바라기별'을 닮은 유준의 성장 기록이다. 그 별은 대위 장씨의 말처럼 잘 나갈 때의 샛별이 아니라 서쪽 하늘에 쏠리고 몰려서 밝게 빛나는 별이라 어쩐지 '쓸쓸해서 예쁜 존재'로 각인된다. 작가에 의해 유준이라는 1960년대의 일탈적 개인은 40여 년의 세월을 지나 2000년대의 우리 앞에 당도한다. 「객지」의 말미에서 "꼭 오늘이 아니라도 좋다"라는 낙관주의적 전망을 피력한 지 40여 년이 지난 지금, 『개밥바라기별』을 통해 작가는 '오늘'이라는 화두를 통해 현재적 삶의 중요성을 강조한다. 그것은 성장통을 거치며 험난한 파고를 헤쳐온 한 젊은 영혼을 자신의 일기장에서 끄집어내어 새로운 인물로 주조하면서 가능해진다.

『개밥바라기별』은 유준이 1967년 겨울 베트남 파견병으로 결정되어, "죽거나 아니면 살아남거나 둘 중의 하나"의 인생이 자신의 앞에 놓여 있음을 감지하고는 입대 전 일을 회고하는 것에서 시작된다. 준은 2박 3일간의 특박증을 끊고 서울역에 와서 서울이 "온갖 외로움과 방황"의 집적 공간이자, 언제나 비 오는 날과 같은 "육십년대의 축축한 습기"(11쪽)가 배어 있는 장소임을 체감한다. '축축한 습기'는 방황하는 청춘의 몸에 감기는 음산한 시대의 징후를 의미한다. 그렇게 습기찬 시대 안에서 준은 "파충류의 허물"(14쪽) 같은 이물적인 표피와 흉물스런 존재감을 확인한다. 그가 머물던 다락방의 벽에는 그 시대를 증언하는 "미친 새는 밤새껏 울부짖는다"(15쪽), "나는 가우데아무스 이기투르에 맞추어 젊음을 제^祭 지내고 있네"(15쪽), "바다 바다, 그리고 마그네슘"(15쪽) 등의 낙서가 남아 있다.

첫 번째 글귀의 연원은 공중변소를 집으로 삼던 미친 여자가 얼어 죽은 것과 연관되고, 두 번째 글귀는 그림쟁이 친구 장무가 죽기 전에 보내온 엽서에 씌어 있던 것이며, 세 번째 낙서는 성난 파도를 향해 수음을 하던 퇴학 친구 인호가 발레리의 시 「잃어버린 포도주」를 패러디한 구절이다. '미친 새의 울부짖음', '젊음의 제의^{祭儀}', '바다와의 수음 결혼' 등은 막막하고 답답한 시대 앞에서 한 개인이 얼마나 무기력한 저항을 시도할 수밖에 없는지를 보여준다.

이러한 표현과 기억이 표상하는 허무주의적 태도와 상징수의적 세계 인식은 이미 1970년대에 작가의 단편소설 「가화」(1971)와 「아우를 위하여」(1972), 「몰개월의 새」(1976) 등에서 표출된 바 있다. 1950년대 한국전쟁이 야기한 폐허적 절망의 후과를 벗어나지 못한 1960년대에, 젊은이들은 질식할 것 같은 답답증 속에 눅눅하고 끈적끈적한 분위기에 휩싸여 있었던 것이다. 거기에는 자포자기적 순응이냐 탈체제적 저항이냐 라는 선택지가 있을 뿐이다. 준은 거부의 몸짓으로 궤도를 이탈하려 한다.

궤도를 이탈한 소행성

　　등산반이었던 준은 교실에서 언제나 시시한 농담꾼의 역할을 담당하지만, 1960년 4월 시청 앞 광장에서 중길이가 총에 맞아 죽은 뒤로 죽음의 현재성을 내면화하게 된다. 그리하여 자신은 이미 "궤도에서 이탈한 소행성"(41쪽)이기에 자기만의 행로를 개척할 것임을 강조한다. 자기정체성에 대한 고민 속에 준은 사람들 앞에서는 자기방어적 태도로 일관한다. 이러한 태도는 "자산가의 흔적만을 자존심처럼 갖고 살던 월남한 피난민의 도련님"(44쪽)으로 자신을 키워낸 부모님의 영향 때문이다. 이렇게 개화된 지식인의 중산층 의식은 준에게 견딜 수 없는 허위의식으로 여겨진다. 그리하여 겉으로는 삐에로 같은 재담꾼의 역할을 감당하지만, 속으로는 "교실 안의 공상가"(49쪽)가 되어 이중의 포즈를 취하게 된다.

　　소싯적부터 모범생으로 칭찬만 들으며 "사물을 상징화하는 힘은 직관에서 나온다"(53쪽)라는 철학자의 말을 신뢰하던 준은 학업을 게을리 하여 결국 낙제해서 다시 1학년을 다니게 된다. 이때 준은 제도권으로부터의 일탈을 감행하여 암벽타기에 중독이 되면서 자퇴를 결행한다. 학교 자체가 강제적 규율로 학생을 보호대상화 하려는 허위적 공간에 불과하며, 감옥이나 정신병원, 학교 등이 비정상적인 행동을 오히려 조장하고 있다는 사실을 익히 알고 있기 때문이다. 준은 학교의 등급과 위계질서가 곧 권력과 재산의 기초가 되는 현실을 받아들이기 어려워한다. 학교 교육이 창의적 지성 대신 획일적 체제 내의 인간을 요구하고 지배력을 재생산하고자 하기 때문에 학교를 떠나는 것이며, 제도와 학교가 공모한 틀에서 벗어나 자신만의 방식으로 삶을 표현할 것을 작심한다. 준은 정수가 지은 "그러나 / 감자밭을 적시기엔 / 아직 적다"(101쪽, 「봄비」)라는 단시를 자주 거론하면서, 자신을 연결자라고 생각하며 북한산 자락의 굴 생활에서 명상에 젖어들어 자연스레 직관 훈련을 하게 된다. 이때의 암벽타기에 대한 열정과 명상은 「입석부근」(1962)에서, 학교 제도에 대한 비판은 「열애」(1988) 등에서, 「봄비」라는 시의 내용은 『오래된 정원』(2000)에서 현우와 윤희의 시대적 사랑을 은유하는 등 다양하게 변주되어 형상화된 바 있다.

1961년 산에 있을 때 5·16군사쿠데타가 발생한 사실을 들은 뒤 산을 내려온 준은 목적지를 정하지 않고 충청도와 전라도를 무전여행한다. 한 달 간의 여행에서 돌아와 명문고교의 어린 신사들의 모임이 엘리트 놀이에 지나지 않음을 간파한다. 하지만 그들의 매력이 자기 존재와 생각을 서투르게 드러내지 않으면서, 다른 것에 빗대어서 우회적으로 표현하는 것에 있다는 것 역시 인정하게 된다. 창백한 학삐리이자 불량배였던 준은 공업학교 야간부에서 간신히 고교를 졸업한다. 친구들이 「입석부근」이 실린 『사상계』를 보여주고, 준은 부엌 마루에 앉아서 어머니에게 자신의 작품을 읽어드린다. 처음으로 자신이 쓴 글을 소리내어 읽어

보는 셈이다. 준의 어머니는 책을 쓴다는 것이 좋은 일이지만 "제 팔자를
남에게 다 내주는 일"(194쪽)이라고 말한다. 이미 준의 어머니는 궤도를
이탈한 이야기꾼의 미래를 예견하고 있었던 것이다.

자아 정체성 찾기

준은 당시의 다른 친구들처럼 여자애들에게 연애감정을 느끼지 못한
채, 자신의 또다른 존재감에 몰두한다. 그 이질적 존재감의 존재는 언제
나 "몸 근처의 한 걸음 곁에 따로 떨어져서" 자신을 "의식하고 관찰하고
경멸하거나 부추"기는 존재이다. 준은 "그 부자연스러운 느낌을 안과 바
깥이라는 불완전한 말로 표현할 수밖에 없"(198쪽)다고 진단한다. 그렇
게 자기를 이원화하면서 안과 바깥으로 분열된 자기 자신의 모호한 정체
성을 선명화하기 위한 탐색에 정신이 팔려 있었던 것이다. 이러한 자기
동일성 획득을 위한 진지한 노력은 미아에게 이용악의 「그리움」, 정지용
의 「고향」 등의 월북한 행불자들의 시를 읊어주고 소월의 「산」 등의 시
를 읊어주는 것에서 두드러진다. 탈향자들에 대한 그리움이 자기 정체성
찾기의 원형질에 해당하는 것이기 때문이다.

준은 대학에 진학한 뒤에 여름방학이 끝나갈 무렵, 미아와 인천에서
연락선을 타고 섬으로 들어간다. 태풍으로 섬에 갇힌 미아와 처음으로
잔 뒤에 처음에는 싱겁고 서두른 느낌을 가지지만 점점 차분해지고, 태

풍이 끝난 뒤 집에 오자 미아가 보고 싶어진다. 미아를 향한 그리움은 무미건조하던 준의 "어느 은밀한 곳에 금이 가거나 구멍이 뚫린 것 같은 느낌"과 함께 "배에서 명치 끝까지 이상하게 불안한 안달"을 갖게 한다. 그것은 "물을 채운 컵을 들고 조심스레 걸을 때에 느끼던" "가벼운 불안"(238쪽)을 야기하는 것이다. 그러나 준은 멀리서 미아를 지켜볼 뿐 적극적으로 관계에 몰두하지 않는다. 분열된 정체성을 극복하기 위해 자기자신에게 지나치게 사로잡혀 있었기 때문이다.

준은 미아의 이야기에 실컷 맞장구를 치다가도 끝날 때쯤이면 "그러니까 결국은…… 덧없어"(243쪽)라는 식의 맥 풀리는 이야기를 한다. 이때의 준은 미와 추, 영원성과 순간성에 대한 직관적 인식 속에 허무주의적 색채를 강렬하게 표출한다. 허망한 태도로 무상감에 사로잡혀 있던 준은 아주 못생긴 광대의 이야기인 「가객」을 집필하면서 자신의 현실초월적 태도를 드러낸다. 무상한 시간 속에 불만족스러운 현재적 자아로부터 벗어나려고 안간힘을 쓴 것이다. 그리하여 생의 좌표를 잃어버렸던 준은 서울을 떠나 팔자를 한번 바꿔서 살아 보련다며 떠돌이 노동자인 서른세 살의 대위 장씨와 일터를 찾아 떠돌이 생활을 시작한다.

'오늘'을 사는 젊음

한일회담 반대 데모를 하다가 잡혀간 준이는 경찰서 유치장에서 만난 대위 장씨와 함께 떠돌이 생활을 시작한다. 농촌, 어촌, 막노동판 등등을 떠돌며 막노동으로 생활하던 준이는 "살아 있음이란, 그 자체로 생생한 기쁨"(257쪽)임을 느낀다. 대위는 "누구든지 오늘을 사는 거야"(257쪽)라고 말한다. 거기에는 "고해 같은 세상살이도 오롯이 자기의 것이며 남에게 줄 수 없다"(257쪽)라는 인식이 밑바탕에 깔려 있다. 즉 땀내나는 삶을 체험한 현장에서 느끼는 강렬성과 현재성이 생의 의미로 작동하는 것이다.

준은 오징어잡이를 하면서, 목마르고 굶주린 자의 식사처럼 맛있고 매순간이 소중한 삶이 어디에 있는가를 질문하며 살아간다. 신탄진 공사판에서 일하면서 준은 "어쨌든 어디서나 사람은 살아가기 마련이고 가장 힘든 고비가 지나면 나날이 그런대로 괜찮다"(268쪽)라고 느낀다. 그때 대위는 "잘 나갈 때는 샛별"이지만 "저렇게 우리처럼 쏠리고 몰릴 때면 개밥바라기"라고 덧붙인다. 그 말을 들으면서, 준은 "어쩐지 쓸쓸하고 예쁜 이름"(270쪽)이라고 생각하며 머릿속에 새겨넣는다. 둘의 삶을 적절히 비유한 상징의 언어가 육체노동자의 체험적 발화로 표출되어 생의 진리로 수용할 수 있었기 때문이다. 그러나 두 해만에 서울로 돌아온 준은 글을 쓰지 못한 채, "세상의 표면만이 또렷할 뿐 나는 아무것도 아니"며, "글을 쓸 수 없다면 내 존재는 없는 거나 마찬가지"기에 "잘못 돌아왔다"(262쪽)라고 판단한다. 그리하여 오십 알 정도의 세코날을 먹고 표피적이고 허망한 생을 마감하기 위해 자살을 결행한다. 그러나 다행히도 닷새째 오후에 깨어난 그는 '오늘'을 살아내기로 다짐한다.

부대로 복귀하기 전 옛 애인인 미아를 만나려다 못 만난 준은 기차역에서 부대를 향해 떠나면서 "이제 출발하고 작별하는 자는 누구나 지금

까지 왔던 길과는 다른 길을 갈 것"(282쪽)이라고 생각한다. 출발은 새
로운 행로의 시작임을 인식한 것이다. 그리하여 베트남 행에서 "문득 이
제야말로 어쩌면 영원히 돌아올 수 없는 출발점에 서 있음"(282쪽)을 깨
닫는다. 그러면서 대위의 말대로 "사람은 누구든지 오늘을 사는 거"(282
쪽)라는 사실을 확인하면서 기차를 탄다. 베트남행을 받아들이는 준은
하나의 성장통을 겪어낸 성인이 된다. 이제 그의 앞에는 『무기의 그늘』
에서 보이듯, 미국의 자본과 살육이 난무하는 베트남에서의 제국주의 전
쟁이 빚어놓은 추악함을 증언할 연결자로서의 역할이 놓여진다.

허무주의에서 현실주의로

『개밥바라기별』에서 주인공 준의 입체적 면모는 1인칭 화자로서의
자신의 기억과 더불어 문예반원 영길, 조경사가 꿈인 인호, 상진, 정수,
선이, 미아 등의 친구들의 관점에서 바라본 준의 형상이 더해져 비로소
확보된다. 준은 준이라는 독립적 개체이지만 타자의 관점이 포개질 때
비로소 전체성을 획득하는 입체적 주체가 될 수 있기 때문에 이러한 방
식의 글쓰기를 시도한 것이다. 그리고 그러한 접근은 진중하면서도 무겁
지 않은 성공적 성장소설의 한 전형을 보여준다.

작가는 '작가의 말'에서 『개밥바라기별』이 자신의 문학적 연대기의
기술에서 하나의 새로운 표지석이 될 것이라고 말한다. 그 까닭으로 「입

석부근」,「가화」,「가객」,「밀살」(1972),「부활 이전」(1960),「출옥일」
(1961) 등의 작품을 쓰던 때와 원고 자체를 잃어버린「우화」를 쓰던 때
가 이 작품에 녹아 있기 때문임을 거론한다. 그리고는「객지」와「가화」
사이의 거리감을 이해하지 못하는 이들에게 이 작품이 하나의 매개 역할
을 할 것임을 피력한다. 이러한 작가의 말이 지닌 효력은 20대 전후의 비
판적 허무주의의 태도를 견지한 황수영, 40년 넘은 필력으로 무장한 60
대 작가 황석영, 떠도는 영혼에서 새로이 출발점에 서 있는『개밥바라기
별』의 유준 등을 종합하면서 감지될 것이다.

　『개밥바라기별』은 황석영의 초기 작품에 입혀져 왔던 사회비판적 사
실주의 색채 이전에 치열하게 자아를 탐색했던 허무주의적 태도, 실존주
의적 경향, 초월적 상징주의 미학이 존재했음을 보여준다. 이 중 어느 하
나의 범주로 한 작가를 옭아매는 것만큼 어리석은 일도 없을 것이다. 작
가 황석영은 자전적 성장소설을 통해 자신의 세계가 입체적으로 조망되
기를 바란다. 그리고 그것이 2000년대의 독자를 위해 작가가 던지는 메
시지가 될 것이다. 이렇게 40여 년 전의 과거와 현재는 진지한 성장통을
내장한 소설 속에서 적극적 대화를 통해 시대적 간극을 좁혀오고 있다.
거기에서 우리는 '쓸쓸해서 예쁜' 나만의 '개밥바라기별'을 소유하게 될
것이다.

—『문예연구』, 2008년 겨울호

남북을 횡단하는 '낭만성'의 표상

홍석중의 『황진이』론

남북한 문학 교류의 점이지대 확장

    홍석중의 『황진이』는 민중적 계급성의 표상인 '놈이'와 자유연애주의자의 표상인 '황진이'의 연애담을 중심으로 북한식 에로티시즘의 현재적 양상을 보여준다. 물론 『황진이』가 보여주는 에로티시즘의 양상은 역사적 실존인물을 토대로 한 역사소설이라는 점에서 북한의 현실 사회주의의 모습을 소재로 한 작품에서 드러나는 애정의 양상과는 사뭇 다르게 표출된다. 북한 소설에서 남녀의 사랑은 동지애적 관계와 올곧은 신념에의 확인이 감정 교류에 우선하는 것으로 그려지기 때문에 자유주의적 감성이나 본능에 충실한 남녀 관계는 찾아보기가 어렵다.[1] 특히 개인의 욕

---

[1] 졸고, 「북한식 사랑법을 찾아서」, 김종회 편, 『북한문학의 이해 3』, 청동거울, 2004.

망보다는 공적 담론에 충실한 '혁명적 사랑'의 유형이 사회적으로 공인
받고 있기 때문이다.[2]

벽초 홍명희의 손자이자 국어학자 홍기문의 아들로 익히 남한 사회
에 알려진 홍석중은 1941년 서울에서 태어나 1969년 김일성종합대학
어문학부를 졸업하고 1970년 단편소설 「붉은 꽃송이」를 발표하였으며,
1979년 조선작가동맹 중앙위원회 작가로 창작활동을 시작한 이래로 다
부작 역사소설인 『높새바람』(1983)을 통해 작가적 지위와 명성을 높이
고 있는 작가이다. 홍석중의 『황진이』(2002)가 남한에 소개되어 2004년
판매되고 만해문학상을 수상한 이후, 기존에 발표된 1930년대 이태준의
『황진이』(1938), 1970년대 최인호의 「황진이」 연작(1972)과 정한숙의
『황진이』(1973), 2000년대 김탁환의 『나, 황진이』(2002), 전경린의 『황
진이』(2004) 등의 작품들과 함께 다시금 주목을 받으면서 『황진이』는
남북한 문학의 이질성과 동질성을 확인할 수 있는 작품으로 세간의 관심
을 집중시킨 바 있다.

홍석중의 『황진이』에 대해 남한 평자들은 '조숙한 자유인의 초상'(최
원식)을 읽어내기도 하고,[3] 비극적 사랑과 민중적 사랑의 힘(황도경)을
짚어내기도 하며,[4] 계급을 초월한 에로스적 사랑의 모습(박태상)을 주목
하기도 하고,[5] 북한소설의 이례적 예외성으로 '인민주의적 상상력과 민

---

2 고인환, 「북한소설에 나타난 사랑의 존재 방식과 이원적 서사구조」, 『결핍, 글쓰기의 기원』,
   청동거울, 2003.

3 최원식, 「남과 북의 새로운 역사감각들—김영하의 『검은 꽃』과 홍석중의 『황진이』」, 『창작
   과비평』, 2004년 여름.

4 황도경, 「황진이, 꽃으로 피다—홍석중과 전경린의 '황진이'」, 『문학동네』, 2004년 겨울.

5 박태상, 「북한소설 『황진이』 연구」, 『북한의 문화와 예술』, 깊은샘, 2004.

중 황진이'(김경연)를 평가하기도 하며,[6] '황진이'를 분열과 욕망, 탈이데올로기적 표상(우미영) 등을 보여주는 인물로 검토하기도 하고,[7] 질박한 어휘력을 통해 드러난 놈이와 황진이의 비극적 사랑(김재용)을 주목하기도 하며,[8] 확고한 사회주의적 계급관을 표방하는 '놈이'의 설정을 통해 이념적 세계관에 기울어진 북한소설(김종회)로 읽어내기도 한다.[9] 이상의 평론들을 살펴보았을 때, 이 작품이 '민중적 계급성'과 '자유로운 에로티시즘의 결합'이라는 차원에서 새로운 북한소설의 전형으로 주목되고 있음을 확인할 수 있다. 특히 '에로티시즘'의 측면에 주목하여 고찰한다면, 남북한 문학 교류의 점이지대를 확장하는 작품으로 검토될 수 있는 것이다.

홍석중의 『황진이』는 '황진이'라는 역사적 실존인물에 대한 낭만적 접근에서뿐만 아니라 민중성과 계급성을 덧씌워 해석하고 있다는 점에서 흥미로운 작품임에 분명하다. 특히 '황진이'는 남북을 아울러 남성 중심 권력에 저항하는 기표로 활용되기도 하며, 자유로운 예술적 영혼의 소유자로 그려지면서 문학적 흠모의 대상으로 자리매김되기도 하고, 낭만적 에로티시즘의 정수로 그려지기도 한다는 점에서 남북 모두가 연정을 품을 만한 표상이기 때문이다.

---

6 김경연, 「황진이의 재발견, 그 탈마법화의 시노들」, 『오늘의 문예비평』, 2005년 여름.

7 우미영, 「복수(複數)의 상상력과 역사적 여성─최근의 '황진이' 소설을 중심으로」, 『여성이론』 12호, 2005년 여름.

8 김재용, 「"운우의 꿈을 깨니 일장춘몽이라…"─비극적이지만 아름다운 사랑이야기」, 『통일문학』, 2003년 겨울.

9 김종회, 「북한대표소설의 계급적 관점과 탈계급적 관점─홍석중의 『황진이』가 우리 문학과 같은 점, 또는 다른 점」, 『문학사상』, 2004.5.

'낭만성'의 개념과 범주 설정

홍석중의 『황진이』가 기존 북한소설이 보여주고 있는 이데올로기적 경직성을 넘어서고 있는 모습은 '낭만성' 때문이라고 판단된다. '낭만성' 개념은 '낭만주의 문학'이 '감정, 자연, 상상력'을 중시하면서 '감성의 해방, 무한에 대한 동경과 불안, 질서와 논리에 대한 반항'[10]을 드러낸다고 범주를 설정하는 것에서 유추할 수 있다. 즉 '자유로운 감성의 표출과 기존 현실에 대한 불만 속에 미지에 대한 동경과 불안, 열정 등을 표출하는 속성'을 '낭만성'이라고 정의할 수 있다. 이런 점에서 유추할 때 홍석중의 『황진이』는 '낭만성'을 표상하는 작품이다. 소설의 낭만성은 기생 황진이를 둘러싼 인물들, 즉 계급성을 체현한 인물로 형상화된 '놈이'와 리충남, 김희열, 서경덕, 리사종 등의 양반들을 비롯하여, 진이와 놈이의 비극적 사랑을 현실속에서 낭만적으로 대리 실현하는 이금이와 괴똥이 등의 인물들을 통해 구현된다.

낭만주의적 역사소설 『황진이』는 16C 조선시대 남녀 간의 사랑을 주목한다. 따라서 기생 황진이를 둘러싼 낭만적 사랑과 열정이 작품의 전면에 깔려 있다. 북한에서는 '낭만주의'를 "작가, 예술인들의 희망과 리상에 따라 그들이 바라는 생활을 조건적인 형식으로 보여주는 문학예술의 창작방법 또는 사조"로 정의한다. 그리고 김정일의 지적을 들어 "랑만주의문학예술은 거기에 표현된 창작가의 지향과 념원이 지나간 과거

---

10 이선영, 『문예사조사』: 고소웅, 「낭만주의」, 민음사, 1986.

를 향한것인가 아니면 미래를 향한것인가 하는데 따라 반동적인것과 진보적인것으로 갈라집니다. 우리가 보통 랑만주의라고 할 때에는 진보적 랑만주의문학예술을 념두에 둡니다"[11]라고 명시하면서 주정토로가 많고 서정성이 강한 문학임을 강조한다. 또한 '역사소설'을 "지난날의 력사적 사실과 인물들을 취급한 소설"로 개념 정의하면서 "력사소설에서는 지나간 력사에서 의의있는 사건들과 인물들을 형상하며 그것을 통하여 해당 력사적시기의 사회계급적 및 경제문화적 관계와 민족적풍습과 생활세태 등을 구체적으로 생동하게 보여준다"[12]고 설명하면서 '력사적주제작품'으로 홍석중의『높새바람』등을 예로 든다.

그러나 홍석중의『황진이』는 북한에서의 '낭만주의'와 '역사소설'에 대한 사전적 정의에서 한걸음 비껴 서 있다는 점에서 남한 독자들에게 북한문학의 유연성을 보여주는 작품으로 읽힐 수 있다. 즉 미래가 아니라 '조선'이라는 과거를 대면하고 있으며, 역사 자체의 사실적 복원이 아니라 황진이라는 개인의 에로티시즘적 양상을 들여다보고 있기 때문이다.

홍석중의『황진이』는 모두 3편으로 구성되어 있다. '제1편 초혼'(전26장)에서는 진이가 양반집 고명딸로 태어나 놈이와의 애정 속에 기생이 될 것을 결심하는 부분까지 서술된다. 그리고 '제2편 송도삼절'(전26장)에서는 기생 생활에서 만나는 다양한 남성들과의 관계를 추적하고 있으며, '제3편 달빛속에 촉혼은 운다'(전20장)에서는 류수사또와의 갈등속에 '놈이'가 효수 당한 뒤 송도를 떠나는 이야기가 그려진다. 마지막으로 '그후의 이야기(1546년 병오년 가을)'에서는 리사종과 진이가 방랑

---

11 사회과학원,『문학대사전2(ㄹ~ㅂ)』, 사회과학출판사, 주체89(2000), 24쪽.

12 사회과학원, 위의 책, 32~33쪽.

생활을 하는 이야기와 황진이 사후 임제가 황진이의 무덤을 찾는 이야기
가 덧붙여진다.

　본고는 작품의 서사적 흐름을 따라가면서 소설『황진이』가 그려내는
'낭만성의 표상'을 통해 조선시대를 읽어내는 북한 작가의 구체적 표정
을 검토하고자 한다. 그 작업은 북한문학의 현재성과 낭만성을 우회적으
로 독해하는 방편일 것이기 때문이다. 그리고 그러한 우회적 독법은 오
랜 분단 체제로 인해 이질화된 남북한 문학의 공분모적 점이지대를 확장
하는 초석이 될 수 있을 것으로 판단된다.

신분 차이에 의해 파열되는
낭만적 환상

―제1편 초혼

1. 외곬수적 사랑과 의리의 화신
―'놈이'의 낭만성

　황진이의 연인으로 홍석중의 텍스트에 새로이 기입된 '놈이'는 '제1편
초혼'에서부터 양반 계급에 대립하는 하층민 남성의 표상으로 그려진다.
역사소설임에도 불구하고 계급성을 전면에 내세우는 것은 주체사실주의
에서 강조하는 '종자'를 장악하기 위한 장치에 해당한다. 허구적 인물인

‘놈이’는 황진사댁에 드난살던 하인의 아들로 태어났기에 원래는 종이 아니다. 하지만 일곱 살에 아비를 잃고 어미가 장돌뱅이를 따라 도망간 뒤 의지가지 없는 천애고아가 되어 황진사댁 하인방에서 눈칫밥을 먹으며 잔뼈를 키워 ‘불악귀’ 같은 존재로 성장한다. 황진사댁 고명딸인 5세 진이에게 ‘애기씨와 참년’이라는 호칭을 번갈아 부를 정도로 울뚝불뚝한 ‘놈이’는 진이가 상놈이 량반에게 욕하면 되느냐고 하자, “개 팔아 두량반 소 팔아 세량반 하는 그 량반 말이냐?”라고 조롱할 정도로『춘향전』의 방자나『봉산탈춤』의 말뚝이의 성정을 닮아 있는 인물로 형상화된다.

황진사가 작고하던 해 12세이던 놈이는 7세 진이를 데리고 4월 초파일에 등불놀이 구경을 갔다가 발각되어 더 이상 진이와의 놀이가 금지되자, ‘참나무잎에 첫물앵도’를 진이에게 선물한 뒤 사라진다. ‘훌륭한 사람’이 되어 나타나겠다는 속다짐을 했지만, 이후 10년 동안 여릿군·도두목·화적패 노릇 등을 거친 ‘놈이’는 신분의 차이를 강요하는 전근대적 질서의 한계를 넘어서지 못한 채로는 ‘훌륭한 사람’이 될 수 없음을 깨닫고 황진사댁에 조용히 다시 들어오게 된다. 황진사댁의 바깥일과 안일을 도맡아 주관하는 ‘차지’가 된 ‘놈이’에게 진이는 예전처럼 상전답게 천연스럽고 놈이는 하인답게 공손스러운 관계를 유지한다.

그러나 진이의 친어머니가 논다니 ‘현금’이라는 사실을 알게 된 놈이는 자신이 흠모하는 진이를 서울 윤승지댁 도령에게 빼앗길 수 없다는 집착으로 진이의 출생의 비밀을 윤승지댁에 알려 파혼을 하도록 만든다. 놈이가 진이의 신분을 양반에서 종으로 추락하도록 만드는 것은 ‘욕망과 양심’ 사이에서 진이를 향한 애정을 해소할 길 없었던 낭만적 애욕의 표정을 보여준다. 북한의 현대소설에서는 대개의 긍정적 주인공이 놈이처럼 사적 욕망의 성취를 위해 양심을 저버리는 행동을 하지 않는다는 점을 감안한다면 북한식 애정 소설의 새로운 양상을 제시하는 부분으로 해석할 수 있다. 유년시절 진이와의 기억을 평생의 낭만적 환상으로 품고 있는 놈이의 일방향적 사랑의 감정은 조선시대의 계급적 구조에 대한 비판적 각성을 거친 이후에도 변함이 없다. 놈이는 전형적인 '낭만의 화신'으로 특이하게 그려지고 있는 것이다.

2. 양반에서 종의 신분으로의 전락
―진이의 낭만성

진이는 어려서부터 뛰어난 문장 솜씨, 빼어난 글씨, 절묘한 가야금 기예, 천하절색의 외모로 이름을 날린다. 18세가 되어 서울 윤승지댁 자제와 정혼을 하게 된 진이는 정혼 이후 자신의 낭만적 미래에 대한 환상을 독백한다. 어릴 적부터 '위선과 거짓'에 대한 저항감을 가지고 있던 진이는 하늘이 '사랑'을 위해 아름다운 자연을 만들어주었다고 생각하며, 얼굴도 모르는 정혼자를 향한 열렬한 사랑의 감정 속에 '불안스러운 안도감'(31쪽)을 느낀다. 이렇듯 양반 사회가 제공하는 '사랑의 완성'에 대한 낭만적 환상에 빠져 있으면서도 진이는 스스로를 붙임성이 없고 욕구불만에 몸부림치며 안존하지 못하고 무모할 정도의 '위험한 열정의 소유자'로 인식한다. 그리하여 사내옷으로 갈아입은 채 번잡한 길거리를 활보하며 "오, 자유여! 자유로운 귀신이 묶이운 신선보다 낫고 여윈 자유가 살진 종살이보다 낫다"(78쪽)라면서 '자유로운 영혼'이 되기를 갈망한다.

하지만 금지구역인 청교방 큰길 색주가로 들어서면서 '소름 끼치도록 무서운 느낌'과 더불어 '섬찟함'을 느끼게 된다. 자신의 낭만적 세계 인식과는 다른 세계가 존재함을 어렴풋하게 확인하게 되기 때문이다. 또한 상상의 정혼자를 향해 달콤한 사랑을 토로하던 진이는 자신의 친어머니 장례행렬인 줄도 모른 채, 밝고 경쾌한 음악과 함께 상복 없이 화려한 채색옷을 입은 여인들의 기괴한 행렬(줄무지장)을 지켜본다. 자신과 다르면서도 유사할 어머니의 장례 행렬을 보면서 진이는 자신의 미래적 표정을 선취하게 되는 것이다.

달콤한 낭만적 환상과 섬찟한 현실 세계 사이에 두 발을 걸치고 있던 진이는 어머니로부터 파혼을 통보 받은 이유를 듣는다. '교전비 현금'이 친어머니임을 친어머니 사후에야 깨닫게 되는 것이다. 그후 그토록 존경과 사랑의 대상으로 흠모하던 '황진사'가 실은 단지 색마에 불과했음을 알게 된 진이는 '사랑'에 대해 막연한 환상을 품고 있던 양반소녀에서 종의 신분으로 격하되어 "그러니 이제부터 나는 누구란 말인가?"(139쪽)라는 질문 속에 자기정체성에 대한 회의를 진행하게 된다.

위선과 거짓의 허울이 벗겨진 황진사는 진이에게 위인이나 성현들의 신비한 우상이 '가공된 진실'에 불과한 허상임을 직시하게 한다. 그리하여 '아버지의 족자 두 폭'을 불태워버리는 것을 시작으로 자신의 환골탈태를 준비한다. 이후 자신을 사랑하다 상사병으로 죽은 또복이의 장례 행렬에 자신의 '혼수였던 꽃무늬의 붉은 슬란치마'를 꺼내어 관곽을 덮으며, 죽은 혼백과 저승의 사랑을 약속한다. 이제 그녀는 사랑의 감정을 송두리째 죽은 혼백한테 바쳤으므로 이승의 목숨이 다할 때까지 사랑을 상실한 '목석 같은 여인'이 되었음을 선포하는 것이다.

마지막 허물벗기에서 가장 중요한 몫을 놈이에게 맡기려는 진이는 자신의 향후 삶을 '색주가의 논다니가 되는 길'로 선택한다. 그리하여 청루로 가려는 진이는 믿음직하고 성실한 기둥서방이 필요하다며 '여인의 정절'이 자신의 발목을 묶는 '거추장스러운 착고'와 같은 것이기에 놈이에게 귀밑머리를 풀어달라고 이야기한다. 간절하고 안타깝고 애절한 놈이의 눈빛을 받으면서 진이는 놈이와 몸을 섞게 되고, 멀리서 봉은사의 종소리가 양반으로서는 이미 죽은 '옛 진이의 넋'을 보내려는 애절한 초혼의 메아리처럼 구슬프게 울어댄다.

결국 양반에서 기생으로 전락한 진이의 허물벗기는 '아버지의 족자 불 사르기→놈이가 친어머니를 만났던 자남산 중턱에 가보기→친어머니의 묘소 찾아보기(인륜의 도리이자 핏줄을 받아들이는 용감한 의식)→청교방 색주가 장덕집에 들러 색주가 여인들에게 큰절 올리기→또복이의 장례때 혼례옷 바치며 저승 사랑 약속하기→놈이에 의한 귀밑머리 풀기'라는 단계를 거쳐 '양반 진이의 죽음'과 '기생 진이의 탄생'이라는 양가적 '초혼 제의'로 완성된다.

여성적 자유혼의 표상, 기생 진이의 연애담

—제2편 송도 삼절

2편 서두에 '불학무식한 리왕가'라는 표현에서 알 수 있듯이 조선 왕조에 대한 비판의식으로 시작하는 2편은 도학군자인 척하는 리충남을 생과부로 위장한 명월이 유혹하는 내용을 필두로 하여 진이의 기생 생활을 형상화한다. 리충남의 빈정거리는 찬웃음이 모계의 유전이며, 술집 작부였던 5대조 할머니의 가살스러운 천성이 그에게 이어지고 있다는 서술자의 말(168쪽)은 핏줄에 대한 유전 의식을 강조하는 작가의 세계관을 보여준다. 이 부분을 확대해석한다면 결국 '피는 못 속인다'인데, 이것은 암묵적으로 '김일성—김정일'의 세습체제의 정당성을 확보하는 표현으로도 읽을 수 있다. 이것은 수직적 혈연관계가 모든 것을 결정한다는 결정론적 세계관의 도식성을 강조할 우려가 있다는 점에서 비판적으로 검토해야 할 대목이다.

1. 팜므파탈 명월, 선비의 허위적 가면을 벗기다
—진이와 리충남

옥골선풍으로 생겼지만 경박스러워 보이는 '벽계수 리충남'은 40대의 중늙은이로 보이는 서른 살이지만, '정신적 나이와 지성 있는 사대부'를 입에 달고 사는 양반이다. 색계에 대한 금욕적 절개가 있어야 도학군자라고 생각하는 리충남은 기생을 천하의 요물로 여긴다. 하지만 기생 명월이가 생과부인 것처럼 위장하여 충남의 색심과 육욕을 충동질하자 충남의 허울 좋은 위선의 가면이 벗겨진다.

송도류수 김희열과 동문수학했던 서울 선비 리충남은 달빛 아래 소복 단장을 한 요염한 여인을 보며 '귀신 같은 아름다움'이라고 탄식하면서도 견물생심을 느낀다. 독수공방하는 생과부 신세임을 들은 충남은 관음증적 욕망에 시달리다 여인의 집으로 월담을 하게 된다. 여인과의 격렬한 성행위 이후 친구들의 조롱과 험담을 걱정하던 충남은 여인의 치마폭에 신표로 시를 써준다.

이튿날 그 여인이 기생 명월이였음을 알게 된 충남은 도학자연했던 자신이 장난과 희롱의 희생물이 되었음을 깨닫는다. 하지만 밝은 달빛 같은 명월이의 달콤하고 매혹적이면서 애틋한 설움이 깃든 목소리에서 풍겨오는 애수에 찬 외로운 혼의 노래에 감동한 여운은 서울로 줄행랑을 치면서도 욕망의 실체를 확인하게 한다. 벽계수 리충남의 모습은 고전소설『배비장전』의 배비장을 닮아 있다는 점에서 작가가 역사소설을 쓰면서 다양한 설화적 이야기를 삽입하여 작품을 풍성하게 입체화하고 있음을 보여준다.

2. 기생의 내면 풍경을 읊조리다
― 진이와 상상의 파혼자

도고한 양반댁 아씨에서 하루아침에 노류장화라는 천기로 전락한 비참한 운명의 진이는 대청마루에서는 '기예가 뛰어난 기생 명월이'가 되고, 건넌방에서는 위선의 허울을 쓴 사내들의 불쌍한 넋을 희롱하는 '지옥의 악귀 같은 기생 명월이'가 된다. 명월의 건넌방 문턱을 넘어선 사내는 명월에게서 환락의 즐거움을 맛보는 대신 자신의 넋을 빼앗겨야 하기 때문이다. 명월의 기생 생활은 사내들을 "계집 앞에서 벌거벗으면 얼굴 생김새가 서로 다를 뿐 모두가 어슷비슷한 '짐승'들"(226쪽)로 인식하게 한다. 더구나 "일단 넋을 빼앗긴 그림자는 악귀한테 소용 없는 무용지물에 불과"(227쪽)한 것이기에 '사랑'을 '두억시니' 같은 무용지물로 치부한다. 사내와 기생의 관계가 짐승과 악귀의 관계로 치환됨으로써 '낭만적 사랑'은 이미 기대하기 어려운 것이다.

하지만 진이가 유일하게 기생 명월이 아닌 본래적 자신으로 자리할 수 있는 공간은 주역 책이 펼쳐져 있는 검소한 '웃방'이다. 그 방에서는 어릴적 낭만적 환상의 대상이 되었던 파혼자를 향해 진이가 일기를 쓰듯 자신의 내면 풍경을 토로한다. 가상의 정인에게 가을의 외로움을 전하며 '되돌아올 수 없는 어제와 피할 수 없는 내일'을 가진 것이 인생이라고 독백하고, 당신이라는 존재가 형체 없는 혼령뿐이기에 마음속으로 불러내어 솔직하게 흉금을 털어놓는다고 고백한다. 낭만적 사랑과 현실적 정분의 성취가 불가능해진 진이에게 진실하고 참된 사랑의 관계는 이금이와 괴똥이의 순수하고 아름다운 사랑으로 대리 실현된다. 그들의 사랑이란 진이에게 결핍되어 있는 낭만적이고 현실적인 사랑의 관계가 가능한 것으로 인식되기 때문이다. 하지만 역설적이게도 그 둘의 모습은 진이의 자격지심을 강화하며 '사랑의 결핍감' 속에 '불쌍한 계집이자 가련한 인간'임을 자인하게 만든다.

3. 이루어질 수 없는 사랑을 고백하다
―진이와 놈이

스스로를 '괴벽한 계집'에 불과하다고 여기는 진이는 이미 5년 전 달밤 아래에서 놈이에게 '순결한 처녀'를 주며 황진사댁의 고명딸은 죽었다고 생각한다. 놈이와의 정사를 사약을 마신 행위에 비유하는 진이는 그날 이후 생기를 잃은 채 시들어가면서 절망과 슬픔을 느끼는 놈이를 보면서도 동요를 느끼지 못한다. 놈이에게 '처녀를 바친 것'이 사랑과 애정에서 비롯된 행위가 아니라 자신의 신세에 대한 환멸과 혐오로부터 비롯된 자학 행위였기 때문이다. 그러므로 진이는 그날 밤 자신과 함께 놈이 역시 '죽음의 사약'을 마셨다고 생각하며 스스로를 성정이 이지러진 악귀로 단정 짓는 것이다.

4년 전 놈이는 자신이 진이의 출생의 비밀을 윤승지댁에 알린 장본인이라고 고백한다. 진이를 향한 애욕의 불길을 제어할 수 없었던 놈이가 반상간의 담장만 가로막혀 있지 않으면 사랑의 결실을 이룰 것으로 착각했던 것이다. 그러나 진이에게 청천벽력의 화를 입히는 일임을 알고 있음에도 불구하고 놈이는 '사랑의 야욕과 도의적 양심' 사이의 무서운 싸움 끝에 에로스적 충동으로 진이의 신분 추락을 유도한다. 진이에게 정조가 아닌 사랑을 기대했던 놈이지만 그 사랑의 대상이 자신의 소유가 아니라 "하늘에서 반짝이는 별"(250쪽)과 같은 이격된 존재라는 점을 확인한 놈이는 옛날처럼 수리날 선물로 첫물앵도를 바치며 용서를 빌고 다시 길을 떠나는 것으로 그려진다. 진이와 놈이의 애정 관계는 처음에는 양반과 하인의 주종 관계에서 나중에는 기생과 기둥서방의 관계로 전이되지만 결코 낭만적 사랑의 결실로 실현될 수 없는 균열을 내포하고 있음을 보여준다.

4. 거짓과 위선을 거부하다
―진이와 송도류수 김희열

명문대가집 출신의 송도류수 김희열은 호걸풍의 잘생긴 인물로 수컷의 허세는 있지만 거짓과 위선이 없는 풍류남아이다. 그런 류수 희열에게 진이는 은근히 마음이 끌린다. 둘 다 '성인'이나 '군자'를 불신한다는 점에서 공통점이 있기 때문이다. 하지만 희열은 자신의 '소총명'에 대한 자만심이 있기에 인간을 불신하는 데에 반해, 진이는 자신이 성인과 도학군자의 탈을 쓴 위선자(황진사)의 희생물이기에 인간에 대해 불신한다는 차이점을 갖는다. 결국 성인 군자에 대한 희열의 몸살이 물귀신 심사라면 진이의 몸살은 희생자의 의분과 같다는 점에서 차이를 지니고 있는 것이다.

진이에게 희열은 사랑의 대상이 아니다. 진이가 사랑할 수 있는 이상적 사내는 이백이나 매월당처럼 그녀의 둘도 없는 벗이어야 하기 때문이다. 사랑의 대상이 부재한 진이는 자신의 애정 결핍을 이금이와 괴똥이의 사랑으로 채우고자 한다. 하지만 진이의 시선은 타자의 사랑을 낭만적 관계로 바라볼 뿐이다. 진이의 욕망은 현실 세계에 부재하는 실재계적 대상을 지향하기에 결코 채워질 수 없는 '텅 빈 충만'이라는 결핍의 욕망으로 드러나기 때문이다.

5. 욕정의 본능을 이겨내다
─진이와 서경덕

이조정랑 민순이 서경덕을 찾으러 와서 송도류수를 만나러 오자, 희열은 "진이야말로 담박하면서도 화려한 풍치를, 높은 인격과 지성을 보이면서도 육감적인 색향을, 이를테면 희고도 검은 것을 능히 만들어낼 수 있는 유일한 녀인"(326쪽)이라며 극찬한다. '담박함과 화려함, 지성과 육감'을 동시적으로 내면화한 '모순의 화신'이자 '희귀한 팜프파탈'이기에 진이를 민순에게 소개한다. 장자나 소강절보다 더 크게 학문을 세운 사람이 화담선생이라고 말하는 민순은 학문을 배우고 스승을 찾는 데에 남녀구별과 귀천이 상관 없다고 이야기하면서 진이에게 화담을 찾아가 보라고 권유한다. 서경덕의 됨됨이를 알기 위해 '연사질'에 옮아보라고 권하는 김희열의 충동을 따라 진이는 거짓과 위선의 허울을 벗기러 화담에게로 향한다.

1539년(기해년) 가을, 51세인 화담은 '글=사람'인 인품 있는 '유물론적 철학사상가'(346쪽)이면서 '꽃늪'을 찾은 진이에게 시종일관 다정하고 온화한 웃음으로 대한다. 진이는 화담과 대화를 나누며 그의 학문세계에 탄복하며 학문에 대한 존경과 지식에 대한 숭배, 인간에 대한 감탄의 격정을 느낀다. 그러면서 밤이 늦어 한 방에서 이부자리를 폈을 때 화담의 육체를 더듬으며 그를 유혹하려던 진이는 태연한 표정과 침착한 행동거지 속에 정욕의 본능과 처절한 싸움을 벌이는 화담을 보며 감복하게 된다. 육욕을 거부하는 것이 아니라 그 욕망을 인정하면서 자기 극복의 치열성을 보여주기 때문에 진정으로 화담에게 존경을 표하는 것이다. 그리하여 유혹의 손길을 거두고 '꽃늪'을 나온 진이는 희열에게 송도삼절이 '박연폭포, 화담선생, 진이 자신'이라고 당당하게 이야기한다. 박연폭포의 아름다움과 화담의 학문적 성취와 인품의 고결성, 기생 진이의 문재^{文才}와 가무악, 빼어난 미모 등이 송도를 대표하는 세 가지라고 자부하는 것이다.

파열된 육체, 방랑에의 길
—제3편 달빛속에 촉혼은 운다

1. 남성 권력에 의해 파열되는 진이의 육체
—김희열과 진이

호장과 이방은 김희열과 상의 끝에 곰보네 마방집에서 보물을 훔치고 그 식구들을 살해한 뒤 놈이네 화적패에게 죄를 덮어씌우려 한다. 하지만 놈이에 의해 이방과 호장이 범인임이 밝혀지면서 희열은 교활한 아전 놈들의 보쌈에 걸려들었음을 깨닫게 된다. 희열은 진이로부터 놈이를 자수시킬 테니 놈이의 뒤를 보아달라는 부탁을 받지만 화적패의 괴수인 놈이가 자수하기 전에 체포해버리려고 계획한다.

김희열은 놈이에 대해 남다른 감정을 느끼는 진이를 접하며 수컷으로서의 교만성을 느끼게 된다. 그리하여 진이에 대한 자신의 사랑의 확신과 긍지가 진이로부터 무시당한 데 대해 분노를 느끼던 중, 괴똥이를 풀어주면 스스로 자수하겠다는 놈이의 편지를 받은 뒤 괴똥이를 풀어준다. 그것도 모른 채 진이는 이금이와 괴똥이의 현실적 사랑을 실현시키기 위하여 '난생 처음 비럭질에 나선 거지 같은 심정'으로 괴똥이를 구해달라며 희열에게 자신의 육체를 제공한다. 희열과의 반강제적인 성행위 뒤에 정신을 차린 진이는 혐오감과 증오감, 굴욕감과 수치감에 몸을 떨게 된다.

사또와 기생이라는 신분 차이에도 불구하고 서로에게 우정과 배려를 아끼지 않던 진이와 희열의 관계는 희열의 상목 포흠이 빌미가 되어 돌이킬 수 없는 적대적 관계로 돌아서게 되는 것으로 그려진다. 권력을 무기로 진이의 육체를 파열시키는 3편에서의 희열은 호방한 사또의 모습으로 형상화되어 진이의 조력자로 등장했던 2편에서의 희열과는 사뭇 다른 부정적 인간형으로 형상화된다. 그것이 결말을 향한 소설적 장치이겠지만 자연스러운 성격 변화를 보여주지는 못한다는 점에서 오히려 서사적 개연성을 약화시키는 인물 형상화의 한계를 드러낸다.

2. 사랑의 확인, 생사를 넘어 넋으로 이해하기
   ─진이와 놈이

이금이와 괴똥이의 잔치 준비를 진행하던 진이는 '사랑의 야욕'이 지닌 이기적 본성을 감지한다. 사랑의 이기성이란 소유욕의 다른 이름이었던 것이다. 하지만 어린 시절의 깨끗한 순정을 떠올리던 진이는 5년 동안 변모한 놈이에게서 "'시인'의 격렬한 고민과 세찬 격정"(443쪽)을 감지하며 들뜬 마음의 환희를 접한다.

그러나 놈이가 진이에게 보낸 편지에는 '가장 행복하면서도 제일 불행한 사내'라는 양가적 평가가 적혀 있다. 놈이가 상상해본 진이와의 사랑의 결과는 자신이 기둥서방 노릇을 다시 하거나 진이가 화적괴수의 안방을 지켜야 하는 선택불가능한 선택지만이 존재하기 때문이다. 하지만 놈이의 편지를 읽은 진이는 놈이야말로 '인의예지를 갖춘 출중한 인물이요 불 같은 사랑과 열정을 지닌 사내 중의 사내'라고 생각한다. 그러면서 '이승에 사는 저승의 허깨비' 같은 자신에게 "지금 중요한것은 놈이와 자기가 서로 사랑한다는 사실"(467쪽)임을 깨닫는다. 이제 진이는 놈이의 사랑으로 다시 이승의 사람이 되고자 한다.

그러나 김희열에게 반강제적으로 육체적 치욕을 당한 진이는 자신이 그저 "빛도 없고 의식도 없고 다만 '존재'"(505쪽)하는 인간에 불과하다는 무기력한 자기모멸에 젖어든다. 이후 괴똥이의 석방을 위해 관가에 자수한 놈이가 내일모레 효수를 당한다는 소식을 들은 진이는 옥 안에 갇혀 칼을 쓰고 있으면서도 얼굴 표정이 평온하고 육중한 바위처럼 편안하게 앉아 있는 놈이를 그윽한 눈길로 바라본다. 둘의 염화미소적 교감은 이미 "죽음과 삶을 초월한 정화된 정신의 높이"(509쪽)에 함께 올라선 경지를 보여준다.

마지막까지 괴로움을 끼쳐 죄송하다는 놈이에게 진이는 '우리 사랑의 즐거운 합환과 우리 사랑의 슬픈 고별'을 함께 하는 첫잔이자 마지막잔으로 올린다. 진이의 애절하고 애통한 권주가를 들으며 놈이는 '내일 효수장에는 절대로 나오지 말아달라'는 부탁을 하고, 진이는 놈이의 평온과 고요를 지켜보며 자신보다 대범한 존재임을 느낀다. 이듬해 봄이 되어 진이는 이금이와 할멈 곁을 떠나 배를 타고 방랑의 길을 떠난다. 결국 놈이와 진이의 현실적 사랑은 김희열에 의해 파국을 맞게 되고 둘은 생사를 초월한 '넋맺이 사랑'을 이루는 것으로 비극적 사랑의 결말을 구성한다.

삶과 죽음의 경계를 배회하는
애상적 영혼
—<그 후의 이야기>

　서술자는 「그 후의 이야기」에서 1546년 병오년 가을, 어느 노마님 칠순잔치의 풍경을 소략하게 진술한다. 잔칫날 풍경 속에 어떤 선비는 진이의 "동지달 기나긴 밤을 / 한허리를 둘에 내여 / 춘풍 이불아래 / 서리서리 넣었다가 / 얼운님 오신 날 밤이어드란 / 구븨구븨 펴리라"는 시조에 대해 평하면서, "점잖은 사대부로 입에 올리기에는 좀 멋쩍은 데가 있지만 뜻은 얼마나 아름답구 재기는 또 얼마나 발랄합니까?"(519쪽)라고 말한다. 그 잔치를 찾은 서른 살의 절대가인 진이와 풍류남아 리사종은 주거니 받거니 하면서 노래를 부른 뒤에 총총히 사라지고 그 뒤로 진이의 소식은 끊긴 것으로 형상화된다.

　이러한 리사종과 진이의 관계에 대한 덧붙임은 당시 조선 사회에 진이가 관능과 낭만의 화신으로 여겨져 소문이 생성되는 진원지의 역할을 하고 있었음을 작가가 추인하고 있음을 보여준다. 남성 권력 사회에서 그 권력의 허상성과 애욕의 진솔함을 글과 가무악으로 표현했던 진이는 선비들에게 낭만적 애욕의 대상으로 회자되고 있었던 것이다.

　인간은 몇해 살았는가가 중요한 것이 아니라 사람들의 추억속에 얼마나 깊은 자욱을 남겼는가가 중요한 것이요, 그래서 죽음과 함께 비로소 삶이 시작된다는 의미심장한 말이 있는 것이다. 권력과 세도를 휘두르던 폭군들의 웅장한 돌무덤은 흐르는 세월과 함께 무너지고 바사져 모래와 흙이 되였으나 길가에 앉은 진이의 나지막한 봉분은 400여 년이 지난 오늘까지도 그 모습 그대로 남아 있어 오가는 길손들에게 애절한 마음을 불러 일으키고 있으니 뉘라서 그의 짧은 한생을 불우한 것이라고만 이르랴. / 이제 우리는 주인공 황진이와 작별하면서 백호 림제가 그의 무덤 앞에서 지었다는 문제의 그 시조를 읊어 보며 삶과 죽음의 의미에 대하여 다시 한번 깊이 생각해보기로 하자.

청초 우거진 곳에 / 자난다 누웠난다 / 홍안을 어데 두고 / 백골만 묻혔난다 / 잔 잡고 권할이 없으니 / 그를 설어 하노라[13]

사족처럼 덧붙여져 있는 서술자의 마지막 진술은 황진이와 놈이의 사랑을 중심으로 진행되어온 작품의 의미를 인생무상이라는 삶과 죽음의 애상성으로 마무리하려고 한다. 이것은 거짓과 위선으로 둘러싸인 남성권력 중심의 양반 사회를 흔들었던 진이의 '깊은 자욱'이 이 작품의 '종자'임을 놓치지 않으려는 작가의 의식에서 비롯된 것으로 보인다.

『황진이』는 놈이의 죽음과 진이의 떠남에서 이미 소설적 마침표를 찍었다고 보는 것이 더 타당할 것이다. 왜냐하면 실제인물 '황진이'의 사료에서와는 다르게 홍석중에 의해 새로이 첨가된 인물이 바로 하인이자 기둥서방이었다가 화적패가 되는 계급성의 표상인 '놈이'이기 때문이다. 결국 이 작품은 역사적 사건을 호출함으로써 계급성과 낭만성의 어우러짐을 표방하려고 기획된 낭만주의적 역사소설인 것이다.

---

13 홍석중, 『황진이』, 문학예술출판사, 주체91(2002), 528쪽.

북한식 낭만성의 색다른 표정

1992년 발간 이후 현재까지 북한문예이론의 지침서인 김정일의 『주체문학론』은 애정문제에 대해 '현실과 이상의 균열'을 그릴 수 있음을 강조한다. 그러나 북한의 현대소설 속에서는 남녀의 사랑관계를 '도식적 틀에 맞추어 어색하고 싱겁게 보여주는 것'이 대부분이다. 한 인간에게 객관적 현실과 사적 욕망의 대립이 있다면 개인의 사적 욕망을 내면화하거나 절제하는 것이 북한식 사랑방정식의 전형이기 때문이다. 그러므로 아무리 '황진이'와 같은 '낭만적 자유인' 혹은 '시대적 경계인'을 그려내려고 할지라도 '주체조선' 이전의 역사소설에서나 가능할 뿐이지 사회윤리적 도덕 원칙과 이데올로기적 경직성을 강제하는 현대 소설에서는 그려내기가 어려운 것이 현실이다. 만약 '현재적 황진이'의 관능적 감수성을 그려낸다면 그 작품은 부르주아적 감수성, 퇴폐주의 미학이라는 낙인이 찍힐 것이기 때문이다.

'실존인물 황진이'는 끊임없는 문학적 재해석의 대상으로 자리한다. 그만큼 문제적 표상으로 역사의 여러 장면에 새겨진 인물이 '황진이'이기 때문이다. 그러므로 양반에서 기생으로 전락하여 자기 정체성에 대한 고민을 진행하는 과거의 황진이는 남북을 통틀어 현재적이면서도 미래적인 인물이다. 황진이가 여성 주체의 당당한 존재론적 고민과 더불어 탁월한 문학적 감수성, 기층 남성 권력에 대한 비판적 태도, 양반사회(남성성)의 허울과 위선 벗기기, 낭만적 연애의 주체(혹은 대상) 등을 보여주는 천의 얼굴을 지닌 다면체적 존재이기 때문이다.

홍석중의『황진이』는 황진이의 에로티시즘적 표상과 더불어 놈이를 통해 계급적 문제의식을 함께 포착한다. 하지만 놈이의 계급적 자각이 상대적으로 미미하게 그려져 있기에 오히려 남한 독자에게 흥미를 불러일으킨다. 특히 기둥서방에서 화적패가 된 놈이가 '욕망하는 주체'라기보다는 황진이에 의해 호출되는 '욕망의 타자'로 그려진다는 점에서 놈이의 계급성은 낭만성 뒤로 밀려나게 된다. 이러한 특색을 당성, 계급성, 인민성의 원리에 철저한 북한소설에서의 색다른 양상으로 주목할 수도 있겠지만, 그것은 현재와 시대적 거리감을 지닌 조선 사회를 그린 역사소설이기에 가능하다는 점을 염두에 두어야 할 것이다. 그럼에도 불구하고 홍석중이 관능의 표상이자 낭만의 화신으로 그려낸『황진이』는 기존 북한소설의 공산주의적 도덕 윤리를 표방하는 사랑 방정식에서 상당히 비껴서 있다는 점에서 분명한 의의를 지닌다.

—『북한연구학회 학술대회 자료집』, 2005

IV부

윤리적 인간은 누구나 외롭다. 그 외로움의 저변에는 고독한 개인이 선뜻 감당하기 어려운 ‘죽음’이라는 존재론적 한계 상황이 깔려 있기 때문이다. 인간은 누구나 홀로 태어나며 사회적 관계를 맺고 소통 불능에 대한 불안과 위화감 속에 살다가 우연인 듯 필연인 듯 생을 마감한다. 따라서 인생의 본질을 응시하고 그 의미를 길어내는 작가들은 실존적 외로움의 고투에 대해 끊임없는 질문과 성찰을 지속하기 마련이다. 그리고 그 질문의 자장은 신들도 이해하기 어려운 인간의 지난한 고군분투의 장면들을 포착하게 된다.

부재와 상실의 흔적

부재와 상실의 주목

    지난 계절의 중·단편소설들은 '부재와 상실'의 흔적을 추적하고 있는 작품들이 다수를 차지한다. 그것은 상처와 고통의 흔적을 집적해내려는 작가의 집필 의도에서 비롯된다. 따라서 '부재와 상실'에 주목하는 글쓰기는 역설적이게도 그 빈 자리의 의미를 세밀하고 풍요롭게 해석하고 종합하려는 작가적 욕구의 분출을 엿보게 한다. 그리하여 신진 작가들로부터 중진이나 원로 작가에 이르기까지 '없는 것'이나 '잃어버린 것', '사라져가는 것' 등 부재와 상실, 유실의 메타포들을 다양하게 작품으로 형상화해내고 있다.

    우선 주목한 것은 심리적 외상外傷을 다룬 작품들이다. 개인의 트라우마는 현재 삶의 병리적 기원으로 존재하기에 치유를 위해 부단히 응시해야 할 무의식의 상흔이 된다. 따라서 그 심리적 외상의 인과적 개연성에 대한 소설화 작업은 현실 세계의 전제로서 과거의 의미를 묻는 질문에 해당한다. 하지만 그 질문이 명확한 대답을 마련하는 것은 아니다. 질문 자체가 이미 생의 비의秘意를 드러내는 방식이기 때문이다. 그러한 소설로 신경숙의 「어두워진 후에」, 심윤경의 「헹가래」, 김훈의 「고향의 그림자」 등을 들 수 있다.

두 번째로 주목한 것은 일상 생활 속 공허와 상실감을 형상화한 작품들이다. 남루한 일상은 초라하고 보잘것없는 것으로 치부되기 십상이다. 하지만 그 무늬의 결結과 여백을 자세히 들여다보면, 비일상적 경험들로 축적된 비가시적 의미망들이 길어올려진다. 그것은 일상을 견디는 공허한 환상으로, 과거의 어느 지점에 고착된 인물로, 죽음과 시간에 대한 사유로 그려진다. 그러한 소설로 윤영수의 「내 여자친구의 귀여운 연애」, 정이현의 「위험한 독신녀」, 조선희의 「파란 꽃」 등을 들 수 있다.

세 번째로 주목한 것은 현대 사회의 변화하는 현실 세계의 모습을 응시한 작품들이다. 변화된 현실을 바라본다는 것은 변화 이전과 이후의 모습에 대한 시선의 차이를 형상화하기 마련이다. 따라서 사회의 변화상과 그 모순을 응시하려는 작가의 태도는 개인의 자유를 옹호하기 위한 문제제기를 드러낸다. 그리하여 억압적 사회와 자율적 개인의 관계를 조망하며 변화하는 사회 현실 속에서 새로운 관계를 모색하게 된다. 그러한 소설로 김훈의 「머나먼 俗世」, 정지아의 중편 「어떤 날」, 조정래의 「미로 더듬기」 등을 들 수 있다.

심리적 외상의 소설화

소설은 기본적으로 이야기이다. 이야기란 호기심의 기원이며, 호기심은 인간의 관음증적 시선을 매개로 존재한다. 따라서 타자(자아 혹은 주체)의 상처와 그 극복(그 실현 여부와는 상관없이)의 과정을 들여다보는 것은 이야기 구성의 기본 얼개로 작용한다. 상처를 더욱 고통스럽게 만들거나 상처를 치유하려는 노력은 모두가 상처의 기원을 문제삼게 된다. 따라서 상처의 기원으로서의 심리적 외상은 소설을 구성하는 중요한 장치가 된다.

신경숙의 「어두워진 후에」(『문학동네』, 2004년 겨울)는 "공식적으로 확인된 살인만 총 21명"인 희대의 살인마 유영철 살인사건을 모티프로 그 피해자 가족의 절망적 떠돎을 기록하고 있다. 작가는 살인범에 의해 할머니와 어머니, 자폐아 형까지 일가족이 모두 살해당한 뒤, 무기력하게 흘러다닐 수밖에 없었던 한 '남자'의 '어두워진 후'의 망연자실한 생을 감정을 배제한 건조한 글쓰기로 추적한다. 가족을 송두리째 살해당한 충격으로 아무 곳이나 이러저리 떠돌던 '남자'는 돈이 떨어져 절 입장권을 판매하는 매표소 '여자'에게서 공짜 입장권을 받은 뒤, 점심과 술을 얻어먹고 여자의 집에서 하룻밤을 지내게 된다. '여자'의 집에 있는, 짙은 어둠의 '우물'을 보며 '남자'는 어머니가 새집에서 그토록 갖고 싶어하던 '우물'에 대한 기억을 떠올리다가 우물가에서 잠이 든다. 이때의 '깊은 우물'은 자연스럽게 여자와 남자의 가족을 연결하는 매개 공간이 되며, 잠은 심리적 상흔을 다독이는 치유의 장치로 활용된다.

그러므로 다음날 아침 여자의 집에서 여자의 집 식구들(몸져 누운 어머니와 소년과 소녀)과 함께 '한 식구'처럼 식사를 한 뒤에, '남자'는 '새 신발을 신고' 그 사건 이후 2년 동안 가보지 않았던 '그 집'에 가보리라고 다짐한다. 그날 이후 남자는 대상을 응시할 여력을 상실했고, 타인이나 세계와의 시선 교류에 부담감을 가지면서 눈에 아무것도 담을 수가 없었다. 하지만 이제 자신의 생존이 더 이상 유목적 도망자로서 유지될 수 없음을 확인한다. 단란했던 가족을 어느 날 갑자기 모두 잃게 된 '남자'가, 힘든 삶을 이어가는 '여자'의 가족을 보며 다시 생을 응시할 계기를 얻게 된 것이다. 신경숙의 「어두워진 후에」는 '일가족 피살'의 참담하고 끔찍한 기억 때문에 집을 떠나 부유할 수밖에 없었던 피해자 가족의 고통을 위무하기 위해 오히려 건조하고 냉정한 시선으로 한 남자를 추적함으로써 그 감당하기 힘든 심리적 외상의 후과^{後果}와 치유책을 밀도 높게 그려낸 작품이다.

심윤경의 「헹가래」(『실천문학』, 2004년 겨울)는 '헹가래'에 얽힌 '나'의 상승의 기쁨과 추락의 고통에 대한 자의식을 형상화하고 있는 소설이다. 직장 MT를 와서 타오르는 모닥불을 바라보던 화자는 '불 울음소리'를 자신의 내면에서 우러나오는 소리로 착각한다. 특히 화자만 보면 우는 불은 심연에 자리한 '아이의 목소리'로 환기되고, 고통스런 울음을 느끼는 것으로 감지된다. 불에 의해 유추되는 그 아이의 목소리는 억압된 무의식에 자리한 상처 받은 자기 목소리였던 것이다. 왜냐하면 불이 난 집에서 남동생을 먼저 구하고 평상시 그토록 귀애하던 화자를 창문 바깥으로 내던진 아버지의 차별적 행동이 기억 속에 자리하고 있기 때문이다. 그날 이후 '헹가래'가 제공해주던 "황홀한 비행의 기쁨"은 이제 "둔

탁하고 무자비한 추락의 공포"로 치환된다. '헹가래의 사랑'과 '즐거운 기억'의 요체는 중력을 극복하며 상승하는 희열에 존재하는 것이 아니라 추락하는 육신을 받아줄 안온한 품이 있기에 가능하다는 사실을 깨달은 것이다. 그러므로 화재 시 동생의 구출 이후 내던져진 화자는 뼈의 이탈과 내장의 파열이라는 육신의 고통 너머 깊은 심리적 내상을 입는다. '헹가래'가 화재 사건을 거치며 '상승의 희열'이 아니라 '하강의 두려움'으로 대체되면서 심각한 트라우마로 자리잡았던 것이다.

사고 자체로 인한 신체적 외상이나 내상은 대부분 치유되었지만, 그날 이후 화자는 어떤 자리에서든 '헹가래'만은 극구 사양하게 된다. 그리고 나아가서는 전형적인 헹가래의 유형인 자신을 띄워올려주는 '사랑의 목소리(연애)' 역시 거부하게 된다. 즐거움의 기억이었던 헹가래가 삶에 치명타를 입힌 것이다. '헹가래식 연애'를 제외한 모든 면에서 정상적인 생활을 하는 화자의 상처에 대해 회사 동료들은 전혀 모른다. 그러므로 화자가 승진 탈락의 슬픔에 젖어있다고 판단하여 화자를 헹가래로 띄워올려준 뒤 그녀를 넉넉히 받아준다. 마지막에 헹가래에 대한 거부감을 화자가 여전히 표명하지만, 이미 '헹가래'에 얽힌 심리적 외상은 동료들에 의해 치유의 과정을 겪은 것이다. 그녀를 기다리는 안온한 품이 부친에게서 동료들로 자연스레 대치되었기 때문이다. 심윤경의 「헹가래」는 '모닥불과 헹가래, 사랑' 등의 모티프를 '띄워올리기'와 '내려오기/떨어지기'라는 대립적 비유를 통해 잘 빚어내고 있다. 특히 상승과 하강, 감정의 고양과 결락^{缺落}, 비상에의 희열과 추락에의 공포 등이 화자의 독백 속에서 잘 버무려지면서 깔끔한 단편의 완결미를 보여준다.

김훈의 「고향의 그림자」(『현대문학』, 2005.1)는 단순 강도인 조동수를 잡으러 고향에 내려간 형사 '나(수철)'의 이야기 속에서 트라우마로 각인된 '고향'의 의미를 추적하는 작품이다. 민생침해사범 검거실적보고를 위해 출장 임무를 맡고 고향에 내려온 화자에게 '고향'은 피난민 판자촌이 있던 몽롱한 유년의 기억 속에 단절하고 싶은 '족쇄'나 탈출할 수 없는 심연의 '늪'처럼 존재한다. 또한 고향의 냄새는 살충제인 DDT냄새로 환기되며, 고향은 "유령의 시간"처럼 흐릿하게 기억된다. 그러한 유년의 기억은 자신이 낙태되려다 태어난 '원치 않는 아이'였다는 어머니의 진술 속에서 원초적 외상과 겹쳐진다. 중증 치매에 걸린 어머니가 '플라스틱 인형'을 실제로 과거에 낙태되어 '버려진 아기'인 '미즈코水子'로 명명하기 때문이다. 치매로 시간의 불가역성을 견디고 있는 어머니에게 고향은 "미즈코가 떠도는 사나운 바다"이거나 실재와 허구를 분간하기 힘든 '신기루' 같은 모호한 현상의 공간으로 기억되고 있었던 것이다.

치매 어머니와 화자의 관계는 산꼭대기 임대아파트에 살고 있는 70노파인 조동수과 조동수의 관계로 중첩된다. 화자는 동향인인 노파와 조동수의 모자 관계를 보면서 '어머니에 대한 강박감'과 '어머니에 대한 두려움'의 양가적 감정의 분출을 경험하는 것이다. 결국 맹렬한 악취를 풍기는 요양원의 방에서 어머니는 화자를 생명의 대접을 받아보지 못한 낙태아 '미즈코'와 혼동하며 '눈물 없는 메마른 울음'을 우는 것으로 자신의 태아살해라는 선택에 대한 마지막 반성을 진행한다. 이렇듯 어머니와 미즈코에 대한 경험이 조동수를 '미즈코'와 동일시하게 만들어 화자는 결국 그를 체포할 수 있었음에도 눈앞에서 놓아준다. 하지만 4년 뒤 조동수가 살인미수 등 조직 범죄 가담자로 잡히자 징계위원회에 회부된 화자는 3개월의 대기발령 뒤 면직된다. 이후 개인택시면허를 알선 받고 택시

운전을 하게 된 화자는 늦고 지친 시간에 택시로 달려드는 취객들을 '어머니의 미즈코들'처럼 '유령 같은 존재들'로 응시하면서 택시 운전을 한다. 유령 같은 고향과 탈향 도시의 삶 어디나 '죽은 듯 살아가는' 좀비들의 세계처럼 인식되고 있는 것이다.

김훈의 「고향의 그림자」는 몽롱한 유년의 기억을 배경으로 화자에게 '고향'이 '유령의 시공간'처럼 눅눅하고 끈적한 이미지로 존재할 수밖에 없었던 근원적 외상의 공간임을 그려낸다. 그렇듯 선험적으로 규정된 공간인 '고향'은 화자에게는 '족쇄와 늪'처럼, 어머니에게는 '사나운 바다와 신기루'처럼 암담하고 우울한 '버려진 아기'의 유령 같은 이미지들이 떠도는 공간으로 기억된다. 결국 「고향의 그림자」는 원초적 외상으로 존재하며 현재에도 강력한 자장으로 작동하는 '고향의 음영'을 어머니와 '버려진 아기(화자)'의 관계와 조동수의 모친과 조동수의 관계를 중첩시키면서 섬세하게 포착한 작품이다.

일상적 공허감의 응시

소설의 등장인물들은 일상 생활의 공소함과 헛헛함에 답답해하면서도 작가의 세련된 세공에 의해 자신들의 삶의 방식이나 의미 내용에 대한 따뜻한 성찰을 놓치지 않는다. 일상 생활에서 비롯되는 다양한 존재의 허기를 문제삼는 소설들은 등장인물 서로에 대한 따스한 연민과 공감의 확산 속에 때로는 과장이나 결핍으로 때로는 풍자와 역설로 이야기의 현실 장악력을 높인다.

윤영수의 「내 여자친구의 귀여운 연애」(『문학사상』, 2004.12)는 할인매장 직원으로 일하는 '착한 여자 양미'의 '혼자 하는 연애'라는 쓸쓸한 생의 환상을 화자의 따뜻한 시선으로 감싸고 있는 소설이다. 서른일곱 살 동갑내기인 물품 창고의 포장팀장인 화자(오동 아빠)와 아침 식사를 거르며 체중을 줄이려는 치킨 코너의 '양미'는 이천댁과 함께 아침마다 함께 밥을 먹으며 일상적 대화를 나눈다. 최근 들어 살을 뺀다며 아침 식사를 거르는 양미는 가족의 생계를 위해 헌신하는 억척형 여성으로 그려진다. 아버지, 어머니, 남동생을 뒷바라지하며 대책 없이 착한 양미가 어린 남자와의 연애를 공표하면서 비가시적 존재와의 사랑과 그 사랑의 소중함을 고백한다.

그러나 '투박한 목걸이'를 분실한 양미로부터 연예인 박원준과의 구체적인 '보이지 않는 연애담' 이야기의 전말을 확인하게 된다. 남동생 양길이가 2천만원을 양미의 통장에서 빼간 사실을 안 날, 환영처럼 맥주 모델 '박원준'이 포스터에서 자연스럽게 걸어나와 맥주캔을 내밀며 위로의 말을 건네자 양미는 구멍가게에서 맥주 값 900원을 자신을 위해 최초로 지출한다. 더구나 비가시적 환영인 박원준이 눈물을 흘리는 자신을 안아주며 수호천사 역을 자처하며 양미 방까지 따라들어와 마주보며 웃었다는 환상에 젖어든다. 이후 마법의 램프처럼 '투박한 목걸이'를 문지르면 원준이 '착한 양미'와 양미의 착함을 악용하는 '나쁜 타인'을 구분하며 사랑 고백을 전하는 것으로 상상한다. 그러나 원준에 대한 양미의 환각적 체험은 자존감의 회복과 자기정체성의 확인을 가능케 한다. 특히 세상 최고의 애인으로 양미를 격려하는 원준을 타인이 볼 수 없다는 사실이 오히려 양미에게 안도감을 제공한다. '목걸이의 분실'로 박원준과 만날 수 없게 되었다며 슬프게 우는 양미에게 화자는 원준을 보고 있는 것처럼 가장하면서 원준이 양미에게 달라붙어 있기 때문에 '목걸이의 부재'가 전혀 문제될 게 없다는 위로의 말을 전한다.

윤영수의 「내 여자친구의 귀여운 연애」는 이타적 헌신으로 가장 역할을 자처하는 여성이 부모와 남동생에게 이용만 당했던 고통과 절망 끝에 비가시적 존재와의 환영적 사랑에 빠지게 된 가슴 아픈 연애담을 그려낸다. 작가는 절망적이고 암담한 일상을 감내하기 위해 '혼자만의 연애'라는 비감어린 '귀여운 환상'에 빠진 양미의 애처로운 모습을 애틋한 연민으로 형상화한다. 비가시적인 '환상 연애'를 매개로라도 버겁고 힘겨운 일상을 버텨낼 수밖에 없는 주인공의 모습은 역설적이게도 생의 신산함과 비루함을 이겨낼 일말의 가능성을 제공하고 있는 것이다.

정이현의 「위험한 독신녀」(『문학동네』, 2004년 겨울)는 15년 전인 1989년의 모습에 고착되어 있는 이혼녀 친구 '양채린'과 그녀를 지켜보는 독신녀 '나'의 이야기를 그리면서 남자 관계의 상처로 인해 세월을 의도적으로 망각한 채 살아가는 인물의 상실감을 추적하는 작품이다. 대학을 졸업한 지 15년이나 된 어느 날 화자는 스스로 자신의 이름을 '채린이'로 호명하는 "유아스런 말버릇"을 지닌 양채린으로부터 전화를 받고 만날 약속을 한다. "선의의 거짓말" 같은 약속 제안이었지만 채린은 10여 년 전에 사라진 카페와 지금은 시중에 존재하지도 않는 옛 은행의 이름을 대며 명동에서 만나자고 한다. 고교시절부터 '거짓말 못 하던 아이'였던 채린을 만난 화자는 "세월의 잔인한 흔적"이 비껴간 채린을 보며 오히려 당혹스러움을 감추지 못한다. 특히 채린이 결혼 여부가 아니라 남자친구 여부를 묻자 화자는 더욱 당혹스러워진다. 그리고는 자신이 고교 시절 꼴등을 한 채린에게 "양채린 뒤에는 대걸레랑 주전자밖에 없겠네"라는 말을 해서 '대걸레'라는 중의적 의미(꼴찌+난잡한 관계)의 별명이 붙여졌던 사실을 기억해낸다. 채린에 대한 부채감이 아마도 화자의 어색한 만남을 진행하게 만든 것일 터이다.

38세 채린은 브라질 이민 후 리우데자네이루에 10세 된 딸이 있는 이혼녀임에도 불구하고 '스물다섯 살(1991년)'의 기억과 외양에 머무른 채로 살아간다. 25세에 고착되기를 희망하는 38세 채린은 고1 때 영어 선생, 고2 때 미술 선생과의 불륜 소문에 시달리며 원치 않는 관계에 빠져 힘들어했던 과거를 지니고 있다. 기구한 인생을 살아낸 채린에게서 새로 사귄 남자 친구와 헤어졌다는 얘기를 들은 화자는 "우리는, 아직, 스물다섯 살"이라며 위로의 말을 전한다. 그리고 이제 아예 유행을 무시한 채, 1990년 2월 대학 졸업 기념으로 구입한 정장을 다시 꺼내 입은 화자는 "삶은 유행보다 더디게 지나간다"라며 퇴행적 주체로 변신하여 채린을 만나러 간다.

정이현의 「위험한 독신녀」는 38세 동갑내기 이혼녀와 독신녀의 만남 속에서 10여 년의 기억을 송두리째 유실할 수밖에 없었던 채린의 궤적을 통해 세월이 비껴간 '불변'과 '정지'의 모습이 오히려 고통의 잔해임을 포착한다. 작가는 25세에 고착된 38세 여성의 상처투성이 내면을 추적하는 것이 아니라 그녀의 삶을 응시하는 관찰자의 경쾌하면서도 쓸쓸한 비애적 시선을 통해 우회적 겹쳐읽기를 진행함으로써 오히려 생의 애틋한 비극성을 드러내고 있는 것이다.

조선희의 「파란 꽃」(『실천문학』, 2004년 겨울)은 '친구의 죽음'을 필두로 고정희와 기형도의 죽음이 제공하는 죽음의 다층적 이미지에 대한 단상을 기록한 글이다. 화자는 사흘 전 홍대 앞에서 포도주를 나눠 마셨던 친구의 갑작스런 부음 소식을 접하면서 충격을 받는다. 비디오·만화 대리점을 운영하던 그 친구가 경기가 안 좋다며 농반 진반으로 "이러다 죽는 거 아닌지 몰라"라고 3일 전에 얘기했었는데, 어제 저녁 "샤워 좀 할게"가 유언이 되어버린 일이 발생했기 때문이다. '친구의 죽음'은 화자에게 지리산 뱀사골에서 1991년 여름 계곡물에 휩쓸려 사망한 고정희 시인을 연상케 하고, 그 '죽음의 실재성'을 짚어보면서 자신감과 좌절감 사이에서 연명해온 친구 생의 고단함을 추론해본다. "인생에서 청첩장이 밀려드는 때가 지나면 부음이 밀려들기 시작한다"는 속설이 맞아들어가는 듯한 느낌 속에서, 화자는 자명한 죽음의 이치가 충격으로 다가왔던 30세의 기억을 더듬으며 죽음의 무상성을 회감한다.

1989년 이른 봄, 기형도의 죽음을 접한 화자는 대낮에 기형도가 지상에서 마지막 시간을 보낸 종로3가 파고다극장으로 가서 영화 <뽕3>을 보았던 기억을 떠올린다. 스물 즈음에 "서른 살의 주름과 낡음과 허위를 저주"했던 화자는 30세 기형도의 죽음 속에서 '떠남과 잊혀짐'으로서의 죽음과 "온통 죽음투성이"로서의 삶의 의미를 절감하게 된다. 그 무렵 입을 벌리고 키스하려던 애인의 입 속에서 '입 속의 검은 잎'을 응시한 화자는 자살자들의 용기에 매혹되면서 거의 매일 저녁 술을 마시다 자신의 몸에서 풍기는 '죽음의 냄새'를 맡기도 한다. 그리고 친구의 죽음, 고정희의 죽음, 기형도의 죽음, '자신의 죽음 냄새'를 회고하고 그 의미를 집적하던 화자는 이미 다른 시대가 점령하고 있는 신촌 거리를 거닐다 검은 아스팔트 위에 피어 있는 '파란 꽃'을 보게 된다. 작은 희망처럼 피어난 꽃이 제공하는 기시감과 시간에 대한 단상 끝에 "망각이 우리를 구원한다"라며 '망각의 힘'을 연상하던 화자는 노란 꽃잎과 은행잎들을 밟으며 마음이 다소 가벼워짐을 느끼며 작품이 마무리된다.

조선희의 「파란 꽃」은 '죽음'이라는 모티프에 의해 영혼의 심한 시장기를 느꼈던 화자의 20대 이후의 삶을 회고하면서, 느닷없이 찾아오는 주위 사람들의 죽음의 의미와 시간에 대한 성찰을 기록한다. 때로는 망각해서는 안 되는 것들을 기억에서 지워내며 일상을 견뎌내는 것이 생일지도 모르기 때문이다.

현실 변화를 바라보는 세 가지 방식

소설이 단순히 흥미로운 이야기의 전개일 뿐이라면 밀고 당기는 연애의 달콤함을 그리면 될 것이다. 그러나 소설은 당대 사회의 객관적 현실을 부분적으로든 전면적으로든 반영하기 마련이기에 사회적 현실을 바라보는 작가의 관점이 소설 속에 투영되어 드러날 수밖에 없다. 그러므로 변화하는 현실 속에서 개인과 사회는 어떻게 관련을 맺고 있는가를 소설 속 풍경을 통해 확인할 수 있다.

김훈의 「머나먼 俗世」(『문학동네』, 2004년 겨울)는 남해안의 섬에 자리한 폐사지 해망사海望寺에 행자로 있던 화자가 속세로 내려와 권투를 시작한 뒤 라이트웰터급 챔피언과의 시합 중에 과거를 회상하는 내용을

그리면서 수배자, 권투선수, 큰 스님 등을 통해 속세에 이르는 세 가지
방식을 보여주는 소설이다. "개 밥 줘라"는 한 마디만 하는 큰스님 난각難覺 밑에서 행자 노릇을 하던 화자는 어느 날 현상수배자 장일식이 절에
들어온 이후, 그의 한약을 두 달에 한 번씩 육지에서 지어나르다가 수배
자 전단에서 그의 얼굴을 확인한다. 장일식은 '유무전환론有無轉換論'이라
는 독특한 혁명이론을 앞세워 내란예비음모 등의 혐의로 수배된 1급 시
국사범이었던 것이다. 장일식은 큰스님과의 대화에서 '돌멩이'로 세상
을 바꾸려는 변혁 담론을 피력하지만, 큰스님은 저절로 바뀌는 것이 전
환이라며 '나무'를 응시하는 순환론적 인식을 강조한다. 장일식의 병이
악화되자 화자는 그를 경찰서에 신고하고, 1급 지명수배자의 은닉과 도
피방조로 큰스님도 장일식과 함께 잡혀가던 날, 큰스님은 "성불하어라"
라는 말을 남기고 떠나고 화자도 하산하여 권투선수가 된다.

　챔피언 타이틀 매치가 열리는 날 아침 장일식은 최종심에서 무기형
을, 큰스님은 2년형을 선고받는다. 챔피언 김득수와의 시합에서 화자는
4라운드에 국내에서 개발한 발기부전치료제 'NIRVANA' 이름이 새겨
진 링의 중간 "'V'자의 계곡 사이"에 쓰러진다. 김훈의 「머나먼 俗世」는
큰스님과 장일식, 화자 등의 삶을 통해 속세에 이르는 세 갈래 길을 제시
한다. 관중의 함성이 지켜보는 가운데 링 위에서 사투를 벌이며 속세의
법칙을 체득하고 있는 권투선수 '화자'의 세속인의 길, "나무에는 길이
있되, 그 길이 세상에 닿지 않"지만 나무의 계절 변화에서 볼 수 있듯 "저
절로 바뀌는 것이 전환"임을 설파하는 큰스님의 생태주의적 순환의 길,
세상은 나무와 같지 않다며 '돌멩이'로부터 시작되는 '유무전환론'을 피
력하다가 투옥된 장일식의 혁명적 투사의 길 등이 바로 '머나먼 속세'로

향하는 세 갈래 방식임을 보여주고 있는 것이다.

정지아의 중편 「어떤 날」(『실천문학』, 2004년 겨울)은 영재고등학교에서 벌어지는 선생과 학생, 교장 사이의 반목과 갈등을 그리며 영어를 상용화하는 교육 현실을 풍자한 교육소설에 해당한다. 국어과 박현호 선생이 애국가 제창을 거부한 이유로 해고된 지 1년이 지난 뒤에도, 학교에서는 여전히 민족교육과 영재교육을 표방하고 있는 학교답게 학생들은 한복인 교복을 입으며 선생들도 한복에 갓까지 쓰면서, 영어 상용 교칙을 지키지 않으면 벌점을 받으며 생활한다. 어린 시절 독립군의 꿈을 품었다는 교장은 학교에서 우리말을 대놓고 사용할 수 있는 사람이지만, 영어상용 정책의 주창자이면서 영어교육을 1970년대의 달러쯤으로 생각하고 영어를 위해서라면 어떤 불의나 비합리도 용서될 수 있다는 교육철학을 지닌 독재 권력의 표상 같은 존재이다. 그럼에도 불구하고 일반 학교에 비해 2배 이상의 높은 월급을 받는 선생들은 교장에 대한 불만을 참아낼 수밖에 없다.

눈이 내리는 겨울 날 아침 학교에 들어선 선생들은 교사의 방에까지 감시카메라가 설치된 사실을 알게 된다. 1년 전 국어과 박 선생이 떠난 후 학생들이 수업거부에 돌입하자 교장은 학생과 교사들에게 '전 국어과 교사 박현호, 알고 보니 빨갱이였다!'라는 자료집을 배포했었다. 그러나 '빨갱이 콤플렉스'라는 반시대적인 발상 속에서 불합리하고 몰이성적인 학교 운영을 감행함에도 물구하고 작은 소동만이 있을 뿐 선생들과 학생들은 교장이 건재한 학교의 규범과 질서를 바꾸어내지 못한다. 문예반 학생인 성현만이 감시카메라를 부수는 행위를 겨우 할 뿐이다. 국내 물리학 박사학위가 고작인 마흔의 서술자인 '그' 역시 교수가 될 확률이 제로이기 때문에 생계를 위해서라도 교사 방에 매달린 감시카메라를 거부하거나 잘못된 방식에 저항하지 못한다. 정지아의 「어떤 날」은 교장의 권력이 독재적으로 작동하는 영재고등학교의 다양한 문제점들을 드러내면서 독재적 체제와 발상, 시스템의 문제를 제기한다. 특히 영어상용의 허구성이라는 현실적 문제를 제기함으로써 교육 현실의 폐해를 지적한다.

조정래의 「미로 더듬기」(『현대문학』, 2005.1)는 중국 사회주의 시장경제의 변모를 보면서 '당은 무오류'라는 말의 오류와 북한의 체제와 경제에 대한 비판적 단상을 형상화한 작품이다. '공산당이 당은 무오류라고 한 것은 오류'라는 말을 국장으로부터 들은 윤기현 기자는 당원이 인민 위에 군림하는 권력자의 모습을 하고 있음을 중국에 와서 체감한다. 윤기현은 '당원들의 관료주의'를 질타하면서도 당의 위력 앞에 잔뜩 주눅 들어있는 서춘배의 모습을 본다. '돈벌이 꿈'을 위해 당원을 포기한 '소수 민족인 서춘배'의 모습은 군부독재 아래서 30년 가까이 위축된 채 연명해온 자신과의 유사성을 느끼게 한다. 인민을 위한 봉사와 헌신이라는 사명감을 상실한 채 '변질된 당원'의 모습 속에서 '절대권력의 부패'를 감지하고, 돈벌이를 위해 당원 자격과 교수직을 내던진 택시운전사 김동원의 모습을 보며 윤기현은 '당의 무오류가 오류'라는 표현에 더욱 공감하게 된다. 더구나 범죄예방 효과를 위해 공개총살을 감행하는 반인권적 중국의 재판 모습에서 '국가권력의 정당성'의 범주와 한계에 대한 회의를 품게 된다.

자본주의와 사회주의 체제의 이데올로기적 차이가 별로 없는 시장에 들른 윤기현은 등소평의 흑묘백묘론과 사회주의 시장경제의 변화상을 체감하며, '맹목적인 청바지의 유행바람'을 일으킨 마력적인 미국 자본주의의 위력을 절감한다. 하지만 시장 통에서 볼품없이 질 나쁘고 조악스런 북한 상품들을 보며 같은 민족으로서 우울한 감상에 빠지게 된다. 특히 윤기현은 인민들이 사회주의보다 자본주의를 더 좋아한다는 사실과 이대로 가면 북조선은 가망 없다는 이야기를 서춘배로부터 들으며 북한의 집권세력에 대한 회의를 갖게 된다. 나아가 중국의 당원 4천5백만이 연간 휴가가 석 달씩 된다는 말에 윤기현이 사회주의의 변화에 대해 수수께끼 같은 연상을 복잡하게 이어가는 것으로 작품이 마무리된다.

조정래의 「미로 더듬기」는 중국 사회주의 시장경제의 변화와 당원들의 변질, 당의 오류에 대한 단상을 기록하면서 변화 혹은 변질되고 있는 중국 사회주의의 현실과 북한 체제에 대한 문제의식을 담아내고 있다. 현실 사회주의권의 몰락 이후 사회주의 국가가 진행하는 자본주의 시장경제의 수용 양상을 '미로를 더듬어가는 방식'으로 비판적으로 회감하고 있는 작품인 것이다.

잃어버린 '서사'를 찾아서

지금까지 거론한 작품들 이외에도 일상 현실의 특이한 순간을 포착하여 그 의미를 밀도 있게 천착하는 발상의 참신성을 드러낸 작품들이 많다. 김예나의 「유실물 센터」(『문학사상』, 2005.1)는 '망각동 지하철 유실물 센터' 직원인 화자를 통해 엄마의 의식 없는 영혼과 남편의 육체적 탐닉을 대조적으로 그리면서 잃어버린 영혼들의 유실 공간에 대한 탐색을 형상화하고 있다. 김윤영의 「얼굴없는 사나이」(『내일을 여는 작가』, 2004년 겨울)는 늘 '한결같은 사람'이며 초식동물에 가까운 성격이었던 선배가 실직된 이후 스스로 실종자가 되어 '얼굴 없는 사나이'(전철 역 손풍금을 연주하는 걸인)로 변신한 이야기를 통해 실직과 구직의 문제를 조망한다. 김중혁의 「무용지물 박물관」(『한국문학』, 2004년 겨울)은 시각장애인용 인터넷 라디오 방송에서 시각 장애인들을 위해 모든 사물을 탁월하고 섬세하게 말로 묘사하는 진행자의 모습을 통해 디자인을 새롭게 인식하게 된 화자의 이야기를 포착한다.

부재와 상실을 추적하는 소설은 기원을 문제삼기 마련이다. 그 기원에 도사리고 있는 다층적인 의미망들은 다양한 작가들의 촉수에 의해 서사로 건져올려지기를 고대한다. 그러한 기대는 소설의 서사성이 디지털 시대에도 여전히 강력한 힘을 발휘할 수 있음을 증명한다. 그리고 앞서 살펴본 작품들을 통해 서사의 진면목이 생생하게 자신의 목소리로 표현되고 있음을 확인할 수 있다.

잃어버린 것, 사라진 것, 없는 것 등의 잔해를 응시하는 소설은 "돌⬛, 소설하기의 잡스러움!(박상륭, 「무소유—쓰여져본 적이 없는 얘기의 줄거리」, 『현대문학』, 2005.1)"이라는 꾸짖음을 받을 수도 있다. 그러나 그러한 꾸지람 속에 깃든 애정을 바탕으로 잡스러움을 수용하며 넘어서려는 노력이 영상매체 시대를 감당해낼 수 있는 소설의 원동력이 될 것이다. 따라서 '부재와 상실'의 자리를 의미화하기 위한 작가의 노력은 '잃어버린 서사'를 복원하기 위한 끊임없는 질문으로 계속될 수밖에 없다.

—『문학과 경계』, 2005년 봄호

자의식적 글쓰기에서 풍자적 상상력까지

허구의 확장

지난 계절에 발표된 작품들 중 자의식적 소설가 소설, 우울한 현대인의 몽상, 삶과 죽음에 대한 천착, 모순적 현실에 대한 예리한 풍자, 확장된 상상력을 통한 현실 비판 등의 작품들에 주목하였다. 소설은 소재나 제재로서의 텍스트의 '무엇'에 주목하기보다는 그 저변을 관류하는 '왜'와 '어떻게'에 주목하면서 이야기를 가공해내는 장르이다. 지난 봄을 풍성하게 수놓은 작품들은 소설이 그러한 구체적 생의 이유와 방법들을 모색하면서 자신의 영역을 끊임없이 확장하고 있음을 보여준다.

우선 작가의 소설쓰기에 대한 자의식의 일단을 확인할 수 있는 소설로 박상우의 「기구한 운명에 관한 리포트」, 이명랑의 「누군가 목덜미를 잡아챘다」, 최윤의 「파편자전: 익숙한 것과의 첫 만남」 등을 주목하였

다. 이 글들은 새로운 형식과 내용의 자의식적 고민, 진짜 생과 가짜 소설
에 대한 비판의식, 작가로 성장하기까지의 내면 탐색 등을 통해 소설가
들의 문제적 고민의 수준과 양상을 여실히 보여준다.

　두 번째로 '실직―취직'을 통해 현대인의 남루한 초상을 그려낸 소설
로 차현숙의 「별 헤는 밤」, 박완서의 「거저나 마찬가지」, 심윤경의 「토
토로의 집」 등을 주목하였다. 이 글들은 실직으로 인한 가정 붕괴 이후의
실낱 같은 희망 찾기, 변화된 시대 속에서 허위 의식과 위선적 속물 근성
으로 살아가는 생활인의 모습, 주말 부부로 살아가는 가정의 쓸쓸한 희
망 만들기 등을 통해 소비 자본주의 사회의 생존 본능과 경제적 성취욕
에 대한 단상을 펼쳐보인다.

　세 번째로 '죽음(생)'에 대한 문제를 다룬 소설로 정찬의 「야윈 몸」,
권지예의 「봉인(封印)」, 이혜경의 「피아간」 등을 주목하였다. 이 글들
은 아버지의 죽음과 인도의 갠지스강의 죽음 풍경을 겹쳐본다거나, 죽음
을 목전에 두고 죽음 의식을 붙안고 살아가는 인간의 한계 상황에 대해
천착하고, 거짓 임신과 아버지의 임종이 겹쳐지면서 삶과 죽음의 경계에
대한 질문을 던지는 등 구체적 생과 초월적 죽음의 존재론적 의미에 대
한 진지한 성찰을 모색한다.

글쓰기의 진정성

좋은 작가는 자신이 구축해온 성채에 안주하지 않고 끊임없이 새로운 소설 영토를 개척하기 위해 분주히 노력한다. 그 노력은 글쓰기의 본원적 의미에 대한 질문 속에서 다양한 소설적 변형을 통해 나타난다. 그리하여 읽히는 소설이 아니라 청자의 심금에 밀착되는 '오디오용 소설'(이기호의 「나쁜 소설」, 『실천문학』, 2005년 봄)을 도발적 상상력으로 꾸며내기도 한다. 하지만 '소설 창작'이란 아이디어적 새로움에만 고착되지 않는다. 형식적 새로움과 내용적 기발함, 성찰적 전언을 담아내기 위한 작가들의 진지한 고투는 전방위적으로 진행된다. 그야말로 발과 땀과 피가 머리와 손의 상호 작용 속에 버무려져 하나의 '기구한 소설'이 탄생되는 것이다.

박상우의 「기구한 운명에 관한 리포트」(『문학사상』, 2005.3)는 '인터뷰 소설'이라는 장르를 개척하기 위해 '기구한 운명'의 소유자를 탐문하는 탐색의 과정을 그린 소설이다. 새로운 형식의 소설인 '인터뷰 소설'을 꿈꾸는 화자는 내용과 형식이 기막힌 조화속에 작가적 상상력과 실제적 인생 경험이 혼효되어 문학성과 현장성이 양립 가능한 소설을 창작하고자 기획한다. 그러나 인터뷰 대상에 대한 고민 속에 조건을 제한해본다. 즉 인생에 대한 당사자의 자각 정도, 인생에 대한 진지함과 솔직함, 인생에서 얻은 지혜와 깨달음, '현실적 성공인'은 불가 등의 단서가 제시된다. 그러자 자연스럽게 인터뷰 소설의 주인공은 기구한 운명의 소유자로 귀결된다. 이때 화자는 기구한 운명의 모델로 인간의 고행과 수난을 상징하는 신화적 존재인 '프로메테우스와 시시포스'를 떠올리면서 그 같은 운명을 소유한 존재를 갈급하게 된다.

그러던 어느 날 낮에는 피부 미용실, 밤에는 카페 '첼로'를 운영하는 50대 초반의 여성 '마미루'를 '기구한 운명의 소유자'로 소개받게 된다. 그리하여 카페로 찾아간 화자에게 그녀는 '운명의 섹시함'과 '색광 같은 열정'으로서의 운명을 말한다. 그녀에게 운명은 성적 메타포의 상징인 것이다. 그러면서 '인생의 한 순간'에 내포된 '우주'를 들먹이면서 실존 감을 강조하며 운명의 부재를 선언한다. 그리고는 변명하듯이 이 자리가 매상을 위한 호객 행위에 불과했으며 운명의 자리에는 동침한 남성의 기억만이 잔존한다고 덧붙인다. 결국 화자는 운명에 대한 환상과 집착과 무지를 자탄하며 운명의 노리개가 되어 운명에 의해 조롱 당하고 저주받았다는 비참한 자기 비판을 가하게 된다. 그러나 2년 뒤 "운명은 없다"라는 카페 마담의 견해에 묵시적으로 동의를 하면서 운명을 부정하는 연기를 했던 그 여인이 '기구한 운명의 소유자'였음을 깨닫게 된다. 비로소 '기구한 운명'의 소유자들은 인위적으로 진실을 표방하거나 가공하거나 모방하지 않으며 운명을 그냥 살아낸다는 생의 진실을 파악했기 때문이다.

박상우의 「기구한 운명에 관한 리포트」는 '인터뷰 소설'이라는 새로운 형식과 내용에 대한 창조적 고민이 새로운 소재와 대상, 모티프를 찾는 지속적 방황을 강제한다는 사실을 보여준다. 그 속에서 작가의 새것 콤플렉스가 오히려 창조성을 억압하는 족쇄가 될 수도 있으며, 때로는 '운명'보다 깊은 삶의 진정성을 간과하는 우를 범할 수도 있음을 보여준다. 이 작품은 '새로운 소설쓰기'에 대해 작가들이 간직하고 있는 창조성에 대한 작가적 몽상이 실은 강박적 자의식의 일단을 내포하고 있다는 불편한 진실을 포착하고 있는 것이다.

이명랑의 「누군가 목덜미를 잡아챘다」(『실천문학』, 2005년 봄)는 고향 영등포에서 약 30년 동안 리어카를 끌던 고물장수 아저씨의 증언을 통해 작가가 구상 중이던 디지털 시대를 상징하는 소설 창작이 내포한 허구성에 대해 반성적 질문을 던지는 소설이다. 화자인 '나'는 소설 탈고를 위해 30년 가까운 세월 동안 영등포 일대에서 고물장수였던 영식이 아저씨를 만나 인터뷰를 하게 된다. 하지만 기대와는 달리 아저씨의 입에서는 두서없이 강원도 삼척 탄광에서 일하다 1980년 삼청교육대에 끌려갔다가 그 해 8월에 영등포로 오게 된 이야기가 흘러나온다. 그리하여 젊은 시절 망나니에 불한당이었던 이야기에 푹 빠져 정작 화자에게 중요한 영등포역 주변 풍경이나 쪽방 사람들의 이야기는 괄호쳐진다. 화자는 '그들도 가끔은 포르노그라피를 꿈꾼다'라는 제목의 소설을 통해 디지털 시대의 상징인 컴퓨터나 인터넷, 포르노 등과 무관한 삶을 살아가는 주변인들의 세계를 묘사하기 위해 아저씨를 인터뷰하고자 기획했던 것이다. 그러나 화자가 의도했던 디지털 시대의 주변인 이야기는 타인의 죽음(정아 아버지)을 대신하여 자신의 삶을 살아내야 했던 영식이 아저씨의 20년 세월 앞에 그야말로 허구로 판명된다. 결국 삶의 진실 앞에 소설적 허구는 무기력해지고 마는 것이다.

이명랑의 「누군가 목덜미를 잡아챘다」는 작중 화자가 '그들도 가끔은 포르노그라피를 꿈꾼다'라는 당대적 소설을 통해 묘파하고자 했던 허구적 진정성이 삶의 실체적 진실의 무게 앞에 초라해지는 소설가의 자의식을 보여준다. 즉 실재하는 생의 구체적 진실 앞에서는 그 어떠한 허구적 진리 탐색도 가짜로 판명될 수밖에 없음을 포착함으로써 소설적 허구의 한계를 짚어낸 작품이다. 작가의 소설가적 자의식이 숙연한 인생의 무게 앞에서 무릎을 꿇고 있는 것이다.

최윤의 「파편자전: 익숙한 것과의 첫 만남」(『문예중앙』, 2005년 봄)은 제목처럼 화자의 기억 속에 고요히 웅크리고 있는 파편적 무의식들에 대한 회고담을 그린 자전적 소설에 해당한다. 화자는 10여 년 전에 파리의 한 정신분석자와의 상담에서 빈 거리를 혼자 걷고 있는 '① 6세 소녀의 이미지'를 '가장 인상적인 자기 이미지'라고 대답한다. 그것은 그녀가 1인칭 독백체의 존재임을 보여준다. 그때 이후 소녀의 기억 속에는 존재하지 않았던 '② 가족'을 "처음 만나듯, 오랜만에 재회하듯" 만나게 된다. '③ <강아지> 패피'를 통해 인간의 겸손과 인간에 대한 상상적 연민을 배운 화자는 독감으로 패피가 죽은 뒤 '혹독한 상실감'에 빠진다. 이후 화자는 유년 시절의 독서행위가 비밀이었고 그때 읽은 모든 책이 <금서>였으며, 화자만의 숨겨진 생존 활동이 '④ 독서'였음을 기억해낸다. 그리고 30세 넘어 <노래>를 만나고는 이미 오래 전에 '매우 본질적이고 무형의 가변적인 것'이 '⑤ 노래(=나)'였던 기억이 내재한다. 이후 '⑥ <놀이>'가 몸에 상처를 남겼던 기억을 떠올리며, 시간이 지나면서 점점 '⑦ <말>'의 위상이 격상되었음을 알게 된다. 말이 "행동에 앞서서 행동을 유도하는 선언"이었기 때문이다. 이어서 '⑧ 구치소'에서 <쌍화타앙> 소리에 놀라 새우잠에서 깨어나던 기억을 떠올린다.

화자가 '가장 자주 처음 만난 사람'은 '⑨ <어머니>'이다. 그리고 두려움으로 기억하는 화자의 '최초의 무서운 <우표>'는 '⑩ 우표'를 잘못 붙여 아버지와 어머니의 관계에 파국을 일으켰기 때문에 두려움으로 기억된다. 글쓰기 이전에 '아직 정체가 밝혀지지 않은 욕망의 대체물'이었던 '⑪ 만화'가 있었다. 하지만 화자에게 "가장 독하고, 진하며, 매번 유일한 쾌락"은 '⑫ 글쓰기'였으며, 그 '고통과의 관계에서 변태적'이고 사적 사실 관계에서는 '노출증 환자의 이율배반'을 내장하고 있는 것'이 <글쓰기의 쾌락>임을 토로한다. 따라서 중학교 시절 이후 자학성을 내포한 글쓰기는 세상과 세상, 여기와 저기, 지금과 '지금 아닌 어느 시간'을 연결하는 '겸손한 통로'로 기능한다.

최윤의 「파편자전」은 부제에서 드러나듯 소녀 혼자라는 이미지로부터 출발하여 '가족, 강아지, 금서, 노래, 놀이, 말의 위상, 구치소의 쌍화탕, 어머니, 무서운 우표, 이사, 종이비행기, 글쓰기의 쾌락' 등에 이르기까지 유년 시절로부터 화자에게 익숙했던 존재들과의 만남의 단상을 기록한 소설이다. 이러한 자의식적 글쓰기는 마치 의식의 흐름을 따르는 '회고담'처럼 낯설면서도, 마치 정신분석 상담을 진행하는 피분석자의 내면을 들여다보고 있는 것 같은 착각 속에 독자의 관음증적 욕망을 충족시켜준다.

자본의 담론에서 생존하기

현대 사회는 시장 만능의 경쟁 사회라는 미명 아래 성공 제일주의 신화를 조장한다. 특히 자본주의 경제 체제 속에서 모든 성공이 경제 논리로 환원되는 가운데 빈부의 양극화는 오히려 더욱 확산된다. 그러므로 소수의 성공의 이면에는 다수의 실패와 낙오가 자리한다. 여기에서는 성공 신화에서 도태된 일상인들의 위선적이고 때론 위악적인 욕망을 추적함으로써 패배적 일상의 씁쓸함을 이야기하는 소설을 주목하고자 한다.

차현숙의 「별 헤는 밤」(『한국문학』, 2005년 봄)은 가족 붕괴 이야기를 밑바탕에 깔면서, 가정주부로만 지내오던 '여자'가 남편의 가출 후 딸의 연예계 성공 신화를 작성하기 위해 연예인 집 파출부로 들어가게 된 이야기를 통해 성공에 대한 집착이 지닌 허상을 포착한다. '여자(최옥선)'는 17층짜리 화려한 '올림푸스 휘트니스센타' 건물을 보며 '돈의 위력'을 체감하고, '부와 권력'을 위해 영혼 이상의 것도 매매할 수 있다고 다짐한다. 돈 때문에 무시당하고 괴로워하며 살아온 과거가 있기 때문이다. 39세에 비로소 '자유인'이 된 '여자'는 자신과 딸 하늘이를 두고 집을 나간 남편과 아들에 대한 분노를 곱씹어본다. 고등학교 졸업이 최종 학력이던 '그녀'는 백화점 점원으로 백화점 광고지에 몸 모델을 할 정도였지만 남편과 만나 결혼한 뒤 백화점 일을 그만두게 되었다. 한때 여자에게 가정은 '몸과 영혼'을 모두 헌사하며 완성한 '예술작품'이었다. 하지만 남편이 실직 후 인감도장과 집문서를 들고 가출하고, 18세 우등생 아들(바다)은 고시원에서 공부한다며 떠나면서 가정은 붕괴된다. 며칠 전 무속인으로부터 연예인 스타 지망생 중3 딸(하늘)에게 별이 5개나 떠 있으니 대출해서라도 뒷바라지를 해주라는 말을 듣게 된다. 그리하여 그녀는 '짝퉁' 고가품으로 치장한 뒤 파출부 소개업소에서 '스타급 연예인 집'을 소개해달라며 소장에게 수표 세 장을 건넨다. 그리고 그녀는 소개받은 연예인 집으로 향하면서 S대 남편과의 결혼이라는 '첫 성공' 이후 딸의 '두 번째 성공'을 향해 질주하는 것으로 작품은 종결된다.

차현숙의 「별 헤는 밤」은 남편의 실직 모티프를 토대로 '짝퉁'으로 포장한 여자가 딸 아이의 '몸'을 무기로 연예계 성공을 위해 매진할 수밖에 없는 과정을 그리고 있다. 우리 시대의 한 가정이 몸과 영혼을 자본의 논리에 포박당한 채 얼마나 손쉽게 붕괴될 수 있는지를 소품 형식으로 그려낸 작품이다. '여자'가 두 번째 성공을 위해 달려가지만 '자본'이라는 '밑천'이 없는 여자에게 두 번째 성공은 그리 녹록해보이지 않으리라는 사실을 암시함으로써 소설은 '돈의 위력'이 좌우하는 현실적 모순에 대해 풍자한다.

박완서의 「거저나 마찬가지」(『문학과사회』, 2005년 봄)는 '거저나 마찬가지'라는 '싼값' 표현이 내포한 미묘하고 강제적인 함정에 대한 이야기를 그린 풍자소설이다. 40대 초반에 건망증이 심한 화자 '나(김영숙)'는 집주인인 고등학교 선배 언니로부터 집필실로 쓰라는 말과 함께 "5백만 원 전세면 거저나 마찬가지"라는 말을 듣고 시골 별장과 오두막의 중간쯤 되어 보이는 집에 전세를 들게 된다. 대학을 중퇴한 '나'는 친척 아저씨가 경영하는 수출 의류 납품 봉제 공장에 취직했었는데, 그곳에서 위장 취업한 선배 언니의 선언문 등에 살을 붙여 감동을 불어넣다가 선배 언니에게 "내가 작사가라면 너는 작곡가"라는 말을 들으며 흡족해 한다. 하지만 친척 아저씨에 의해 해고된 화자는 이벤트 회사 홍보팀에서 짧은 말을 지어내는 일을 맡아 하게 된다. 공장기술자였던 기남이의 자취방에서 동거하게 된 화자는 선배 언니로부터 '처세술, 설교집, 명상록' 등의 번역 원고를 윤문하는 일을 맡게 된다.

그러나 전셋집에 차츰 언니네 부부 모임 사람들이 드나들면서 화자는

‘세입자’에서 ‘별장지기’로 호칭이 바뀌게 된다. 뿐만 아니라 그들이 올 때면 푸성귀를 뽑고 다듬고 씻는 일과 설거지를 하게 되면서 화자는 ‘거저나 마찬가지’에 대해 심각하게 의심하게 된다. 언니네 부부는 승승장구하여 남편은 공직에 등용되고 언니는 시민 단체를 주도하지만 화자는 ‘거저’와 ‘마찬가지’ 사이에서 끊임없이 고민한다. 그러다 자존심에 상처를 입은 화자가 ‘기남’이와의 섹스에서도 “거저나 마찬가지 섹스는 안 할 거야”라면서 ‘거저’ 근성을 고치자고 말하면서 작품은 종결된다. 결국 ‘거저나 마찬가지’의 속내가 ‘거저’에 기댄 ‘마찬가지’의 심리를 강조하지만 ‘없는 사람’에게는 ‘거저’가 아닌 ‘비합리적 현실 논리’를 내포하고 있음을 보여준다.

박완서의 「거저나 마찬가지」는 노동운동을 하던 선배 언니가 속물적으로 변해가는 모습과 ‘별장에 전세 든 세입자’에서 ‘별장지기’로 위치가 전락되는 화자의 모습을 대비시킴으로써, 위선적인 현대인의 모습을 풍자하고 있는 작품이다. 특히 민중을 위한다던 언니가 시대가 바뀌자 허위의식 속에 속물 근성을 내비치며 화자를 대상화하는 모습은 기득권층의 이중인격적 속성을 적나라하게 폭로한다. ‘거저나 마찬가지’가 ‘거저’에 기댄 사람의 자존감에 심각한 상처를 입힐 정도의 함정의 논리일 수 있음을 풍자하고 있는 것이다.

심윤경의 「토토로의 집」(『문학동네』, 2005년 봄)은 지방 소도시에서 살아가는 기러기 가족의 이야기를 애니메이션 이야기와 중첩시켜 남편 교수 만들기의 지난함 속에서 일상의 희망을 노래하는 소품이다. 네 식구의 생활비를 벌어야 하는 여성 가장인 ‘나’는 시골 새집으로 이사간 가족을 한 달 만에 만나러 간다. 조실부모한 화자는 군무원으로 근무하다

귀티가 역력한 장교였던 남편과 연애하면서 자신이 올라선 ‘인생의 최고 정점’에서, ‘일시적 인생의 최저 하락점’을 감내하는 남편을 만난 것에 자부심을 갖고 있다. 고급 여성의류 생산 공장을 경영하던 시아버지는 자식에 대한 경제적 지원을 확신하는 말로 결혼을 절반 승낙한다. 말 그대로 제대 후 대학원에 진학한 남편을 따라 서울로 올라온 화자는 부자인 시아버지로부터 넉넉히 생활비를 받을 수 있었다. 남편은 경제적 자립에 대한 고민이나 책임 없이 오로지 긴 공부를 마치고 교수직을 얻는 것만이 할 일이었다.

그러나 시아버지가 주식 투자로 재산을 거의 모두 잃게 되고 당뇨 합병증으로 쓰러진 뒤 남은 재산이 거의 없음을 알게 된 화자는 생계를 위해 일을 시작하게 되고, 남편은 학위를 받았지만 교수 자리의 전망은 점점 더 어두워진다. 커다란 자격지심과 열등감을 가면처럼 덮어쓰고 마지막 희망으로 집을 팔고 남은 차액을 모교에 기부했지만 결과적으로 남편은 교수가 되지 못한다. 화자는 새집으로 오면서 토토로가 사는 나무랑 똑같은 구멍이 있다는 뒷산의 거목에 대해 알게 된다. 더불어 두 아이들이 가장 심취해 있는 애니메이션 캐릭터인 ‘숲의 요정 토토로’가 나무 위에서 피리를 불고 도토리를 선물로 준다는 이야기를 듣는다. 화자는 남편과 두 아이가 함께 목욕하는 모습을 지켜본 뒤 두 아이의 머리를 빗어주며, 토토로가 도와주면 소원이 성취된다는 아이의 말을 듣고 교수직 입성을 희망한다. 하지만 남편과 세 번에 걸쳐 사랑의 행위를 가진 뒤 화자가 ‘부끄러움’을 삼키는 것으로 작품이 종결되는 것을 볼 때 이 가정의 미래는 그리 밝지 못함을 확인할 수 있다.

심윤경의 「토토로의 집」은 ‘미야자키 하야오’의 <이웃집 토토로>라는 영화의 모티프를 차용하여, 주말부부인 회사원 화자가 시간강사 남편과 아이들을 만나러 새집으로 찾아가는 이야기를 통해 경제 논리가 양산하는 신 이산가족의 풍경을 보여준다. 시아버지의 경제력을 믿고 남편의 교수직 채용을 확신하며 미래를 설계해온 화자의 가정이 시아버지의 파산 이후 경제적 궁핍함 속에서 살아갈 수밖에 없는 상황을 통해 전망이 부재한 소시민 가정의 막막한 모습을 현실적으로 그려낸 작품이다. 그러나 '토토로'에 기대고 있는 아이들의 천진난만한 모습 속에서 화자와 남편이 힘겨움 속에서도 작은 희망을 간직하게 된다는 점에서 미래적 전망을 견지하려는 일말의 낭만주의적 결말을 보여준다.

죽음으로 성찰하는 생

인간에게 죽음은 생과 더불어 선험적으로 규정되는 사건이다. 굳이 실존주의적 잣대를 적용하지 않는다 하더라도 생과 죽음은 인간을 늘 경이와 불안에 빠지도록 만드는 두 가지 양태임에 분명하다. 소설 속 죽음은 끊임없이 생의 무게를 확인하게 하고 사후 세계에 대한 두려움을 생래적으로 인지하게 한다. 죽음과 생을 겹쳐보는 태도는 중첩된 점이지대의 장면에서 새로이 죽음의 의미를 통해 생의 유의미성을 천착할 수 있도록 유도한다.

정찬의 「야윈 몸」(『문예중앙』, 2005년 봄)은 어머니의 제사를 모시러

갔다가 임종하게 되는 아버지의 모습과 갠지스 강에서의 죽음 풍경에 대한 교차적 겹쳐보기를 통해 죽음과 삶, 갠지스와 인간 등을 성찰하며 죽음의 의미를 추출하고 있는 작품이다. 총 9장으로 이루어진 정찬의 「야윈 몸」에서 1, 3, 5, 7장은 병약해진 아버지가 쓰러져 죽음에 이르게 되기까지의 이야기를 다루고 있고 2, 4, 6, 8장은 갠지스 강변에서 죽어가는 여러 죽음의 풍경을 그리고 있다. 그리고 9장에서는 병행되던 이야기가 종합된다.

1장에서 화자의 아버지는 병약한 몸을 이끌고 21년 전에 암으로 돌아가신 어머니의 제사를 지내러 서울 형님 집에 가겠다고 고집을 피운다. 2장에서 화자는 인도인들이 강물에 씻긴 망자의 육신을 화장하는 모습을 본다. 갠지스 강변에서 죽고 육신을 태워 남은 재를 강물에 흘려보내면 윤회에서 벗어나 영원한 해탈을 얻는다는 사실을 믿기 때문이다. 3장에서 화자는 아버지에게 제사가 조상에 대한 경외의 의식이었음을 기억한다. 아버지의 지극한 절의 모습이 제사의 공간을 투명하게 만들었던 기억, 자정 전에는 귀신이 오지 않기 때문에 자정이 넘어야 시작되던 제사, 할아버지가 쓰러진 뒤 두 발로 서서 죽은 자에게 절을 하지 못하는 자는 산 자가 아닌 것을 느끼게 해준 제사의 풍경 등을 떠올리며 기차로 아버지를 모신다. 4장에서 화자는 강변 모래톱에서 버림받은 여자의 육신을 개들이 뜯어먹고 있는 비현실적인 죽음의 풍경을 바라본다. 5장에서 제사의 중심 역할을 하는 아버지를 모시고 서울 형님 집에 도착한 화자는 어머니의 제사를 모시다 아버지가 쓰러지는 모습을 보게 된다. 6장에서 갠지스 강에서 임종을 맞기 위해 48시간 걸려 기차를 타고 죽음을 앞둔 아버지를 업고 온 청년이 벌거벗은 노인을 품에 안고 강으로 들어가는 풍경이 그려진다. 7장에서 목욕탕에 갔다온 아버지가 얼마 뒤 혼수 상태에 빠지자 화자는 아버지를 병원 중환자실로 옮기게 된다. '영양실조와 전해질의 불균형, 산소 부족과 혈압 저하' 판정을 받은 아버지를 보며 화자는 아버지가 곡기를 끊은 것을 몸의 자연스러운 요구의 결과로 여긴다. 뿐만 아니라 의사의 치료가 아버지의 몸의 자연스런 현상에 역행한다고 판단하면서 의사의 치료는 죽음의 시간을 잠시 유예시킬 뿐이라고 생각한다. 결국 그날 밤 아버지가 숨을 거둔다. 8장에서 죽음이 흐르는 강인 갠지스에서는 삶과 죽음의 자리를 바꾸어 죽음이 삶을 바라보며, 인간이 갠지스를 보는 것이 아니라 갠지스가 인간을 바라보는 형국임을 화자는 깨닫는다. 9장에서 아버지의 장례를 치른 뒤 화자는 가물거리는 의식 속에서 황량한 사물 같은 아버지의 몸이 강물과 함께 흐르고 있는 모습을 떠올리면서 작품은 종결된다.

결국 「야윈 몸」은 제사를 통해 죽은 자에 대한 경외 의식을 표현하던 아버지가 죽어가면서 느끼게 되는 회한과 그 야윈 몸의 움직임을 지켜보는 화자의 씁쓸함, 갠지스 강에서의 화장火葬과 수장水葬 등이 어우러져 삶의 끝자락인 죽음의 다양한 의미를 추적하고 있는 작품이다. 초반에는 교차 편집이 제공하는 병렬적 시선이 낯설게 느껴지지만 결과적으로 죽음의 보편성으로 종합되고 있다는 점에서 주목할 만한 텍스트에 해당한다.

권지예의 「봉인(封印)」(『세계의문학』, 2005년 봄)은 췌장암일지도 모른다는 판정을 받은 수옥이의 죽음 의식을 중심으로 결혼 8년만에 임신한 여동생의 자살, 뇌졸중으로 쓰러져 노인병원에 요양중인 아버지 등을 통해 삶과 죽음의 경계에 선 사람들의 이야기를 주목한다. 결혼 8년만에 임신한 여동생 수진의 아이가 태어나는 날 화자인 수옥은 췌장암일

지도 모른다는 판정을 받게 되면서 죽음에 대한 단상을 이어간다. 수옥은 어머니로부터 죽은 사람들이 공기의 흐름을 바꿔놓고 막힌 실내에서 바람도 일으키며 반가운 기척을 하는 것이라는 말을 들었던 기억을 떠올린다. 그러면서 죽은 자들이 보내는 기척은 죽음의 세계에 다가가는 사람에게나 느껴진다는 생각 속에 투명한 하얀 그림자가 지나가는 듯한 느낌, 공기의 미묘한 흔들림, 시야의 사각지대에서 느껴지는 흐릿한 아지랑이 등을 자각하게 된다. 짧은 봄을 애틋해하는 49세의 수옥은 새빨간 장미 꽃다발을 안고 상가에 온 소복 입은 여자의 환상을 접하며 '도플갱어'라는 말과 함께 자기 자신의 모습을 만난 사람은 곧 죽게 된다는 말을 들은 적이 있음을 떠올린다. 또한 '죽음과 에로티시즘'이라는 그림을 보면서 인간의 육체란 삶과 죽음이 머물다 가는 '정류장'임을 깨닫는다. 수옥이 죽음에 대한 단상에 빠져 있을 때 이복동생인 수진은 선천성 복벽결손증의 아이를 낳는다.

뇌졸중으로 쓰러져 노인병원에 3년째 요양중인 아버지를 만나러 간 수옥은 자신과 수진의 아기와 아버지 등이 죽음의 파티에 초대받았으며, "봉인을 뜯기 전의 초대장처럼" 누가 먼저 그곳에 도착하게 될지는 알 수 없다고 느낀다. 하지만 세 사람 중에서 유일하게 죽음을 의식하고 있는 사람은 홀로인 자신이라서 수옥은 자신이 제일 두렵고 불행하다고 느낀다. 한때 친구의 남편을 향해 열정을 느끼기도 했던 수옥은 수진으로부터 갓난애에게 희원이란 이름을 지어준 사실을 전해듣고 목이 메어온다. 하지만 이튿날 병원에서 검사결과를 정상으로 통고받은 수옥은 여전히 "삶과 죽음의 경계"에서의 삶을 의식하며 집으로 돌아와 허탈한 마음에 술을 마시고 다음날 저녁에 깨어난다. 하지만 핸드폰 음성메시지에는 희원이가 죽고 수진이가 목을 매 자살했다는 제부의 절규가 녹음되어 있는 것으로 작품은 종결된다.

권지예의 「봉인」은 삶과 죽음의 경계에 대한 천착을 통해 죽음이라는 불가항력적 사건이 느닷없이 찾아오는 임의적 사태임과 동시에 운명을 예측한다는 것이 얼마나 어리석을 수 있는지를 보여주는 작품이다. 특히 죽음을 의식하고 있는 유일한 존재인 수옥이 죽음 파티로의 초대로부터 유예되고, 오히려 갓 태어난 아이가 사망한 사실과 그 아이의 엄마가 자살한 사건을 통해 죽음의 가능성이 우리 생의 현장 곳곳에 편재하고 있음을 드러내고 있다는 점에서 주목할 만한 작품이다.

이혜경의 「피아간(彼我間)」(『창작과비평』, 2005년 봄)은 갓난아기의 입양을 위해 거짓 임신한 여성이 아버지의 죽음을 맞이하러 가는 모습을 통해 삶과 죽음, 거짓과 진실의 경계 등에 천착하고 있는 소설이다. 팔순을 넘긴 아버지가 쓰러져 뇌출혈 수술을 받은 지 석달째가 된 이후 화자 '경은'은 아버지의 회생이 아니라 편안한 임종, 평온한 종말을 바라게 된다. 언니로부터 임종이 다가왔다는 연락을 받고 남편과 고향 병원에 온 '경은'은 2년 전 아버지의 소생을 간절히 기원하기도 했었지만, 이제는 아버지를 편안히 보내드리고자 한다. 그리고 아버지가 사망했다는 의사의 선고가 있자 장례 치를 일로 가족들은 분주해진다. 예전에 '경은'은 자기 핏줄을 구분하는 어미 박쥐와 새끼박쥐의 생활을 기록한 다큐멘터리를 보면서 '내 핏줄과 남의 핏줄을 구분하는 것'이 목숨임을 느꼈다. 결혼한 지 7년만에 아이를 가졌다는 소식을 주변에 거짓으로 전한 '경은'은 임신을 알림과 동시에 직장을 그만둔다. 경은의 약한 자궁과 남편의 유전자 결함으로 인해 임신 초기 번번이 유산하다 입양을 선택하게 되어 거짓 임신 흉내를 내게 된 것이다.

아버지의 장례를 치르고 봉분하려던 참에 입양원에서 건강하고 아주 예쁜 아가가 왔다는 전화가 걸려오자 '경은'은 거짓 임신 기간 동안에 거 짓 생명을 잉태한 흉내를 내며 지내온 자신의 모습에 대해 회한을 느끼 게 된다. 6개월용 복대를 풀고 9개월용 복대를 두르던 날 배가 '생명을 담고 오는 배船'가 아니라 '거짓말로 쌓아올린 봉분'으로 느껴진 '경은'은 무덤속까지 짊어지고 가야 할 비밀을 지니게 되었다고 느낀다. 무덤 속 같은 나날 속에서 '경은'은 자신이 포태한 것은 생명이 아니라 거짓이라 고 말하고 싶은 '대숲 속 복두장이'의 충동을 느끼게 된다. 하지만 아버 지의 장례는 경은의 조산에 타당성을 부여하게 될 것임을 체감하고, 아 버지의 봉분에 "흙이 무너지지 말라고 봉분 중간을 빙 둘러가며 끼워넣 은 솔가지"가 자신과 남 사이에 그어진 선명한 금이라는 생각 속에 남편 을 부르려다가 작품은 종결된다.

이혜경의 「피아간」은 나와 남을 나누는 경계, 내 핏줄과 남의 핏줄을 나누는 경계, 삶과 죽음을 나누는 경계 등에 대한 모습에 천착하면서 거 짓 임신이 내포하고 있는 핏줄의 문제를 제기한다. 남의 아이를 입양하 게 된 '여성'이 아버지의 임종을 바라보면서 거짓 임신의 기간 동안 '무 덤 속 같은 나날'이 지속되었음을 토로한다. 그리하여 앞으로 무덤까지 갖고 가야 될 비밀을 지니게 되었다는 사실을 통해 생명과 거짓, 삶과 죽 음의 경계에 대해 성찰하고 있는 작품인 것이다.

새로운 현실의 상상

　본문에서 다루지는 못했지만 이기호의 「누구나 손쉽게 만들어 먹을 수 있는 가정식 야채볶음흙」(『문예중앙』, 2005년 봄, 이하 「누구나」), 박민규의 「코리언 스텐더즈」(『문학수첩』, 2005년 봄), 심윤경의 「죽은 말들의 사회」(『실천문학』, 2005년 봄) 등은 이번 계절에 발표된 소설 중에서 풍자적 상상력의 확장을 보여준 작품들이라는 점에서 빼놓을 수 없는 소설들이다.

　이기호의 「누구나」는 장정일의 「햄버거에 대한 명상」이라는 시를 연상케 하는 소설이다. 어린 화자가 부모를 잃고 지하 벙커에서 생활하다가 흙을 먹게 되었고 이제는 흙을 '가정식 요리'로까지 권장하게 되었다는 발상의 새로움이 전혀 어색하지 않게 작품 속에서 풍자적으로 확장되고 있다는 점에서 주목을 요한다.

　박민규의 「코리언 스텐더즈」는 누구나 아는 단어이면서 누구도 모르는 단어인 '농촌과 운동권'이라는 두 단어가 결합된 존재인 '기하 형'의 농촌에서의 삶과, 연수생들이 대거 떠나버린 공동체에서 외계인의 습격을 받고 있는 '기하 형'의 모습을 보면서 '인간'이 서로에게 '외계인'일 수밖에 없는 현실을 풍자한 작품이다.

　심윤경의 「죽은 말들의 사회」는 홈쇼핑 채널에서 시작된 애완용 말 사육 열풍이 애완마 열풍을 거쳐 새로이 불어닥친 대형마 광풍 등으로 번지다가 사회 혼란이 가중되면서 음식으로 죽어나가는 말들의 상황을 포착하면서 한국 소비 사회의 유행 추수 현상을 비판한다.

소설은 자신의 목소리를 때로는 낮고 엄숙하며 진중하게 내기도 하지만, 가볍고 재치있고 재기발랄한 몸짓으로 위악적 포즈를 취하기도 한다. 우리는 이번 계절에 만난 소설가 소설, '실직-취직 모티프' 소설, '죽음(생)'을 천착한 소설, 현실 풍자 소설 등을 통해 그 다양한 면모를 만날 수 있었다. 소설은 자신의 자리에서 새로운 형식과 내용으로 독특한 이미지의 독창적 현실을 창조해내고자 노력한다. 그 속에서 우리는 삶의 진솔하고 다양한 경구들을 만나는 기쁨을 누리게 된다.

—『문학과 경계』, 2005년 여름호

외로움의
기원에 대한 탐색

실존적 외로움

윤리적 인간은 누구나 외롭다. 그 외로움의 저변에는 고독한 개인이 선뜻 감당하기 어려운 '죽음'이라는 존재론적 한계 상황이 깔려 있기 때문이다. 인간은 누구나 홀로 태어나며 사회적 관계를 맺고 소통 불능에 대한 불안과 위화감 속에 살다가 우연인 듯 필연인 듯 생을 마감한다. 따라서 인생의 본질을 응시하고 그 의미를 길어내는 작가들은 실존적 외로움의 고투에 대해 끊임없는 질문과 성찰을 지속하기 마련이다. 그리고 그 질문의 자장은 신들도 이해하기 어려운 인간의 지난한 고군분투의 장면들을 포착하게 된다.

지난 계절에 나온 작품들은 각자의 자리에서 유의미한 외로움을 탄다. 고독이 개인의 내면 탐닉에 그치는 존재론적 양상이라면 외로움은 타자와의 관계론적 성찰에서 감지되는 윤리적 감각에 해당한다. 동물과의 동일시를 활용한 '김경욱의 「달팽이를 삼킨 사나이」, 임철우의 「나비길」, 이응준의 「애수의 소야곡」', 잊혀진 혹은 잃어버린 존재의 기원을 찾는 '정찬의 「새의 길」, 고종석의 「플루트의 골짜기」, 은희경의 「유리 가가린의 푸른 별」', 예술적 열정과 좌절을 둘러싼 예술가의 자의식을 다룬 '이기호의 「수인」, 민경현의 「그대의 남루한 평화」, 정이현의 「그 남자의 리허설」' 등의 소설은 다양한 외로움을 변주한다. 그 변주의 양상은 기억으로부터 자유롭지 않은 삶의 표상들을 주목하면서 진행된다. 그리고 우리는 그러한 작품들 속에서 우리의 내면에 또아리를 틀고 있는 외로움과의 동일성과 차이를 발견하게 된다. 그리하여 달랠 길 없는 생의 허망한 속내를 곱씹어보며 쓸쓸한 감상에 젖게 된다.

동물과의 존재론적 동일시

윤리적 인간은 동물로서의 본능에 충실한 동물과 달리 이성을 강조한다는 점에서 여타의 동물들과는 감각적 수준을 달리 한다. 그러나 동물들의 속성이나 본성은 역설적이게도 윤리적 인간의 성정을 탐구하는 데 새로운 혜안을 제공하기도 한다. 김경욱, 임철우, 이응준 등의 소설은 달팽이와 나비, 고양이 등의 동물과 인간을 중첩적 감각으로 형상화하여 다면체적 인간의 속성을 조망함으로써 생의 진정성을 모색한다.

　김경욱의 「달팽이를 삼킨 사나이」(『문학과경계』, 2005년 여름)는 자웅동체인 달팽이를 화두로 하여 '달팽이 노이로제'에 걸린 신용불량자 '나'와 지하 단칸 월세방 빚을 갚고 지상 전세방으로 가기 위해 5천만 원을 받고 대리모를 하게 된 아내의 이야기를 통해 디지털 사회의 생명 경시 풍조를 비판적으로 성찰한다. 화자의 아내는 불임부부에게 자궁 파는 행위가 10개월 전세를 놓는 것과 유사하다는 억견을 앞세워 타인의 수정란을 자신의 자궁에 착상시켜 아이를 출산해주는 대가로 빚을 갚아 지하 단칸방을 벗어나고자 한다. 하지만 거부감을 느낀 화자는 눅눅한 지하방을 나서다가 민달팽이를 짓이기게 된다. 화자가 '달팽이 퇴치법'을 인터넷 검색창에 입력하자, "보이는 대로 달팽이를 밟아 죽인다"라는 가장 단순하고 명쾌한 살해법이 관심을 끈다. 하지만 달팽이는 무기력하고 왜소해진 자신의 또 다른 모습을 상징하기에 연민과 분노라는 양가적 감정을 갖게 한다. 이어 '대리모'를 검색하자, '깨끗한 자궁, 건강한 자궁, 순결한 자궁, 완숙한 자궁' 등의 제목 아래 경쟁적으로 자궁을 매매하려는 사람들의 글이 나타난다. 생명을 교환하려는 절박한 자궁 매매의 풍경은 화자에게 수요와 공급을 결정하는 '보이지 않는 손'이 작동하는 한 자본주의 세상에서 거래되지 못할 대상은 없다는 자괴감을 갖게 한다. 아내가 의뢰인을 만난 뒤 가져온 '선금 2천만 원, 출산까지 매달 생활비 백만 원의 중도금 지급, 출산 이후 잔금 2천만 원 지불 완료' 등을 골자로 한 계약서는 '부동산 매매 계약서'와 크게 다르지 않다. 자본주의 세상에서는 생명조차 부동산처럼 '수요와 공급'이라는 시장 경제의 논리로 매매되고 있는 셈이다.

　화자는 아내로부터 쌍둥이 임신 소식을 듣고는 얼결에 달팽이까지 함께 삼키고 만다. '달팽이 노이로제'에 걸린 화자와는 달리 아내는 쌍둥이 임신으로 비용 추가 요인이 발생했다며 잔금 1천만 원을 더 받기로 한 사실에 흡족해한다. 아내의 무탈한 출신만이 가정의 새 출발에 대한 회망을 실현시킬 유일한 대안이 된다. 그러나 출산일이 다가오면서 아내가 아이에 대해 집착을 갖게 되고, 화자는 헤드폰을 착용하고 부푼 아랫배를 감싸 안은 아내의 모습이 한 마리 달팽이 같다는 생각을 하게 된다. 결국 화장실 변기에 달라붙어 서로의 정자를 교환하며 생식을 하고 있는 자웅동체 달팽이 두 마리를 보면서 '달팽이 퇴치법'들을 진지하고 집요하게 떠올리는 것으로 작품은 마무리된다. 하지만 실은 아내나 화자는 생명을 볼모로 시장 경제 논리에 기생하는 자웅동체적 달팽이에 불과한 미미한 존재감의 인간들로 형상화되고 있는 것이다. 결국 무기력한 화자의 초라한 내면을 닮은 달팽이를 향한 양가적 살해 충동이 다른 사람의 아이를 임신한 아내와 생식을 교환하는 달팽이의 모습에 중첩되면서 존재론적 연민과 안타까움의 양상으로 전환되고 있는 것이다.

김경욱의 「달팽이를 삼킨 사나이」는 화자를 닮은 달팽이에 대한 살해 충동이 노이로제를 거쳐 아내를 닮은 두 달팽이에 대한 연민 의식으로 전환되는 과정을 포착한다. 그리고 돈을 받고 대리모 역할을 하게 된 가난한 부부를 통해 디지털 공간에서도 생명을 돈으로 거래하는 시장 경제 사회의 병폐를 비판하고 있는 것이다.

임철우의 중편 「나비길―황천 이야기2」(『문학동네』, 2005년 여름)는 황천읍에 새로 전근 온 나비선생의 출현과 실종을 배면에 깔고 중성적 남성을 음란한 동성애자로 오인하는 마을 사람들의 시선을 덧붙인다. 그리하여 존재론적 외로움에 길들여진 영혼에게 쏟아지는 억측 섞인 '소문’이 얼마나 맹목적이고 무차별적인 잔혹한 폭력으로 귀결되는지를 통해 인간의 폭력성을 문제삼고 있는 소설이다.

황천읍에 나비 떼를 몰고 나타난 33세의 총각 생물선생 기병대는 ‘나비선생’이라는 별명으로 불린다. 나비선생을 이발해주는 ‘황천 이발관’ 주인 양씨는 한없이 어둡고 침울한 내면의 소유자이지만, 나비선생을 이발해줄 때면 얼굴이 환하게 피어나고 비 개인 날 아침에 숲속에 가득 찬 나무와 풀잎의 상쾌한 향기로움을 풍긴다. 그러나 선생이 떠나고 나면 처음보다 더욱 슬프고 비참한 표정이 된다. 양씨는 나비선생에게 자신은 인간의 언어가 가장 어렵고 두렵다고 이야기한다. 나비에 대한 공감과 인간에 대한 두려움이 두 사람 사이를 가깝게 만든 것이다. 나비선생은 5세 때 어머니의 장례식 이후 말문을 닫았지만, 어머니의 넋인 듯 날아온 해남 지역의 희귀종 ‘남방녹색부전나비’ 한 마리를 따라가다가 꿈속에서 엄마를 보게 되면서 다시 말문을 열게 된다. 나비선생은 무서운 외로움을 느끼다가 양씨에게 찾아가 죽을 것 같은 고통을 호소하며 울음을 터뜨린다. 그날 이후 양씨는 나비연구에 재미를 붙여 나비선생과 나비채를 쥐고 야산으로 돌아다닌다.

수업시간에 ‘나비는 완전변태동물’이라는 말을 하면서 나비선생은 ‘변태선생’이라는 별명을 얻게 된다. 이 별명은 엉뚱한 상상과 소문으로 진화하면서 나비선생의 중성적인 이미지와 겹쳐져 ‘변태 이미지’를 마을 사람들의 무의식 속에 각인시키게 된다. 황천중학교 체육대회가 열리는 날, 정신지체아 만식이가 나비선생의 손에 매달려 뛰게 되자 아이들은 “변태 커플이 달린다”며 소리를 지르고, 만식의 아버지 자율방범대장 나씨는 나비선생에게 짐승 같은 변태라며 폭행을 행사한다. 이발사 양씨는 오해를 받을까봐 말릴 엄두를 내지 못한 채 태연하고 냉정한 얼굴로 그 장면을 바라볼 뿐이다. 자신이 일병 시절 동성애자로 오해를 받아 경멸과 혐오의 시선을 느끼며, 완전군장으로 '나는 남자다'를 복창하며 연병장을 돌았던 고통스런 기억을 떠올렸기 때문이다. 결국 폭행 사건 일주일 뒤 나비선생이 실종되고 정자 부근 절벽 위에서 나비선생의 구두가 발견된다. 초겨울 문턱에 양씨는 절벽 끝에서 나비선생의 '변태'일 '남방녹색부전나비'를 보게 되고, 도움을 요청하는 나비선생의 목소리를 바람결에 들으며 작품은 종결된다. 나비선생과 양씨는 중성적인 이미지와 나비에 애착을 지니고 있는 외로운 영혼이라는 공감대로 말벗 관계를 갖게 된다. 하지만, 양씨는 마을 사람들의 시선과 군대에서의 기억 때문에 둘 사이가 오해받게 될까봐 나비선생의 도움 요청을 외면함으로써 나비선생의 실종을 암묵적으로 유도하는 역할을 담당한다.

임철우의 「나비길」은 전통적으로 '죽은 자의 영혼'을 상징하는 '나비'를 통해 세상과 소통하던 나비선생이 동성애자로 오해를 받고 실종된 이야기를 포착한다. 그리하여 인간이 퍼뜨리는 소문과 억측과 오해 등이 얼마나 폭력적인 것으로 돌변할 수 있는지를 질문하면서 정상인의 범주에서 소외된 인간의 존재론적 외로움에 대해 주목하고 있는 소설이다.

이응준의 「애수의 소야곡」(『문학과사회』, 2005년 여름)은 고양이와 무도武道와 사랑 이야기를 중첩시켜 외로움의 기원에 대해 질문하고 있는 소설이다. 합기도 도장을 자진 폐업한 화자는 호주의 사형으로부터 시난겨울 이민을 오라는 전화를 받은 뒤, '오해와 편견이 기본권'인 한국땅을 등지려고 한다. 아파트 놀이터에서 화자는 죄책감 없이도 잔인해질 수 있는 꼬마아이들이 괴롭히던 새끼 고양이에게 강한 연민을 느껴 고양이를 동물병원으로 데려간다. 그리하여 잔인하고 비열한 쟁투가 존재하는 아파트 단지 도둑고양이들로부터 고양이를 책임지고 싶어진 화자는 수의사의 권유에 따라 고양이를 거세시키고 '나비'라는 무의미한 이름을 지어준다. 그리고는 고양이에 관한 연구서들을 구입해 탐독하면서 고양이가 영리하면서도 용맹하여 이를테면 문무(文武)를 겸비한 생명체이며, 고대 이집트에서는 음악과 풍요의 상징이자 여성의 수호신인 바스테트로 숭배했었다는 사실을 알게 된다.

그러던 어느 날 술좌석에서 화자는 스페인 마드리드 '무극관' 사범이 자신 또래의 여자(첫사랑의 사형)임을 전해듣는다. 화자는 도장에 돌아와 나비를 보면서 '외로움'이 '살아 있는 것들의 본능'임을 확인한다. 중학교 1학년 때 불량배들을 만난 이후 화자는 합기도 도장에 찾아가 무도의 세계에 매료된다. 대학에서 철학을 전공하면서도 늘 도복을 가지고 다녔고 육체로 절망을 해석하는 무도가 곧 실존주의에 해당함을 깨닫는다. 이후 화자는 네 살 연상의 여자 사형과 첫사랑에 빠지지만, 스승의 여자였기에 사랑에 성공하지 못한 채 헤어진다. 화자는 이민을 결정한 지금에 이르기까지 자신에게 애정을 보였던 '존경하는 스승, 사랑하는 여자, 아끼는 제자'를 차례로 울린 '외로운 존재'임을 깨닫게 된다. 그리고 귀가하여 나비가 실종되었음을 알게 되면서 이별이 고양이의 천성임을 체감하고, 자신은 헤어진 연인과의 재회를 위해 스페인으로 떠나는 것으로 작품은 마무리된다.

이응준의 「애수의 소야곡」은 합기도를 배우면서 육체로 절망을 해석하는 무도가 실존주의 자체임을 깨달은 화자가 고양이를 통해 생을 성찰하는 내용을 형상화한다. 고양이가 외로움과 이별의 천성을 지닌 동물임을 확인하면서 아끼는 제자의 기대를 저버리고 옛사랑을 찾아가게 된 행적을 그림으로써 고양이와 무도와 사랑의 이야기를 통해 화자의 트라우마였던 외로움의 상흔을 극복하려는 모색을 보여주고 있는 소설이다.

망각된 존재의 기원

디지털 문화의 속도감에 매료된 현대인들은 '나는 누구이며 어디에서 와서 어디로 가는가'라는 자기 동일적 정체성에 대한 존재론적 성찰을 진지한 태도로 지속하기가 어렵다. 영상 문화가 시청각 영상물을 통해 그러한 질문과 대답을 언제 어디서나 '유비쿼터스' 식으로 제공하고 있기 때문이다. 그러나 문자언어로 존재의 기원을 탐색하는 소설들은 영상과 다른 방식의 성찰을 요구하며 끊임없이 쓰여지고 있다. 정찬, 고종석, 은희경 등의 작품은 존재의 불멸성, 이종적 정체성, 망각된 기억의 현장을 주목하면서 존재의 기원에 대한 탐색을 늦추지 않는다.

정찬의 「새의 길」(『문학동네』, 2005년 여름)은 2003년 이라크전쟁을 배경으로 불멸의 존재라고 자처하는 '이브라힘'의 이야기를 통해 실재적 환상을 관통하며 인간의 삶과 죽음, 시간과 문명의 분절과 연속 등을 기록하고 있는 작품이다. 2003년 3월 31일, 전쟁이 한창인 이라크 바그다드의 알 킨디 병원 복도에서 시체처럼 누워 피를 많이 흘리던 이브라힘을 만난 화자는 그로부터 '불멸의 존재'라는 납득 안 되는 말을 전해 듣지만 이브라힘은 자신의 말대로 4월 7일에 깨어난다. 그는 화자에게 불멸의 생명을 부여한 존재가 그의 주인인 '우트나피쉬팀'이라고 대답한다. 화자는 새벽의 허공을 유영하는 새 한 마리가 그린 '길가메쉬'라는 말 속에서 '우트나피쉬팀'의 정체를 깨닫게 된다. '수메르어'로 씌어진 인류 최초의 신화인 <길가메쉬 서사시>에서 '길가메쉬'는 '신이면서도 인간'인 '역사적 인물이자 신화적 존재'이다. '길가메쉬'는 죽음의 슬픔에서 벗어나기 위해 신들의 빛나는 정원인 '딜문'을 향해 산과 바다를 건넌다. 그 거룩하고 깨끗한 낙원 '딜문'에는 죽음과 질병과 슬픔이 없으며, 인간임에도 불멸의 존재인 '우트나피쉬팀'이 살고 있다. '멀리 있는 자'인 '우트나피쉬팀'은 대홍수 때 살아남은 유일한 인간이다. 인간의 땅과 딜문 사이에는 '죽음의 바다'가 가로놓여 있고, 그 바다를 건너려면 우트나피쉬팀의 '뱃사공인 우루샤나비'의 배를 타야 하는데, '이브라힘의 주인'이 '우트나피쉬팀'이라면 '이브라힘'은 '우루샤나비'가 되고, 주인이 영원히 사는 존재라면 하인도 영원히 살 수밖에 없기에 '이브라힘은 불멸의 존재'라는 논리가 성립되는 것이다.

낙타의 속도로 느리게 걷는 영혼을 지닌 '이브라힘'은 자신이 4천8백여 년 동안 탄생과 죽음을 경험하며 긴 세월을 유랑해왔다고 화자에게 말한다. 고향인 '우루크'에서 행복했다는 그는 자신이 '길가메쉬 서사시'를 썼으며, 자신은 '어부이자 시인이며 필경사'였다고 이야기한다. 또한 길가메쉬 시대로부터 2천여 년이 지난 후에 태어난 호메로스를 도서관 사서로 일하면서 만나 이야기와 시간, 인간과 신과 운명에 관한 대화를 나누었다고 이야기한다. 그리고 순결한 한 아이를 배에 태워 죽음의 바다를 건너 딜문으로 돌아가는 것이 자신의 운명이라고 말한다. 결국 이브라힘은 추방된 자는 자신이 떠나온 곳을 꿈꾸기 마련이며 자신의 유랑이 딜문으로 가기 위한 통과의례일 뿐이라면서, 자신이 깨어난 것은 최초의 땅으로 돌아가기 위함이라고 전하고, 크고 아름다운 날개를 지닌 새가 되어 그 동안 걸어왔던 길을 거슬러 올라가는 것이 소원이라면서 이제는 자야겠다며 영면에 들게 된다. 화자는 모래시계를 보면서 시간과 삶과 문명과 인간의 분절을 체감하며 이브라힘이 흘러내리는 모래처럼 분절되지 않은 영속적 시간을 살았음을 느낀다. 그리고 5천년의 존재인 이브라힘에 대해 화자가 기록을 남길 수 없는 것은 현재가 기록의 유의미성에 대해 회의할 수밖에 없는, 기계의 시선이 장악하고 있는 세상이기 때문이라고 판단한다. 그리하여 황혼 무렵에 새 한 마리를 보면서 먼 곳에서 들려오는 듯한 어렴풋한 이브라힘의 마지막 목소리인 '크고 아름다운 날개로'라는 말을 들으며 작품은 마무리된다. 이 작품에서 '이브라힘'의 실체성을 확인하기 위해 허구냐 실재냐의 이분법적 잣대를 적용하는 것은 무의미하다. 화자의 내면은 독자의 상상 속에서 5천년의 역사가 마치 하나의 큰 새로 형상화되고 있기 때문이다.

정찬의 「새의 길」은 이라크 전쟁을 배경으로 죽음을 목전에 둔 상황에서 자신이 오랜 세월 삶과 죽음을 반복해온 불멸의 영혼을 지닌 존재라고 믿는 이브라힘을 통해 존재와 삶, 시간과 운명, 인간과 신에 대한 성찰을 보여주는 작품이다. 결국 인간은 신화적 공간에서부터 현대적 공간에 이르기까지 현실과 상상 사이를 유랑하며 새의 길을 찾아 떠돌면서 시간의 분절을 살아가는 '느린 영혼'의 존재인 것이다.

고종석의 「플루트의 골짜기」(『문예중앙』, 2005년 여름)는 구인류인 네안데르탈 종족의 화자를 통해 신인류인 호모 사피엔스 종족에 대한 비

판과 소수 종족의 정체성에 대한 질문을 담고 있는 작품이다. 신문 부고
란을 살필 때면 고인과 유족들의 직업을 실마리 삼아 그들의 생애를 상
상해보면서 은밀하게 즐거워하는 화자는 병원 부원장 현경우의 부고를
보면서는 전혀 다른 느낌에 젖어든다. 신인류에게 동화된 구인류 화자는
부모님을 교통사고로 잃었을 때를 제외하고는 다른 사람의 죽음 앞에서
슬픔을 느껴본 적이 없다. 인류에 대한 거리감과 혐오감은 결혼의 계급
적 성격을 극명히 보여주는 신문 부고란을 보면서 강화된다. 부고란에는
인간 군집 사다리의 중간쯤에 자리잡은 개체들의 이름이 실리며, 부고는
죽은 개체들을 위한 것 못지않게 아직 살아 있는 개체들을 위한 것이기
때문이다. 그러므로 동종 내부에서도 생물적 차이와 사회적 위계화를 통
해 그것들을 서열화하는 인류는 화자에게 웃기는 종족으로 인식될 뿐이
다. 하지만 현경우의 부고는 화자를 과거 회상의 아픔과 달콤함, 처절한
슬픔에 젖어들게 한다.

15년 전 파리4대학 박사과정 학생이었던 화자는 당시 유럽 여행 중이
던 서울도산병원 내과 과장 현경우를 만나게 된다. 선의와 양식으로 무
장된 의료사회주의자였던 현경우는 3주 뒤 파리로 화자를 다시 찾아와
네안데르탈 종족이 살았던 뒤셀도르프 근처의 골짜기에 대해 깊은 대화
를 나눈다. 3년 뒤에 서울로 돌아온 화자는 대학에서 시간강사로 철학 강
의를 하지만, 전공을 바꾼 박사학위 수여, 대학의 순혈주의적 전통, 여성
이라는 점 등이 겹쳐 자신이 한국 대학 사회의 아웃사이더라는 차별적
사실을 절감한다. 네안데르탈인으로서 구인류인 화자는 자신을 호모 사
피엔스로 분류하고 자신에게 정치라는 직업을 추천하는 인성 테스트를
보면서, 정치야말로 모략과 배반과 탐욕과 파괴욕 등 모든 이성과 욕망

의 사악한 결합이 이루어낸 신인류적 직업이라고 생각한다.

몇 년 동안 대학사회를 떠돌던 화자는 인간이라는 종에 대해 절망하고, 보따리장수 생활을 접은 뒤 부양해야 할 딸 미주 때문에 대입학원의 특급 논술강사가 된다. 논술 수업을 마치고 도산병원 영안실에 도착한 화자는 현경우의 유족들이 구인류인 현경우와 동류가 아님을 직감한다. 화자는 집에 돌아와 얼마 전 피임법에 대해 물어본 15세인 잠든 딸아이를 보면서 굳이 피임할 필요가 없을 것이라고 생각한다. 화자의 어머니와 할머니가 그랬고 화자 역시 16세 이후 숱한 남자들과 잠을 잤지만 현경우만이 미주를 들어서게 했을 정도로, 화자의 종족에게는 자식이 귀하기 때문이다. 화자는 네안데르탈 종족의 마지막 여성이 될지도 모를 딸이 여름방학을 맞으면, 함께 파리에 가서 뒤셀도르프 네안데르 골짜기를 찾아 이 행성 어딘가에서 실낱같은 희망을 품고 살아가고 있을 네안데르탈 종족에 대해 이야기해야겠다고 생각하며 작품은 마무리된다.

고종석의 「플루트의 골짜기」는 소수로 전락해버린 구인류 네안데르탈 종족의 화자라는 독특한 착상으로 '인간 종'에 대한 공격적 질문을 감행한다. 특히 같은 종족인 현경우와의 짧은 만남 끝에 딸 아이를 낳고 혼자 키우는 과정에서 생긴 신인류 호모 사피엔스 종족에 대한 혐오와 경멸은 서열과 혈통, 학연과 남성 등의 키워드를 강조하는 우리 사회의 병폐를 여실히 드러내는 방편이 된다. 이기적이고 탐욕스런 현대인에 대한 비판과 소수 종족의 정체성에 대한 질문은 곧바로 인간에 대한 각고의 성찰을 요구하고 있는 것이다.

은희경의 「유리 가가린의 푸른 별」(『창작과비평』, 2005년 여름)은 1961년과 1992년의 겹쳐보기를 통해 치기와 가난으로 젊음을 떠올리던

중년의 화자가 '코스모나츠(러시아 우주비행사)'를 계기로 망실된 청춘
의 본질을 의미화하게 된다는 내용을 다룬 소설이다. 기러기 아빠인 화
자는 8년 전부터 아이들 교육을 위해 아내와 두 아들을 미국으로 떠나보
낸 뒤 혼자 지낸다. 반복적 삶에 무료함을 느끼며 살아가는 운명론자인
화자는 두려움과 설렘 없이 변수가 거의 없는 생활을 이어간다. 출판사
사장인 화자는 '1991년의 코스모나츠'라는 제목의 원고를 읽으면서 어
디선가 읽어본 적이 있는 것 같은 기시감을 감지한다. 그러던 중 "오늘이
약속한 날이네요. 리버 쎄느에서 8시에 기다립니다. 은숙"이라는 세 줄
의 전자우편을 받으면서 화자는 과거에 대한 단상에 젖어든다. 10여 년
전의 일을 거의 망각하고 살아가는 화자는 '선택적 기억상실'을 강조하
며 유서를 남겼던 K와 독일에서 15년째 돌아오지 않고 있는 M을 회상하
면서, 과거에 결혼식에도 갔었던 '은숙'을 떠올리게 된다.

　소련은 1991년 12월 24일 지구에서 사라지고, 1992년은 화자가 언론
사 출판사업부에 첫 번째로 정식 입사한 해이다. 그 무렵 은숙의 결혼식
에 함께 자리했던 K와 M, M의 여자친구, 화자, 기억나지 않는 한 사람
등 다섯 명이 떠오르면서, 화자는 망각되었던 순간들이 기억으로 표면화
되자 현재의 모든 것이 비현실적으로 체감된다. 그날 M은 인류 최초의
우주비행사인 유리 가가린이 아니라 불완전한 상태의 유인우주선을 타
고 우주로 나갔다가 귀환하지 못한 소련의 실종 우주인들이야말로 진정
한 영웅이라고 주장한다. 반면에 K는 소련 붕괴 이후 귀환할 '코스모나
츠의 패닉상태'를 자신의 문제인 양 심각하게 받아들이며, 러시아는 우
주보다 더한 미지의 두려운 세상이 될 것이라고 주장한다. 화자는 술취
했던 그날 결혼한 은숙에게 15년 뒤 오늘 만나자는 따위의 내용을 편지

로 썼을지도 모른다고 생각한다. 그날 화자는 원고가 든 가방을 강물 아래로 내던졌으며, '리버 쎄느'라는 까페에서 문 닫는 시각까지 화자와 은숙이 함께 자리에 남아 있던 장면을 기억해낸다. 화자는 1992년 그날 싸움이 끝난 뒤 골목에서 하늘의 푸른 별을 올려다보고 있었으며, 유리 가가린의 아름답고 불안한 청춘도 거기 함께 자리했던 것이다. 은숙의 이메일 한 통이 화자의 '귀환지점'인 '리버 쎄느'를 호명하고, 억압된 무의식의 귀환을 통해 망각되었던 청춘의 현장을 상상하도록 유도한 셈이다.

은희경의 「유리 가가린의 푸른 별」은 1961년 우주에서 유리 가가린이 느꼈을 고독감과 1991년 소련의 해체가 코스모나츠들에게 남겼을 불안감과 두려움에 대해 1992년 청년들의 불안과 고독을 투영한다. 그리하여 2000년대의 중년 화자가 빛바랜 청춘에 대해 '선택적 기억 상실'로 망각하고 있었음을 상기하게 한다. 결국 사랑과 이별, 원고의 상실 등 고독하고 불안했던 젊은 시절을 망각해버린 채 무료한 일상에 젖어 우울하게 살아가던 중년 화자가 과거의 '귀환지점'에 대한 회상을 통해 청춘의 의미를 되묻고 있는 소설인 것이다. 그리고 귀환과 미귀, 실종과 생환, 국가의 존립과 해체 등의 실존 풍경이 다시금 회억된다.

예술가적 자의식의 표정

예술가는 개인의 주관적 재능과 열정이 치열한 고투적 노력과 맞물려 미적 상승 작용을 일으켰을 때 자기충족감을 얻기 마련이다. 하지만 그러한 예술가적 욕망의 미적 성취는 요원하며 기표가 기의 위를 미끄러지듯(라캉) 목표 지점을 배회하는 가운데 항상적인 결핍감을 제공받을 뿐이다. 그리하여 미적 결핍을 충족하려는 예술적 성취에 대한 도정은 결국 영원한 미달의 다른 이름임을 자인하게 된다. 이기호, 민경현, 정이현 등의 소설은 소설가, 화가, 성악가 등의 예술가를 통해 예술적 열정과 그 좌절의 장면을 다양하게 포착한다.

이기호의 「수인(囚人)」(『문학동네』, 2005년 여름)은 소설 무용의 시대에 소설가의 생존법이라는 상상적 질문을 화두로 하여 효용성을 극대화 해야 하는 소설가의 자의식을 SF식 허구를 빌려 풍자적 상상력으로 그려낸 작품이다. 32세의 소설가 박수영은 4년 전 문예지 공모에 장편소설이 당선된 후, 소설 대신 자서전 대필 등의 노동으로 외할머니의 입원비와 간병비를 마련한다. 외할머니의 작고 뒤에 대관령 근처의 화전민 폐가로 들어가 생활하던 그는 9개월 전 한반도 남쪽의 원자력발전소 2곳이 폭발하여 전 국토의 70% 이상이 낙진으로 뒤덮이면서 사람들이 지하실로 숨거나 북쪽으로 피난 간 사실을 인지하지 못한다. 사고 1주일 만에 휴전선이 뚫리고 50년 이상 지속되어 온 분단체제가 허무하게 붕괴된 이후 유엔에서는 남쪽 정부를 해산시키고 국민들을 선별하여 세계 각지로 소개시키게 된다. 천재지변에 이은 국가 붕괴 사실을 전혀 몰랐던 수영은 유엔 심판관에게 소설 디스켓을 넘겨주면서 소설을 계속 쓸 수 있는 곳으로 가고 싶은 욕심을 피력한다. 하지만 심판관은 수영이 소설가라는 객관적인 자료를 제시하라면서 '힘깨나 쓰셔야 될 것'을 강조한다.

이튿날 교보문고에 도착한 수영은 모든 문이 회색 시멘트로 25m 남짓

봉인된 상태임을 알게 된다. 자신이 소설가임을 입증하기 위해 수영은 매일 곡괭이로 시멘트벽을 내려쳐 교보문고를 파내려간다. 가로 1m, 세로 2m 크기의 타원형 굴을 파내는 수영에게 망국적 사실이나 소설가적 자의식은 모두 무의미한 것들로 인식된다. 생존이 급선무이기 때문이다.

벽을 파던 수영은 자신의 소설책 잉여분이 없다면이라는 상상 속에 책의 부재 가능성에 대한 두려움을 갖게 된다. 더구나 소설책 대신 자서전을 찾게 되는 악몽을 꾸기도 한다. 하지만 수영은 이미 두꺼운 벽을 혼자서 거의 다 깬 것으로 그의 노동력이 증명되었기에 서류 제출이 끝났다는 서기의 대답을 듣게 된다. 더구나 서기는 소설책 이야기는 동기 부여를 위한 말이었으며, '망한 나라의 소설가'보다 육체노동자의 이주가 수월하다는 말을 전한다. 수영은 이제 노동 없는 곳에 존재하는 소설들이 내는 낮은 소리를 들으면서 작품은 마무리된다.

이기호의 「수인」은 우연한 사고로 국가가 해체되고 분단 체제가 와해되면서 온 국민이 전 세계로 소개된다는 가정 하에 허구의 텍스트로 진실을 추구하는 소설가의 실질적 역할에 대한 풍자적 상상을 보여준다. 인류 문화의 보고이자 정신 문명의 상징으로서의 정전이 아니라 직업인으로서의 소설가에 대한 질문은 소설 무용 시대를 상상하면서 역설적이게도 소설의 효용성과 가치에 대해 진지한 질문과 탐색을 진행하고 있는 것이다.

민경현의 「그대의 남루한 평화」(『문학사상』, 2005년 4월)는 '누드 관세음보살 그림'을 소재로 하여 천박한 재능을 가진 심조, 불모(佛母, 불화 작가) 노사의 도제(徒弟)인 석이, 관음보살을 누드화로 그린 뒤 속세로 떠난 화가 L을 통해 예술가적 열정과 좌절에 대해 질문하고 있는 소설이다. 10여 년 전 화가 L이 그린 누드 관세음보살 그림은 그해 겨울 온 산을 떠들썩하게 만든다. '불모'인 노사는 방학을 이용해 노사를 찾아온 L에게 염라대왕 시왕초十王草 화본을 던져주면서 본을 익히라는 가르침을 준다. 하지만 L은 산사의 생활을 즐기면서 나무에 깃드는 사계절의 생명력과 햇빛과 구름의 교차되는 우울을 스케치한다. L이 그린 누드 관음상을 처음 보았을 때 석이는 기묘한 데자뷰(기시감)와 숨막히는 경지를 느끼고 신앙과 도덕과 예술이 한데 얽힌 채 벼랑 끝에 서 있는 듯한 위태로운 심상을 체감한다. 그 보살탱은 무겁고 화려한 보관寶冠과 적나라한 벌거벗음의 대비 속에, 관객에게 경배와 수치, 숭배와 욕정, 이성과 야성 사이의 극단에서 동요하도록 만들 정도의 복잡미묘한 그림이었던 것이다.

10여년 뒤 석이와 마주친 L은 누드 보살탱을 그린 자신의 행동이 위악이었다고 말하지만, 석이는 L의 현란한 꿈이 위선과 위악 사이의 진동이었음을 공감한다. L은 석이에게 아까 자신을 폭행한 피에로 복장의 광대가 노사 앞에서 보살탱을 갖고 도망친 심조 사형이며, 보살탱 모델 사미니 원지가 자살로 생을 마감할 때 그녀의 자살을 방조한 죄목으로 자신이 체포된 사연을 말한다. 절에서 내려온 L은 꿈속에서만 가능한 예술적 희열을 느끼다가, 원지에게 보살탱을 보여주며 다시 한 번 모델로 서 줄 것을 애원하지만, 심조는 사랑을 빼앗길 것 같은 질투와 두려움에 떨다가 L의 보살탱을 불태워버린다. 깊은 절망에 빠진 심조를 대상으로 그림을 그리고 심조는 L을 폭행한다. 석이에게 그 둘은 서로 꼬리를 물고 물린 두 마리 뱀처럼 보인다. 석이는 영정을 그리는 L을 보면서, 검은 우주를 떠도느라 지친 한 사람의 화가인 L과 그 우주보다 더 깊은 밭고랑 이 주름으로 이마에 앉은 한 사람의 농군이 마주보고 서 있는 스산한 장면을 스케치북에 그린다. 석이는 '화가와 농군'의 그림을 L에게 전해주며, 길 위에서 떠도는 모든 존재가 과연 '남루한 영혼'인지를 스스로에게 묻는 것으로 작품은 종결된다. 보살행 화가 이야기를 중심에 놓고 구도자적 관점과 예술가적 희열의 상관 관계를 질문하고 있는 것이다.

민경현의 「그대의 남루한 평화」는 비구니를 모델로 그린 누드 보살탱을 매개로 하여 위선과 위악, 현실과 꿈, 이성과 야성, 경배와 욕정 사이를 진동하며 윤리적 경계의 안과 밖을 횡단하는 예술가적 고뇌를 탐색한다. 윤리적 경계를 탈주하려는 예술가적 열정은 속세의 논리에서 수용되기 어려운 위반의 충동을 내포한다. 그리하여 세상을 부초처럼 떠돌 수밖에 없었던 예술가의 유목적 영혼을 탐색하고 있는 소설이다.

정이현의 「그 남자의 리허설」(『문학사상』, 2005년 5월)은 몸의 악취와 폐쇄적 아파트를 소설적 장치로 활용하여 테너인 강창규가 유년 시절의 트라우마인 무대 불안과 공포를 떠올리면서 체험한 과거의 영광과 좌절, 현재의 상처, 기억의 고통을 포착한 소설이다. 수도권 모 위성도시의 시립합창단 테너 파트에 속한 남자는 오늘 아침 이상한 냄새를 감지한다. 편의점에서 담배를 사기 위해 트레이닝복 차림으로 나온 남자는 지갑과 주민등록증, 카드 키 등을 놓고 왔다는 사실을 알게 된다. 방문 절차가 까다로워 아파트에 들어갈 수 없게 된 남자는 카드 키를 받아오기 위해 아내의 사무실로 향한다. 역무원, 지나가는 여자, 거리의 중년 사내, 택시기사, 아내 회사 여직원, 부동집 점원, 대기실 단원 등 아내를 만나러 가면서 접한 주변 사람들은 한결같이 남자의 이상한 냄새를 맡으면서 코를 감싸쥔다. 남자는 예전에 "천상의 영혼이 깃든 노래, 하늘에서 내린 보이소프라노"라는 소리를 들은 공영방송국 주최 어린이 노래자랑 대회의 1977년 우승자였던 화려한 이력의 소유자였지만 지금은 악취를 풍기는 남자에 불과하다.

아내에게 카드 키를 받은 남자는 <오텔로> 최종 리허설에서 질투와 애증을 뿜어내는 1980년도 우승자인 남효준의 힘차고 아름다운 아리아에 매혹된다. 25년 전 성탄절 특별 공연 때 1부가 끝날 때까지 화장실에 숨어 있던 남자는 억지로 끌려올라간 2부 무대에서 자신의 의지를 배반한 터무니없는 음정을 내고 무대 위에서 스르르 주저앉아 버리면서 공연이 엉망이 된 기억을 갖고 있다. 남자에게 유일한 위로는 또 하나의 보이소프라노인 남효준도 자기처럼 몰락할 것이라는 확신을 가졌지만 오히려 남효준은 승승장구를 거듭한다. 오텔로가 자결하며 리허설이 모두 끝난 뒤 남자는 더 이상 냄새를 맡지 못한다. 오페라의 자살을 실재적인 죽음으로 착각하여 자신의 트라우마를 치유하고자 하는 것이다. 귀가한 뒤 남자는 욕조에 몸을 담그면서 세상의 어떤 냄새라도 물 밑으로 다 가라앉았으면 좋겠다는 상상을 하는 것으로 작품은 종결된다. 수면 아래로 잠겨 있던 열등감의 상처가 악취로 풍겨난 하루를 통해 이제 남자는 향기로운 새살에 대한 자기 긍정의 목욕을 감행하는 것이다. 그러나 아마도 열등감이라는 트라우마로서의 악취는 그리 쉽게 사라지지 않을 것으로 보인다. 그 열등감을 구체적으로 승화시켜낼 치유책을 강구하지 않고는 트라우마의 치유가 불가능한 것이기 때문이다.

정이현의 「그 남자의 리허설」은 육체적 성장으로 보이소프라노를 더 이상 할 수 없게 된 유년 시절 성탄절 특별 공연 때의 심리적 외상이 여전한 트라우마적 생채기로 상존해온 남자의 하루를 추적한다. 남자가 성인이 되어서도 훌륭한 테너로 성장한 라이벌 남효준에 대한 자의식으로 온

몸에 냄새를 풍기는 것은 자존감의 상처가 악취로 풍겨나고 있음을 보여
준다. 그러나 그 악취는 결과적으로 열등감이라는 자격지심이 풍겨낸 냄
새이므로 자존감의 회복이라는 장치를 거치면 충분히 해소될 수 있는 트
라우마에 해당된다.

외로움의 기원을 찾아서

상술된 작품 이외에도 총각 어부와 성매매 특별단속에 걸린 다방 아가
씨의 사랑 이야기를 풍자적으로 형상화한 한창훈의 「올 라인 네코」(『실
천문학』, 2005년 여름), 나중에는 사기로 판명난 유리 겔라의 숟가락 구
부리기를 화두로 1984년 실업계 학생의 취업기를 다룬 하성란의 「1984
년」(『한국문학』, 2005년 여름), 변사의 말투로 국도변 도로표지판을 절
단한 일용직 노동자의 황당무계한 하루를 풍자적으로 그린 이기호의 「아
무 의미 없어요」(『한국문학』, 2005년 여름), 녹두알만한 의지로 우익 문
인의 비석에 이름 새기길 거부하며 경제력과 예술가의 관계를 통찰한 최
일남의 「이름」(『한국문학』, 2005년 여름) 디지털 시대에 증식하는 심리
적 바이러스와 육체적 바이러스, 컴퓨터 바이러스 등을 '감염'이라는 키
워드로 중첩시켜 형상화한 노희준의 「경고: 너는 감염되었다」(『세계의
문학』, 2005년 여름) 등은 지난 계절에 나온 소중한 성과작들이다.

인간은 누구나 외로울 수밖에 없다. 하지만 그 윤리적이고 타자적인

외로움의 끝간데를 확인한 사람은 없다. 그러므로 끝간데가 어디쯤인지, 어떻게 가야 하는지, 어떤 방식으로 해소될 수 있는지에 대한 가능성을 진지한 표정으로, 가벼운 몸짓으로, 재기발랄한 상상력으로 모색하는 것이 작가들의 몫일 것이다. 그리고 우리는 냉철하고 집요하게 작가들이 빚어낸 그 외로움의 허허로운 풍경을 응시하면서 망각에 물들고 일상에 지친 생의 위무를 제공받게 된다.

—『문학과경계』, 2005년 가을호

이주적 생의 응시

생의 아우라 찾기

　이번 계절에는 이주적 생의 경계를 응시하는 소설들을 주목하였다. 생의 경계 표지는 일상적 공간을 의문시하고 새로운 모색을 감행하는 위반의 충동이 구체화될 때 외화된다. 그 경계 표지는 가상 공간의 보안 방화벽을 해킹하는 '전류적 인간'에 의해 의문시되기도 하며(김중혁의「멍청한 유비쿼터스」), 막막한 일상을 벗어나 요트를 타고 생의 아우라를 되찾는 세계 여행을 꿈꾸는 것으로 표출되기도 하고(서하진의「요트」), 자본주의적 생존 현실에서 패배한 뒤 야생의 페허직 공간인 김보디아의 폐허인 타프롬 사원으로 탈주하는 것으로 드러나기도 하며(김윤영의「타잔」), 국경을 넘는 탈북자의 모습으로 사람살이의 처참한 형국을 응시하기도 하고(전성태의「강을 건너는 사람들」), 육지에 대한 두려움으로 한평생을 '선장'으로 살아온 존재가 육지로 떠날 기로에 처한 상황을 주목하기도 하며(한창훈의 「나는 여기가 좋다」), 헛것들과의 대화에 익숙해진 존재가 죽음을 앞에 둔 친구와 소주 한 잔에 '낭만 삼겹살'을 구워 먹는 모습(김종광의 「낭만 삼겹살」) 등에서 확실히 대두된다.

이 작품들은 현실과 가상, 일상과 여행, 현실과 야생, 북한과 중국, 바다와 뭍, 삶과 죽음 등의 이질적 공간을 표류하는 주인공들을 통해 일상적 현실 세계에 대한 존재론적 성찰을 유도한다. 그 이종적 경계에 대한 성찰은 어느 한쪽이 일방적 성공이나 패배의 귀결로 마무리되는 것이 아니라 어느 쪽도 문제적일 수 있다는 진지한 고백에 의해 삶의 내밀한 풍경을 드러내게 된다.

소설 속 인간들은 끊임없이 회의하고 선택의 기로에서 진지하게 반성한다. 그 성찰적 회의는 현실 공간의 문제성을 강화시키며 우리에게 선험적으로 구획된 삶의 울타리를 넘나들라고 혹은 타자가 제공하는 삶의 의미와 경계 표지를 예의 주시하라고 요청한다. 그러므로 주어진 삶의 공간에 안주하는 것이 아니라 그 공간에 '생의 아우라'를 부여하기 위하여 이주적 난민처럼 끊임없이 이 세계를 배회할 수밖에 없다.

경계 들여다보기

우리가 살아가는 현실 세계에서 지금 여기의 실재성은 어떻게 확보되는가? 가상 공간은 더 이상 허구적 가상이 아니라 우리의 삶이 실질적으로 깊숙이 개입해 들어와 리얼한 실제적 장면들을 제공한다. 그러한 디지털 공간은 양방향적 의사소통과 함께 개인의 사적 비밀이 보장되기 어려운 것이 현실이다. 그러나 역설적이게도 끊임없이 아이디와 비밀번호를 작성해야 하는 디지털 사회에서 보안은 생명이다. 하지만 그 보안은 보안 담당자가 마음만 먹으면 아주 손쉽고 간단하게 해킹될 수 있으며, 그러한 일들은 현실에서 비일비재하게 일어나고 있다.

김중혁의 「멍청한 유비쿼터스」(『문예중앙』, 2005년 가을)는 해커인 화자를 통해 완벽한 보안이 있을 수 없는 네트워크 사회의 자화상을 그린 소설이다. 해커로 일하면서 보안 리포트를 작성해서 돈을 받는 화자는 투명인간처럼 로비와 한 몸이 되어 스며들어 있으므로 아무도 화자를 기억하지 못할 것이라고 확신한다. 안내 아가씨에게 '미국 본사 인사 관리팀 마크'로 자신을 소개하고 방문객 명찰을 받은 화자는 U회사 내부에 무선 링크를 설치하여 네트워크 방화벽을 무용지물로 만든다. 문제가 많은 U사의 가장 큰 문제는 아무도 문제의 심각성을 인지하지 못하는 것이라면서, 디지털 카메라로 시스템 구조도의 희미한 흔적을 찍는 화자는 진정한 해커라면 심장 속 핏줄기와 혈류의 방향을 전환할 만한 능력을 갖춰야 한다고 상상한다. 이미지가 곧 믿음인 디지털 시대에는 이미지화된 사실이 집적되어 구성한 정보가 현실이라고 판단된다. 그러나 정보의 바다이자 신적 공간인 컴퓨터는 뚜껑을 열면 회로판과 케이블뿐이고 안에는 아무것도 없기에 컴퓨터는 화자에게 '텅 빈 신'처럼 '부재하는 실재'의 모습으로 인식된다.

이를테면 해킹을 창조적인 예술의 한 분야라고 생각하는 화자에게 모

든 위대한 예술가들은 결과가 아니라 '도구와 과정'을 통해 자신의 존재
를 증명하고 있기 때문이다. 화자는 영화나 소설이 아니라 텔레비전 광
고에서 해킹 아이디어를 획득한다. U사 의뢰인에게 완벽한 보안의 불가
능성을 언급하는 화자는 '언제 어디서나 동시에 존재한다'는 유비쿼터스
의 어원 자체에 대한 불신을 표명한다. '가장 안전한 컴퓨터는 꺼진 컴퓨
터이고, 가장 안전한 사람은 죽은 사람이다'라는 해커들 사이의 잠언을
믿기 때문이다. 그러나 해커인 화자 역시 미지의 존재에 대해 항시적 두
려움을 감지한다. 그 두려움은 매트릭스처럼 꿈속에서 전류처럼 거대한
현실 세계를 가속으로 흘러가는 유목적 존재감으로 상상된다.

김중혁의 「멍청한 유비쿼터스」는 네트워크로 이루어진 가상 세계의
보안을 허무는 해커의 상상을 통해 컴퓨터 사회의 허상과 사이버 공간의
전류적 인간의 유목성에 대해 비판적 성찰을 진행한다. 그리하여 이미지
가 믿음이고, 집적된 이미지가 곧 정보로 소통되는 디지털 사회에서 네
트워크에 길들여져 가는 현대인의 초상을 그려낸다. 현실에서 컴퓨터를
통해 가상 공간으로 연결되는 것이 아니라 거꾸로 컴퓨터에 의해 현실이
직조되는 컴퓨터적 현실을 풍자하고 있는 것이다.

서하진의 「요트」(『문학과사회』, 2005년 가을)는 요트 여행과 아이의
가출 이야기를 겹쳐 읽으며 생의 아우라가 사라진 일상 현실에 착목하여
미지의 세계로 탈주하려는 욕망에 노출된 현대인의 초상을 보여준다. 조
합에서 정한 이주 시한이 임박했는데도 이삿집을 정하지 못한 화자는 줄
곧 무언가 일거리를 만드는 타입의 남편이 멀쩡한 집을 팔아 요트를 사
겠다고 하자 혼란스러워진다. 화자는 남편이 미지의 세계, 꿈의 공간을
제외시킨 삶이란 얼마나 허무하고 삭막한지를 늘어놓으며 화자에게 '아

우라'가 없다고 이야기할 것 같은 느낌을 받는다. 아우라가 부재한 이름 '영희'의 평범성을 싫어하는 화자에게 애니햄이라는 6만 달러짜리 요트의 모습을 이메일로 보내온 남편은 6개월 동안 요트를 타고 태평양을 건너 북으로 돌아서 한국으로 돌아오는 여행을 제안한다. 그러나 이메일을 삭제한 화자는 남편 친구로부터 바람과 파도가 전혀 없는 무풍지대에서 머릿속이 하얗게 비어버릴 때가 여행 중 가장 두렵다는 이야기를 듣는다. 그 이야기를 들으면서 화자는 자신의 꿈인 '작가 되기'를 상실한 채 살아온 자신을 발견한다.

사흘째 가출한 고3 아들을 찾던 화자는 게임 속에서 동굴처럼 어두운 지하 묘지를 헤쳐 가며 강한 적들을 이겨나갔을 아이를 상상한다. 휴대폰 위치 추적으로 아이의 위치를 확인한 화자는 리모델링 공사장에 들어가자 컴퓨터 안의 가상 세계로 들어온 듯한 기이한 기분 속에 칸막이와 칸막이 사이에서 가방을 베고 온몸을 둥글게 말고 잠들어 있는 아이를 보게 된다. 또 가출을 언급하는 아이를 사이에 두고 좁은 공간에 남편과 함께 셋이 붙어 누운 화자는 아이에게 요트로 세계 여행을 하지 않겠느냐고 이야기한다. 여행에 관심을 보이는 아이를 보며 화자는 여름에 요트 여행을 떠난다던 남편 친구의 말을 떠올리며 여행에 대한 고민이 깊어진다. 여행은 이제 남편에게서 아내에게로 다시 아이를 거쳐 가족 모두에게 답답하고 막막한 현실에서 벗어나 '생의 아우라'를 확인할 수 있는 계기로 작용하는 것이다.

서하진의 「요트」는 요트로 세계일주를 감행한 '남편의 친구'와 삶의 아우라를 찾으려는 남편, 작가로서의 꿈과 아우라를 잃어버린 화자, 게임 속 현실에 익숙한 고3 아들의 관점과 감각이 교차하면서 생의 진정성을 탐색하는 소설이다. 꽉 막히고 무료한 일상적 삶 속에서 탈일상적 공간으로의 여행은 현대인들의 로망에 해당한다. 아우라 찾기의 여정 속에서 여행은 무미건조하게 반복되는 일상을 견뎌낼 삶의 원기 같은 치유책일 수 있는 것이다.

김윤영의 「타잔」(『실천문학』, 2005년 가을)은 탐험가가 되고 싶었던 화자가 앙코르 와트에서 타잔이 되어버린 마장동 김씨를 만난 이야기를 통해 꿈을 잃어버린 시대를 살아가는 비루한 삶의 의미를 추적하고 있는 작품이다. 어릴 때 아문센이나 스콧 같은 탐험가가 되겠다고 대답했던 화자는 3년 전 앙코르 와트에서 마장동 김씨를 처음 만난다. 여행 중에 '돌무더기, 음산한 새소리, 기분 나쁜 이끼 냄새, 곰팡이 냄새' 등으로 사원 전체가 늪 같은 분위기를 내는 폐허의 타프롬 사원에 매료된 마장동 김씨는 밤 10시가 되어 실종 5시간 만에야 숲속에서 튀어나온다. 희한한 자랑스러움과 근거 없는 자신감에 충만해 있던 김씨는 오랜만에 나무를 탔다고 이야기한다. 현실주의자라고 자부하는 화자는 반 년 뒤 혼자서 일주일째 앙코르 유적지를 원 없이 돌아다니고 있다는 김씨에게서 타잔이 되고 싶은 푸줏간 주인을 연상하며 우스움과 처량함을 느낀다. 이후 캄보디아에 퓨전 바를 하나 짓고 싶었던 화자는 캄보디아 현지 젊은 여성과 한국의 늙은 노총각 결혼을 주선하는 일에서 현지인과의 접촉을 맡게 된다. 그러나 속전속결의 옵션을 보면서 화자는 남녀의 만남이 상품 구매와 별반 차이가 없음을 느끼며 쓸쓸한 기운을 감지한다.

무공해의 느긋한 분위기 때문에 캄보디아에 있었던 화자는 역사 선생으로부터 마장동 김씨가 사실은 사채를 못 갚아 손가락이 잘렸으며 신용불량자가 되어 사라진 아내를 찾아 떠돈다는 이야기를 듣는다. 나중에 타프롬 사원에서 머리를 다쳐 의식을 잃지만, 가운데 손가락 세 개가 없는 김씨의 도움으로 구출된다. 화자는 김씨의 손을 짐승의 발처럼 서글프게 바라보지만, 김씨는 화자를 제대로 응시하지 않은 채 다른 세상을 향한 미소를 지어보이며 나무로 기어올라간다. 나무로 올라간 김씨를 타잔이라고 생각하는 화자는 자신이 여느 다른 아이들처럼 타잔이나 슈퍼맨, 스파이더맨 같은 만화 속 영웅들을 동경했었음을 회상한다. 그리하여 사기꾼처럼 지내왔던 자기 삶을 부끄러워 하는 화자는 야생의 타잔이 되어버린 마장동 김씨를 통해 자신의 꿈이 대리 실현되었음을 느끼게 되고, 탐험가에 대한 자신의 욕망이 실은 가짜 욕망이었음을 반성하게 된다.

김윤영의 「타잔」은 나무 타기에 집착했던 마장동 김씨가 아내를 잘못 얻은 뒤 앙코르 와트에 와서 타잔이 되어버릴 수밖에 없게 된 현실을 보며 일상 세계를 벗어나 다른 세계로 이주해버린 영혼의 이야기를 다룬다. 그리하여 자본제적 질서에서 낙오된 인간이 이국에서 야생의 공간으로 내몰린 현실을 통해 우울한 현대인의 초상을 보여준다.

전성태의 「강을 건너는 사람들」(『문학수첩』, 2005년 가을)은 식량 부족으로 인해 인육을 먹는다는 흉흉한 소문 속에 국경을 넘어야 하는 탈북자들의 이야기를 스케치한다. 국경 근처 마을에 탈북자 5인이 7일째 외딴 가옥에 머무르고 있다. 5세 여아에게 젖을 물릴 정도로 가난한 부부는 병원을 찾아가기 위해, 청년은 중국에 사는 친척을 만나러 가기 위해 국경을 넘으면서도, 한사코 이 땅을 떠난다고 말하지는 않는다. 강을 건넌 게 벌써 세 번째인 오십대의 중국 교포 사내는 미국과 두 번째 전쟁을 치르고 있다고 말한다.

땔감을 구하러 가서 애기 돌무덤을 발견한 청년은 안경잡이 사내에게 무덤을 파헤쳐 죽은 아이 시신을 먹는 사람들의 이야기를 전한다. 하지만 사내는 눈으로 직접 보지 않은 것은 믿지 말라고 잘라 말한다. 그러나 청년은 죽은 아이를 이웃끼리 바꿔먹는다는 소문을 들었다고 이야기하고 사내는 그것이 산짐승들 짓이라고 단언한다. 길잡이 여자의 안내로 강을 건넌 뒤 길잡이 여자는 나흘 전에 죽은 자신의 사내아이를 자작나무 숲에 묻는 것으로 작품은 마무리된다.

전성태의 「강을 건너는 사람들」은 어떠한 명확한 결말도 내리지 않은 채 암담한 식량 부족 현상을 피해 국경을 넘을 수밖에 없는 탈북자들의 이야기를 흐릿한 서사로 기록한다. 그 속에서 '산짐승들이나 할 짓'을 사람이 저지르고 있는 개탄스런 현실이 한반도 북쪽에서 현재 벌어지고 있는 실제 상황임을 강조한다.

한창훈의 「나는 여기가 좋다」(『창작과비평』, 2005년 가을)는 20세 이래로 50세가 될 때까지 섬에서 선장으로 지내오던 사내가 빚 갚음으로 배를 팔게 되면서 아내와의 소통되지 않는 단절된 대화 속에 바다와 섬, 육지의 의미에 대해 질문을 던지는 작품이다. 초로의 사내는 아내와 함께 철 지난 갈치어장에 배가 팔리기 전 마지막으로 낚시를 하러 나온다. 오늘이 지나면 '선장'이 아닌 '그냥 섬사람'이 되는 남편에게 아내는 배를 팔면 섬을 떠날 것이라고 말한다. 막연한 희망과 충동의 분노 속에 배와 함께 살아온 사내는 섬에서 배가 없는 사람은 '괭이 없이 갱도에 들어간 광부'나 '총 없이 전투에 나가는 군인'과 다를 바 없지만, 사내는 빚을 갚기 위해 배를 팔 수밖에 없다. 섬에서 태어난 것을 전생에 큰 죄를 졌기 때문이라고 여기는 아내는 남편이 육지로 안 가겠다면 이혼하자고 말한다. 소주로 뱃사람의 외로움과 몸의 고통, 잠 등을 이겨냈던 시절을 떠올리는 사내를 보며 아내는 사내가 육지를 무서워하고 있다고 말한다. 그 무서움은 육지 생존법을 터득하지 못한 존재의 당연한 감각인 것이다.

한창훈의 「나는 여기가 좋다」는 아버지의 '훌륭한 선장이 되라'는 유언을 금과옥조로 삼았던 뱃사람 사내의 바다 사랑이 실은 육지에 대한 두려움의 다른 표현이었음을 드러내면서 배를 팔게 된 사내의 상실감과 공허감을 통해 섬사람의 숙명을 성찰한다. 그리하여 초로의 섬 사내가 바다에서 지나온 세월이 뭍에서는 아무 효용 가치가 없으며, 배가 전부였던 사내가 배를 버림으로써 자신의 존재 의미를 상실하게 되는 모습을 쓸쓸하게 채색한다.

김종광의 「낭만 삼겹살」(『창작과비평』, 2005년 가을)은 죽음을 앞에 둔 친구와 삼겹살에 소주 한 잔을 먹으며 과거를 회상하는 김씨 이야기를 통해 '헛것 같은 인생'의 의미를 소주로 풀어내는 작품이다. 여러해 전부터 김씨는 밤낮으로 헛것을 보기 시작하면서 술을 마신 채 오토바이를 몰고 아무데로나 쏘다니기 시작한다. 죽어나가는 송아지 새끼들을 안타까워하던 김씨는 '아버지의 혼령'과 대화하며 처참한 심경을 풀기도 하고, 일부러 귀신들을 불러내어 떠들어대는 경우도 많아진다. '길어야 석달'이라는 말을 들으며 퇴원하여 이제 한 달 정도 여생이 남은 황씨를 만난 김씨는 '낭만적'을 입에 달고 사는 황씨가 봄을 낭만적이라고 이야기하는 모습을 본다. 김씨는 그런 황씨에게서 1990년쯤에 진폐증 판정을 받고 병원에 입원하여 가족의 생계를 책임지고 있었던 사실을 떠올린다. 아이들을 대학교까지 가르치면서 모든 가족이 적당히 먹고 입을 유일한 방법이 계속 입원해 있는 것이었기에 몸에 안 좋다는 술을 병원에서 억지로 계속 먹어댔던 황씨였던 것이다.

황씨는 김씨가 책임지고 자신의 초상을 '낭만적'으로 치러줄 것이라고 생각하며 김씨에게 소주와 삼겹살을 대접한다. 그러나 김씨는 꼭 죽을 무렵에 친구들을 찾아가게 되었던 사실을 떠올리며, 낭만적으로 소주 한 잔을 먹는 황씨를 보며, 황씨가 하루라도 더 오래 살아야 드라이브 다닐 명분이 생긴다고 말한다. 그러나 최백호의 '낭만에 대하여'를 개사해서 탄광 광부의 삶을 노래하는 황씨의 주제가를 들으며 김씨는 황가의 살 날이 얼마 안 남았음을 감지한다. 그러면서 김씨는 손자가 결혼해서 애 날 때까지 자신은 낭만적으로 살아야겠다며 앞으로 오토바이 음주운전을 하지 않겠다고 다짐하는 것으로 작품이 마무리된다.

김종광의 「낭만 삼겹살」은 헛것과의 대화에 익숙해진 농사꾼 김씨가 여생이 얼마 남지 않은 황씨를 보며 결코 낭만적일 수 없는 삶에 대한 애환을 되돌아보는 이야기이다. 광부였던 김씨나 황씨에게 과거는 씁쓸한 회한의 대상으로 존재할 뿐이다. 그러나 이들은 비탄에만 젖지 않고 소주와 삼겹살을 '낭만적'으로 나누어 먹으며 '낭만적 삶'을 이야기한다. 그러므로 마지막 한 순간까지 생을 쓸쓸히 즐기려는 '낭만적 로맨티스트' 김씨와 황씨의 모습은 넉살과 여유를 통해 삶과 죽음의 경계를 초탈하려는 노년의 아름다움으로 빛나게 된다.

경계에 서서 경계 넘나들기

모든 경계는 경계를 넘어서기 위해 존재한다. 보안 장벽이 있다면 보안 장벽을 넘어 해커가 되어보기도 하고, 답답한 일상에서 벗어나기 위해 느닷없이 집을 팔아 세계 여행을 기획할 수도 있으며, 자본제적 현실에서 낙오되어 효용 가치가 사라진 인간이 '밀림의 왕자 타잔'이 되어 타프롬 사원의 나무를 타고 다니기도 하고, 흉흉한 소문을 등지고 국경을 넘을 수도 있으며, 바다 사람이 육지로 건너오기도 하고, 소주 한 잔에 삼겹살 한 점을 낭만적으로 뜯으며 죽음을 건너갈 수도 있는 것이다.

그러나 모든 경계는 또한 경계의 안과 밖을 가르는 이분법적 구도를 회의한다. 여기와 저기가 아닌 제3의 공간을 상정하기도 하며, 뫼비우스의 띠나 클라인씨의 병처럼 시작과 끝, 입구와 출구를 무화하기도 한다. 그래야 우리가 서 있는 현실이 더 잘 보이기 때문이다. 상상적이거나 실재적으로 경계를 넘나드는 행위는 지금 여기의 문제를 더욱 투명하게 바라보기 위한 전략적 선택이다. 그러므로 '지금 여기'의 의미를 풍요롭게 구성하기 위해서라도 우리는 경계를 짓고 부수고 쌓는 행위를 지속해야 하는 것이다.

김중혁, 서하진, 김윤영, 전성대, 한창훈, 김종광의 소설은 다양한 생의 경계 표지에 대해 질문을 던지면서 생이 뿜어내는 의미의 진정성을 조망한다. 그 조감의 진폭은 서로 다르지만 그들이 주목하는 경계에 대한 성찰은 끊임없이 경계를 확장하려는 소설적 상상력에 기대고 있음을 확인할 수 있다. 그리하여 독자들은 삶과 죽음을 비롯한 다양한 경계적 현실을 응시하면서 그 경계 표지의 유의미성을 회의하게 된다. 소설을 통해 우리는 경계에 서서 경계를 넘나드는 확장적 시선을 통해 이주적 생을 응시할 수 있는 것이다.

—『문학과경계』, 2005년 겨울호

새미비평신서 16

환상통을 앓다 신자유주의 시대와 문학

| 초판 1쇄 발행일 | | 2012년 3월 28일 |
| 2쇄 발행일 | | 2012년 11월 30일 |

지은이		오태호
펴낸이		정진이
출판이사		김성달
편집이사		박지연
책임편집		이하나
본문편집		정유진 이원숙 김현경
디자인		한수정 장정옥
마케팅		정찬용
영업관리		김정훈 권준기 정용현
인쇄처		미래프린팅
펴낸곳		새미

등록일 2005 03 14 제25100-2009-8호
서울시 강동구 성내동 447-11 현영빌딩 2층
Tel 442-4623 Fax 442-4625
www.kookhak.co.kr
kookhak2001@hanmail.net

| ISBN | | 978-89-5628-591-7 *03810 |
| 가격 | | 20,000원 |